이루어진다

반지하에서

역사는

역사는 반지하에서 이루어진다

초판 1쇄 인쇄일 2015년 10월 16일
초판 1쇄 발행일 2015년 10월 22일

지은이 ㅣ 나린
펴낸이 ㅣ 김기선
편집장 ㅣ 김은지

펴낸곳 ㅣ 와이엠북스(YMBOOKS)
출판등록 ㅣ 2012년 7월 17일 (제382-2012-000021호)
주소 ㅣ 서울 도봉구 노해로 379, 1005호(창동, 대성빌딩)
전화 ㅣ 02)906-7768 / **팩스** ㅣ 02)906-7769
E-mail ㅣ ymbooks@nate.com

ISBN 979-11-322-3390-9 03810

값 9,000원

역사는 반지하에서 이루어진다

나린 장편소설

YMBOOKS ROMANCE STORY

목차

토요일 밤, 11시.

고양이 울음소리 같은 여자의 신음이 작게 들리기 시작했다.

"드디어 시작하셨군."

주은은 눈을 말똥거리며 아무렇지 않게 그 소리를 감상하듯 듣고 있었다. 앙탈을 부리는 것 같은 여자의 목소리가 간헐적으로 들리더니 어느 순간 침대도 그 여자의 신음에 맞춰 삐걱거리기 시작했다.

"오빠…… 너무 좋아! 흐으응…… 아웃…… 으아악!"

점점 거세지는 침대의 소음과 흥분된 여자의 비명에 가까운 신음이 절정에 다다랐다.

"으윽흡! 아으윽!"

남자도 여자와 비슷한 소리를 내더니 모든 소음은 사라지고 정적막이 흘렀다.

"1차전 끝. 이제 좀 자자, 이것들아!"

주은은 벽을 노려보며 한마디 내뱉고는 신경질적으로 이불을 덮고 잠을 청했다.

두 시간 후.

쿵쿵쿵.

"살살 해. 살살…… 아아웅."

또다시 시작된 살색 전쟁에 잠에서 깨어난 주은의 눈이 떠졌다. 이번에는 벽치기를 하는지 침대가 아닌 벽이 쿵쿵거렸고 두 사람의 대화는 물론 거친 호흡까지 고스란히 전달되었다.

"니들은 잠도 없니? 그 짓도 잠 좀 자가면서 해라. 아오!"

단잠에서 깨어난 주은이 짜증을 내는 순간 거짓말같이 조용해졌다. 그녀의 말을 들었나 싶었지만 그건 착각이었다.

"잘 좀 해봐. 좀 더 깊게 넣고 더 세게 해봐. 하앗…… 흐음…… 그래, 그렇게…… 혀를 좀 이용하고…… 하, 조금만 더 세게. 여기도 좀 만져줘."

"오빠 좋아?"

"말 걸지 말고 계속해. 이로 물지는 말고 혀로 살살…… 그래, 잘하고 있어…… 좋아, 아주 좋아. 흐응…… 으으음."

벽 하나를 사이에 두고 벌이는 신혼부부의 섹스를 생중계로 듣고 있는 주은의 이 생활도 1년이 다 되어간다. 1년 살았으면 이제 저런 섹스는 슬슬 물리고 질릴 때도 된 거 아닌가. 그런데 이 부부는 속궁합 하나는 기가 막히게 잘 맞는지 시도 때도 없이 침대에서, 욕실에서, 가끔 이렇게 벽을 치며 사랑을 나눈다. 그것도 아주 격하고 뜨겁게.

주은의 예상이 맞는다면 아마 아침에 일어나 한 번 더 격렬하게 모닝 섹스를 할 것이다. 일요일 아침을 식사 대신 섹스로 하는 것은 이 부부의 일상이기 때문에.

화요일 새벽, 3시.

"야, 친구들하고 술도 못 마시냐? 모르는 애들하고도 아니고 너도 다 아는 애들인데 왜 그렇게 지랄이야!"

"내가 네 친구들을 몰라? 지금 이 시간까지 술만 마신 게 말이 돼? 여자하고 있었지? 솔직하게 말해! 네 친구들 여자 불러서 노는 애들이잖아! 어느 년하고 있다 왔어?"

"미쳤냐, 너? 의부증 걸렸어? 집에서 할 일 없으면 엄마 가게 나가서 돈이나 벌어오든가! 집에서 퍼질러 앉아 벌어다 준 돈 쓸 궁리만 하지 말고!"

"야! 내가 왜 네 엄마 가게 나가냐? 돈이나 쓸 만큼 벌어다 주면서 그런 말을 해! 쥐꼬리만도 못한 돈 벌어다 주면서 유세 떨지 말고! 그리고 말 돌리지 말고 빨리 불어! 여자하고 놀다 왔지?"

"맞먹어라, 맞먹어! 내가 네 친구야? 그리고 네 엄마? 시어머니한테 네 엄마? 눈에 뵈는 게 없나? 그따위로 해봐, 나도 네 엄마한테 함부로 할 거니까."

오늘은 섹스가 아닌 부부 싸움이다. 동네 창피한 줄 모르고 집 안의 치부까지 드러내놓으며 섹스할 때만큼 싸움도 격렬하게 한다.

저들의 부부 싸움으로 인해 남자의 나이, 학력, 집안, 직장까지도 주은은 다 알고 있다. 물론 여자의 프로필도 다 알고 있다.

서로 집안을 헐뜯기 시작했으니 곧 이혼 얘기가 오갈 거고 이혼을 하자고 결론지으며 싸움도 끝날 것이다. 조용해지기까지 20분은 더 견뎌야 한다.

언제쯤 옆집 부부의 섹스 소리와 부부 싸움을 자장가 삼아 잘 수 있을까? 1년이면 익숙해질 만도 한데 그게 쉽지 않다. 오늘도 그녀는 옆집 부부로 인해 불면의 밤을 보내고 있다.

'신이시여, 제발 저 사람들 좀 멀리, 아주 멀리 보내주세요. 그리고 조용하고 교양 있는 이웃을 허락해주세요. 제발.'

고요한 밤과 숙면이 절실한 주은은 오늘도 신에게 빌고 또 빌었다.

오랜만에 잔 꿀잠이었다. 아무런 소음도 듣지 못하고 자고 일어난 아침이 개운하기만 하다. 최적의 수면을 취하고 맞는 상쾌한 아침을 위해 옆집에 아무도 이사 오지 않기를 바라는 마음이다.

거의 1년을 살다 어제 이사한 옆집 신혼부부로 인해 주은은 매일 밤이 고통이고 지옥이었다. 옆집 신혼부부는 일주일에 4일 밤은 과도한 섹스로 그리고 나머지 3일은 과격한 부부 싸움으로 그녀를 괴롭혔다.

반지하 원룸에서 방음이 잘 되어 있기를 바라는 건 야무진 꿈이기는 하다. 하지만 옆집에 조용하고 좋은 사람들이 사는 건 그렇게 이루어지지 못할 바람이 아니지 않는가. 그런데 주은은 그런 바람과는 달리 유난스럽고 시끄러운 이웃 탓에 늘 잠을 설쳐 다크

서클을 달고 살아야 했다.

더 웃긴 건 옆집 신혼부부로 인한 스트레스가 극에 달할 때쯤이면 꼭 어젯밤 시끄럽게 해서 미안하다며 어린 새댁이 음식을 들고 오는 것이다. 맛도 없이 퉁퉁 불은 칼국수나, 부추나 호박을 셀 수 있을 정도의 허연 부침개, 아예 이름조차 알 수 없는 정체불명의 찌개까지. 받아서 더 기분 나빠지는 음식을 들고 와 미안하다며 고개 조아리는 어린 새색시 때문에 그냥 넘어가야 했던 적이 다반사다.

그런데 드디어 어제, 그 신혼부부가 이사를 갔다. 출근하는 길에 보니 안에 있는 짐들이 밖으로 빠지고 있었고 주은을 발견한 어린 새색시가 작별 인사를 건네 왔다.

"저희 이사 가요. 투룸으로 넓혀서 가요. 시세보다 두 배로 더 받아서 팔았거든요. 이 집이 좋은 기운을 가지고 있는 집인가 봐요. 호호호. 그동안 너무 시끄럽게 굴어서 죄송해요. 언니도 좋은 기운 받아서 반지하 탈출하시고 넓은 집으로 이사하세요."

"시세보다 두 배를 더 받았다고요?"

"네. 우리는 팔 마음이 없었는데 하도 팔라고 해서 농담으로 두 배 주면 팔겠다고 했더니 바로 그 자리에서 계약서 쓰면 집값을 통장으로 쏴주겠다고 해서 팔았어요. 그 자리에서 통장으로 집세 입금 받았고요."

어떻게 그런 행운이 저런 기 세고 어린 색골 부부에게 갔는지 괜히 부아가 치밀어 올랐다.

'저런 행운은 열심히 사는 나한테 와야 하는 거 아니야? 어떻게 저런 것들한테 갈 수가 있지? 아, 짜증 나!'

그들이 이사 가는 모습을 보고 그렇게 투덜거리기는 했지만 고요한 밤을 평안하게 보낸 오늘 아침, 어제의 그런 불평 따위는 없다. 지금의 이 평화가 너무 행복해서 계속 이어지기 바랄 뿐이다. 더구나 오늘은 일주일에 한 번 있는 휴무다. 느긋한 마음으로 일어나 레인지에 베이글을 데우고 냉장고에서 더치커피를 꺼내 잔에 따르고 얼음과 우유로 유리잔을 채웠다. 달콤함을 위해 시럽을 듬뿍 넣는 것도 잊지 않았다.

밥과 국으로 아침을 해결하지 못하는 자신의 게으름에 한숨을 내쉬며 식탁에 앉았을 때였다. 밖에서 소음이 들리더니 초인종 소리가 들렸다.

화요일 아침부터 그녀 집에 찾아올 사람은 없다. 있어 봐야 전도를 목적으로 하는 종교인이나 잡상인이 다일 텐데 그러기에는 좀 이른 시간이다. 어쨌거나 집으로 찾아올 사람이 없는 주은은 초인종 소리를 무시했다. 하지만 또 한 번 초인종이 울렸고 밖이 너무 시끄러워 무시할 수가 없었다.

"누구세요?"

"아, 네. 옆에 102호 인테리어 공사 할 업자입니다."

102호라 함은 어제 이사 나간 옆집이다. 그곳에 인테리어 공사를 한다?

'또 신혼부부구나.'

13평 원룸에 돈 들여 인테리어를 하는 경우는 싱글보다는 신혼부부일 가능성이 높다. 절망스러웠다. 그리고 주은은 인테리어 업자가 자신의 집 초인종을 누른 이유가 뭔지 대충 알 수 있었다.

'공사 중 소음이 발생하니 양해 부탁드린다고 하겠지?'

공사 중 소음쯤이야 얼마든지 참아낼 수 있다. 진짜 문제는 밤새 들리는 은밀한 소음이 문제지.

주은이 문을 열자 문밖에 서 있던 인테리어 업자가 꾸벅 인사를 했다.

"먼저 이것부터 받으시죠?"

그가 고급스러운 골드 컬러의 봉투 하나를 내밀었다. 상품권이 들어 있을 것 같은 봉투였다.

"저는 선 인테리어의 조현욱 실장입니다."

봉투 위로 자신의 명함을 얹어 다시 그녀 앞으로 내밀었지만 주은은 받아들지 않고 남자만 빤히 쳐다보았다.

"옆에 이사 오시는 102호 집주인께서 인테리어로 불편하게 하는 게 죄송하다고 인테리어 공사 기간 동안 편하게 쉬실 수 있도록 준비하신 겁니다. 호텔 숙식권입니다."

"네? 이게 뭐라고요?"

"임페리얼 호텔 숙식권이요. 공사기간은 5일 정도 됩니다. 그 기간 동안 지낼 수 있는 숙식권 5장이 들어 있습니다."

임페리얼 호텔. 그곳은 서울에서 다섯 손가락 안에 꼽히는 특급호텔이다. 그곳의 단순 숙박권도 아닌 조식을 포함한 숙식권을 그것도 1장이 아닌 5장씩이나!

문득 이사 나간 옆집 새댁의 말이 떠올랐다. 집을 시세의 두 배로 쳐서 계약서 쓰고 바로 입금했다는.

"집주인이 뭐 하시는 분이세요?"

"저희는 모르죠. 그냥 옆집에 피해 가는 일이 없도록 해달라며 주신 거니까."

"혹시 신혼부부인가요?"

"그건 아닌 것 같습니다. 혼자 사시는 젊은 남자분 같습니다. 일단 좀 받으시죠?"

망설이던 주은이 받아들었다.

"그런데 이 작은 집에 무슨 공사를 5일씩이나 해요?"

"다 뜯어내고 완전 새로 다 짜 맞추는 공사라서 말이죠. 거기에 자재도 거의 모두 수입품이라 취급하기 까다로운 이유도 있고. 뭐, 하여튼 저는 전해드렸습니다."

인테리어 업자가 다시 한 번 꾸벅 인사를 했다. 그리고 옆집으로 인테리어 자재를 옮기는 인부들에게 무어라 지시를 내리는 모습을 보며 주은은 문을 닫았다. 그리고 손에 든 호텔 숙식권을 들고 고민했다.

"이걸 진짜 써도 되는 거야?"

주은은 일단 책꽂이 한쪽에 잘 꽂아두었다.

"뭐 하는 남자길래 혼자 반지하에서 사는데 수입자재를 써서 5일씩이나 인테리어 공사를 해? 집값도 두 배로 사놓고는…… 미치지 않고서야…… 어쨌든 혼자 산다니까 조용은 하겠네."

이제부터 평화로운 아침을 맞이할 수 있을 것 같은 안도감도 잠시.

'설마…… 저 집이 돈 많은 유부남이 바람을 피우기 위해 마련한 아지트 같은 곳은 아니겠지? 신이시여, 제발 혼자 산다는 젊은 옆집 남자는 돈 많은 유부남이 아니라 성 기능에 장애가 있어 늘 죽은 듯이 사는, 그런 남자이기를 소원합니다.'

정말이지, 벽을 타고 넘어오는 역겨운 섹스 소리는 다시는 듣고 싶지 않았다. 옆집 남자에게 미안하지만 주은은 그의 성 기능 장애를 빌고 또 빌었다.

1. B101호의 여자와 B102호의 남자

  서주은. 그녀는 라이프 몰 5층, 캐주얼 매장 '탐탐'이라는 브랜드의 입점업체 점주로 일하고 있다. 그녀의 모친 영옥이 운영하던 곳이었고 퇴직 후 이곳에 나와 일을 도왔다. 하지만 작년, 사고로 모친상을 당한 이후로는 그녀가 맡아 운영 중이다.

  아침 조회가 있기 전, 진 전문점인 옆 매장 '코드원'의 매니저인 혜영과 티타임을 즐기며 수다를 떨고 있었다. 수다의 주제는 주은에게 대시하고 있는 5층 담당 최찬에 대한 이야기였다.

  "최찬하고 잘 해봐. 타고 다니는 차가 아우디란다. 집은 서초동이고. 인물도 그 정도면 어디 가서 꿇리지 않고. 그런 최찬이 네가 좋다잖니? 잡으라고. 그러면 너 매일 지긋지긋하다고 노래 부르는 반지하 탈출할 수 있는데. 나 같으면 최찬 잡는다."

  혜영의 말이 아니더라도 얼마 전부터 주은의 마음이 최찬으로 인해 흔들리고 있었다. 이젠 혼자라는 외로움에서 벗어나고도 싶고, 설레는 연애 감정도 다시 느껴보고도 싶다. 하지만 쉽게 최찬의 마음을 받아들일 수 없는 이유는 사내 연애이기 때문이다.

잘 되면 괜찮지만 못 되면 여자만 망가지고 무너지는 사내 연애의 폐단을 잘 알고 있기 때문에 그의 마음을 받아들이기가 쉽지 않다. 더구나 여자들이 판을 치는 백화점에서 연애 사실이 들통 나는 순간부터는 입방아감이 되어 연예인 못지않은 루머에 시달려야 한다. 지금도 암암리에 '라이프 지라시'라고 해서 몇몇 여직원들의 확인되지 않은 사생활에 대한 소문들이 돌고 있다. 그 지라시의 주인공이 되고 싶은 마음은 없다. 차라리 외로움을 견디며 사는 게 낫지. 하지만 그 외로움이 극에 달해 있는 지금, 서서히 그녀 마음이 움직이는 중이다.

연애를 할까, 말까를 고민하는 순간에 고함이 들려왔다.

"조회 있습니다. 모이세요!"

직영 계산원 직원이 매장을 돌며 소리치고 있었다. 조회 장소에 모인 각 브랜드의 점주와 직원들의 표정이 심드렁하다. 매일 의무적으로 참석해야 하는 조회는 시간 낭비일 뿐이어서 직원들이 별로 좋아하지 않는 시간이다. 그저 모두 모여 수다를 잠깐 떨수 있다는 것 외에 다른 의미는 없는 아까운 시간일 뿐이다.

"탐탐, 어제 매출 1등이었다며?"

"1등은 무슨? 행사장에서만 1등. 어제 톱은 지프탑이었던데."

이곳에서 서로를 부르는 호칭은 아주 친한 사이 아니고서는 브랜드명으로 서로를 부른다. 그 뒤에 언니를 붙이거나 매니저를 붙여 서로를 호칭한다. 그래서 주은은 '탐탐'으로 통하고 있다.

"자, 자! 잡담 그만들 하시고! 오늘의 조회를 시작하겠습니다. 이번 달 마지막 주에 대대적인 시즌 행사 들어갑니다. 각 브랜드별로 DM에 들어갈 80프로 할인 품목 두 가지 정하셔서 내일까지 담당에게 품목하고 가격 올려주시고요……."

다른 때와 마찬가지로 별것 없이 조회는 끝이 났다. 80% 할인할 품목을 두 가지나 정하라는 총괄매니저 말에 브랜드 점주와 매니저들이 툴툴거리기 시작했다.

"그렇게 할인하면 누가 못 파냐? 장사를 남으라고 하는 건지, 밑지라고 하는 건지. 아, 짜증 나."

"하라면 해야지. 하루 이틀도 아니고."

직영 직원은 갑이요, 입점업체는 을이니 아무리 싫은 소리, 좋은 소리를 해도 그냥 듣고만 있어야 하는 게 모든 입점업체 점주와 직원들의 처지다.

아침부터 시작한 갑의 횡포로 주은은 좋지 않은 표정을 지으며 자신의 매장으로 들어왔다. 오늘 도착한 물건 상자 3개가 매장에 널브러져 있었다. 크게 한숨을 내쉬고 상자에 있는 물건들을 꺼내 정리하려 하는데 계산대 위에 테이크아웃 해온 커피가 놓여 있었다. 커피 컵에 웃는 표시가 되어 있고 C.C라 쓰여 있다.

최찬이 그녀를 위해 아무도 몰래 그곳에 커피를 두고 간 것이다. 일주일에 두세 번 커피를 두고 가는 걸로 그가 마음을 표현한 지 벌써 두 달이 넘어가고 있다.

'이래서 뭘 받아먹으면 안 되는 거야.'

생각은 그렇게 해도 이젠 슬슬 커피에 대한 그리고 그의 정성에 대한 반응을 보여줘야 할 때가 온 것 같다.

하지만 최찬에 대한 생각은 딱 거기까지였다. 개점 전까지 해야 할 일들이 너무 많아 주은은 그가 놓고 간 커피 한 모금을 마시고 바쁘게 움직여야만 했다. 상자를 뜯어 신상품들의 포장을 벗겨야 했고, 그 상품들을 옷걸이에 걸고, 그걸 또 행거에 진열하는 일을 모두 끝내고 나서야 겨우 한숨 돌릴 수 있었다.

하지만 그런 쉼도 잠시, 바로 개점 행사를 알리는 멘트가 흘러나왔다.

"좋은 하루 보내십시오."

"네, 좋은 하루 보내세요."

개점 행사를 위해 각 브랜드 매장을 돌며 최찬이 인사를 하고 다녔다. 주은도 그에게 인사를 해주었다. 그동안 그에게 보여주지 않았던 옅은 미소를 보여주면서. 그걸 그가 눈치챘는지 최찬도 씩 웃으면서 옆으로 옮겨갔다.

최찬의 뒷모습을 보며 주은은 열심히 사는 자신에게 두 배의 집값을 받는 행운 대신 괜찮은 연애 상대를 허락받은 거라 여기기로 했다. 그에게 마음을 열어 보겠다고 생각을 정하고 나니 아침 조회로 인해 짜증스러웠던 기분이 사라지는 느낌이다. 그리고 오늘 하루 매출도 괜찮게 나오는 축복을 받았으면 좋겠다는 생각을 했다.

하지만 주은은 그런 바람과는 다르게 유난히 힘든 하루를 보내야 했다. 여러 명의 진상 손님들을 대해야 했고, 행사장 물건을 빨리빨리 채워 넣지 못한다는 직영 여직원의 잔소리를 수시로 들어야 했다.

온종일 손님과 직영 직원에게 시달린 주은은 매장 마감이 끝남과 동시에 서둘러 집으로 향했다. 축 처진 어깨와 무거운 발걸음으로 어두워진 동네 골목을 들어설 때는 집이 아닌 다른 곳으로 발길을 돌리고 싶어졌다.

5층짜리 원룸 주택이 **빽빽하게** 들어선 골목 끝에 자리 잡은 건물, 그곳 지하에 그녀의 집이 있다. 남들은 집을 보금자리라고 하지만 반지하의 그녀 집은 그녀에게 있어 그저 몸만 쉬는 거주지일 뿐이다.

반겨줄 이 하나 없는 칙칙한 그곳으로 지친 몸을 이끌고 가야 하는 현실이 슬프지만 딱히 갈 곳도 없어 재성주택 B101호로 향했다.

지하로 향하는 계단을 내려가는데 문득 주위가 깨끗하다는 사실이 느껴졌다. B102호의 인테리어 공사로 인해 늘 입구에서부터 계단까지 공사 자재로 지저분했는데 오늘은 말끔하다. 보아하니 공사가 다 끝난 모양이었다.

문득 문이 닫혀 있는 B102호의 현관에 주은의 시선이 머물렀다.

'뭘 얼마나 대단하게 고쳐놨길래 5일 동안 요란하게 공사를 했을까? 아무리 돈 발라 인테리어하면 뭐 하나? 그래 봐야 13평짜리 원룸인걸. 그것도 반지하.'

신발 두 켤레 벗어놓으면 더 이상 벗어놓을 자리가 없는 입구부터 침실, 거실, 주방의 경계가 없이 모든 살림이 한눈에 들어오는 원룸. 주은의 그곳과 다를 게 없는 B102호에 대한 궁금증을 접으며 집으로 들어왔다.

하루의 피곤과 짜증을 씻어버리기 위해 욕실로 들어갔다. 사실 변기 하나에 세면대 하나 달랑 있어 욕실이라기보다는 화장실이라고 해야 옳겠지만 수도꼭지에 샤워기는 달려 있어 샤워는 할 수 있으니 욕실이기도 했다.

문밖으로 입고 있는 옷을 훌훌 벗어버리고 샤워기 꼭지를 돌리려는 순간. 오늘따라 이 좁은 화장실에서 샤워를 해야 하는 자신이 지지리 궁상맞아 보였다.

주은은 뱀 허물처럼 바닥에 벗어 놓은 옷을 다시 주워 입었다. 그리고 책꽂이에 꽂아놓았던 임페리얼 호텔 숙식권을 꺼냈다.

"그래, 오늘은 내가 이걸로 스트레스 좀 풀어야지 도저히 못 살겠다."

클렌징을 하지 않아 화장기가 남아 있는 얼굴에 파우더와 립스틱을 다시 바르며 메이크업을 고치고 있을 때 초인종이 울렸다. 이 밤에 찾아올 만한 사람은 없다.

안에 없는 척 가만있을까 하는데 그녀가 귀가했다는 사실을 아는 것처럼 또다시 초인종이 울렸다.

"누구세요?"

긴장하지 않은 척하고 물었다.

"옆집으로 이사 온 이웃입니다. 인사 좀 드리려고요."

낮게 울리는 저음의 남자 목소리. 옆집 남자의 직업을 성우로 추측할 만큼 매력적인 음성이 밖에서 들려왔다.

주은은 걸쇠를 건 상태에서 문을 열었다. 방범이나 보안에 있어 취약한 곳이기에 이렇게 철저하지 않으면 무슨 일을 당할지 몰라 습관처럼 하는 일이다.

"안녕하십니까? 102호에 오늘 이사 온 이웃입니다. 반갑습니다."

좁은 틈 사이로 인사하는 B102호 남자의 직업은 성우가 아니고 배우인가 보다. 일상에서는 볼 수 없는 훌륭한 외모가 엿보였지만 그녀는 끝내 문을 열지 않았다.

밖에 있는 B102호 남자가 문틈 사이로 무언가를 들어 올려 보였다.

"이거……."

그녀가 좋아하는 커피 전문점의 커피가 보였다. 이사 인사를 하겠다더니 그냥 말로만 인사를 하고 끝낼 게 아니었나 보다.

주은이 걸쇠를 천천히 풀어 문을 열었다. 그러자 이번에는 그의 훌륭한 얼굴만큼이나 완벽한 키와 몸매가 그녀의 시선을 사로잡는다. 게다가 옷 입는 감각도 뛰어나 보인다. 이 동네 남자들에게서 흔하게 볼 수 있는 무릎 나온 트레이닝이나 목 늘어진 티셔츠를 입고 있지 않았다. 잘 다려진 캐주얼 셔츠의 소매를 접어 입은 센스와 하의와의 컬러 조합이 패션을 좀 아는 남자 같았다.

어느 하나 거슬리는 것 없이 완벽해 보이는 그를 보며 자칫 감탄사가 밖으로 튀어나올 뻔했다.

"이사 오면 떡을 돌려야 하는데, 인테리어 실장님이 젊은 여자분께서 사시는 것 같다고 해서."

그가 손에 들고 있던 박스와 테이크아웃 해온 커피를 그녀에게 내밀었다.

"여기 케이크가 유명하기는 한데 입맛에 맞으실지 모르겠습니다. 커피도 취향을 몰라서 달달한 캐러멜 마키아토로 준비했는데…… 별로 맘에 안 드시면 원하시는 커피로 바꿔다 드릴 테니까 말씀하세요."

가혹했던 오늘 하루를 신께서 알아주신 모양이다. 이렇게 매너까지 완벽한 남자를 이웃으로 허락해주시다니. 눈물이 날 만큼 황홀한 순간이었다. 비록 내 남자는 아니지만 그저 이웃으로 가끔 얼굴 보는 것만으로도 만족할 수 있다.

잠시 황홀경에 빠져 그에게 해주어야 할 대답을 하지 못하자 그가 다시 물었다.

"어떻게…… 아메리카노로 바꿔다 드릴까요?"

"아니요, 아니요. 괜찮아요. 저 달달한 커피 좋아해요. 고맙습니다, 고…… 마워요."

고맙습니다, 고객님이 입에 붙어 있어 고객님이라는 말이 나갈 뻔했다.

"그동안 공사로 먼지하고 소음 때문에 짜증 나셨죠?"

"출근해 있는 시간에 공사를 하셔서 별로……."

"앞으로 잘 부탁드리겠습니다."

"아…… 네."

서로가 예의 바른 인사를 나누고 주은은 문을 닫고 안으로 들어왔다.

"아이고, 심장 떨려. 사람이 정말 저렇게 조각같이 생길 수도 있구나."

손에 든 케이크 상자를 식탁 위에 내려놓았다. 한때 주은이 무척이나 좋아했던 유명한 베이커리의 케이크다. 조각 케이크 하나에 8천 원이나 할 정도로 고가이지만 그 가격이 아깝지 않을 만큼 맛있는 집이다. 이제는 옛날과 다른 형편으로 그곳에 갈 수 없지만 무척이나 그리워했던 맛을 볼 수 있다니. 게다가 상자 안에는 그녀가 너무도 좋아했던 딸기무스 케이크가 들어 있었다.

주은은 케이크를 곱게 한 조각 잘라 접시에 담았다. 일반 케이크였다면 설거지가 귀찮아 포크로 대충 잘라 먹었겠지만 마음이 괜히 살랑거리는 지금, 혼자라도 고급스러운 분위기를 만들고 싶었다. 예쁜 접시에 담은 케이크를 포크로 잘라 우아하게 먹기 시작했다. 부드럽고 상큼한 케이크와 달달한 캐러멜 마키아토의 조화가 그녀의 우울했던 하루를 위로해주었다. 우울하고 고단했던 하루가 아닌 달콤하고 상큼했던 하루로 마무리되었다.

그렇게 만들어준 옆집 남자에게 고마워졌다. 또한 불륜을 위한 아지트 장소를 따로 둘 그런 유부남이 아닌 것 같아 다행이었다.

주은의 시선이 옆집과 붙어 있는 벽 쪽으로 향했다.

'슬쩍 미안해지는데…….'

저리 완벽한 남자가 성 기능 장애자이길 바랐다니, 정말 미안하지 않을 수 없다. 그래서 그녀의 바람을 바꾸었다.

'성 기능 장애는 없지만, 여자는…… 불러들이지 않기를…….'

달콤한 케이크 한 조각에 그녀의 마음이 다시 한 번 너그러워졌다.

'그래, 한 번은 봐준다. 한 번은…… 여자를 데리고 와도, 한 번은 격하게 해도 참고 들어주마.'

저런 완벽한 남자가 만나는 여자는 어떤 여자일지, 궁금해졌다. 남자만큼이나 여자도 완벽할까? 연예인만큼이나 뛰어난 외모와 몸매는 기본이어야 할 것 같다. 좀 배웠다고 할 만큼의 학력과 재력도 어느 정도 갖춰야 할 것 같다.

거기까지 생각한 주은의 눈이 B102호가 붙어 있는 벽으로 향했다.

'혹시 저 남자…… 돈 많은 집 사모님을 스폰서로 둔…….'

그러기에는 그의 외모와 매너가 너무도 훌륭하고 귀티가 흐르지만 사람이란 겉에서 보는 게 다가 아니지 않은가.

하지만 그 남자가 어느 집 사모님의 애인이든 말든 상관없다. 그저 사는 동안 문제 일으키지 않고 조용히 살았으면 하는 바람밖에는.

옆집 남자의 생각을 끝낸 주은이 다 먹은 접시를 치우는데 그녀의 휴대폰 벨이 울렸다. 곧이어 프랑스로 떠날 친구 민주였다. 잘나가는 교사 자리를 때려치우고 제빵사가 되겠다며 프랑스 유학을 결심한 민주가 이 시간에 전화한 이유는 딱 하나다.

─술 마시자! 집에 도착해간다!

술만 마셨다 하면 그 끝을 꼭 주은과 함께해야 하는 민주의 고얀 술버릇이 나왔다. 고등학교 때부터 함께해온 우정이 힘들어지는 순간이기도 하다.

"한동안 조용하다 했다, 내가."

─헤헤. 오늘 대학 동기들과 송별회가 있었거든…… 그런데…….

"내가 너무 그리웠겠지?"

─웅, 그리워쩌.

"데리러 나가리? 상태가 메롱한 것 같은데."

─다 왔거든!

민주의 말이 끝나자마자 현관을 쾅쾅 두드리는 소리가 들려왔다. 늦은 시간 민폐를 끼치는 이웃이 되기 싫어 주은이 후다닥 뛰어나갔다.

"서주은! 노올자! 서주은! 나하고 노올자!"

하지만 문을 열기도 전에 밖에서 그녀의 이름을 큰 소리로 부르는 민주의 목소리가 먼저 들렸다.

"야! 야! 조용히 해!"

문을 연 주은이 민주의 등짝을 마구 때리며 안으로 급하게 데리고 들어오려는데 사고가 발생했다. 아주 대형으로.

"우욱."

주은의 손에 이끌려 들어오지 않고 버티고 서 있던 민주가 몸을 틀어 먹은 것들을 게워내기 시작했다. 그것도 하필 B102호 현관 앞에다.

"야! 너!"

상황 파악이 되지 않는 민주는 시원하게 속을 비운 후에 아무렇지 않게 배시시 웃고 있었다.

주은은 두 손으로 얼굴을 가리고 숨을 참고 있었다. 끔찍한 사고 현장을 차마 눈으로 볼 수 없었고 민주를 향해 끓어오르는 화를 참느라 호흡을 가다듬지 않으면 안 되었다. 그녀도 맛있게 먹은 고급 케이크가 다시 올라올 것 같다.

"내가 못 살아! 야, 최민주."

"어우, 야! 사람이 술을 마시면 토할 수도 있는 거지. 뭐 그렇게 쏘아보냐? 우리 사이에."

주은은 일단 민주를 들여보내야겠다는 생각을 했다. 문 앞에서 떠들었다가는 그 소음에 B102호의 잘생긴 남자가 문밖으로 나오거나 문을 열거나, 아니면 스코프를 통해 밖을 내다볼 수 있다.

수치스럽고 추한 이 현장을 그에게 보일 수는 없었다. 그 멋진 완소남에게 자신의 첫인상을 이렇게 추하게 남길 수는 없었다. 비록 그녀가 저지른 실수가 아니라 하더라도 이건 너무 더럽고 지저분해서 아무에게도 보이고 싶지 않은 현장이다.

"들어가, 들어가서 꼼짝 말고 있어!"

"아! 아파!"

"넌 더 아프게 맞아야 해. 일단 이거부터 해결하고 그다음에 보자. 너 죽었어."

민주를 데리고 들어온 주은은 손에 고무장갑을 끼고 비닐봉지와 물티슈를 들고 다시 밖으로 나왔다.

"아!"

눈이 질끈 감기고 한숨이 흘러나왔다. 차마 손댈 수 없는 역겨움에 이젠 눈물이 날 지경이다.

'아, 하루만 더 있다가 이사를 왔어도⋯⋯.'

그래도 결국 그 뒤치다꺼리가 자신의 몫이었겠지만 늦은 시간, 남의 집 앞에 토해놓은 친구의 토사물을 치우는 자신의 처지가 너무도 처량해 보였다.

"야! 하지 말라니까! 내가 치운다고."

민주가 다시 나와 소란을 피우려 하고 있다.

"들어가라, 제발. 민폐 그만 끼치고."

"민폐? 뭐가? 여기에 내가 토한 거? 야! 민폐로 따지면 이 집이 더하잖아! 그러고 보니 그러네. 이 집 색골 부부 때문에 네가 어떻게 살고 있는데! 이건 아무것도 아니다. 야, 치우지 마! 얘네들도 한번 당해보라고 해! 민폐가 어떤 건지."

사람이 술에 취하면 용감해지고 과감해진다. 심할 경우 개념이 없어지기도 한다. 민주가 지금 그 대표적인 예를 보이고 있었다.

"야! 102호, 주 4회 색골 부부! 니네들 좀 나와봐!"

놀란 주은이 민주의 입을 틀어막고 집 안으로 넣으려 했지만 쉽게 밀려들어가지 않았다.

들여보내려는 주은과 들어가지 않겠다는 민주가 실랑이를 벌이고 있을 때였다. 덜컥. 끝내 B102호의 문이 열렸다. 그리고 밖으로 고개를 내밀던 그가 현관 앞에 흉하게 퍼져 있는 토사물을 보고 흠칫 놀라는 모습이 보였다. 살짝 인상을 찡그리며 주은과 민주를 바라봤다.

"죄송해요. 친구가 취해서. 정말 죄송해요. 제가 지금 바로 치울게요."

주은은 고개와 허리를 연신 조아리며 옆집 남자에게 사과를 했다. 수치스럽고 부끄러워 사과만으로도 얼굴을 들 수가 없는데 민주가 또 다른 실수를 저지르려 했다.

"어? 어리지 않은데? 주 4회 하게 생겼네. 여자가 남자를 그냥두지를 않게 생겼구만! 나 같아도 밤마다 달려…… 읍."

주은이 옆집 남자를 향해 다시 한 번 고개를 조아리고는 민주의 입을 다시 틀어막고 집 안으로 끌고 들어갔다.

"최민주, 너 여기서 절대 나오지 마. 너 여기서 나오는 순간, 절교다! 농담 아니야."

민주를 침대에 앉힌 후 다시 밖으로 나가려던 주은이 뒤돌아보며 쐐기를 박았다.

"나오면 절교야!"

밖으로 나온 주은은 아직도 문을 열고 서 있는 옆집 남자에게
다시 한 번 사과했다.

"정말 죄송해요. 제가 당장 치울게요. 흔적 없이 정말 깨끗하
게."

"그걸 왜 서주은 씨가 치웁니까?"

당장 치우라는 불쾌한 목소리가 들려와야 하는데, 그의 목소리
는 차분하고 부드러웠다. 하지만 주은의 귀에는 그의 목소리 톤보
다 그녀의 이름이 먼저 들어왔다.

"내 이름을 어떻게……?"

"……친구분이 아까 서주은 놀자…… 라고 해서…….”

B101호에 사는 여자 이름이 서주은이라는 걸 원룸 사람들이 다
알게 되었다는 생각을 하는데.

"친구분이 저질렀으니 친구분한테 치우라고 하세요."

"아…… 그렇긴 한데…… 쟤가 보셨다시피 술 취해서 정신이
좀……."

"그럼 내일 정신이 들면 치우라고 시키세요."

"네? ……이거 그냥 놔두면 냄새도 나고…….”

"냄새가 문젭니까? 창피 좀 당해봐야 다시는 이런 실수를 안
할 거 아닙니까?"

"그렇기는 하지만…… 그래도…….”

"혹시 우리 집 앞이라 그렇다면 신경 쓰지 마세요. 그러니까 들
어가시고…… 친구분보고 내일 책임지고 치우라고 하시라고요."

어쩔 줄 몰라 하는 주은을 옆집 남자가 그녀의 등을 떠밀어 집 안으로 들여보냈다.

"저기…… 내일 꼭 치워드릴게요. 아니, 꼭 치우게 할게요."

밖을 대고 큰 소리로 말하자 그의 대답이 들려왔다.

"네!"

청소는 하지도 않았는데 주은의 몸과 마음은 지칠 대로 지쳐 있었다. 사태가 어떻게 돌아가는지도 모르는 채 민주는 편하게 잠 들어 있었다.

"내가 널…… 프랑스로 고이 보내주면 내가…… 우리 엄마 딸 이 아니다. 죽었어, 최민주. 우쒸."

주은의 깊은 한숨이 좁은 원룸을 채웠다.

다행인지 불행인지 주은은 그를 알아보지 못했다. 어쩌면 못 알아보는 게 당연한지도 모르겠다. 3년 전 비행기 안에서 승객과 승무원으로 만났고 그로부터 거의 10개월 후에는 스치듯 인사한 게 다인 사이다. 그 당시 그녀에게 시선을 빼앗기고 마음을 빼앗 긴 자신과 달리 그녀는 '안녕하세요?'라는 한마디만 던지고 빠르 게 사라져갔으니 그를 기억하지 못하는 게 당연할지도 모른다.

'아무리 그래도…… 어디서 본 것 같다는 느낌도 없나?'

3년 전과 똑같이 여전히 예쁘고 귀여운 주은을 이제는 옆에 두 고 볼 수 있으니 좋기만 하다.

늦은 밤, 그녀의 친구가 부린 주사로 인해 잠이 달아나 잠을 잘 수가 없었다. 그리고 겨우 새벽에 잠들어 단잠을 자고 있는 그를 깨운 건 벽 너머 그녀의 집에서 들려온 비명이었다.

"아악! 말도 안 돼! 저게…… 그러니까…… 저걸 내가 그랬다고? 내가? 아악! 아니야! 아니라고!"

그 비명에 이어 주은의 잔소리 같은 말소리가 정확하지 않게 들릴 듯 말 듯 들려왔다.

아침부터 웃음이 새어 나왔다. 좀 역겹기는 하지만 어제 일을 생각하니 또다시 웃음이 나온다. 쩔쩔매는 주은의 귀여운 얼굴을 다시 볼 수 있어서 즐거웠다. 그녀는 무척이나 괴롭고 창피했겠지만.

미소가 사라지지 않은 채 침대에서 빠져나온 태운은 신문을 보며 커피 한 잔을 내려 아침으로 때웠다. 그리고 설거지랄 것도 없는 머그컵을 닦아 치우고 외출 준비를 서둘렀다.

캐주얼을 차려입고 현관문을 나서는데 그의 현관 앞에서 어제 보았던 그녀의 친구가 툴툴거리며 토사물을 치우고 있었다.

"엄마야!"

문밖으로 나오는 그를 보고 여자가 깜짝 놀라며 자리에서 일어섰다.

"깨끗하게 치우십시오."

황당해하는 여자를 뒤로하고 태운은 계단을 올라갔다. 등 뒤로 뭐라고 구시렁거리는 소리가 들려왔다. 주은만큼이나 귀여운 친구라는 생각이 들었다.

주은의 얼굴을 보지 못한 아쉬움을 뒤로하고 그가 도착한 곳은 국내에서 손꼽히는 로펌인 '최고인'이었다.

"어서 와."

최고인의 대표 변호사인 이창석이 태운을 반갑게 맞아주었다.

"이사는 잘했나?"

"네. 잘했습니다."

"아니, 좋은 동네 놔두고 왜 하필 그 동네야?"

태운은 대답하지 않고 웃기만 했다.

"출근은 언제부터 할 수 있는 거야? 이사도 끝냈으니 이젠 나와서 일 좀 해야지."

"다음 주 월요일부터 출근하겠습니다."

"그래? 언제나 자네 사무실과 비서는 준비되어 있었으니까. 그리고 진짜 궁금해서 묻는 건데 그렇게 빨리 들어오라고 할 때는 귓등으로도 안 듣고 미국에 정착할 것 같더니 무슨 바람이 불어서 제 발로 오겠다고 한 거야?"

이번에도 태운은 대답 대신 미소만 보일 뿐이었다.

"강 변호사, 일하는 거에 있어 완벽해서 그렇게 안 봤는데 은근 싱거운 면이 있네그래."

"일은 맵게 할 테니 걱정하지 마십시오. 월요일에 뵙겠습니다."

싱겁다는 말을 취소하고 싶어질 정도로 웃음기 걷힌 그의 표정은 싱거워 보이지 않았다. 잘생긴 얼굴에서 절대로 볼 수 없을 것 같은 밉고 독한 기운이 느껴졌다. 초짜 시절부터 국내에서 냉정하고 완벽하기로 소문난 M&A와 투자 전문 자문 변호사였으니까. 그런 강태운을 미국 연수 중에서도 탐내는 로펌이 있었다니 말 다한 것 아닌가.

부와 명예를 다 잡을 기회를 마다하고 다시 돌아오는 그가 반갑고 그에 대한 실력을 기대하는 이창석 변호사의 얼굴에 미소가 보였다.

"그래, 월요일에 보자고."

태운은 최고인 사무실을 나와 집으로 향했다.

'깨끗이 안 치웠으면 그 핑계로 초인종 한 번 눌러봐?'

그렇게라도 주은을 만나볼까 했지만 그의 현관 앞은 흠잡을 수
없이 깨끗했다.

'다음에 한 번 더 왔으면 좋겠네, 그 친구.'

집으로 들어가는 그의 얼굴이 환하다. 그녀의 집에서 그에 대
한 뒷담화(?)가 한창인 줄 모르고.

주은과 민주는 'B102호의 잘생긴 남자의 정체는 무엇일까?'를
두고 뜨거운 대화를 나누고 있는 중이었다.

처음 시작은 자신에게 청소를 시킨 그에 대한 민주의 불만으로
시작되었다.

"생긴 건 그렇게 안 생겨서 왜 그렇게 까칠해? 잘생기면 다
야?"

"그 사람 까칠하지 않아. 매너도 좋더라."

"언제 봤다고 편을 드셔? 그거 나한테 치우라고 했다고 지금
10년 우정이 아닌 옆집 남자 편을 드는 거야?"

"사실을 말하는 거야."

"매너는 개뿔! 꼭 기생오라비같이 생겨서는. 평일 늦은 시간
에 캐주얼 차림으로 나가는 거 보면 그냥 직장인은 아닌 거고……
사업을 하는 사람이 이런 반지하에 살 리는 없고……."

"자영업자일 수도 있지."

"내가 보기에는 그냥 어느 돈 많은 집 사모님의 애인 같다."

친구 아니랄까 봐, 주은도 해봤던 생각을 민주도 하고 있었다.

"그럼 오피스텔 같은 곳에 살지, 왜 이런 곳에 살겠니? 요새는 사모님들이 애인한테 집도 사주고, 차도 사주고 그러는데."

"이 동네 이런 원룸이 애인 숨겨놓기 딱 좋은 곳이잖아. 일할 때 잘 한번 봐봐. 옆집 남자를 누님 같은 분이 엉덩이 팡팡 두드리며 다닐지 누가 알아?"

민주의 말에 주은의 생각이 그쪽으로 흐르기 시작했다.

백화점에서 일을 하다 보니 그런 경우를 본 적이 많다. 나이가 어느 정도 있는 여자가 젊은 남자와 매장을 돌며 쇼핑을 하는 장면은 흔하다. 하지만 그들의 대화를 살짝 엿듣거나 파고 들어가면 연상연하 커플 같지만 부부는 아닌, 아주 묘한 관계의 커플들을 많이 봐왔다.

남의 말 하기 좋아하는 몇몇 직원들의 말을 빌자면, 명품 가득한 강남의 백화점에서는 VIP로 얼굴이 알려졌을 사모님들이 애인과 함께 피해서 온 곳이 아울렛 백화점이라는 것이다. 그래서 주은이 일하는 라이프 몰에 특히 많은 불륜 커플이 몰리는 것이라고.

뿐만 아니라 비싼 명품이 아닌 연하의 애인에게 부담 없이 선물하기 좋은 국내 브랜드의 상품들만 있는 곳인 이유도 있다고.

하지만 아무리 생각해도 옆집 남자는 나이 드신 누님의 애인으로 지내기에는 품격이 너무 높아 보인다.

"그건 아니다. 저 인물 가지고 뭐가 아쉬워서. 연예기획사 가면 바로 데뷔시켜주겠구만."

"아, 몰라! 남의 남자한테 관심 없어, 난."

다 귀찮다는 듯 민주가 침대에 쓰러졌다.

"주은아."

그리고 아주 애교스럽게 주은의 이름을 불렀다.

"라면 없다!"

민주가 무엇을 말하려는지 알고 있는 것처럼 주은이 딱 잘라 말했다.

"프랑스 가면 라면도 못 먹을 텐데……. 외국 나가 살면 라면 하고 김치가 제일 생각난다는데……. 이제는 정말 먹고 싶어도 쉽게 먹지 못할 라면인데……."

민주의 구시렁거리는 소리에 주은이 벌떡 일어났다.

"어유, 화상! 물이나 올려놔!"

주은이 지갑을 챙겨 들고 밖으로 나왔다. 평소 같으면 어림도 없는 일이었지만 민주 말대로 프랑스로 가서 라면 하나 제대로 먹지 못할 것 같은 친구를 위해 귀찮지만 라면을 사러 가야 했다.

'요새 들어 재가 왜 저렇게 안 하던 짓을 해?'

투덜거리며 밖으로 나온 주은의 시선이 문득 B102호로 향했다.

'설마…… 아니겠지?'

옆집 남자가 어떤 직업을 가지고 어떻게 살아가든지 그녀와 상관이 없겠지만 적어도 그런 남자는 아니길 바랐다.

젊은 색골 부부의 섹스 소리는 들을 수 있지만 불륜이 나누는 섹스 소리는 절대 들을 수 없을 것 같다. 절대로.

2. 그냥 이웃은 아니다

잡곡밥에 미역국 그리고 매일 나오는 김치에 잡채와 멸치볶음이 담긴 식판을 들고 직원식당 한구석에 자리를 잡고 앉았다. 딱 5천 원짜리다운 점심 메뉴를 다시 보는 순간 차라리 혜영과 밖에 나가 사 먹을 걸 그랬나, 하는 후회가 밀려들었다.

모친인 공 여사가 남기고 간 빚을 갚기 위해 몸부림칠 때는 5천 원짜리 이 한 끼도 아까워서 라면을 먹을 때가 많았다. 하지만 이제는 빚을 다 갚았다고 반찬 투정을 하고 있으니 행복하기도 하고, 점심 한 끼에 괜한 교만을 부리는 것 같아 스스로 민망하기도 했다.

이나마도 편하게 먹을 수 있음에 감사하자는 마음으로 막 국을 한 입 떠서 입으로 가져가는 순간 그녀 맞은편으로 누군가 식판을 내려놓았다.

"오늘은 식사가 좀 늦네요?"

혜영이 주은의 연애 상대로 팍팍 밀어주고 있는 최찬 담당이었다.

"네, 좀 늦었어요."

"맛있게 드세요."

똑같이 맛있게 먹으라는 말을 한다는 것이 형식적인 것 같아 주은은 그냥 미소만 보이고 말았다.

"행사 끝나서 한가하시겠어요?"

"네."

"그럼 저녁에 폐점하고 바로 퇴근하겠네요?"

"네."

"저녁 사줄게요."

미역국을 입으로 가져가던 주은의 수저질이 멈췄다. 그리고 대답은 하지 않은 채 그를 빤히 바라보기만 했다. 혜영이 예찬할 만큼 인물 훤하고 매너도 좋은 남자다.

'연애를…… 해볼까?'

주은이 수저를 내려놓았다. 그리고 자신의 식판을 그에게 내밀었다. 마치 '더는 안 먹을 테니, 너나 다 먹어라'라는 뜻이 담긴 행동으로 보였다.

자신의 제안이 맘에 안 들어 주은이 화가 났다고 생각한 최찬의 눈빛이 심하게 흔들렸다. 그런 그에게 주은이 웃으며 조용히 속삭였다.

"이거 다 먹으면 담당님이 사주는 저녁을 못 먹을까 봐서요."

주은이 자리에서 일어섰다.

"버리면 벌 받으니까 알아서 처리해주세요."

당황해하던 최찬의 얼굴이 펴지기 시작했다.

"네. 벌 받을 일 하지 않을 테니까, 걱정하지 말고 뭐 먹으러 갈지 생각해 놔요."

점심을 포기한 주은은 여직원 휴게실로 들어갔다. 휴게실은 자고 있는 여직원들로 인해 앉을 틈조차 없었다. 결국 편한 자세에서 휴식을 취하는 건 포기하고 커피 한 잔을 들고 비상계단을 찾았다.

'생각보다…… 나쁘지 않은데.'

여자들이 판을 치는 백화점에서 외모와 매너로 인기를 누리는 남자에게 적극적인 대시를 받고 있는 것은 은근하게 즐기기 좋은 것 같다. 최찬에게 계속 그런 대시를 받은 주은은 지금 자신을 꽤나 괜찮은 여자로 여기며 흐뭇해하는 중이다.

'그래, 서주은 아직 안 죽었어. 승무원으로 있을 때는 비행할 때마다 명함 주고 연락 기다리겠다는 남자들이 기본 다섯은 있었으니까.'

아련한 옛 기억이 떠올랐지만 자칫 감정적이 될까 싶어 자리에서 일어섰다.

"일이나 하자."

되돌릴 수 없는 화려했던 과거를 잊으려는 것처럼 주은은 종이컵을 꼬깃꼬깃하게 구기고는 있는 힘껏 휴지통에 버려버렸다. 그렇게 그녀의 과거를 이미 버려진 종이컵처럼 기억에서 떨쳐내고 매장으로 향했다.

"점주님, 최찬 담당이 이거 주고 갔어요. 점심 제대로 못 드셨다면서요? 이거라도 드시라면서 주고 가던데요."

홍 매니저가 건네준 것은 스콘과 커피였다. 아무래도 그녀가 점심을 거의 먹지 않았다는 게 신경 쓰였나 보다.

주은은 이미 마신 커피로 인해 커피는 홍 매니저에게 주고 스콘은 가방에 챙겨 넣었다. 혼자 사는 싱글녀에게 스콘은 뭔가 해 먹기 싫은 아침 식사 대용으로 딱이기 때문에.

남자와 단둘이 식사를 해본 적이 언제였던가. 기억이 나지 않을 정도로 먼 옛날의 일이 되어버린 데이트. 그걸 오랜만에 하자니 설렘보다는 걱정이 앞섰다. 아직 좋아하는 감정이 생기지 않은 남자가 데이트 상대라는 것부터 무엇을 먹으러 가야 서로가 부담이 없는지 고민하는 것까지. 나이 들어 남자를 만나려니 힘든 게 한둘이 아니다. 더구나 출근복이자 유니폼인 탐탐 브랜드의 진바지와 티셔츠는 데이트하기에 적합하지 않다. 신부 예복 같은 투피스 정장은 아니더라도 여성스러운 세미 정장은 입어줘야 슈트를 잘 차려입은 최찬에게 예의인 것 같다.

그렇다고 '나 당신과 데이트하려고 옷 사 입었어요.'라고 티 내며 아래층 여성 캐주얼 매장으로 내려가 옷을 사 입을 수도 없는 일. 데이트 신청을 받고 그 기분을 즐기기까지는 딱 좋았는데. 막상 시간이 가까워지고 데이트에 임하려고 하니 어렵고 복잡한 게 너무 많다.

고민에 고민을 거듭한 결과 주은은 자신의 매장에서 제일 여성스러운 분위기를 내는 면바지와 니트를 챙겨 입었다.

"어? 어디 가세요? 왜 옷을……?"

매장에서 옷을 구매해 갈아입는 경우는 흔하다. 남자친구를 만나러 갈 때 복장이 맘에 들지 않으면 자신의 브랜드 매장에서 새옷 하나를 뜯어 입고 유니폼 대금으로 결제하는 경우는 허다하다. 그러나 주은은 그래 본 경험이 없다. 남자가 없으니 그럴 일도 없었고 그렇게까지 차림에 신경 쓰는 편도 아니었고 그럴 겨를도 없었다.

그런 주은이 그녀 취향이 아닌 옷을 새로 뜯어 입었으니 홍 매니저가 그녀를 이상하게 볼 수밖에.

"예의를 좀 갖춰야 하는 자리에 가야 해서."

겨우 둘러대기는 했지만 그 자리가 어디냐고 물어볼까 봐 얼른 대화의 방향을 틀어야만 했다.

"행사 끝나니까 매출이 확 줄었지?"

"어제오늘 일도 아니고 행사 때마다 그러는데요, 뭐."

"코드원은 얼마 했나?"

주은이 슬쩍 매장을 벗어났다. 자신의 브랜드 매출과 함께 라이벌 브랜드나 앞, 뒤, 옆으로 있는 브랜드 매장의 매출을 궁금해하는 건 일상이다. 매출을 숨기지 않고 드러내는 것도 그렇고. 하지만 문제는 주은은 다른 브랜드 점주들과 달리 타 브랜드의 매출에는 관심이 없었다.

그런데 왜 오늘 그걸 궁금해하는지. 홍 매니저의 시선이 자신의 등에 꽂히는 것도 모르고 주은은 혜영을 찾아갔다.

"너 뭐야? 옷을 왜 그렇게 입었어? 어디 가?"

혜영도 평소와 차림이 다른 주은을 보고 의아해하며 물었다. 아무래도 옷을 다시 갈아입어야지, 이런 상황이라면 최찬도 그녀의 옷차림에 한마디 할 것 같다.

"이상해? 뭔가…… 애써서 입은 것 같아? 그러니까 남들한테 잘 보이려고 애써서 차려입은 것처럼 보이냐고?"

"모르는 사람이 보면 네 스타일이다 싶게 잘 어울려서 그런 건 모를 것 같은데. 아는 내가 보면 딱 답 나오지. 저거 뭐 있다. 뭐야? 어디 가느라 그렇게 차려입은 건데?"

혜영에게 솔직하게 말을 해야 할지 말아야 할지 고민하던 주은이 혜영의 귓가에 아주 작게 속삭였다.

"최찬하고 저녁 먹으러."

"정말?"

너무 크게 놀라는 혜영으로 인해 주위 사람들의 시선이 두 사람에게 집중되었다. 폐점을 바로 앞둔 시간이라 한가했지만 매장마다 마감으로 바쁜 직원들의 시선은 조심해야 했다.

"어쩌다 그렇게 된 거야? 야, 최찬 담당 대단하네. 너를 결국 넘어오게 하다니. 우와!"

"아직 안 넘어갔거든!"

"에에. 같이 밥 먹는 걸 허락한 것만으로 넌 최찬한테 마음이 갔다는 거야. 네가 뭐 아무하고나 밥 먹냐?"

"일단 간 좀 보려고 한다. 넘어갈지 말지."

"적당히 해. 그러다 놓친다. 소문에 CS 곽지윤이 최찬 찍어놓고 끼 부린다는 말이 있어. 그러니까 잘 해봐. 곽지윤에게 넘기기에는 최찬 담당이 너무 아까워."

혜영의 말이 아니더라도 이젠 지독한 외로움에서 벗어나고 싶은 마음에 잘 해봐야겠다는 마음이 들었다. 그래서 화장도 수정하고 차림도 살펴본 후 문자로 주고받았던 약속 장소로 향했다.

최찬과의 식사는 딱히 나쁘지 않았다. 첫 데이트의 설렘이 느껴졌고 그가 남자로 보이기 시작했다. 한 번의 만남으로 마음 모두 다가 넘어가기를 바라지는 않았기에 이 정도면 성공적인 데이트라고 할 수 있다.

그도 그동안 애태웠던 주은과의 첫 데이트가 행복했는지 오는 내내 소년처럼 떠들었다. 그리고 집 앞 큰길에 도착해 헤어짐을 아쉬워했다.

"솔직히 말해도 돼요?"

"네."

"주은 씨 보내고 싶지 않아요."

"네?"

"더 있고 싶다는 말이에요."

"……앞으로 시간 많잖아요."

"그런데…… 괜히 성급해지네요. 성급한 거 싫죠?"

"싫다기보다는 그냥 천천히 갔으면 좋겠어요."

"노력해볼게요. 집 앞까지 가요."

"괜찮아요. 집 앞까지는 차가 올라갈 수 없는 길이에요."

"그래요? 그럼 뭐, 안타깝지만……."

최찬이 그녀의 손을 잡고는 손등에 자연스럽게 입을 맞추었다.

깜짝 놀란 주은이 손을 뺐다. 아직 익숙하지 않은 스킨십이 부담스러워서 나온 반사적인 행동이었다.

"겨우 이거에 그렇게 놀라면 어떡해요?"

"너무 갑작스러워서……."

"진짜 천천히 갈 생각인가 보네? 난 좀 급한 편인데. 어쩔 수 없죠. 맞춰가야지. 들어가서 쉬어요."

"네…… 조심해서 가세요."

인사를 하고 주은이 차에서 내렸다.

큰길에 내려주는 게 미안했는지 그녀를 내려주고도 최찬은 차를 인도 옆으로 바짝 붙여 천천히 주은을 따라갔다.

"그냥 가세요."

주차할 곳도 마땅하지 않고 집 앞까지 데리고 갈 사이는 아닌 것 같아 큰길에서 내린 거였는데 서로가 불편한 꼴이 되어버렸다.

"정말 그냥 가도 되겠어요?"

"네. 내일 봐요."

"그래요, 그럼 내일 봐요. 아! 그리고 집에 도착하면 바로 연락해요."

"그럴게요."

주은 옆으로 따라오던 아우디가 천천히 속도를 높이며 그녀를 앞섰고 이내 좀 더 빠른 속도를 내며 그녀의 시야에서 사라져갔다. 이제 막 시작하는 연인 같은 분위기를 티 내는 것 같아 괜히 얼굴이 붉어졌다.

'처음이 어려운 법이니까.'

식사만 하고 끝냈더니 뭔가가 아쉬웠다. 혼자 마시는 술을 좋아하지는 않지만 새로운 연애의 역사를 쓰기 시작하는 오늘, 혼자라도 자축해야겠다는 생각이 들었다.

근처 편의점에 들어가 소주 2병과 안줏거리를 산 후 집으로 향했다. 큰길이 끝나고 원룸 건물이 줄지어 있는 골목으로 들어서면 방범등과 CCTV가 곳곳에 설치되어 있다. 그래도 인적이 드문 밤 시간이면 이 길이 괜히 두려워진다.

뛸 각오를 하고 골목으로 들어서려는데 맞은편에서 낯익은 얼굴이 그녀를 보고 인사를 해왔다.

"어, 안녕하세요?"

옆집 B102호 남자였다.

"안녕하세요?"

"늦으셨네요?"

"네, 좀……."

캐주얼 차림이었지만 꽤나 세련된 차림새로 그가 반가운 듯 웃으며 그녀에게 다가왔다. 패션의 완성은 얼굴이라더니 옆집 남자는 특별할 것 없는 차림을 우월하게 소화해내고 있었다.

민주가 사고 친 이후 첫 대면이다.

"그때 친구분이 정말 깨끗하게 치웠던데요."

아니나 다를까, 옆집 남자가 그때 이야기를 꺼냈다.

"양심은 있는 애라……."

"들어드릴까요?"

별로 무거워 보일 것도 없는 검정 비닐봉지를 들어주겠다는 그는 매너가 몸에 밴 것 같았다.

"아니에요. 괜찮아요. 별로 안 무거워요."

괜히 흠칫 놀라며 손을 뒤로 하는데 비닐 속에서 소주 두 병이 부딪치는 소리가 들렸다.

"혹시 술?"

주은은 대답하지 않고 어색한 표정을 지어 보였다.

"설마 또 그 친구가 오는 건 아니죠?"

"아니에요. 아마 당분간 못 올 거예요."

"양심은 있어서요?"

두 사람이 동시에 피식 웃음을 터뜨렸다.

"우리 집에 좋은 술 있는데 드릴까요?"

"아니요. 괜찮아요."

서로 친하지 않은 이웃 사이에 그의 친절은 너무 과한 게 아닌가 하는 생각이 들었다.

"직장 다니세요?"

"……네."

다시 대화는 이웃 간에 할 수 있는 사소한 것들로 이어졌다. 주은은 그에게 무엇을 하느냐 물어보고 싶었지만 타이밍을 놓쳤다. 그러는 사이 어느새 두 사람의 집이 있는 재성주택 앞에 도착했다.

갑자기 B102호 남자가 지하로 빠르게 내려갔다.

"술 가지고 나올게요. 잠깐만 기다려주세요."

그러고는 제집으로 들어갔다.

주은은 천천히 계단으로 내려가서 그를 기다려야 하는지 아니면 무시하고 집으로 들어가야 하는지 갈등했다. 그 순간 그녀의 눈에 열린 현관문 사이로 B102호의 집 안이 살짝 보였다. 최대한 내부를 보기 위해 목을 뺐다. 하지만 그녀의 눈에 보이는 건 별로 없었다. 현관문이 열리면 다 보이는 그녀의 집과 다르게 그의 집 현관 안쪽은 파티션이 설치되어 실내가 전혀 보이지 않았다. 다만 한 가지, 설치된 파티션이 무척이나 세련되고 고급스러웠다.

"여기요."

그가 밖으로 나와 술을 한 병 건넸다. 프레시넷 꼬든 네그로. 그녀가 좋아하는 스파클링 와인이다.

'입맛이 똑같은 건가?'

먼저 가져다준 케이크도 그렇고 지금 건네주는 와인도 그렇고 그녀가 좋아하는 것들이다.

"그건 사실 혼자 마시는 것보다 함께 마셔야 제맛인 술입니다. 그러니까…… 나중에 좋은 분들하고 있을 때 드세요."

그가 건네주는 술을 받아야 할지, 거절해야 할지 잠시 망설였다. 친한 이웃 사이도 아닌 남자에게 술을 받는다는 것 자체가 부담이었고 받고 나면 자신도 뭔가 줘야 할 것 같았다.

그렇다고 애써 들고 나온 술을 괜찮다고 거절할 수가 없었다. 그걸 건네는 그의 표정이 나이에 비해 아이같이 순수해 보였기 때문이다.

주은은 고맙다는 인사를 하며 와인을 받아들었다.

"별말씀을. 늦었는데 쉬십시오."

"네, 그럼."

집으로 들어온 주은은 안도의 한숨을 내쉬었다.

"범상하지 않아. 아주…… 뭔가…… 좀……."

이상했다. 사람의 직업이나 인격 그리고 재력 같은 것들이 외모로 결정되는 건 아니지만 102호 남자는 아무리 봐도 이런 반지하가 어울리는 사람은 아니다.

사실 서주은 그녀도 반지하에 어울릴 만한 외모가 아니긴 마찬가지였지만 사연 많은 자신과 다르게 102호 남자는 그럴 만한 사연도 없이 밝아 보인다.

'그럼 집에 대한 특이한 개념을 가진 사람인가?'

하지만 이웃 남자에 대한 생각은 그것으로 끝이었다. 주은은 습관처럼 뱀 허물 벗듯 옷을 벗고 욕실로 들어가 샤워를 끝내고 나왔다.

최찬과 함께 저녁을 먹은 이후 매일 저녁이 달라질 거로 생각했다. 라이프 몰 사람들의 눈을 피해 몰래 만나며 유명하다는 맛집도 가고, 영화도 보고, 함께 휴무일을 맞춰 드라이브도 가고.

남들 다 하는 연애의 정석을 따라갈 줄 알았다. 하지만 현실은 그와 달랐다.

그녀에게 호감을 보이며 달려든 것과 다르게 그는 퇴근 후의 시간을 자신에게 투자하는 것에 더 적극적이었다. 어학원을 다니고 운동을 하러 다니는 시간을 철저하게 지키느라 주은에게 내주는 시간이 나지 않았다.

자기계발과 승진을 위해 투자해야 하는 시기라며 함께 시간을 보내지 못하는 것에 미안해했다.

미래를 생각하고 대비하며 나아가는 그의 노력을 자연스럽게 받아들여야 하는데 본격적인 연애를 시작도 하기 전에 그러는 것에 서운함이 있었다.

그렇다고 아예 그녀를 방치하는 것은 아니다. 근무시간 중에 몰래 간식을 주고 가거나, 다정한 문자를 보내거나 하는 것에는 인색하지 않다. 통화하면서 오글거리는 말을 아무렇지 않게 할 정도로 자신의 감정을 말로 잘 표현하기도 한다. 그래서 지금 주은은 연애를 시작한 건지 아닌 건지 헷갈리는 중이다.

연애를 시작했으면서도 싱글 아닌 싱글인 것 같은 주은은 오늘도 집으로 칼퇴근을 해야 했다. 심심한 발걸음을 큰길에서 작은 골목길로 막 옮기려 할 때 주은의 가방에서 휴대폰 벨이 울렸다.

혜영이었다. 오늘 휴무였던 그녀가 이 시간에 전화를 한다는 건 별로 좋은 징조는 아니다.

"왜?"

─어디야?

"집 앞."

─나…… 버스정류장이야. 오늘…… 네 집에서 신세 좀 지자.

"야! 우리 집이 무슨 여관이냐? 왜 다들 우리 집에 와서 잔다고들 그래?"

혜영의 말에 주은이 짜증을 냈다. 며칠 전 민주가 술 마시고 사고 친 걸 생각하면 아직도 얼굴이 화끈거리고 등에서 식은땀이 난다.

신세를 지겠다는 혜영의 말에 거절하려는데.

─너 저기 보인다. 끊자.

통화는 끊어졌고 멀리서 그녀를 향해 걸어오는 혜영의 모습이 보였다. 잔뜩 구긴 인상으로 다가오는 혜영을 보자 주은은 그녀가 왜 이 시간 자신을 찾아왔는지 알 수 있었다. 원인은 하나, 부부싸움이다.

"소주 샀어."

혜영이 손에 들고 있는 검정 비닐을 흔들어 보이자 그 안에서 병끼리 부딪치는 소리가 들려왔다.

"싸웠으면 화해를 해야지, 이리로 와서 재워달라고 하면 어떡해? 민주도 그러더니 너도 우리 집이 무슨 술집이나 여관쯤 되는 줄 알아? 술은 술집에서! 잠은 니들 집에서!"

"하루다, 하루. 그냥 좀 봐줘라. 그 인간 버릇 좀 고쳐놓게."

"결혼해서 신혼이다. 벌써부터 그런 말이 나오는 건 좀 그렇지 않니? 버릇은 결혼 전 연애 시절에 고쳤어야지."

"아, 몰라. 가자. 가서 각 1병씩만 마시고 자자."

주은보다 앞서 걷는 혜영의 발걸음이 무거워 보였다. 밖에 나와 잠을 잘 정도면 부부 싸움이 심각했나 보다.

혜영이 막 건물에 들어서 계단 아래로 발을 내디뎌 내려갈 때였다. B102호의 문이 벌컥 열렸다.

"엄마야!"

혜영이 놀라서 비명을 질렀고 그 소리에 놀란 주은도 깜짝 놀라 그 자리에 주저앉았다.

"아, 죄송합니다. 많이 놀라셨어요?"

"문을 좀 천천히 열어야지, 그렇게 갑자기 벌컥 열면……."

매몰차게 옆집 남자를 몰아붙이던 혜영의 말이 뚝 끊어졌다.

"어떡해요? 놀랐잖아요."

혜영은 창피하지도 않은지 바로 전과 달리 얌전하게 말을 이으며 배시시 웃는 게 아닌가. 뒤에서 주저앉아 있던 주은이 일어나 아래로 내려오며 혜영을 보는데 반은 넋이 나간 얼굴이다.

"다음부터는 문 열 때 조심하겠습니다. 많이 놀라신 것 같은데 다시 한 번 죄송합니다. 아, 안녕하세요?"

태운이 주은에게 인사를 건네자 혜영이 두 사람을 번갈아 보며 주은에게 말했다.

"어? 누, 누구…… 그 젊은 색골……."

주은이 얼른 혜영의 옆구리를 찔렀다.

"새로 이사 오신 분이야. 안녕하세요?"

주은이 태운을 새로 이사 온 사람이라 이야기를 해주고 태운에게 인사를 건넸다. 그리고 급하게 혜영을 데리고 집으로 들어오려는데 그가 말을 건넸다.

"저기…… 부탁드릴 게 있습니다."

"부탁이요?"

"휴대폰 충전기를 회사에 두고 와서 충전을 할 수 없어서요. 딱 30분만 충전기 좀 빌릴 수 있을까요?"

"아니요. 죄송하지만 못 빌려드려요."

별것 아닌 것 같은 부탁이었지만 주은의 표정과 말투는 무척이나 냉정하고 단호했다.

"30분이면……."

"아니요. 저는 누구한테 제 물건을 빌려주지 않아요. 충전기뿐 아니라 다른 어떤 것도."

"저기…… 너무 기분 나빠하지는 마세요. 얘는 진짜로 남한테 물건 같은 거 안 빌려주는 애거든요. 하다못해 회사에서 볼펜도 안 빌려줘요. 정말로. 예전에 믿는 사람에게 뭘 빌려……."

주은이 혜영에게 차가운 눈빛을 쏘아대며 그만하라는 사인을 보냈다.

"아…… 그렇다면 어쩔 수 없죠. 나가서 하나 사면 되는 거니까, 괜찮습니다. 그럼, 들어가십시오."

태운이 계단을 올라가고 주은은 혜영과 함께 집으로 들어왔다.

"와! 저 남자…… 인간 맞아? 만화 찢고 나왔다는 말은 저런 남자를 두고 하는 말인가 봐. 너 매일 안구 정화 제대로 하며 살겠다."

"혜영아."

주은이 혜영의 이름을 진지하게 불렀다.

"왜?"

"너는 오늘 취하지 마라. 응? 제발. 그냥 얌전히 마시고 자라."

"내가 언제 술 취해서 메롱거리는 거 봤어?"

"그래. 부디 넌 얌전히 있다가 가주라."

"알았어, 알았어. 그런데 평소와 다르게 왜 이렇게 단속이야?"

주은은 혜영에게 그럴 일이 있었다고만 하고 민주의 사고는 설명하지 않았다.

"저 남자는 언제 이사 왔어? 왜 말 안 했어? 저런 남자가 왔는데 계집애 말도 안 하고. 진짜 잘생겼다. 뭐 하는 사람일까? 모델? 배우? 이런 반지하에 사는 거 보면 무명인가 봐?"

혜영의 관심은 옆집 남자에게 쏠려 있었다. 몇 살이나 먹었는지, 직업은 뭔지, 왜 이런 반지하에 사는지, 여자친구는 있는지. 그 궁금함의 끝이 보이지 않을 정도였다.

"충전기 좀 빌려주지 그랬어? 얼굴 한 번 더 보게. 그리고 하여튼 너 그거 병이야, 병. 나중에 네 옆에는 아마 나하고 민주 씨밖에 남아 있지 않을 거다. 사소한 거 하나도 빌려주는 거에 매몰차게 거절하는 거 남들은 이해 못 해."

주은은 혜영의 말에 별 반응을 보이지 않았다. 늘 들어오던 말이었고 남들에게 이해받을 이유도 없는 자신만의 문제에 신경 쓰고 싶지 않아서였다.

"저 남자에 대해서 정말 뭐 아는 거 없어? 인사하는 거 보니까 아주 서먹한 이웃은 아닌 것 같은데."

주은은 집값을 두 배나 주고 샀다는 사연부터 그녀에게 이사 떡 대신 케이크와 캐러멜 마키아토를 돌린 그의 이야기까지 들려주었다. 다 듣고 난 후 혜영이 고개를 갸웃거렸다.

"수상한데?"

"수상해?

"저렇게 완벽한 남자가 뭐가 아쉬워서 이런 반지하 원룸에서 사니? 내가 보기에는 저 남자…… 소시오패스 같아. 그러니까 일단 조심해."

"소시오패스? 말도 안 돼. 저 인물에 무슨 소시오패스?"

"잘 생각해봐. 저 남자가 반지하 원룸하고 어울리는 남자야? 고급 펜트하우스가 어울리는 남자 아냐?"

혜영의 말에 수긍하듯 주은이 고개를 끄덕였다.

"이런 반지하에 사는 사람 중에서 4만 원에 육박하는 케이크와 5천 원이 넘는 커피를 이사 온 인사로 돌리는 사람이 몇이나 있을까?"

"……거의 ……없지."

"그러니까. 게다가 집값도 두 배로 쳐서 바로 입금했다는 것
도 이상하잖아. 그 돈이면 다른 좋은 집에서 살 수 있는데. 왜 그
런 지하 원룸을 두 배로 주고 사냐고? 미치지 않고서야!"

그렇기는 하지만 그에게서 풍겨 나오는 분위기는 무척이나 인
텔리하다. 일부러 설정을 하고 꾸며내려 해도 인위적일 수 없는
그런 점잖은 아우라가 느껴진다. 주은은 그런 그를 수상하게 여기
기보다는 궁금해하는 쪽에 더 가까웠다.

"옆집 남자 얘기는 그만하고 왜 싸웠어?"

주은의 질문에 혜영이 대답하려는 순간 초인종이 울렸다.

"누구지? 네 남편 아니야? 모시러 온 거 아니냐고?"

"모시러 와? 흥! 내가 쉽게 화 풀고 갈 줄 알고? 쳇, 어림도 없
어."

아예 남편이라 여긴 혜영이 샐쭉해진 표정으로 현관 쪽으로 얼
굴도 돌리지 않고 있었으나 문밖에는 옆집 남자가 서 있었다.

"편의점에 갔는데 2+1이라고 해서…… 이거."

그가 주은에게 초코우유를 내밀었다.

'입맛이 똑같은 건가?'

먼저 가져다준 케이크와 와인도 그렇고 지금 건네주는 초코우
유도 그녀가 좋아하는 것들이다. 특히 아무리 2+1이라고 하지만
굳이 이 시간에 초코우유를 가져다주는 이유도 궁금했다.

"두고 드시지……."

"아니요. 이거 오늘 하나 먹으면 냉장고에서 썩어나갈 게 뻔

하거든요. 먹을 거 버리면 벌 받습니다. 벌 받느니 나눠 먹는 게 훨씬 좋은 거 아닙니까? 그럼."

태운이 현관문을 닫아주었고 주은은 안으로 들어왔다.

"저 남자…… 아주…… 뭔가…… 많이 조심해야 할 것 같아."

"그래?"

혜영의 말대로 조심하고 경계해야 할 필요는 있을 것 같다.

'그래, 조심해야지. 믿었던 사람한테도 뒤통수 맞는 세상…….'

혜영이 식탁에 소주를 꺼내놓기 시작했다. 안줏거리를 꺼내기 위해 냉장고 문을 여는데 그녀의 휴대폰이 울렸다.

"왜?"

화를 내며 받는 모양새가 남편인 재홍에게 걸려온 것으로 보였다. 혹시라도 주은이 통화를 들을까 싶은지 현관에 있는 화장실로 들어가는 꼴이 우스워 주은이 헛웃음을 흘렸다.

'안 봐줄 것같이 저러고는 금방 간다고 튀어나오는 거 아니야?'

하는 주은의 예상을 틀리지 않았다.

"미안, 주은아. 나 그만 가볼게."

한참을 통화하고 나온 혜영이 가방을 챙겨 들었다.

"뭐? 지금 가겠다고?"

"응. 재홍 씨가 큰길에서 기다리고 있대."

그럴 줄 알았다는 듯 주은은 고개를 끄덕이며 혜영을 배웅했다.

혜영을 보내고 느긋하게 샤워하려고 속옷을 챙기는데 어디선가 부르르 떠는 휴대폰의 진동소리가 들렸다. 혜영인가 싶어 가방 안에 있는 휴대폰을 찾아 받으려고 보니 최찬이었다.

"여보세요?"

−뭐 해요?

"그냥 쉬고 있어요."

−그쪽에 들러 주은 씨 얼굴 보고 갈까 했는데 갑자기 어머니 호출이 있어서요.

"괜찮아요. 조심해서 들어가요."

−토요일 퇴근 후에 봐요. 그때 그동안 서운하게 한 거 만회할 게요. ……피곤할 텐데 얼른 자요.

"최찬 씨도요."

−내일 봐요.

매일 봐야 하는 사내연애. 그걸 시작했는데 외로움은 가시지 않은 느낌이다. 혜영이 가고 텅 빈 집에 주은의 쓸쓸한 한숨이 채워졌다.

3년 전 그녀를 처음 본 곳은 뉴욕으로 가는 비행기 안에서였다.

우연찮게 누나인 진희의 스케줄과 맞아떨어져 같은 비행기를 타게 되었다. 물론 기내에서는 철저하게 승무원과 승객의 입장으로 아주 가끔 눈빛으로 웃어주기만 할 뿐 특별하게 아는 척을 하지는 않았다. 진희가 일을 하는 데 방해되거나 신경 쓰이는 존재가 되고 싶지 않아서였다.

음료 서비스와 기내식 서비스까지 모두 받은 후 신문을 펼쳐

들었다. 14시간의 지루한 비행시간을 버티기 위해 신문의 모든 글자를 다 읽었을 정도로 꼼꼼하게 읽은 후 자려고 눈을 감았을 때였다.

"아아앙…… 엄마…… 앙…… 히이이잉…… 잉……."

앞에 앉은 아이가 칭얼거리기 시작했다. 좁고 답답한 공간에서 어린아이가 얼마나 힘들까, 하며 안쓰럽게 생각했다. 하지만 그 시간이 길어지고 목소리가 커지면서 안쓰러움은 사라지고 있었다.

"자자. 자야지…… 응? 뚝 하자 ……응? 제발……."

아이 엄마도 아이를 달래다 함께 울 것 같은 분위기가 되어버렸다. 승객들의 표정도 슬슬 짜증으로 일그러지려 할 때였다.

"자, 울지 말고…… 짜잔!"

승무원 한 명이 그 아이 앞에서 마술을 보여주는 게 아닌가. 특별하고 대단한 마술도 아니다. 그저 손바닥에 놓여 있던 동전이 사라졌다가 아이 귀를 스치며 동전을 다시 보여주는 그런 간단한 마술이었다. 그리고 허공에서 보여주던 카드가 사라졌다가 다시 손에 잡혀 있는가 하면 또다시 없어지는 마술을 보여주었다.

별것 아닌 그 간단한 마술에 아이만 넋을 빼고 빠져있는 건 아니었다. 그의 시선뿐 아니라 아이의 칭얼거림으로 표정을 찌그러뜨리고 있던 주위 승객들도 집중해서 바라보고 있었다.

"와!"

어느새 아이뿐 아니라 옆에 앉은 승객도 비행의 지루함을 잊고 손뼉을 쳐주며 즐기기 시작했다.

아이를 향해 몇 가지 마술을 보여준 승무원은 보일 수 있는 마

술 다 보여주었는지 아이에게 풍선으로 강아지 한 마리를 만들어
주었다.

"자, 얘하고 같이 코 자자. 코 자고 일어나면 누나가 맛있는
핫초코 만들어줄게."

아이를 살살 달래주며 아이가 잠들 때까지 옆에 있어주었다.

"고마워요."

난감한 상황을 벗어나게 해준 승무원에게 하는 아이 엄마의 인
사는 너무도 형식적이었다.

"많이 힘드셨죠? 이제 좀 쉬세요."

하지만 그녀는 오히려 아이 엄마를 위로하듯 웃어주는 게 아닌
가. 그 미소가 너무도 따뜻해 보였다. 가식으로 보여주는 것이 아
니라 진심으로 아이 엄마를 안심시켜주고 달래주는 것 같은 미소
였다. 그의 시선이 절로 승무원의 명찰로 향했다.

서주은. 그녀의 이름이다.

'이름도 예쁘네.'

얼굴만큼 이름이 예뻤고 이름만큼 마음도 예쁜 여자, 서주은이
옆으로 스쳐 지나면서 그의 마음은 지진이 난 것처럼 흔들렸다.
그저 외모가 예쁘고 아이를 달래준 그 고운 마음만으로 흔들린 건
아니었다. 자기 일에 최선을 다하고 주어진 일에 책임을 다하며
상대에게 따뜻한 미소를 보여줄 수 있는 멋있는 여자인 것 같다.

14시간의 비행을 어떻게 견뎌야 하나, 걱정이 많았던 탑승 때
와 다르게 뉴욕 도착까지의 시간이 오히려 짧게 느껴졌다. 그녀
를 생각하고 그녀의 움직임을 쫓느라 시간 가는 줄 몰랐던 것이
다.

'명함을 주고 갈까? ……아니야. 그건 아니야.'

진희의 경우를 보면 명함을 받는 경우는 많지만 그걸 챙기는 승무원은 거의 없다고 한다. 그러니 그건 좋은 방법이 아니다.

'어쩔 수 없네. 창피하지만…….'

진희의 도움을 받기로 했다. 한 팀으로 일하고 있으니 소개팅을 주선해 달라고 하는 수밖에.

하지만 진희는 그런 그의 부탁에 모호하게 반응했다. 태운은 진희가 분명 웃으며 놀릴 거라 예상했다. 하지만.

"서주은이 맘에 든다고?"

"응."

"뭐가?"

"그냥…… 다?"

"음…… 사귀는 사람이 있을지도 모르는데…… 말은 건네볼게."

그리고 어떤 답이 없었다. 계속 보채고 조르고 싶었지만 그러기에는 미국에서 해야 할 공부가 너무 많아 기회를 뒤로 미루기로 했다.

그리고 그녀를 다시 만난 건 뉴욕의 한 호텔에서였다. LL.M 과정이 거의 끝나가고 Bar Exam 준비로 정신이 없을 그때, 진희가 뉴욕으로 출장을 오는 날이었다.

얼굴을 볼 수 없을 정도로 서로 바쁘게 지냈지만 그날만큼은 얼굴 좀 보자는 진희에 의해 식사 약속이 되어 있었다. 사실 진희보다 기억 속에 그리고 마음속에 남아 있는 그녀를 혹시라도 볼까 싶어 승무원 숙소로 있는 호텔로 진희를 만나러 갔다. 그리고 이

번에는 좀 끈질기게 그녀를 소개해달라고 졸라봐야겠다는 마음
도 먹었다.

호텔에 도착해 로비에서 진희를 기다리면서도 마음은 다른 곳
에 있다고 해도 과언이 아니었다.

"가자."

진희가 로비로 내려오자마자 그를 끌고 밖으로 나가려 했다.

"어? ……어."

거의 끌려가다시피 밖으로 나가려는데 그녀가 보였다.

"누나…… 저분 있잖아……."

"사무장님, 다녀올게요."

진희에게 말을 건네기도 전에 그녀가 먼저 다가왔다. 그리고
어디를 다녀오겠다는 건지 진희에게 보고식의 말만 건네고 뒤돌
아서려 하는 것이 아닌가. 보아하니 이미 진희는 그녀를 인사조차
시켜줄 마음이 없어 보였다. 그래서 그녀에게 먼저 인사를 건넸
다.

"안녕하세요?"

"아, 네…… 안녕하세요?"

살며시 웃으며 인사하는 그녀의 얼굴에서 그때의 미소가 떠올
랐다. 여전히 사람 마음을 따뜻하게 하는 미소다.

"강진희 씨 동생입니다."

"네. 그럼 저는 일이 있어서……."

형식적인 인사만 끝낸 채 그녀는 급하게 그 자리를 떠났다. 같
이 식사라도 하자며 데리고 가려는 마음이 그 잠깐 사이에 들었지
만 헛물만 켠 셈이었다. 그리고 오히려 그녀가 바람처럼 바쁘게

사라지고 나니 마음이 더욱 그녀를 향해 움직였다.

"동생이 괜찮다고 하는데 이렇게 모르는 척할 거야?"

생전 해보지도 않은 투정을 누나에게 부려보았다.

"괜찮지 않으니까 마음 접어."

진희의 반응은 냉정했다.

"뭐가 괜찮지 않다는 거야?"

"남자관계가 좀 그래."

"좀 그렇다는 건?"

"문란할 가능성이 있다는 말."

"그래?"

인생에 있어 실패나 좌절을 모르고 살았던 그에게 그녀는 처음으로 좌절의 아픔을 알게 해주었다. 누나의 말을 믿고 혼자의 감정에 빠져 혼자 상처받고 아파하며 그녀를 마음에서 보내야 했다.

말 한 번 걸어보지 못하고 일방적으로 좋아한 사랑이라 한순간에 헤어 나올 줄 알았다. 하지만 그의 마음에 강렬하게 남아 있는 첫인상과 기분 좋은 미소로 인해 오랜 시간을 아쉬워하고 서글퍼해야 했다.

쉬운 일은 아니었지만 서서히 그녀에 대해 포기 상태에 이르렀을 때, 진희가 사고를 터뜨렸다.

진희는 불륜을 저질렀고 그 불륜으로 인해 남자의 가정은 깨지고 진희는 미혼모가 되었다. 자신의 가족들뿐 아니라 다른 사람의 가족과 가정에 깊은 상처와 아픔을 준 진희가 용서가 되지 않았다. 그 배신감으로 인해 가족들 모두가 힘든 시간을 보내야만 했다. 하지만 진희를 더욱 용서할 수 없는 사연을 태운은 듣고 말았다.

자신의 불륜 관계를 유지하기 위해 주은을 이용했고, 주은을 태운이 만나게 되면 자신의 부적절한 만남이 들통 날까 싶어 태운의 마음을 외면하고 주은과의 만남을 주선하지 않았었다는 고백을 들었다.

그녀에게 마음을 전달하지 못한 아쉬움이나 안타까움보다는 누나로 인해 무너졌을 그녀를 생각하니 미안한 마음에 잠을 잘 수 없을 정도였다.

변호사 자격시험에 합격하고 뉴욕의 로펌에서 일을 할 때였다. 태운은 한국으로 출장을 나와 주은을 한 번 보러 갔었다. 그녀를 향한 막연한 그리움을 해결하기 위해서였다. 그 외에는 어떤 저의나 의도는 없었다. 하지만 한 걸음 뒤에서 본 그녀의 현실은 예상치도 못한 어려움에 처해 있었고 그가 생각한 것 이상으로 힘든 상태였다.

평범한 삶을 살고 있었다면 멀리서 지켜보는 걸로 만족하고 미국으로 돌아갔을지도 모른다. 하지만 위태로워 보이는 그녀의 현실을 본 이상 아무렇지 않게 자신만의 일상으로 돌아갈 수는 없었다.

주은을 향한 걷잡을 수 없는 마음은 심각한 진로 고민을 만들어냈고 출장 일정이 끝나고 미국으로 돌아갔음에도 불구하고 그 고민은 더 깊어졌다.

현재 일하는 곳 외에 그에게 손 내민 여러 로펌을 두고 고민 중이었던 그의 고민은 한국행이냐, 미국에 남느냐로 바뀌었다. 신중했던 것만큼 확실한 결론을 내린 태운은 모든 걸 접고 한국으로 돌아왔다.

진희의 동생이라 밝히고 사과하고 용서를 구하며 다가갈까 싶었다. 하지만 그녀에게 당장 필요한 것은 위로였다. 진희가 준 상처나 배신감보다는 혼자 힘들게 버티고 있는 외로운 현실에서 벗어나게 해주는 것이 그녀에게 더 시급해 보였다.

그래서 이 집을 두 배의 값을 치르면서 사들였고 그녀의 눈에 자신을 각인시키는 중이다. 하지만 쉽지 않을 것 같다. 그녀가 누군가에게 물건을 빌려주지 않을 만큼 진희의 배신으로 인한 트라우마에 아직도 시달리고 있는 듯하다.

그녀를 옆에 두고 볼 수 있어 즐거웠던 마음이 아픔으로 변하고 있다. 아직도 남아 있는 것 같은 그 상처를 자신이 아물게 해주고 싶다. 무척이나 어려운 일일 것 같지만 진심이라면 가능하지 않을까.

'시간이 흘렀어도…… 그 배신이 아직 상처로 남아 있는 건…… 당연한 거겠죠. 그런데…… 그게 나를 거부하는 이유가 되지 않았으면 좋겠어요. ……그 상처 내가 치유해줄 테니까 ……다 용서하고 나한테 오면 안 될까요?

다디단 초코우유를 한 모금 마신 태운은 더 이상 마시지 못하고 그대로 싱크대에 부어 버렸다.

"이렇게 단걸 어떻게 마시지?"

태운의 시선이 101호 벽 쪽으로 향했다.

'주은 씨, 내가 누구인지…… 내 마음이 어떤지 알면…… 당신은 뭐라고 할까? 하나만 생각해줬으면 좋겠는데. 내가 당신 많

이 사랑하고 있다는 거.'

초코우유를 마셨는데 입 안은 무척이나 썼다.

최찬과 저녁을 먹으며 첫 데이트를 한 지 한 달이 지났다. 근무하는 동안 문자를 보내고 은밀한 시선을 몰래 던지는 최찬에 비해 주은은 아직 그에게 마음을 다 열지 못하고 있다. 그가 싫지는 않지만 연인 이상의 느낌은 아직 시간이 더 필요한 상태다. 어쩌면 함께한 시간이 별로 많지 않기 때문인지도 모르겠다.

최찬은 그녀와 만나는 시간이 많지 않아서 그런지 몇 번 만나지 않았음에도 한 번 만날 때마다 그녀와의 관계를 급하게 진전시키려 하고 있다. 주은이 그 속도를 못 쫓아갈 만큼 적극적이고 저돌적이다. 특히나 데이트 후 차 안에서 하는 키스는 아직 적응이 되지 않는다. 더 정확하게 말하자면 키스는 적응이 되는데 그 이상의 스킨십에는 적응이 안 되고 있다.

얼마 전 키스를 하던 최찬이 그녀의 가슴을 만졌다. 가슴을 만지는 그의 손길을 피했더니 그게 자존심이 상했는지 그의 표정이 심하게 굳었던 날이 있었다. 그 일로 인해 그나마 좁혀가던 둘 사이의 거리가 더 이상 좁혀지지 않고 정지되어 있다.

연인 사이의 그런 기 싸움이나 감정싸움은 흔한 일이라며 혜영은 별것 아니게 받아들였지만 민주는 달랐다.

"사람이 좋으면 키스도 좋아야 하고, 다른 스킨십도 좋아야 하는 거 아니야? 그건 기 싸움이나 감정싸움의 문제가 아닌 것 같은데."

출국을 이틀 앞둔 민주가 송별주를 하자며 주은을 불러냈고 함께 술을 마시던 중에 나온 이야기였다.

"연애를 너무 오랜만에 해서 그런지 사실 뭐가 뭔지 모르겠어. 싫지는 않은데 그렇다고 확 끌리는 건 아니고…… 그냥 선본 남자하고 무난하게 관계를 이끌어가는 거하고 비슷하다고나 할까?"

"사랑은 불타올라야 하고, 연애는 그렇게 마음을 뜨겁게 해주는 사람과 해야 하는 거야. 선본 것 같은 남자하고 그렇게 밋밋하게 만나는 거 청춘 낭비라고 본다, 난. 결혼할 것 아니면."

"그래도 그 사람 만나면서 외로움은 줄어든 것 같아."

"단번에 사라져야지. 없어진 것도 아니고, 줄어들었어도 아니고 줄어든 것 같아? 들을수록 그 사람은 아닌 것 같은데."

"그만하자, 내 연애 얘기는. 그런데 너 이런 데서 나 술 사주고 프랑스 가서 쫄쫄 굶고 사는 거 아니니?"

주은이 민주가 데리고 온 술집을 둘러보며 물었다. 그동안 두 사람이 다니던 실내 포장마차나 고깃집하고는 차원이 다른 고급 바였기 때문이다.

"쫄쫄 굶기 전에 마지막으로 즐기는 사치라고나 할까? 이젠 이런 거 누리고 싶어도 누리지 못할 것 같아서 가기 전에 실컷 즐기고 가려고."

"너는 멘탈이 강한 편이어서 잘 견딜 수 있을 거야. 성공도 할 거고."

"누가 그래? 내 멘탈이 강하다고?"

"내가 널 본 지 10년이 넘는데 그걸 모르니?"

"너도 날 모르는구나."

순간, 주은은 민주가 낯설게 보였다. 그동안 본 적 없는 어두운 표정과 커다란 한숨 소리, 그리고 아래로 떨어지는 고개가 민주답지 않아 보였다.

"왜? 막상 가려니까 심란해?"

"너한테만 말해주는 건데…… 심란한 정도가 아니라…… 가고 싶지 않아."

"최민주, 너 ……진심은 아니지? 네가 성급하게 결정은 했지만…… 어?"

하던 말을 멈추고 주은이 놀란 듯, 한 곳에 시선을 고정했다.

"왜? ……어? 저 남자……?"

민주도 주은의 시선이 머문 곳으로 시선을 돌리자 옆집 남자가 술집 안으로 들어오고 있는 것이 아닌가. 직원의 안내를 받아 자리로 가던 그도 그녀들을 발견하고 그 옆자리에 멈춰 서서 인사를 건넸다.

"안녕하십니까? 여기서 뵙네요?"

"네, 안녕하세요?"

"의외의 장소에서 보니까 반갑네요. 친구분도 안녕하시죠?"

주은과 인사를 끝내고 민주에게 아는 척을 하자 민주의 얼굴이 살짝 구겨졌다. 그날 깨끗이 치우라는 말을 남기고 사라진 모습이 무척이나 얄미웠기 때문에 지금의 만남이 민주에게 있어서는 별로 반갑지 않다.

"별로요."

새치름하게 대답한 민주는 태운의 시선을 무시하고 앞에 놓인 술을 벌컥 마셨다.

"오늘은 과음하지 마세요."

짓궂은 태운의 말에 민주가 발끈했다.

"어머! 남이야 과음을 하든 말든."

"여기 계신 우리 이웃님이 힘들까 봐 그렇습니다. 그날 너무 보기 안쓰러웠습니다."

"걱정하지 마세요! 오늘은 그 집 앞에다 토하지 않을 테니까!"

"믿겠습니다. 그럼 저는 이만……."

깍듯하게 인사를 한 태운이 사라지자 민주가 흥분하기 시작했다.

"저 남자 뭐야? 그날 깨끗하게 청소해줬구만! 왜 저래? 누가 치우면 어때서 저지른 사람보고 치우라고 하고? 별꼴이야, 진짜."

민주의 말에 이번에는 주은이 인상을 썼다.

"저 사람이 맞는 말 한 거지! 야, 내가 정말 그날 생각하면 아직도 아찔하거든!"

"쳇. 그리고 언제부터 인사하고 아는 사이였다고 과음하지 말라는 말을 하는 거야? 흥칫뿡이다!"

"들리겠다. 너야 오늘 보고 안 볼 사이지만 난 매일 볼 수도 있는 이웃 사람이거든. 좀 이미지 좋게 가자. 응?"

"쳇."

태운 때문인지, 아니면 주은 때문인지 괜히 삐치고 기분 상한 얼굴로 앉아 있던 민주가 갑자기 주은에게 얼굴을 들이밀고 조용히 속삭였다.

"그런데 저 남자하고 앉아 있는 외국인…… 딱 내 스타일이야. 저 남자하고 사랑에 빠져서 확 결혼했으면 좋겠다. 그럼 프랑스 안 가도 될 테고."

프랑스를 가고 싶지 않다는 민주의 말이 진심인지 그녀는 되지도 않는 말을 중얼거리며 자기 스타일이라고 말한 외국인에게서 눈을 떼지 않고 있었다. 주은은 그런 민주가 걱정되면서도 옆집 남자에 대한 호기심이 생겨났다.

외국인까지 만나서 영어를 구사할 정도라면 인텔리라 할 수 있는데 그런 남자가 왜 13평 반지하에 살고 있는지.

'저 남자 정말 뭐 하는 남자야?'

미국에 있을 때 친하게 지내던 변호사 한 명이 서울로 출장을 왔다는 연락을 받았다. 반가워 한걸음에 달려온 장소에서 더 반가운 주은을 만났으니 이보다 더 좋을 수는 없었다.

주은과 인사만 나누고 그대로 발걸음을 떼기 아쉬웠다. 그녀를 만난 기쁨과 반가움 그리고 그녀의 친구가 구시렁거리는 소리에 미소가 떠올랐다.

「아무리 오랜만이라고 해도 날 보고 그런 미소를 짓는 건 아닐 테고, 들어오면서 아는 척하는 여자 때문인 것 같은데…… 누군데 그렇게 좋아하는 거야?」

미국에서 온 마이어가 태운과 악수를 하며 그를 놀리듯 물었다.

「3년을 짝사랑한 여자.」

「와우! 3년씩이나? 그래서 수많은 여자의 대시에도 안 움직였던 거야?」

　대답 대신 태운이 그렇다는 미소를 보여주었다.

「내가 이 자리에서 빨리 사라져줘야 하는 건가?」

「그럴 필요 없어. 여전히 난 저 여자를 짝사랑 중이지만 저 여자는 내가 누구인지도 모르니까.」

「누구인지도 모른다면서 어떻게 인사는 나눌 수 있지? 아주 모르는 건 아닌 거잖아?」

「사연이 있어. 그렇게만 알아둬.」

「그런데 두 여자 중 누가 짝사랑의 여인이야? 둘 중에 한 명이 나를 자꾸 힐끔거리며 쳐다보는데 그건 왜 그런 걸까?」

「나와 등을 진 여자가 내 짝사랑. 그리고 아마도 너를 보는 방향으로 앉아 있는 여자가 그녀의 친구일 거야.」

「그럼 네 그녀의 친구가 나를 보고 있는 건데…… 왜지?」

　태운은 주은을 등지고 앉아 그녀의 테이블을 볼 수는 없지만 주은도 자신을 등지고 앉아 있다는 사실을 알고 있다. 그렇다면 마이어가 자신을 힐끔거린다고 말하는 여자는 주은의 친구, 토사녀가 분명하다.

「네가 맘에 드나 보지?」

　태운이 짓궂게 웃었다.

「안타깝게도 이틀 후에 떠나야 하니 관심을 받아줄 수 없어 미안하군. 내게 관심 있는 여자 말고 어떻게 된 사연인지 네 얘기를 좀 해봐? 3년이나 짝사랑한 여자가 어떻게 네가 좋아한다는 사실을 모를 수가 있는 거지? 게다가 너 정도라면 고백해서 마음을 얻어내는 거 어렵지 않을 텐데 왜 바라만 보고 있는 거야?」

태운은 약간의 쓴웃음을 짓고는 마이어가 주문해놓은 술을 한 잔 따라 마셨다.

「사연이 깊은 모양이군?」

"깊다기보다는…… 꼬였지."

태운은 영어가 아닌 한국말로 중얼거렸다.

「뭐? 알아듣게 우리 둘의 공통어로 얘기해줬으면 좋겠어.」

「어려운 관계라고.」

「태운, 그래서 그 좋은 회사들 스카우트 제의도 뿌리치고 서울로 온 거야?」

「아마도……. 자, 내 짝사랑 얘기는 그만하고 네가 어떻게 지냈는지 얘기해줘.」

태운은 화제를 마이어 쪽으로 돌렸다. 태운이 알고 있는 그의 가족과 동료들의 안부를 듣기 시작했다.

「그런데 태운, 네가 짝사랑하는 여자와 함께 온 친구가 자꾸 우리 쪽을 힐끔거리는데…… 정말 내가 맘에 드는 걸까?」

「글쎄…… 가서 물어봐? 왜 쳐다보는지.」

「영어를 알아들을까?」

「그건 모르지.」

태운은 마이어가 정말 그녀들에게 갈 거로 생각하지 못했다. 그래서 농담으로 던진 말이었다. 그리고 마이어도 당연히 농담으로 들었을 거라 여겼다. 하지만 아니었다.

마이어가 벌떡 일어나더니 그녀들에게 다가갔다.

「마이어!」

태운이 그를 저지하려 했지만 이미 늦어버렸다.

「실례합니다.」

성큼성큼 그녀들에게 걸어간 마이어가 이미 정중하게 말을 걸고 있었다. 태운의 눈에는 등을 지고 앉은 주은의 표정 대신 토사녀 친구, 민주의 표정이 들어왔다. 당황해하며 눈만 굴리고 있는 친구의 표정에서 마이어를 말리지 않으면 안 될 것 같았다.

「아름다운 숙녀님들, 저를 쳐다보시는 것 같아서 왔습니다. 저를 힐끔거리며 쳐다본 것 맞습니까?」

"죄송합니다, 이 친구가 한국에 처음 와서……."

「네. 당신 쳐다봤어요.」

태운이 그녀들의 자리로 와서 미안하다 사과하려는데 민주가 먼저 마이어의 질문에 대답을 했다. 그러자 이번에는 놀란 주은이 민주의 이름을 불렀다.

"민주야!"

「태운 말로는 당신이 내가 맘에 들어서 그런 거라는데 맞습니까?」

「네. 맞아요.」

「그럼 내가 여기 앉아도 실례가 아닌 거죠?」

「물론.」

주은과 태운이 두 사람을 어이없는 표정으로 바라보았다.

"102호 아저씨, 그렇게 멀뚱거리며 서 있지만 말고 이리 와서 앉으세요. 이런 것도 인연인데."

언제는 흥칫뿡이라더니 마이어에게 반한 게 맞는지 잔뜩 찌푸려 있던 민주의 표정이 부드러워졌다. 그런 민주를 보는 주은의 머리가 아파졌다. 멀리 떠나는 친구의 마음이 어지럽다는 게 느껴

졌고 그 심란함으로 과음을 하고 또 사고를 치는 건 아닌지 걱정
이 되었다.

"서주은 씨 친구분, 이 친구는 이틀 후에 미국으로 돌아가야
하는 상황인데……."

민주가 장난을 치는 건지, 아니면 진심으로 마이어에게 관심이
있어서인지 그녀의 마음을 알 수 없는 태운이 마이어가 한국에 사
는 외국인이 아니라는 사실을 알려주었다.

"그래요? 저도 이틀 후에 한국 떠나요. 비록 미국이 아닌 프랑
스로 가지만."

"최민주, 너 왜 이래?"

주은은 지금의 민주 행동이 이해가 되지 않았다. 민주가 가끔
돌발적이고 즉흥적인 행동을 서슴없이 하기는 하지만 두 사람의
술자리에 남자가 있었던 적은 없었다. 가끔 합석하자는 제안이 들
어온 적이 있었지만 그때마다 이유를 불문하고 거절이었다.

그런데 오늘 최민주의 행동이 너무도 이상하다. 남자, 그것도
외국인에게 먼저 눈길을 보내는 것부터 시작해서 주은과의 술자
리에까지 앉히다니. 이틀 후에 출국해서 새로운 세상과 맞서야 하
는 민주의 불안감과 두려움이 우발적인 이상행동으로 나온 것 같
았다.

"야, 이런 추억도 이제 만들고 싶어도 못 만들어. 그러니까 오
늘 안 하던 짓도 좀 하고 그러자. 응? 그런 거 괜찮죠? 102호 아저
씨."

「내일부터 한국말을 공부해야 하나? 나도 대화에 끼워주면 어
때?」

마이어가 세 사람 사이에 끼어들었다.

「당신 이틀 후에 미국으로 간다며? 난 이틀 후에 프랑스로 가.」

「프랑스? 거기는 왜 가는 거지?」

「공부하러. 파티시에가 되려고.」

「멋져!」

「아니야. 멋지지 않아. 괴로운 일이지.」

한숨을 내쉬고 있는 태운과 주은과는 달리 마이어와 민주는 오랜 친구처럼 스스럼없이 대화를 주고받았다.

어쩔 수 없이 합석한 네 사람은 한 테이블에 앉게 되었지만 거의 두 사람씩 짝지어 대화가 이루어지고 있었다.

"쟤가 저런 애가 아닌데…… 아무래도 낯선 곳으로 가야 하는 불안함 때문에 저러는 거 같아요."

주은은 민주를 아무 남자에게 들이대는 헤픈 여자로 볼까 싶어 변명을 해주었다.

"이해갑니다. 저도 그랬던 적이 있어서."

태운은 진심으로 이해하고 있는 눈빛으로 고개까지 끄덕여주었다.

"친한 친구 같은데…… 친구 떠나면 주은 씨도 외롭겠어요?"

주은은 태운의 말에 그가 세심한 남자라는 생각이 들었다. 보통 이럴 경우, 언어도 통하지 않는 그곳에서 고생할 민주를 걱정한다. 그게 어쩌면 당연지사일지 모른다. 하지만 어쩌다 옆에 앉은 옆집 남자는 홀로 남을 그녀의 외로움을 걱정해주고 있다. 아무도 헤아려주지 못한 자신의 마음을 그가 알아주는 것 같아 순간적으로 울컥했다.

"그렇겠죠. 그래도 혼자 낯선 땅에 가서 견뎌야 하는 재만 하겠어요?"

"저분은 어디 가든 씩씩하게 잘 견딜 수 있는 분 같은데."

"그런데 외국으로 나가서 혼자 부딪쳐가야 하는 건 재도 겁이 나나 봐요. 평소하고 달라서 제가 다 불안할 정도예요."

"내 뒷담화 하는 거야?"

자신의 이야기가 들렸는지 민주가 둘을 향해 물었다.

"앞에서 대놓고 하고 있는데 무슨 뒷담화야?"

"그런가? 어쨌든 일어나자. 나 2차 갈래."

"설마 네가 가려는 2차가 우리 집은 아니겠지?"

"왜 아냐? 가자. 이제 나 보고 싶어도 못 보는데 그러지 마라."

민주의 말이 맞다. 이젠 보고 싶어도 보기 힘든 친구, 늘 힘들고 어려울 때 서로에게 달려가 힘이 돼주고 외로가 되어준 친구가 멀리 떠난다. 그녀의 마지막 주사를 매정하게 뿌리칠 수가 없었다.

"일어나야겠네요. 애가 2차 타령을 하는 거 보니까 취했나 봐요."

"2차는 주은 씨 집이라는 것 같은데…… 맞아요?"

"네. 이 친구의 2차는 늘 우리 집이거든요."

"그럼 같이 가요. 바로 옆집에 사는데 택시비도 아낄 겸. 그리고 두 여자분만 보내드리기 좀 그렇기도 하고."

세 사람이 자리에서 일어서자 마이어가 영문을 몰라 어리둥절

하며 따라 일어섰다.

「끝?」

「맞아. 오늘 술자리는 끝이야.」

「왜?」

태운이 마이어에게 민주와 주은을 늦은 시간 둘만 집으로 보낼 수 없어 데려다주어야겠다고 했다. 마이어는 이해한 듯 고개를 끄덕였다.

「나중에 태운하고 주은하고 좋은 관계가 되면 우리도 좋은 관계로 만날 수 있을 거라 믿읍시다. 그렇게 되기를 바랄게요.」

「좋은 관계?」

민주가 되물었다.

"좋은 이웃을 말하는 거죠."

주은에 대한 자신의 감정을 마이어가 탄로 낼까 걱정된 태운이 좋은 관계를 좋은 이웃이라 대답해주었다. 다행히 주은도 민주도 별것 아니게 넘어갔다.

마이어를 택시에 태워 호텔로 보내고 태운도 주은과 민주를 데리고 택시로 집 근처에 도착했다.

"야! 최민주, 다 왔어. 일어나!"

뒷좌석에서 들리는 주은의 목소리에 고개를 돌려보니 민주가 잠이 들어 주은의 어깨에 기대어 있었다.

"잠들었어요?"

"그런 것 같아요."

"이번에는 청소가 아니라 안마를 시켜야겠네요."

그의 말뜻이 어떤 것이었는지는 택시에서 내려 민주를 그가 업고 나서야 알 수 있었다. 또다시 미안하고 무안했다.

"정말 미안해요, 태운 씨."

"하, 그렇게 안 봤는데 민주 씨 이분 은근 무겁습니다."

큰길에서 그들의 집까지 가는 길이 멀지는 않았지만 누군가를 등에 업고 가기에는 상당히 먼 거리다. 태운의 이마에서 땀이 떨어졌고 다리가 후들거렸다.

"프랑스로 떠나길 천만다행이라고 전해주십시오. 이건 안마로는 안 될 문제인 것 같습니다. 이러다 허리라도 나가면……."

주은의 집에 도착해 침대에 민주를 눕히면서 태운이 말했다.

"정말 죄송하고…… 고마워요. 제가 얘한테 타이마사지 숍 이용권이라도 꼭 받아내고 프랑스 보낼게요."

"꼭 받아주십시오."

"당연하죠. 친구 얼굴에 한 번도 아니고 두 번씩이나 먹칠을 했는데."

태운이 빙긋이 웃는다.

"가보겠습니다."

현관을 향해 발걸음을 떼던 태운이 주은의 집을 천천히 둘러보았다.

"여자분이 사시는 집이라 아늑한 느낌이 나네요."

"아늑하긴요? 그냥 좁아서 아늑해 보이는 거예요. 태운 씨 집은 우리 집하고 많이 다르죠? 공사를 5일씩이나 할 정도였으면 완전 다른 집이 됐을 거 같은데."

"언제 한 번 놀러 오세요. 구경이랄 것도 없지만 그래도 나름 신경 써서 고친 집 보여드릴게요."

"……네."

그녀의 대답이 흐려지자 태운이 웃으며 말했다.

"남자 혼자 사는 집에 혼자 오시는 게 겁나고 부담스러우시면 친구분하고 같이 오세요. 저분은 프랑스에 가셔서 안 계실 테고…… 그때 또 다른 친구 오셨잖습니까? 그분하고 오세요."

"네……."

이번에도 마찬가지로 그녀의 대답은 흐렸다. 하지만 태운은 실망하지 않았다. 그녀가 그의 이름을 안 것조차도 만족했다.

"잘 자요."

마치 연인에게 인사하는 것처럼 하고 태운은 그녀의 집을 나갔다. 이상하게 그 한마디에 주은의 가슴이 떨렸다.

3. 때로는 이웃으로, 때로는 친구로

　아침 출근 시간 서둘러 준비를 마치고 나오는데 옆집에서 태운이 나왔다. 그도 출근을 하는지 슈트를 깔끔하게 차려입었다. 서로 인사를 나눈 후 자연스럽게 나란히 걸어가고 있었다.

　"아, 드릴 것 있었는데."

　주은이 가방에서 무언가 꺼내 태운에게 내밀었다.

　"이게?"

　"파스요."

　"네? 파스요?"

　"나이 많은 유학생이 부담하기에 타이마사지 숍 이용권은 너무 비싸다면서 이걸 주더라고요."

　태운이 소리 내어 웃었다. 아침에 어울리는 청량한 남자의 웃음소리가 듣기 좋았다. 그러다 그가 웃음기 거둔 얼굴로 그녀에게 물었다.

"많이 허전하겠어요? 두 번이지만 그 짧은 만남에도 저도 허전한데……."

"많이…… 허전해요."

"음…… 그 친구만큼은 못 되겠지만 저를 친구라고 생각하고 허전하고 외로울 때 연락 주세요. 친구가 되어드릴게요."

주은은 대답 대신 희미한 미소만 보여주었다. 어느덧 지하철역에 도착했다.

"지하철 타고 가세요?"

주은이 물었다.

"네."

볼수록 뭔가 엇박자로 노는 게 많은 사람이란 생각이 든다. 고연봉의 CEO 같은 분위기는 풍기는데 차는 없고, 펜트하우스에서 살 것같이 생겨서는 반지하에 살고, 반지하에 살 수밖에 없는 사연이 있는 것 같은데 표정과 행동과 말투에서 여유는 넘쳐나고. 외국인을 만나서 영어로 대화할 만큼 능력 있어 보이는데 지하철을 타고 출퇴근하는 평범한 직장인으로 보이고. 갈수록 태운에 대한 주은의 호기심이 커져갔다.

그다음 날부터 출근 시간이 겹치게 되었다. 그러면서 태운과의 거리가 좁혀져갔다. 아니, 그가 편하게 다가오고 있었다.

"커피 사는데 쿠폰 다 찍어서 한 잔 무료로 준다고 하더군요. 두 잔을 제가 다 마실 수는 없어서 가지고 왔어요."

"단 케이크가 먹고 싶은데 조각 케이크는 다 팔리고 이것밖에 남지 않았다고 해서 그냥 사 왔어요. 혼자 먹기는 너무 많은 양이고 그렇다고 남은 걸 버릴 수는 없고. 나눠 먹을 사람은 주은 씨밖에 없어서요."

"1인분이 생각보다 많아서."

이런 식으로 그가 그녀에게 가져다준 간식거리가 꽤나 된다. 처음엔 약간의 부담감이 느껴졌지만 이제는 우습게도 그가 혹시 커피 한 잔을 안 가져다주나, 오늘은 단 케이크가 먹고 싶지 않나, 하면서 은근 그가 가져다주는 달콤한 디저트를 기다리고 있을 때도 있었다.

가끔 최찬도 그녀에게 커피나 빵 같은 것을 몰래 챙겨다 주고는 있지만 이상하게 태운이 가져다주는 달콤한 간식들이 더 끌렸다. 그로 인해 띄엄띄엄 만나는 최찬보다 거의 매일 아침 얼굴을 보는 태운이 더 편하게 느껴지려던 어느 날.

매장 오픈을 하고 얼마 지나지 않은 시간이었다. 한가한 시간이라 다니는 손님들도 없어 음악소리와 직원들끼리 속닥거리는 소리가 평화롭기만 한 매장에 갑자기 날카로운 비명과 거친 욕설이 들려왔다.

"아악!"

"이년아! 네가 나한테 안 잡히고 잘 살 줄 알았지? 너 오늘 내 손에 죽어봐, 이년아!"

주은의 매장 앞에서 남자가 여자 한 명의 머리채를 잡고서 따귀를 때렸다. 한 대로 끝내는 것이 아니었다. 제정신이라고 볼 수 없을 정도로 무지막지한 폭력을 여자에게 휘두르고 있었다. 너무도 험악한 남자의 기운과 폭력에 누구 하나 나설 수 없을 정도로 무서운 상황이었다.

"어떡해? 어떡해? 사무실에 알려서 보안직원 데리고 와."

하지만 보안직원이 오기까지 기다리다가는 그 여자의 생사가 어떻게 될지 모를 정도로 그 짧은 시간에 일어난 폭력은 너무도 무지막지했다.

"그만하세요!"

보다 못한 주은이 나섰다. 여자로 향하는 남자의 팔을 잡았다.

"넌 뭐야? 참견하지 말고 저리 꺼져!"

남자가 주은을 떠밀었지만 필사적으로 매달린 주은이 쉽게 떨어져 나가지 않자 남자가 주은을 협박했다.

"너도 저년이랑 한패야? 같이 죽고 싶지 않으면 꺼지라고!"

"말로 하세요, 말로!"

"뭘 알고나 덤벼! 저년은 죽어도 아깝지 않은 년이라고!"

주은과 남자가 실랑이를 벌이는 사이 여자가 피투성이의 얼굴과 절뚝거리는 걸음을 하며 남자에게서 도망을 쳤다.

남자가 여자를 잡기 위해 주은에게서 빠져나가려 해도 쉽지가 않자 끝내 주은의 얼굴을 후려쳤다.

"으윽!"

주은이 바닥에 주저앉았고 남자가 주은의 팔을 뿌리치고 여자를 쫓아가려는 순간 달려온 보안직원들에게 남자가 잡혔다.

"놔! 놓으라고! 저년 잡아야 한다고! 사기꾼 저년을 놓치면 니들이 책임질 거야? 놔!"

남자가 발악을 했지만 결국 보안직원들에 의해 끌려갔고 주은은 자리에서 겨우 일어났다.

"점주님, 괜찮아요? 입술에서 피 나요."

홍 매니저가 주은을 부축해 매장에 있는 의자에 앉혔다.

"어유, 왜 나섰어? 보안직원 올 때까지 그냥 있지?"

"그러게. 괜찮아?"

방관자처럼 보고만 있던 타 브랜드 직원들이 그녀를 걱정하며 주은의 매장으로 몰려들었다.

"괜찮아요?"

어느새 최찬까지도 그녀 옆에 서 있었다.

"일단 의무실로 가요."

최찬이 그녀를 데리고 의무실로 향했다.

"겁도 없이 그런 일에 끼어들면 어떡해요?"

이상하게 최찬의 목소리가 그녀를 걱정하는 게 아니라 짜증을 내는 것처럼 들려왔다.

"그렇다고 여자가 맞고 있는데 보고만 있어요?"

"주은 씨가 맞았잖아요!"

맞았는데 왜 걱정이 아닌 짜증을 부리고 있는 걸까. 이럴 경우 놀라지 않았냐고 걱정해주고 달래줘야 하는 게 정상 아닌가.

"다른 사람이 맞았으면 괜찮을 것 같아요?"

가던 발걸음을 멈추고 주은이 최찬을 바라봤다. 최찬은 그녀가 마음에 안 드는 것처럼 힘이 잔뜩 들어간 눈으로 그녀를 바라봤다.

"최찬 씨…… 아니에요."

주은은 최찬에게 무언가 말을 하려다 말고 의무실을 향하여 혼자 걷기 시작했다. 최찬이 따라오는 기척은 느껴지지 않았지만 등 뒤로 그의 시선이 꽂히는 게 느껴졌다.

'당신 같은 사람 때문에…….'

최찬을 향한 인간적인 실망감이 느껴졌다. 그 실망감은 의무실에서 간단한 처치를 받고 여직원 휴게실에 앉아 있을 때까지 가시지 않았다.

여자의 상황이 너무 절박해 보였다. 맞고 있는 여자의 모습에서 그녀의 이모가 생각났다. 의처증이 심했던 이모부의 폭행으로인해 죽음을 맞이했던 이모. 도와주지 않으면 여자도 그녀의 이모처럼 되었을지 모른다. 깊은 한숨이 주은에게서 흘러나왔다.

오늘 하루 근무가 너무도 힘들 것 같은 생각으로 매장으로 돌아왔을 때.

"괜찮으세요?"

홍 매니저가 걱정스레 물었다.

"응. 괜찮아."

"담당님이 점주님 오시면 전화 달라고 하시던데요."

"알았어."

좀 전에 일어난 소동 때문이 아니더라도 그에 대한 실망감이 가라앉지 않은 가운데 통화하고 싶은 마음은 없었다. 하지만 그 일이 아닌 다른 이유일 수도 있어 어쩔 수 없이 전화기를 들었다.

−주은 씨?

"네. 전화 달라고 하셨다고."

−본사에서 나온대요.

"본사에서요? 왜요?"

−문제가 생겼나 봐요…… 그렇지만 걱정할 건 없어요.

문제가 생겼다는 최찬의 말을 이해할 수 없었다. 도대체 어떤 문제가 생긴 건지, 그 문제가 어떤 것이기에 본사에서 나온다는 건지. 그리고 그 일이 본사에서 나올 만큼 큰 문제였는지. 주은은 아무것도 이해할 수가 없었다.

"무슨 문제요?"

―맞았던 여자가 사기꾼이랍니다. 현재 수배 중인 상태고요. 아주 질 나쁜 사기꾼을 겨우 잡았는데 놓친 거라고 지금 회사 상대로 고소하겠다고 난리예요.

"그래서요?"

―본사까지 찾아간 모양이에요. 본사 법무팀까지 나서게 될 정도로 일이 커지긴 했지만 처리는 법무팀에서 알아서 할 거니까 걱정은 없어요. 다만 본사에서 나와서 정확한 경위를 파악하느라 주은 씨를 만날 건가 봐요.

"경위랄 게 뭐 있어요? 여자가 남자한테 죽을 것같이 맞고 있었고 난 그 남자를 말린 것밖에 없는데.

―그렇게 상황을 설명했는데 아무래도 법무팀에서는 정확한 근거 같은 게 필요하니까 CCTV 확보도 할 겸 나오는데…… 주은 씨가 직접 개입돼서 일이 벌어진 거니까…….

"부르라고 하세요. 난 죄지은 거 없으니까. 일해야 해서 끊을게요."

또 한 번 짜증이 났다. 사람 하나 죽을 것 같아 나서서 도왔을 뿐인데 법무팀까지 출동하는 일이 벌어지다니. 삭막한 이곳과 이곳 사람들이 너무도 싫었다.

최찬과 통화를 끝낸 후 주은은 일이 손에 잡히지 않았다. 고객을 응대하며 물건을 판매할 수 없을 만큼 굳은 얼굴이 펴지지 않았다. 차라리 조퇴를 하고 싶을 만큼 자리를 지키고 있는 게 힘들어질 때 사무실에서 호출이 왔다. 가기 싫은 발걸음을 겨우 옮겨 사무실에 들어서자 그녀를 향한 질책이 쏟아졌다.

"탐탐 점주님, 그냥 보안직원 올 때까지 계시면 될 걸 왜 남의 싸움에 끼어들어 일을 키웠습니까?"

본사에서 나온 직원인지, 법무팀원인지 낯선 얼굴 하나가 그녀를 보자마자 채근하듯 따지고 들었다. 사건의 처음은 관심이 없고 그저 일을 키웠다는 것 하나로 그녀의 잘못으로 몰아붙이는 것 같은 상황이었다.

그 옆에 앉아 있는 CS 팀장 역시 '이 사달을 만든 원흉'이라는 눈빛으로 주은을 쏘아보고 있었다.

주은은 일을 벌인 남자의 상태가 심각한 게 아니라 자신의 앞에 있는 직영 직원들의 정신 상태가 심각해 보였다. 일이 어쩔 수 없이 커졌다고 해도 그녀를 이렇게 몰아붙일 거라고는 예상하지 못했다. 그들과 본의 아니게 대립하는 경우는 많았어도 라이프 몰이라는 한배를 탄 공동운명체라고 생각했는데 그게 아니었나 보다.

"여자가 어떻게 맞았는지, 남자의 폭력이 어땠는지 안 보셨죠? 그냥 두고 볼 수 없을 만큼 심각했어요. 어쨌든 사람은 살려야 하는 거잖아요."

가만히 듣고 있을 수만은 없어 주은이 날을 세워 덤비듯 말했다.

"맞아서 죽는 사람 별로 없어요. 더구나 백화점에서 사람을 죽일 만큼 때리겠습니까?"

"이거 괜히 말 퍼지면 회사 이미지도 안 좋아지고 매출에도 큰 타격으로 올 수 있는 문제였습니다. 그런 일에 대한 해결은 보안팀에서 하는 거지, 점주님이 하시는 게 아니라는 겁니다."

"눈앞에서 일어난 폭행을 직원들이 방관했다면 그게 더 백화점 이미지와 매출에 치명적인 거 아닌가요?"

"탐탐 점주님, 아직도 내용을 잘못 이해하고 있는 것 같은데, 보안팀이 해야 할 일을 나서서 하지 말았어야 한다는 겁니다. 상황 판단 제대로 할 줄도 모르면서 나섰다가는 안 나서니만 못한 상황이 될 수 있다는 말을 하는 겁니다."

지금 이 순간, 아니 오전에 벌어진 사태에 있어서 죄인은 여자를 때린 남자도, 남자의 재산을 가로채 달아난 여자도 아닌 주은이었다.

그 여자가 남자에게 어떤 잘못을 하고 어떤 사기를 쳤는지 모르지만 그 사연을 알았다고 해도 주은은 말렸을 것이다. 하지만 지금 기가 막힌 건 앞에 있는 직영 직원들의 태도다. 그래도 그 순간 더 일이 커지지 않게 남자의 폭력을 방해한 그녀의 편을 들어줘야 하는 게 아닌가. 아무리 회사 입장이라는 게 있더라도 사람을, 그것도 여자에게 폭력을 행사할 수 있냐고 함께 탄식해줘야 하는 거 아닌가. 구해준 보람도 없이 여자는 사기꾼이었다고, 어떡하냐고 오히려 그녀를 위로해줘야 맞는 것 같은데 그들은 그저 회사 이미지와 매출에만 신경 썼다. 그녀의 입술에 난 상처나 한 여자가 무서운 폭력에 시달렸다는 사실 따위는 중요하지 않았다.

"그럼 제가 어떡하면 되겠어요? 그 남자 앞에서 빌까요? 아니면 탐탐을 빼고 나갈까요?"

주은의 인상도 심하게 구겨졌고 그들을 향해 시비조로 덤볐다.

"이미 일은 법무팀에서 해결했습니다. 혹시나 앞으로 또다시 그런 일이 일어나면 직접 나서지 마시고 보안팀에게 넘기십시오."

"탐탐 점주님 그렇게 안 봤는데 왜 이렇게 용감해요? 무식한 사람도 아니면서. 자칫 잘못됐으면 점주님 최악의 사태까지 갔을지 모른다고요."

"일이 해결되었잖습니까? 이젠 그만들 하시죠?"

모두가 주은에게 그녀 잘못이라고 하는 동안 최찬은 아무 말도 하지 않고 조용히 침묵만 지키고 있었다. 그러다 겨우 나서서 한다는 말이 일이 해결되었으니 그만하란다.

적극적으로 나서서 그녀 잘못이 아니라고 편을 들어주는 것까지는 바라지도 않는다. 회사 내 그의 입장이라는 게 있으니까. 그러면 그녀를 안쓰럽게라도 바라봐줘야 하지 않을까. 하지만 그는 지금의 상황과 상관없다는 듯 시선을 멀리한 채 뒷짐을 지고 서 있었다. 그리고 마지막에 나서서 하는 말이 해결되었으니 그만하라니. 적어도 한 번은 그녀 편에서 한마디 해줬어야 하지 않느냐 말이다.

그러나 그는 그녀가 사무실에서 나가는 그 순간까지 그녀 편에서 서지 않았다. 사무실에서 나오자 라이프 몰과 최찬에 대한 실망으로 근무를 할 수 없었다.

"홍 매니저, 미안한데 나 오늘 퇴근해야겠다. 매니저가 마감 좀 해줘."

"네. 그럴게요. 안색이 많이 안 좋아요, 점주님. 얼른 들어가세요. 그리고 오늘 일은 털어버리세요."

"응."

주은은 그렇게 이른 퇴근을 하고 밖으로 나왔지만 딱히 갈 곳이 없었다. 그 순간 민주가 그리웠고 공 여사가 그리웠다. 하지만 두 사람 모두 그녀 곁에 없으니 슬프기만 하다.

힘없는 발걸음은 자동적으로 집으로 향하였고 집 근처에 도착해 힘없이 걷고 있을 때, 택시에서 내리는 태운과 마주쳤다.

"어? 주은 씨!"

태운이 유난히 반가운 얼굴과 목소리로 주은을 알은체했다.

"퇴근하시는 거예요?"

일반 직장인들이 퇴근하기에는 이른 시간이었지만 주은은 그렇게 물었다.

"네. 주은 씨는요? 그런데 얼굴이 왜 그래요?"

태운이 놀라면서 물었다. 부어터진 뺨과 입술, 그리고 입술에 있는 피딱지는 누가 봐도 폭행을 당한 흔적이었다.

그녀에게 가까이 다가와 얼굴을 살피며 묻는 그의 표정을 보며 주은은 당황했다. 오늘 하루 그 누구에게서도 볼 수 없는 진심 어린 걱정이 그의 표정에서 보였기 때문이다.

"무슨 일 있었어요?"

이젠 그가 인상을 쓰며 그녀의 입술을 유심히 쳐다봤다. 마치 누가 그랬냐며 화를 내는 친오빠와 같은 느낌이 들었다. 온전하게 그녀 편을 들어주고 걱정해주는 것 같은 그의 모습에 참고 있던 감정들이 울컥하고 올라왔다. 하지만 자신의 감정을 친하지 않은 옆집 남자에게 들키고 싶지 않아 애써 웃으며 대답해주었다.

"아, 이거요? 나 혼자만 인정하는 영광의 상처예요."

태운의 미간이 심하게 움찔거렸다.

"누구하고…… 싸웠어요?"

자신을 안쓰럽게 보는 것 같은 태운의 시선이 부담스러워 주은은 일부러 더 밝은 표정을 지어 보였다.

"어쩌다 이렇게 됐어요."

두 사람은 자연스럽게 나란히 서서 집으로 발걸음을 옮기고 있었다.

태운은 그녀의 얼굴이 왜 그렇게 되었는지 취조하듯 물어서라도 알아내고 싶었지만 그녀가 별로 말하고 싶지 않은 것 같아 더는 묻지 않았다. 하지만 분명 누군가에게 맞은 것 같은 그녀의 얼굴은 그의 마음을 아프게 하고 신경 쓰이게 했다.

잠깐 침묵으로 걷던 중에 먼저 입을 뗀 쪽은 주은이었다.

"태운 씨."

"네?"

"세상이 참 삭막하죠?"

"……그렇죠."

"이 삭막한 세상…… 우리는 좀 다르게 마음을 열고 이웃끼리…… 친구처럼 술 한잔 해줄 수 있어요? 태운 씨가 그랬잖아요. 민주 대신 위로해줄 친구가 되어주겠다고."

"그럼요. 얼마든지요."

집으로 가던 발걸음을 돌려 둘은 집 근처 작은 호프집에 자리를 잡았다.

주은은 평소대로 소주를 주문하고 태운은 맥주를 주문했다. 각자의 술잔으로 몇 잔의 술을 마시면서 그저 그런 일상의 대화들이 오갔다.

무언가 답답한 마음을 풀기 위해 온 자리인 것 같은데 마음을 열지 않는 주은을 보며 태운은 안타까운 마음이 들었다. 하지만 그런 마음을 그녀에게 내보이지 않고 그녀가 오늘 겪은 어떤 사건에 대한 이야기를 먼저 풀어주길 기다렸다.

"충전기 하나 빌려주지 않으면서…… 먼저 술 마시자고 하고…… 웃기죠?"

주은이 서서히 그걸 풀어내려는 듯 물었다.

"전혀. 웃기는 게 아니라…… 걱정스럽죠. 무슨 일 때문에 그러는지…… 얼굴은 또 왜 그런지."

주은이 긴 한숨을 내뱉은 후 앞에 놓인 소주를 단숨에 마셨다.

"저한테 이모가 한 명 있었어요. 지금은 세상에 없지만."

의처증이 심한 남편으로 인해 사는 게 지옥이었던 주은의 이모는 결국 남편의 폭력에 목숨을 잃었다.

이모 이야기를 마친 주은이 소주 한 병을 더 주문한 후 오늘 매장에서 일어났던 사건을 태운에게 말해주었다.

"정말 나서고 싶지 않았어요. 휘말리고 싶지 않았는데…… 이모가 보이는 거예요, 그 여자에게서. 적어도 이모가 그렇게 무지막지한 폭력 속에 있을 때 누구 한 명이라도 나서줬더라면…… 살았을 거예요."

주은의 눈이 붉어졌다. 하지만 이야기는 계속 이어갔다.

"그래서 우리 엄마는 오지랖이 너무 넓었어요. 그렇게 잃은 동생 때문인지 이웃의 어려운 일이라면 그냥 막 나서서 도와주고 그랬거든요. 그런다고 이모가 살아오는 것도 아닌데. 그런 엄마가 저는 답답했어요. 그런데 우습게 말이죠…… 그 순간…… 맞는 여자를 보는 순간, 이모가 보이는 거예요. 엄마 마음이 어떤 건지 알겠더라고요. 모른 척할 수가 없었어요."

그런데 자신의 사연을 풀어내는 주은보다 태운의 표정이 더 많이 아파 보였다.

"차라리 모른 척할 걸 그랬나 봐요. 이모도 아닌데 모르는 여자가 어떻게 되든지 끝까지 모르는 척할걸."

"아니요. 잘했어요, 주은 씨. 그 여자가 사기꾼이었든, 살인자였든 주은 씨는 잘한 거예요. 그리고…… 주은 씨 어머님의 도움을 받은 이웃들은 어딘가에서 누군가를 도와주고 있을 거고. 그러니 후회하지 마요. 주은 씨는 정말 잘한 거예요."

생각지도 못한 그의 따뜻한 목소리와 위로에 눈물이 왈칵 차올랐다. 오늘 공 여사 생각이 많이 났다. 아무도 그녀의 마음을 알아주지 못하고 오히려 그녀를 죄인 취급하는 사람들을 보면서 답답하고 서글픈 마음에 화가 차올랐다. 그런데 그들의 모습이 결국, 예전 공 여사 앞에서의 자신의 모습과 다르지 않다는 것이 그녀를 너무 힘들게 했다.

'남의 일에 끼어들지 마, 엄마. 엄마 신변이나 먼저 신경 쓰고 챙겨!'

왜 그렇게 공 여사에게 모질게 굴었는지 후회가 밀려왔다. 자신만이라도 공 여사를 믿어주고 잘했다고 다독여야 했는데. 그 씁쓸함과 깊은 후회를 태운이 달래주고 있는 느낌이다.

"고마워요. 그렇게 말해줘서. 아무도 나에게 잘했다고 말해준 사람이 없었는데."

"만일 내가 그 자리에 있었으면 아마 그 남자 무사하지 못했을 겁니다. 어디 여자를."

"그렇죠? 그 여자가 아무리 자기 재산 다 가지고 날랐다고 하더라도 주먹을 여자한테 휘두르는 건 아닌 거죠?"

"물론이죠. 폭력은 누구에게도 안 되는 겁니다."

"맞아요, 맞아. 여자한테 폭력을 행사하는 남자들 보면 꼭 여자한테 열등감이 있거나 비열하거나 그렇더라고요. 우리 이모를 죽인 그 살인자가 그랬고…… 예전에 아내를 두고 바람을 피운 어떤 남자가 한 명 있었는데…… 그 남자도 그랬고. 그래서 제가 연애를 못하나 봐요. 그런 못나고 무식한 남자들을 봐와서."

"지금 연애 중인 남자가 없다는 말인가요?"

"지금 연애 중이라고 할 수 있는 남자가 있긴 있는데……."

"있는데?"

"그냥 있어요."

대충 말을 얼버무린 주은은 소주를 마셨다.

하지만 태운은 그녀의 표정에서 쓸쓸함을 읽어냈다. 연애 중이라고 했지만 말만 그렇다는 느낌이 들었다. 아니면 그 연애가 잘 안 되어가거나, 끝으로 치달아가고 있는 느낌이다. 그렇지 않으면 지금 이 시간 연애 중인 남자와 함께이거나 그 남자의 위로를 받아야 하는데 그녀는 자신과 함께 있다. 적어도 주은이 현재 마음을 다해 사랑하는 사람이 없다는 사실을 확신한 태운의 입가에 묘한 미소가 번졌다.

"많이 답답하고 힘들었는데 태운 씨한테 이렇게 다 털어놓고 같이 술 마시고 태운 씨의 위로를 들으니까 속이 시원해졌어요. 고마워요."

태운이 고개를 저었다.

"아니요. 내가 더 고마워요. 주은 씨가 마음이 예쁘면서도 용감해서. 약하지 않고 비겁하지 않아서. 그런 주은 씨가 이웃이라는 게, 그리고 내가 그런 주은 씨의 옆집에 살고 있다는 게."

"위로를 민주보다 더 잘해주시네요. 민주 같았으면 나보다 더 흥분해서 내가 민주를 달래줘야 하는 그런 사태를 만들었을 텐데…… 태운 씨 2차 갈래요?"

"주은 씨가 원한다면."

"원하니까 가요. 대신 2차는 태운 씨가 원하는 대로. 그래서 2차에서는 태운 씨 얘기 좀 풀어놔 봐요."

태운은 고개를 끄덕이며 먼저 자리에서 일어났고 주은이 따라 일어섰다. 그런데 앉아 있을 때는 별로 느껴지지 않던 취기가 확 몰려왔다. 빈속에 소주 2병을 빠르게 마신 데다 태운으로 인해 편해진 마음이 긴장을 풀게 했고 그로 인해 순식간에 몸도 마음도 흐트러졌다.

그녀가 비틀거리자 태운이 부축하며 물었다.

"괜찮아요?"

"네. 괜찮아요. 겨우 소주 두 병인데요."

하지만 물먹은 솜처럼 그녀는 제 몸을 제대로 가누기 힘들어 그 자리에 다시 주저앉았다.

"2차는 나중에 하고 집으로 가요."

태운의 말대로 하는 게 좋을 것 같아 주은은 겨우 정신을 차리고 호프집에서 나왔다. 태운 앞에서 실수하지 않기 위해 걸음걸이를 똑바로 하고 아득해지려는 정신을 부여잡으며 버텼으나 얼마 가지 못하고 그녀는 정신을 까무룩 놓고 말았다.

그녀를 둘러업고 집으로 들어온 태운은 아주 조심스럽게 침대로 눕혔다. 신발을 벗기고 헝클어진 앞머리를 정리해주던 태운의 손이 멈췄다. 잠깐 머뭇거리던 태운이 두 손으로 그녀의 볼을 감쌌다. 부은 왼쪽 볼을 쓰다듬고 딱지 앉은 그녀의 입술을 엄지로 쓸었다. 얼마나 아팠을까. 생각만으로 그의 가슴도 무너져 내린다.

'주은 씨, 잘했다고는 했지만 당신 맞은 건 정말 아프다.'

주은의 얼굴에서 손을 뗀 태운이 누워있는 그녀의 몸에 시트를 꼼꼼하게 덮어주었다.

'주은 씨, 이젠 당신 혼자 모든 걸 감당하게 하고 싶지 않아. 내가 그래서 당신한테 왔으니까…… 지켜줄게요. 그 어떤 것들이 당신을 힘들고 아프게 하더라도 내가 옆에 있다는 걸 알아줬으면 해요.'

잠에서 깬 이유는 두통 때문이었다. 하지만 눈을 뜨고 나니 두통보다는 속이 더 불편했다. 쓰리고 아프고 울렁거리고. 빈속에 마신 음주의 후유증으로 괴로워하며 침대에서 몸을 일으키는 순간.

"헉!"

그녀가 있는 곳은 그녀의 집이 아니었다. 어디인지 알 수 없을 만큼 낯선 곳이었다. 본능적으로 시트 속 자신의 차림새부터 살폈다. 어제 입고 있던 옷 그대로 입고 있다.

"하, 미치겠다, 정말."

주위를 둘러보니 호텔은 아닌 것 같고, 모텔은 더더욱 아닌 것 같다. 세련되고 모던한 인테리어가 눈에 들어왔지만 지금은 그런 걸 감상하고 있을 때가 아니다. 어제 태운과의 술자리에서 2차를 가자며 일어난 후로 기억이 없다. 그렇다면 태운이 자신을 이곳에 데려다 놓았을 텐데, 이곳은 어디이며 그는 어디에 있단 말인가.

아무리 둘러봐도 그의 모습은 보이지 않았다. 주방인지 홈바인지 잘 꾸며놓은 그곳 테이블에 자신의 가방이 보였다. 침대에서 빠져나오며 주은은 이곳저곳을 살폈다. 그런데 화장실 위치와 대강의 크기가 낯설지 않다.

'혹시…… 나가보면 알겠지.'

혹시 모를 사태에 대비해 최대한 발뒤꿈치를 들고 살금살금 걸어 가방을 집어 들고 도망가려는데 가방 옆에 놓인 쪽지와 작은 쇼핑백이 눈에 들어왔다.

'뭐지?'

그녀의 가방 옆에 있는 걸 보면 쪽지는 분명 그녀에게 썼을 확률이 높아 빠르게 펴서 읽기 시작했다.

〈잘 잤어요? 일어나서 당황했죠? 하지만 걱정하지 마요. 술에 취한 줄 모를 정도로 너무 곱게 잠들어서 깨우지도 못했어요. 저녁도 먹지 않고 많은 술을 마셨으니 속이 많이 불편할 것 같아 준비했어요. 꼭 챙겨서 먹어요. 그리고 주은 씨는 어제 충분히 멋있는 사람이었어요. 그러니 오늘 당당하게 출근해서 일해요.

　PS. 혹시라도 집주인을 밖으로 내몰고 침대를 차지한 게 미안하다면 저녁 사는 것도 괜찮은데.〉

　그리고 마지막에 그의 것으로 보이는 전화번호가 적혀 있었다. 가방 옆에 있던 쇼핑백에는 속이 불편할 걸 생각해 준비했다는 죽이 들어 있었다.

　술에 취해 필름이 끊기고 태운에 의해 그의 집에서 하룻밤을 보낸, 이 모든 실수가 얼굴 빨개지도록 창피해야 정상이다. 그런데 이상하게 그런 부끄러운 감정보다는 그가 남긴 쪽지에 가슴이 먼저 설렌다.

　주은은 한숨으로 그 설렘을 떨쳐버리고 가방과 그가 챙겨준 쇼핑백을 들고 태운의 집을 나와 자신의 집으로 들어왔다. 시간을 확인하기 위해 휴대폰을 보니 부재중 전화가 20통 가까이 와있었고 카톡과 문자도 만만치 않게 들어와 있었다. 거의 다가 최찬과 혜영이었고 내용도 뻔한 것들이었다.

　주은은 속이 뒤집히는 괴로움을 참을 수 없어 죽부터 챙겨 먹었다. 흔한 보관용기에 담긴 죽을 당연히 프랜차이즈 죽집의 것이라 여겼는데 그게 아니었다. 그동안 먹었던 익숙한 죽과는 달리 예전 엄마의 손맛이 느껴지는 죽이다. 부드럽게 씹히는 전복과 고소한 참기름은 절대 프랜차이즈에서는 볼 수 없는 맛이다.

　'설마 이걸 직접 끓인 건 아니겠지?'

하지만 직접 끓이지 않고서는 맛볼 수 없는 재료와 맛이다.

'어디 가서 이걸 구한 거야……?'

그렇다고 누구에게 부탁했을 리도 없다. 생각이 깊어질수록 그에 대한 감정이 깊어질 것 같아 주은은 제 생각을 잘라버렸다.

죽 한 그릇을 다 비우고 나니 속이 좀 편해졌고 속이 편해지니 두통도 나아졌다. 샤워를 끝내고 주은은 평소보다 훨씬 일찍 집을 나섰다.

매장 근처에 있는 커피숍에 들어가 따뜻한 커피 한 잔을 마시는 여유를 부리고 있을 때 또다시 태운 생각이 떠올랐다.

'어디서 잤을까? 출근하려면 집에 들어와서 준비해야 할 텐데.'

고맙다는 그리고 폐를 끼쳐 미안하다는 쪽지를 남기고 나오지 못한 후회가 생겼다. 주은은 대신 문자를 보내기로 하고 쪽지를 꺼내 그의 전화번호를 확인했다. 그리고 문자를 찍기 시작했다. 하지만 어떤 말로 시작을 해야 할지 몰라 쓰고 지우기를 여러 번. 그렇게 휴대폰을 들고 씨름을 하는 중에 휴대폰 벨이 울렸다.

최찬이었다. 받을까 말까를 잠시 고민하다 전화를 받았다.

"여보세요?"

ㅡ주은 씨, 어디예요? 어제 연락이 안 돼서 걱정 많이 했는데……. 기분 좀 괜찮아졌어요?

"네."

ㅡ어제저녁에 만나서…… 술이라도 같이하면서 마음을 달래줄까 했는데 연락이 안 돼서…….

"어제 괜찮았어요. 최찬 씨가 달래주지 않아도 될 만큼."

-그래요? 괜찮았다니 다행이기는 한데…… 그래도 좀 서운하네요. 나한테 기대줬으면 좋았을 텐데.

"누구한테 기대는 거 익숙하지…… 않아요."

그 말을 하는 순간 태운이 생각났다. 누군가에게 기대는 게 익숙하지 않은 그녀가 어제 태운을 붙잡고 술을 마시고 감정을 털어났다는 게 이상했다.

-일단 이따 봐요, 주은 씨.

"네. 끊을게요."

최찬과의 통화를 끝내고 주은은 태운에게 문자를 보냈다.

[어제 너무 고맙고 죄송했어요. 저녁에 시간이 어떻게 되세요? 저는 8시 퇴근입니다]

그러자 바로 답이 들어왔다.

[회사 앞으로 모시러 갈까요?]

[일단 집 앞에서 봐요. 8시 30분에. 저녁 식사 하기에 좀 늦은 것 같으면 내일 저녁은 어떠세요? 내일은 제가 휴무라 아무 때나 괜찮은데.]

[일단 오늘 봐요. 8시 30분에.]

주은은 벌써부터 태운과 함께할 저녁 메뉴가 고민이었다. 무엇을 사줘야 하나. 강태운은 어떤 음식을 좋아할까. 그저 어젯밤 신세를 진 미안한 마음으로 밥 한 끼 사는 것인데 메뉴에 대한 고민이 쉽게 해결되지 않았다.

'무슨 데이트를 하는 것도 아닌데…….'

하지만 생각과 달리 연인과의 데이트 약속을 잡은 것 같은 기분으로 커피숍에서 일어나 매장으로 향했다. 직원 출입구 앞에 서니 어제 일이 떠올랐지만 털어버리기로 마음먹으니 어렵지도 않았다. 오늘은 어제와 달리 좋은 일만 생길 거라는 자기최면을 걸었다. 그런데 누군가 뒤에서 수군거리는 말이 들려왔다.

"어제 5층에 난리 났었다며? 누가 엄청 맞았다는데."

주은은 승강기로 향하던 발걸음을 비상계단 쪽으로 돌렸다. 직원용 승강기를 탔다가는 어제 일로 떠들어 댈 직원들의 이야기로 애써 걸어놓은 기분 좋은 최면이 풀어질 것 같았다. 주은은 비상계단을 택해 5층으로 올라갔다.

날씬한 다리를 유지하기 위해 계단 끝 부분만을 까치발로 밟으며 오르고 있을 때, 누군가의 목소리가 들려왔다.

"고민 중이야, 계속 만나야 할지 아니면 관둬야 할지."

많이 듣던 목소리, 최찬이었다.

"생각보다 꽉 막혔어. 틈이 없어, 틈이. 거기다가 어제 매장에서 사고를 쳐서 깜짝 놀랐어. 틈만 없는 게 아니라 겁도 없는 것 같아."

분명 자신의 이야기를 누군가에게 하고 있는 것 같은데 그 내용이 그냥 듣고 있기에 거북한 것들이었다.

"스튜어디스 출신이라 얼굴하고 몸매는 끝내주지. 여기 닳고 닳은 애들하고 차원이 다르게 우아한 맛도 있고. 그런데 그게 또 흠이야. 벽을 친 것도 모자라 너무 건조하고 진지해. 조건이야 선본 여자가 훨씬 낫지. 어디다 비교를 해? 엄마가 얼마나 고르고 골라서 내밀었겠냐? 그런데 조건하고 집안만 고르고 골라서 비주얼이 너무 떨어져. 아무리 인물 보고 사는 거 아니라지만 많이 심하게. 그런데 어떡해? 선본 여자하고 결혼한다는 조건하에 엄마한테 사업 자금 받기로 했는데…… 그래, 사업 얘기는 만나서 하자."

뚜벅거리는 구두 소리와 한숨 소리가 멀어져갔다. 주은은 그 자리에 얼은 듯 서서 움직일 수가 없었다.

최찬의 진심은 무엇일까? 선본 여자가 따로 있었다는 것이 놀랍고 기가 막힌 일이기는 하지만 억지로라도 이해하고 넘어갈 수 있다. 부모의 압력에 못 이겨 어쩔 수 없이 보게 되는 경우도 있으니까. 하지만 그녀를 생각하는 그의 진심이 없어 보여 충격이다.

물론 그녀도 최찬이 죽을 만큼 좋은 건 아니었다. 마음을 다 주고 다가가지 않은 건 사실이다. 그의 말대로 자신도 모르는 벽을 쳐놓고 그 이상 다가올 수 없게 한 것도 사실이다. 하지만 주은은 그만큼 진지했다. 대충 만나다 끝날 사이로 그와 시작한 게 아니었기 때문에.

그러나 최찬은 그녀에게도, 선을 봤다는 그 여자에게도 진심은 없는 것 같다. 주은은 그냥 단순한 연애 상대로, 선본 여자는 집에서 사업 자금을 받아내기 위한 결혼 상대로 보는 게 다인 것 같다. 일생을 함께해야 할 결혼 상대마저도 계산적으로 선택하는 그의 모습에 주은은 충격적이지 않을 수 없다. 아무리 사람 겉만 보고 알 수 없다지만 최찬이 저토록 진심이 결여된 인간인 줄 몰랐다. 그가 매장에서 보여준 것과는 전혀 다른 모습에 자신이 들은 목소리가 최찬인지 의심스러웠다.

바닥에 앉아 실망스러운 마음을 한참 달랜 후 주은은 5층 매장 안으로 들어왔다. 출근부에 사인을 하고 자신의 매장으로 향해가는 길에 최찬에게 끼 부리고 있다던 CS팀 곽지윤을 만났다.

"탐탐 점주님! 어제 왜 그러셨어요? 다행히 본사에서 잘 처리해서 일이 커지지는 않았어요. 혹시 앞으로 이런 일이 생기면 바로 사무실이나 보안과로 연락부터 취하라는 주의 들었죠?"

기본적인 인사조차 건네지 않은 채 곽지윤은 주은을 보자마자 사납게 몰아쳤다.

"여기는 길거리나 시장판이 아니니까 앞으로 행동하는 데 있어 신경 쓰라는 말이에요."

"그러죠."

주은은 건성으로 대답했다.

"점주님!"

고분고분하지 않은 주은의 태도에 화가 난 곽지윤이 대놓고 시비를 걸려는 목소리로 주은을 불렀다. 주은도 이번만큼은 그냥 넘어가지 않고 건들면 덤비겠다는 각오로 그녀에게 한 발 다가갔다. 그런데 곽지윤이 바로 태도를 바꾸고는 그녀를 걱정해주는 것이 아닌가.

"점주님, 그냥 다 털어버리세요. 세상에는 별별 사람이 다 있으니까. 그럼 오늘도 수고하세요."

정신이 어떻게 됐나 하고 그녀를 보는 순간 주은의 뒤쪽에서 최찬이 다가와 곽지윤 옆에 섰다.

"최찬 담당님, 제가 점주님에게 현재 어떻게 결론이 지어졌는지 다 말씀드렸어요."

"아, 그래요?"

"가요, 담당님. 제가 커피 한 잔 사드릴게요."

"……."

최찬은 주은에게 무언가 할 말이 있는 것처럼 머뭇거렸지만 결국 곽지윤에게 끌려가듯 주은에게서 멀어졌다.

'오늘은 무슨 계산을 하고 나한테 다가오려 했을까?'

어쩌면 어학원에 다닌다는 말도 거짓인지 모른다. 선본 여자와 데이트를 하기 위해 주은에게 어학원을 핑계로 거짓을 말한 건지도.

이를 박박 갈며 탐탐 매장으로 돌아오니 이번에는 혜영이 그녀를 끌고 비상계단으로 갔다.

"어제 혼자 술 마셨지?"

"……응."

태운과 함께 있었다고 하면 귀찮게 할 것 같아 주은은 혼자 술 마셨다고 했다.

"최찬이 네 걱정 엄청 하더라. 어제 나한테 와서 연락이 안 된다고 네 집까지 같이 가달라고……."

"최찬하고는 끝낼 거야. 그러니까 그 사람 얘기는 하지 마."

"끝낼 거라고?"

"아니, 마음은 이미 끝냈어. 보니까 그 사람은 나보다 곽지윤이 더 어울리더라고."

음흉하고 이중적인 것이. 그 말은 생략했다.

"왜…… 어제 일로 두 사람 사이에 뭐가 있었어?"

"그냥 그렇게만 알아둬."

혜영은 설마 하는 눈빛으로 주은을 바라보았다.

"들어가자. 나 어제 일찍 퇴근해서 홍 매니저 오늘 많이 쉬게 해줘야 해."

"그래도…… 남 주기 아까운데……."

"솔직히 말해줘? 난 그냥 줘도 싫어. 아니, 지참금을 챙겨온다고 해도 싫어!"

주은은 매장으로 돌아왔다.

"점주님, 신상품 새로 들어왔는데 반응 좋을 거 같아요. 벌써 지프탑 언니가 하나 찜해놓고 갔어요."

홍 매니저가 오늘 새로 들어온 셔츠 하나를 보여주었다. 소매를 롤업해서 입는 흔한 스타일로 보이지만 허리 부분에 잡힌 드레이프로 인해 여성스러우면서도 세련된 분위기를 내고 있었다.

"그러게, 괜찮네. 이거 입고 있어야겠다."

"그럼 바지는 이걸로."

홍 매니저가 셔츠에 어울리는 바지 하나도 골라 건네주었다.

가끔 일어나는 그들의 일상이다. 손님들의 구매 의욕을 높이기 위해 신상품이나 재고 중에 많이 팔릴 것 같거나 많이 팔아야 하는 상품을 유니폼으로 입고 있는 경우 말이다. 특히나 주은은 키도 크고 좀 마른 듯한 몸매에 세련된 미모여서 그녀가 좀 신경 써서 입으면 그 제품 매출이 늘어나는 경우가 다반사였다.

신상품 매출을 높이기 위해 옷을 갈아입고 나왔지만 태운과의 약속에 입고 가도 될 것 같다는 생각이 들었다. 그러면서 최찬과 단둘이 식사했던 첫날 차림에 신경 썼던 기억이 떠올랐다. 순간 자괴감이 들었다. 진심이 없는 남자를 자신은 심각한 고민 끝에 너무나도 진지하게 받아들였다는 사실이 창피해졌다.

달려가서 사람 잘못 봤다고 한 대 올려붙이고 싶었다. 하지만 어제에 이어 오늘 또다시 담당인 최찬과 폭행 사건으로 회사를 들썩이게 하고 싶지 않았다. 그랬다가는 정말 라이프 지라시에 올라 말도 안 되는 소문에 시달릴 게 뻔하다.

겨우 마음을 진정하고 주은은 업무에만 집중했다. 그럴수록 최찬의 존재는 사라져갔고 퇴근 시간까지 주은의 의식 속에는 오늘 매출액밖에 없었다.

"오늘 매출 좀 괜찮네."

"그러게요. 신상 반응이 좋으니까 바로바로 매출로 나오네요, 점주님. 발주를 좀 많이 해놓을까요?"

"그러는 게 낫겠지? 그리고 이거 한 벌 더 빼놔. 민주한테 보내주게."

"프랑스에 가신 친구분이요?"

"응."

민주가 그리워졌다. 어제는 태운이 민주를 대신해 위로해주고 달래주었지만 최찬으로 얼룩진 지금 상태를 민주를 대신해서 털어놓을 누군가가 없다. 연애의 실패로 인한 아픔이 아닌 인간적인 실망감으로 아픈 자신의 마음이 어떤 건지 잘 헤아려 줄 친구가 없다는 것이 서글펐다. 오늘 저녁 태운과의 약속이 없었더라면 많이 암울했을 텐데 그나마 태운과의 저녁 약속이 있어 마음을 가볍게 할 수 있는 것 같다.

'그래, 남자는 그냥…… 연애 상대 말고…… 강태운 씨처럼 편하게 만나는 사이로만 가는 게 좋은 거야.'

민주를 대신할 수 있고, 마음을 열고 싶은 만큼만 열어도 되는 태운과의 사이가 딱 좋은 느낌이다. 남자가 아닌 이웃으로 만나 인간적으로 친해지는 사이.

2년 전 인간적인 배신을 크게 당한 주은은 사람을 별로 믿지 않고 마음을 열지 않는 편이다. 하지만 태운에게는 그런 믿음과 상관없이 그냥 좋은 이웃, 좋은 사람일 거라는 단순한 기대감이 든다. 굳이 뭘 내보이거나 하지 않아도 되는, 계산적이지 않고 그냥 편하게 지내는 이웃 사이. 그래서 함께하는 저녁이 부담스럽지 않은 그와 적당한 거리감을 유지할 수 있기를 바랄 뿐이었다.

퇴근 시간이 얼마 남지 않았을 때 최찬에게서 전화가 걸려왔다. 받기 싫었지만 한참의 고민 끝에 전화를 받았다.

"여보세요?"

–최찬입니다.

"네."

–저녁 먹어요, 우리.

"약속 있어요."

–그럼 늦게라도 만나서 차라도 마셔요.

"……그래요, 그럼."

최찬과의 만남을 피할 이유는 없었다. 그에게 진심이 없는 걸 안 이상 이대로 있을 이유도 없다. 얼굴조차 마주하고 싶지 않은 그와 빨리 끝내기 위해서도 만나야 할 것 같았다.

4. 이웃, 그 이상

　강남의 50평대의 고급 오피스텔. 전면이 통유리로 되어 한강이 내려다보이는 이곳은 태운의 짐 창고처럼 되어버린 그의 진짜 집이다. 매일을 반지하 원룸에서 퇴근하고 출근하지만 이곳이야말로 태운의 진짜 거주지다. 태운의 거의 모든 짐이 이곳에 있다. 하다못해 그의 차도 여기에 주차되어 있다.

　사실 차까지 이곳에 두고 싶지는 않았지만 동네에 주차할 곳이 마땅치 않았다. 지하철역 근처에 있는 유료 주차장을 이용하려 했지만 벤틀리라는 차가 부담스러웠는지 거절 아닌 거절을 당했다. 그래서 힘들게 지하철이나 택시를 이용해 출퇴근하는 중이다.

　자신이 생각해도 눈물 나는 짝사랑의 여정을 가고 있다.

　그를 위한 먹거리도 도우미가 이곳으로 출근해 그의 식사거리를 준비해놓고 간다. 꼭 필요한 것들과 최소한의 것들은 반지하 원룸으로 가져다놓았고 옷들과 도우미가 해놓은 음식들을 그때그때 이곳에 있는 것들과 바꿔가며 가져다놓고 있으니 거의 창고라 할 수 있겠다.

어젯밤 술에 취한 주은을 침대에 눕히고 이곳에 와서 죽을 만들었다. 다행히도 그가 좋아하는 전복이 있었고 모친에게 배웠던 죽을 만들어 주은이 잠들어 있는 반지하 원룸에 가져다놓고 다시 이곳으로 와서 잠깐 눈을 붙였다.

아침 일찍 일어나 출근 준비를 하면서 그의 신경은 온통 휴대폰으로 가있었다. 과연 그녀가 저녁을 사겠다는 전화를 해올지 궁금했다. 꼭 저녁을 얻어먹자는 의도는 아니었다. 자신의 전화번호를 알리기 위한 방법이었다. 그래도 그녀가 전화를 해주기를 바랐고 좀 더 욕심을 내 저녁까지도 함께하고 싶어졌다.

'혹시 잠에서 깨지 못하면 어떡하지? 출근은 해야 할 텐데…… 가서 깨워줄까?'

하지만 그가 가서 깨워준다면 분명 그녀는 그와 눈도 마주치지 못하고 창피해할 텐데…… 그렇게 그녀를 곤란하게 하고 싶지는 않았다.

태운이 안절부절못하고 불안해하며 차에 올라 운전대를 잡았을 때 그의 휴대폰에 문자가 들어왔다. 기다리고 기다리던 그녀의 문자였다.

서로가 문자를 주고받고 저녁 약속을 했지만 그 저녁 시간까지 기다릴 수 있을까 싶게 출근을 하고서도 마음이 조급해지고 설레었다. 그 마음이 안정이 되기도 전에 회의가 시작되었다. 어소 변호사가 해외 공장 인수를 위한 기업의 의견서 초안을 태운에게 제출했다.

"제대로 검토하고 작성한 거야?"

방금 전까지 여자를 생각하며 설레었던 남자가 맞나 싶게 후배 변호사를 바라보는 그의 눈빛을 무척이나 날카로웠다. 매서운 눈빛으로 묻는 태운의 질문에 어소 변호사의 어깨가 움츠러들었다.

"네."

"공장 기계들도 인수하는 조건이야. 그런데 2007년 기계 교체를 했다고 하지만 회계 자료를 보면 기계 전체 교체가 아닌 부품만 교체했을 뿐이야. 결국 공장 기계들은 20년이 넘은 고물들이라는 건데 그 고물들을 이 가격에 매입한다는 게 말이 돼?"

어소 변호사가 아차 싶은 얼굴을 하며 고개를 숙였다.

"다시 작성해."

"네."

다음은 다른 어소 변호사가 제출한 해외 개발 사업을 벌이는 기업에서 보내온 합작사와의 이견 조율을 위한 영문서 초안을 검토한 후 파트너 변호사들끼리의 정례회의가 진행되었다. 태운은 자신이 맡고 있는 국내 기업 간 M&A에 대한 보고를 했다.

"선일제약은 무리한 신약 개발로 인해 차입금 의존도가 40%를 넘고 현금 흐름이 좋지 않습니다. 선일이 그렇게 두 가지 가이드라인을 다 넘긴 반면, 우성은 오히려 그동안 인수해온 기업들로 인해 경쟁업체를 없애면서 시장점유율을 높여왔습니다. 선일 쪽에서 무리한 조건만 내세우지 않는다면 서로 조율하는 데는 문제가 없을 것 같습니다. 내일 있을 우성약품 이사회에 보낼 자료들은 모두 보내놓은 상태입니다."

그의 말을 다 들은 다른 파트너 변호사가 그에게 의견을 물어 왔다.

"진성식품이 성문건설을 인수하겠다고 나서는 건 어떻게 생각해?"

"진성식품이 건설이라는 새로운 사업에 손쉽게 진출할 수 있는 방법으로 나선 것이니만큼 적극적으로 달려들지 않을까요? 건설에 손댄 다음에는 유통으로까지 확장시킬 것 같고."

"그래서 타임마트가 우리하고 함께 나섰고. 아무래도 진성은 정앤유에서 맡지 않을까 싶어. 쉽지 않겠어."

각자 맡은 업무나 프로젝트에 관한 의견을 나누고 일정 보고를 하는 식의 미팅이 끝났다.

저녁 시간 주은과의 약속 시간을 지키려면 점심시간을 느긋하게 가져서는 안 된다. 샌드위치를 사다가 먹으며 메일 확인을 하고 필요한 자료들을 어소들에게 전해주고 그가 검토해야 할 자료들을 검토해나갔다. 오후 시간은 내내 의견서 작성에만 시간을 보냈다. 국문 의견서는 비서가 오타를 체크해주지만 영문 의견서는 그가 꼼꼼하게 체크해야 하느라 시간이 좀 걸렸다. 하지만 주은과의 약속 시간에 늦지 않게 일을 끝냈다.

그렇게 시간적 여유 없이 바쁘게 보냈는데도 다른 때와 다르게 오늘 하루가 더디 간 느낌이다. 사춘기 소년도 아닌데 주은을 만나기 위해 회사를 나서는 기분이 떨리고 설레었다.

카페에서 그녀를 기다리고 있다는 문자를 보내고 창가에 앉아 커피를 마시며 지나가는 사람들에게 시선을 주었다. 많은 사람이 오가는 가운데 그의 눈에는 연인들만 들어왔다. 손을 잡고 가거나 어깨동무를 하거나 허리에 팔을 두르거나 해서 꼭 붙어가는 그들이 부럽기만 했다.

'나도 주은 씨와 저렇게 될 수 있을까?'

평범하게 손을 잡고 웃으며 걷는 저들처럼 그도 그녀와 함께 손을 잡고 마주 보며 웃고 싶었다. 아니, 이제부터 그녀를 웃게 해주고 싶었다.

저 멀리 걸어오는 주은의 모습이 보이자 태운의 심장이 뜨거워졌다. 저 여자를 절대 놓치지는 말라고 그의 심장이 그렇게 말하고 있는 것 같았다.

"어? 먼저 오셨네요?"

그녀의 표정이 밝다. 아직도 마음 상해 얼굴에 그늘이 져 있으면 어쩌나 걱정했는데 그게 아니어서 다행이었다.

"뭐 드실래요?"

주은이 물었다. 별것 아닌 질문인데 왜 이리 기분이 좋은지 광대가 하늘까지 올라가는 기분이다.

"메뉴를 저한테 맞추는 겁니까?"

"물론이죠. 신세 져서 갚는 입장은 저니까요."

"저녁을 사라는 게 갚으라는 뜻에서 한 말은 아니었어요."

"알아요. 말이 그렇다는 거예요. 저는 다 잘 먹지만 혹시 가리는 음식이 있지 않을까 해서요."

세심한 그녀의 마음 씀씀이에 또다시 입가가 저절로 올라갔다.

"음식 별로 안 가리고 다 좋아합니다. 솔직하게 말씀드리면 전 그냥 집에서 먹는 상차림처럼 나오는 백반 좋아합니다. 밥 있고,

국 있고, 반찬 있고 양도 많고…… 싸고. 그런 거 좋아해요."

"진짜요? 그럼 기사식당 가면 좋은데."

"좋은 생각인데요. 아는 식당 있습니까?"

주은이 기사식당을 가고 싶어 하는 것 같아 태운은 그곳에 가자며 자리에서 일어났다.

"정말…… 괜찮겠어요, 태운 씨? 다른 거 드셔도 돼요."

"아니요. 딱 그게 좋습니다. 기사식당, 돼지불백."

"나중에 딴소리 안 하기에요!"

"물론입니다."

기사식당이면 어떻고, 시장의 떡볶이집이면 어떤가. 그녀와 함께 식사할 수 있는 시간만으로 감사한 것을.

두 사람은 택시를 이용해 주은이 잘 알고 있는 기사식당으로 자리를 옮겼다. 그곳에서 주은은 태운에게 메뉴 선택권을 주었고 그는 기사식당의 백미 '돼지불백'을 주문했다.

푸짐하게 차려지는 상을 보며 태운에게서는 만족스러운 미소가 쏟아져 나왔다. 마치 처음 받아보는 진수성찬을 보고 있는 것 같았다.

"와우! 대단한데요."

게다가 상추쌈을 제대로 싸먹으며 엄지를 치켜세우는 그는 그곳의 음식이 무척이나 맘에 드는 모양이었다. 그리고 고기부터 된장찌개와 나물까지 어느 하나 가리지 않고 싹싹 비워가며 먹는 그의 모습은 생긴 것과 다르게 소탈해 보였다.

"어머니께서 한식당을 운영하셨어요. 지금은 미국 이모님한테 가서 사시지만. 그곳에 고급 한식당을 차려주겠다는 투자자들이 손을 내밀 만큼 음식 솜씨가 좋으세요. 대학 가면서부터 어머니가 해주신 밥을 못 먹고 지내는 것 같아요. 그 맛을 그리워만 했는데 오늘 어머니의 손맛을 본 그런 기분이에요."

밥을 산 보람이 있을 정도로 만족해하는 그의 모습에 주은은 뿌듯했다.

"다행이네요. 입맛에 안 맞으면 어쩌나 걱정했는데."

"음식은 가리지 않습니다. 식당 하시는 어머니 덕분에 음식에 대한 예의를 많이 배웠기 때문에 말이죠. 어려서부터 가리거나 남기거나 하면 정말 많이 혼났거든요."

그의 말에 반듯하게 잘 자란 남자라는 게 느껴졌다. 흔히 말하는 밥상머리 교육이 잘된 것 같은 느낌이다.

"잘 먹었습니다. 밥을 먹었으니 나가서 차라도 한 잔 할까요? 차는 제가 살게요. 너무 행복한 저녁을 맛보게 해주셔서."

"그럼 좋겠지만…… 다음 약속이 또 있어서요."

"아, 그래요? 할 수 없죠. 대신 다음에 오늘 못 마신 차 꼭 마시는 걸로 해요."

"네."

식사를 마친 두 사람은 집이 있는 동네로 다시 돌아왔다.

"약속은 어디서?"

"전화해봐야 해요. 먼저 들어가세요."

"그러죠. 저녁 잘 먹었어요. 그리고…… 혹시 약속 후, 너무 늦은 시간에 혼자 오게 되면 전화 줘요. 집 앞 골목은 여자 혼자 다니기 좀 위험해 보여서."

기사도 정신이 발휘된 것인지, 아니면 작업을 걸기 위한 하나의 작전인지 알 수는 없었지만 주은은 세심하게 걱정해주는 그 말이 싫지는 않았다.

"그럼, 먼저 들어갈게요."

태운이 몸을 돌려 큰 골목으로 올라가기 시작했다.

뭔가 쓸쓸해 보이는 그의 뒷모습을 보며 최찬에게 전화를 걸려고 할 때였다.

"주은 씨!"

등 뒤에서 그녀의 이름을 부른 사람은 최찬이었다.

"최찬 씨가 여기 왜……?"

"기다리고 있었죠."

주은은 예전 자신을 내려주었던 큰길에 서 있는 최찬을 보고 그가 무작정 그곳에서 기다렸음을 알 수 있었다.

"저 앞에 카페 있는데 거기로 가요."

주은은 최찬과 함께 카페로 들어갔다.

"내 느낌인가요?"

최찬이 조심스러운 말투로 물었다.

"뭐가요?"

"주은 씨가…… 날 멀리하려는 것 같은 느낌? 그런 게 느껴져요."

"최찬 씨, 돌리지 않고 바로 말할게요. 오늘 아침 출근해서 5층까지 걸어서 올라왔어요."

그녀의 말에 최찬의 얼굴이 굳어졌다. 최찬은 그녀가 어떤 말을 꺼낼 것이라 예상했는지 눈동자가 심하게 떨리고 있었다.

"고민할 필요 없어요. 그냥 끝내면 돼요."

최찬의 얼굴이 이젠 하얗게 변해가고 있었다.

"조건을 생각해서 마음에도 없는 상대하고 결혼도 생각하는 사람인데 연애는 무슨 계산으로 할지 걱정되고 무서워졌어요."

"주은 씨…… 그게 다 내 진심이라고 보면 안 돼요. 선본 걸 말하지 않은 건 미안한데 그건 어쩔 수 없는 사정이 있었고요."

주은은 변명을 하려는 최찬의 모습이 기가 막혔다.

"그렇게 구차하게 변명한다고 달라지는 건 없어요. 내가 그렇게까지 해서 잡고 싶은 여자가 아닌 거 알고 있어요. 그러니까 애써 변명으로 최찬 씨 이미지를 좋게 끝낼 필요는 없어요. 우리 어차피 끝낼 사이였으니까."

최찬이 주은을 보며 묘한 미소를 지었다.

"주은 씨도 꼭 그렇게 말할 처진 아닌 것 같은데…… 아까…… 그 남자. 주은 씨도 나 말고 다른 남자하고 만나고 다닌 거 아니었어요?"

헛웃음이 폭발해 나올 것 같았다. 그의 말도 안 되는 변명도 들어주기 짜증 났는데 태운을 끌어다 자신을 합리화하고 그녀를 같은 취급 하려는 그의 모습에 절로 비웃음이 나왔다.

"그러면 좀 나아요? 그렇게 하면 최찬 씨가 저지른 일이 합리화될 거 같아요? 너도 그랬으니 입 다물어라, 이러고 싶어요?"

"아니면 아닌 거지, 왜 이렇게 화를 내요? 어디서부터 무슨 말을 들었는지 모르겠지만 오해예요. 선본 건 맞아요. 그 여자하고 결혼하면 어머니가 사업 자금 대주겠다고 하셔서 흔들렸어요. 직장 생활 너무 힘들어서 사업을 해볼까 생각 중이거든요. 그런데 마음은 주은 씨한테 가 있고 사업은 하고 싶고 그래서 친구한테 주은 씨와 사업 자금을 포기하지 않고 얻어낼 방법이 없을까 고민 상담 중이었어요."

이래서 현장을 덮쳐야 하고 녹취 증거가 필요한가 보다.

"차라리 깔끔하게 인정하고 시인했으면 남자다워 보였을 텐데 안타깝네요. 그런 고민 할 필요 없어요. 난 이제 최찬 씨하고 더는 만나고 싶지 않으니까. 이제부터 하나만 고민하세요. 사업 자금, 하나만."

한숨을 내쉬는 최찬을 무시하고 주은이 자리에서 일어섰다.

"주은 씨, 정말 못 믿겠어요?"

최찬도 따라 일어서며 끝까지 변명을 하려 했다.

"안녕히 가세요, 최찬 담당님."

카페를 나와 주은은 최찬에게 깍듯하게 인사를 하고 뒤돌아섰다. 사람을 만나는 데 있어 좀 더 신중하게 생각해야 했는데 외로움에 지쳐 쉽게 생각하고 결정했음에 후회가 밀려왔다.

힘없는 발걸음으로 큰 골목을 지나 작은 골목으로 들어서려는데 그곳에 태운이 서 있었다.

"어? 여기 왜……?"

"아까 집에 들어가려는데 이 골목에서 남자 하나가 얼쩡거리는 게 보이더라고요. 느낌이 괜히 안 좋아서 주은 씨 데리러 나왔어요."

주은은 당황스러웠다. 그의 말이 사실이든 아니든 늦은 밤 어두운 밤길에 혼자 올 그녀를 걱정해주는 마음은 고맙지만 동시에 부담이기도 하다. 하지만 태운이 옆에 있어 무서웠던 밤길이 든든하기는 했다.

"고마워요."

"고맙기는요. 이웃 사이에."

씩 웃어주는 그의 미소는 꾸밈없이 순수하고 따뜻해 보였다.

승무원 시절, 수많은 남자의 대시를 받았었다. 수습 시절에는 그 남자들의 대시를 즐기곤 했다. 하지만 수많은 탑승객을 대하는 비행 경력이 늘어나고 나이를 먹으면서 주은은 남자들의 미소와 눈빛을 구분할 수 있게 되었다. 음흉한지, 순수한지, 진심인지, 설정인지를.

지금 눈앞에 보이는 태운은 순수하다. 이웃 사이에 도움을 주고, 진심으로 그녀가 걱정되어 나온 의도 외에는 다른 불순한 뜻이 숨어 있는 건 아닌 걸로 보였다. 그런데 왜 최찬에게서는 그런 걸 보지 못했을까? 분명 설정의 미소를 보여주었을 텐데.

'무장해제했던 거지. 이제는 정신 차리자. 외로움을 꼭 남자로 달랠 필요는 없으니까.'

그러면서 문득 드는 생각이 있었다.

'그럼 이건 뭐지?'

태운이 남자로 느껴지는 건 아닌데 너무 쉽게 편해진 관계. 마음을 나누지도 않았으면서 마치 그런 것과 같이 느긋하게 느껴지는 태운과의 감정선.

'이거 위험한 건데……'

태운이 편하게 느껴지는 자신의 감정을 단속해야 하지 않을까 싶었다. 설렘보다 편안함에 익숙해지는 것처럼 위험한 건 없다. 감정이 아닌 관계가 편해져야 하는데 편한 이웃을 넘어 감정마저 편해지려 하고 있다.

위험한 것이기는 하지만 애써 차단하고 단속하고 싶지는 않다. 늘 긴장을 하며 다녀야 했던 어두운 골목길이 그로 인해 무섭거나 외롭지 않아서일까. 그냥 그와의 관계를 물 흐르는 것처럼 놔두고 싶었다.

'그래 봐야 옆집 남자뿐이 더 돼? 그 선만 넘지 않으면 되는 거니까……'

아무나 믿지 않는 것처럼 이웃이라는 그와의 선을 넘지 않을 자신감이 있었다. 그래서 지금 느껴지는 안정감과 편안함이 불편하지 않았다. 사람 일이 앞으로 어떻게 될지 모르고.

이미 모든 진실이 들통 난 것 같은데도 최찬은 무슨 변명이 남아 있는 건지 주은에게 문자와 전화를 수시로 해왔다. 상대도 해주지 않는 주은에게 화가 났는지 오늘은 무척이나 날카로운 눈빛으로 그녀를 쏘아보며 매장을 지나쳐갔다.

'그래, 이래서 사내 연애는 안 되는 거야.'

앞으로 라이프 몰에서 일하는 게 어려워질 것 같은 불길한 예감이 스쳐 지날 때 태운에게서 문자가 들어왔다.

[얼마 전 마시지 못한 차 한 잔 오늘 어떻습니까?]

최찬에게 당한 지 얼마 안 된 시간이라 그런지 그의 문자가 부담스러웠다. 마음 편한 이웃 관계로 지내기에 지나치게 가까워지는 것도 별로라 시도 때도 없이 함부로 만나 시간을 보내는 건 아닌 것 같았다.

바로 답을 주지 않고 주은은 고민했다. 문자를 봐서는 차 한 잔 마실 때까지 계속 그녀를 채근할 것 같다는 생각에 차라리 한 잔

빨리 마시고 만날 기회나 핑곗거리를 털어버리는 게 나을 것 같았다.

[내일부터는 많이 바빠져서 당분간 시간을 내기 어려울 것 같아서요.]

태운에게서 또다시 들어온 문자를 보며 주은이 바로 답을 보냈다.

[좋아요.]

차 한 잔에 너무 많은 의미를 두지 말자는 단순한 마음으로 승낙을 했다. 혹시라도 차 대신 식사를 하자고 하면 거절해야겠다고 생각했다. 하지만 그건 그녀의 앞선 생각이었고 그날 저녁 태운과 주은은 얼마 전 최찬과 함께였던 카페에서 만났다.

"저녁은 먹었어요?"

주문을 앞두고 태운이 주은에게 물었다.

"그럼요."

"단거 좋아하죠?"

그가 그녀의 입맛을 잘 알고 있는 것처럼 물었다.

"내가 단거 좋아하는 거 어떻게 알아요?"

"아! ……그때 캐러멜 마키아토를 그냥 받았잖아요. 아메리카노로 바꿔다 준다고 했을 때 단거 좋아한다고 괜찮다면서……."

"그랬나요?"

그녀가 기억하는 건 캐러멜 마키아토와 딸기 무스 케이크를 주었다는 것밖에 없다. 그와의 대화는 기억에 남아 있지 않지만 그녀가 달달한 커피를 좋아하는 걸 알고 있는 걸 보면 그렇게 말한 게 맞나 보다. 다만 그가 그걸 기억하고 있는 걸 보며 세심한 남자라는 생각이 들었다.

"그렇게 말했어요. 그럼 마키아토 주문할까요?"

"아니요. 아포카토요."

"그럼 나도 그걸 먹어봐야겠어요."

태운은 아포카토를 먹어보지 못했다며 자신의 것도 아포카토로 주문했다.

"회사에 이걸 좋아하는 어소가 하나 있어요. 남자가 슈트 차려입고 아이스크림을 떠먹는 모습이 우스웠거든요. 그런데 너무 맛있게 먹어서 한 번 맛보고 싶다고는 생각했었는데…… 주은 씨 덕분에 먹어보네요."

"이게 얼마나 맛있는데요. 좀 비싸서 그렇지. 그런데…… 어소라고 하면…… 혹시 로펌에서 일하세요?"

주은의 말에 태운이 움찔하더니 바로 웃어 보이며 고개를 끄덕였다.

"어소라는 말을 모르는 사람이 많은데 어떻게 바로 로펌이냐고 물을 수 있어요?"

"예전에 선을 한 번 봤었는데 그 사람이 로펌 어소 변호사였거든요."

"선도 봤어요?"

태운은 그가 일하는 곳이 로펌이라는 것을 알아냈다는 것이 신기한 게 아니라 그녀가 선을 봤다는 것이 신기한 일인 것처럼 물었다.

"네. 잘나가던 승무원으로 일할 때요. 그때는 비행 다녀올 때마다 엄마가 선 자리를 하나씩 잡아서 내밀었었어요. 미래가 보장

된 의사, 변호사도 있었고, 공무원도 있었는데…… 유일하게 만나 본 사람이 변호사였거든요. 나머지는 다 비행을 핑계로 거절했고요. 그때 어떻게 잘 했으면 지금쯤 파트너 변호사 남편을 두고 있었을 텐데."

"아쉬워요? 그때 어소 변호사하고 이루어지지 못한 게?"

"뭐, 말이 그렇다는 거죠. 그럼 태운 씨도 어소?"

태운은 대답을 하지 않고 웃기만 했다. 마치 그녀의 질문이 틀렸다는 것처럼.

"설마…… 파트너…… 변호사예요?"

이번에는 그녀의 말에 긍정하듯 고개를 끄덕이며 웃어주었다.

"제가 알기로는 파트너 변호사는 웬만한 능력과 실력 없이는…… 혹시 최연소 사시 합격 이런 타이틀이 있는 건……."

"역대 최연소는 아니지만 그해 최연소 합격자는 제가 맞을 겁니다."

거짓말은 아닐 것이다. 그야말로 조사하면 바로 나올 테니까.

"정말 궁금해서 물어보는 건데요…… 파트너 변호사면서 왜…… 이런 동네 반지하 원룸에 사세요?"

태운은 최대 위기, 최대 갈등의 순간을 맞이했다. 자신이 누구인지 솔직하게 밝히고 그녀의 마음을 얻기 위해 일부러 이사를 왔다고 털어놔야 하는지, 아니면 거짓으로 일단 자신을 숨겨야 하는지. 자문에는 누구보다 냉철하고 철저하게 이성적인 그가 주은을 앞에 두고서는 이성적인 판단을 할 수 없었다. 그녀에 대한 마음이 이성적일 수 없으니 그 순간을 태운은 머리가 아닌 마음이 움직이는 대로 대답하기로 했다.

"아…… 이 동네가 저한테 좋다고 해서……."

"누가요?"

"어머니께서……."

"점 보러 다니고 막 그러시나 봐요?"

태운은 대답을 하지 않고 웃기만 했다. 주은은 그런 그를 이상하게 보지 않았다. 주변에 자식들을 위해 그런 미신이나 종교에 매달려 기도하고 비는 부모들의 모습은 흔한 것이니까. 다만, 그거 믿고 정말 이 동네의 반지하를 두 배 집값을 치르면서까지 이사 왔다는 게 의외였다. 그래서 주은은 그에게 말 못할 비밀 같은 게 있다는 느낌이 들었다. 그게 뭔지 모르지만 그에게는 무언가 사연이 있는 게 확실했다.

아무리 생각해도 로펌의 파트너 변호사와 반지하 원룸은 어울리지 않는다. 그렇다면, 뭔가 비밀스러운 사연을 가진 이 사람을 멀리해야 하는 건가?

그에 대한 생각이 흔들린다. 좋은 이웃, 친구로서는 무척이나 좋은 사람 같다. 술 취한 여자를 자신의 집 침대에 고이 눕혀 놓고 나가서 자는 남자가 이 세상에 몇이나 될까? 그거 하나만 봐도 강태운은 기본적인 인격은 갖춘 사람이라 생각된다. 하지만 알 수 없는 비밀이 있다는 것은 의심스럽고 조심해야 할 사람이다. 예전 강진희 사무장이 그랬던 것처럼.

'에라, 모르겠다. 이 사람이 비밀을 가졌든지 말았든지가 뭐가 중요해? 같이 살 남자도 아닌데.'

그냥 그녀를 귀찮게 하지 않으면 된다는 마음에 편하게 대화를 나누고 두 사람은 카페를 나와서 집을 향해 걷기 시작했다.

170cm인 주은의 키가 작은 편이 아니라 웬만한 남자들이 옆에 서 있어도 위로 올려다본 적이 거의 없다. 그런데 태운은 위로 바라본다. 남자를 위로 쳐다보는 느낌이 좋다. 변호사가 아닌 모델을 했으면 나라를 들썩거릴 만큼의 인기를 얻었을 것 같다. 그런 생각으로 태운을 한 번 더 힐끔 쳐다볼 때였다.

"주은 씨!"

얼마 전처럼 그녀의 이름을 부르며 최찬이 두 사람 앞에 나타났다.

"얘기 좀 해요."

최찬이 주은의 손목을 잡고 자신에게로 끌어당겼다. 주은의 몸이 휘청거리며 최찬 옆으로 붙어선 모양새가 되었다. 최찬에게서는 술 냄새가 심하게 풍겨왔고 지금 그는 이야기를 할 수 있는 상태가 아니었다.

"난 할 얘기 없는데요."

제정신에 찾아왔더라도 할 얘기가 없다고 돌려보낼 텐데, 술에 취해 찾아와 자신의 손목을 잡고 있는 최찬에게 불쾌감이 느껴졌다. 주은이 그의 손을 털어내려 쳐냈지만 오히려 최찬의 손에 힘이 더 들어갔다.

"난 있으니까…… 따라와요!"

"그 손부터 놓고 얘기하시죠?"

낮은 저음이지만 힘이 들어가 있는 강한 목소리에 최찬의 시선이 태운에게 향했고 두 남자의 적대적인 시선이 서로를 훑어 내렸다.

"어? 그때 그 남자네? 야, 이래놓고 나한테 뭐라고 해? 난 그래도 양심은 있었다고! 서주은 당신한테 미안한 마음도 있었고 정말 다 정리하고 당신하고 잘해 볼 생각도 있었다고! 그래서 사업이냐, 사랑이냐를 두고 고민하는 사람을 막돼먹은 인간처럼 대하더니 헐, 이런 반전이 있을 줄이야."

"최찬 씨! 술이 너무 취한 것 같은데 그냥 가시죠? 얘기는 내일 맑은 정신에 하고."

"서주은 씨! 나 가지고 논 거였어? 편하게 일하고 매출 좀 높여보려고 나 이용한 거냐고? 그래서 키스 이상의 스킨십은 허락도 안 하고 그런 거였냐고?"

옆에 서 있는 태운 보기가 민망할 정도로 술에 취해 말을 가리지 못하는 최찬으로 인해 주은의 얼굴이 심하게 굳어졌다.

"이보세요, 최찬 씨!"

술에 취한 최찬과 싸움을 해봐야 소용없다는 걸 알지만 말도 안 되는 그의 말에 화가 나서 참을 수가 없었다.

"그래서 이 남자하고는 어디까지 갔는데? 이 남자는 또 뭘 이용해먹으려고 이 밤중에 함께 있는 걸까? 내가 억울해서 그냥은 못 보내겠다. 어디 가서 얘기 좀 합시다."

눈까지 풀린 최찬이 그녀를 끌고 가려는 듯 잡은 손목을 억지로 끌어당겼다.

"분명 그 손 놓으라고 했을 텐데."

태운이 다시 나섰다.

"당신은 빠져. 이 여자하고 나하고 해결해야 할 문제가 있으니까! 당신은 그다음에 이 여자하고 얘기해."

최찬이 다시 주은의 손목을 잡아당기려 하자 태운이 최찬의 팔목을 잡았다.

"그 손 당장 놓으라는 말 안 들리나?"

마치 동물의 세계에 나오는 수컷끼리의 기 싸움을 보는 듯했다. 하지만 술에 취해서 눈이 반쯤 풀어져 있는 최찬이 차갑고 날카로운 태운을 이길 수는 없었다.

주은은 왜 자신이 그 사이에 있는 건지 이해할 수 없었지만 괜한 싸움이 날 것 같아 불안해졌다. 둘을 말리고 달래려는 순간, 최찬이 먼저 태운에게 시비를 걸기 시작했다.

"당신 뭐야? 뭔데 손을 놓으라, 마라야?"

태운이 최찬의 팔을 놓고 그의 멱살을 잡았다. 더 크게 싸움이 번지기 전에 말리지 않으면 모두가 곤란한 상황이 될 것 같아 주은이 태운을 먼저 말렸다.

"태운 씨, 그러지 마요. 술 취한 사람하고 싸워봐야 좋을 거 하나 없어요. 그러니까 이거 놓고 가만있어요. 제가 달랠 테니까."

태운이 난감해하는 주은의 얼굴을 봐서 최찬의 멱살을 놓았다. 당장 메다꽂거나, 주먹을 한 대 날려 정신 차리게 해주고 싶지만 불안해하는 주은을 위해 참아야 했다.

"최찬 씨, 지금 많이 취했어요. 그러니까 내일 얘기해요."

"지금 얘기해! 내일은 없어! 내일은 없으니까 빨리 대답해 봐! 네가 나 가지고 놀았지? 그러다 별로 소용이 없으니까 괜히 전화 통화를 핑계로 나가떨어져라, 이러는 거 아니야?"

지나가는 사람들의 시선이 머물 정도로 최찬의 상태가 점점 더 심각해져 갔다. 주은도 슬슬 참을 수 없는 짜증과 화가 밀려오고 있었다.

"술 좀 곱게 마셔요, 최찬 씨."

"지금 곱게 마시게 생겼어! 하, 남들은 나하고 어떻게 차 한 잔이라도 마셔볼까, 밥 한 끼라도 같이 먹어볼까 내 앞에서 끼 부리고들 있는데…… 서주은 씨, 뭐가 그렇게 잘났어? 스튜어디스 출신이면 다야? 현직도 아니고 불명예 강제 퇴직당한 주제에……."

최찬의 주사는 끝이 없었다. 제 할 말만 주절주절 풀어내며 주사의 끝을 보여주고 있었다. 차라리 태운에게 한 대 패라는 말을 하고 싶을 만큼 주은의 화가 그 끝에 도달했을 때였다.

"잠시, 실례하겠습니다."

최찬 앞으로 경찰 두 명이 다가왔다.

"나쁜 여자한테 훈계 좀 하고 있는 겁니다, 그냥 가세요, 경찰 아저씨."

최찬은 그런 경찰들을 별일 아닌 것처럼 하고 돌려보내려 했다. 그때 경찰 옆으로 태운이 다가왔다.

"제가 신고했습니다. 이 남자는 경범죄처벌법 제2장, 불안감 조성, 즉 정당한 이유 없이 길을 막거나 시비를 걸거나 몹시 거칠게 겁을 주는 말이나 행동으로 다른 사람을 불안하게 하거나 귀찮고 불쾌하게 한 사람에 속합니다. 그뿐만 아니라 음주소란에 해당하는, 여러 사람이 모이거나 다니는 곳 또는 여러 사람이 타는 기차·자동차·배 등에서 몹시 거친 말이나 행동으로 주위를 시끄럽게 하거나 술에 취하여 이유 없이 다른 사람에게 주정한 사람에 해당함으로써 그 이유를 명백히 나타낸 서면으로 범칙금을 부과하고 이를 납부할 것을 통고해야 합니다."

태운의 말에 주은은 물론이고 그 자리에 서 있는 경찰까지 놀라는 눈치였다.

"검사님 되십니까?"

경찰이 물었다.

"아닙니다. 그 반대인 변호삽니다."

"아! 이보세요, 들으셨죠? 일단 여자분 손목부터 놔주세요."

경찰의 말 때문인지 아니면 조목조목 짚었던 태운의 법에 대한 말 때문이었는지 최찬이 주은의 손목을 놔주었다.

"경찰 아저씨, 제 말 좀 들어보세요. 그게 아니고요……."

최찬은 경찰들을 향해 나쁜 여자에게 이용당한 자신의 아픈 마음을 아느냐며 주절거렸다.

"저희는 가보겠습니다."

"아, 예. 그러십시오."

태운이 주은을 데리고 가려 하자 최찬이 다시 주은을 붙잡으려 했다. 하지만 최찬보다는 태운의 행동이 더 빨랐다. 태운은 주은의 손을 잡아끌어 자신의 뒤로 보내며 최찬의 시선에 그녀가 보이지 않게 했다.

"더 심하면 벌금형이 아니라 구류형으로 갈 수 있어. 그만하고 가지."

"너, 뭐야? 뭔데 주은 씨하고 나 사이에 끼어들어서 지랄이냐고!"

"이봐요, 아저씨! 정신 차리시고, 집이 어디예요?"

태운에게 달려들려는 최찬을 경찰이 제지했다.

"갑시다, 주은 씨."

"그냥 이렇게 가도 되는 거예요?"

"저 인간은 경찰분들이 알아서 조치시켜 줄 겁니다."

주은은 최찬을 그대로 두고 태운과 함께 집으로 향했다.

"혹시 저 남자가 연애 중이라고 할 수 있다는 그 남자입니까?"

"이제는 연애 중이 아니라 연애했던 남자가 되어버렸네요. 연애다운 연애를 한 것도 아니었지만."

"왜 주은 씨한테 나타나서 저러는 겁니까?"

"숨겨야 할 것들이 들통 나서 그랬나 봐요."

"숨겨야 할 것들이요?"

"그건 중요하지 않아요. 저 사람 자체가 문제니까. 그런데 내 일부터 일하기 힘들어질 것 같네요."

"왜요?"

주은은 함께 일하는 직장에서 최찬이 갑의 위치에 있음을 알려주었다. 오늘 일로 인해 마음의 앙심이라도 품는다면 주은의 매장을 퇴출하는 건 어렵지 않게 진행할 수 있다. 설사 퇴출이 되지 않더라도 매출 타격으로 일하기 힘들어진다.

"사람 참 깔끔하지 못하고 더티하게 구는 거 보면 그럴 수도 있을 것 같네요. 혹시라도 그렇게 말도 안 되는 부당 보복조치를 한다면 나한테 와요. 좋은 변호사 소개해줄게요."

주은이 그의 말에 씁쓸한 미소를 보였다. 그런 그녀의 씁쓸한 표정을 태운은 그 남자에 대한 미련이나 앞으로 일하면서 그녀가 겪게 될 부당함에 대한 걱정 중 하나라 생각했다.

"농담 아니에요. 그러니까 걱정하지 말고 얼굴 펴요, 주은 씨."

"걱정은 안 돼요. 일하면서 그런 대우를 하루 이틀 받았어야 죠."

"그런데 표정이 왜 그래요? 쓰디쓴 풀을 씹은 것처럼."

태운의 말에 주은이 피식 웃었다.

"저 남자를 보면서 다른 누가 떠올라서요."

"다른 누가? 혹시 과거에 만났던 남자도 저런 타입이었습니까?"

"아니요. 남자가 아니라…… 믿었던 누군가 있었는데…… 그 사람도 자신의 치부가 들통 나려고 하니까…… 무섭게 배신하더라고요. 정말 무서울 정도로."

그녀의 말에 태운의 표정이 심하게 어두워졌다.

하지만 어느새 두 사람은 각자의 집 앞, 현관 앞에 도착했다. 주은은 최찬으로 인해 심란한 마음을, 태운은 진희로 인해 쓸쓸한 마음을 서로에게 보이지 않은 채 이웃 간에 나눌 수 있는 인사를 나누며 각자의 집으로 들어갔다. 그리고 두 사람 모두 긴 불면의 밤을 보내야 했다.

아침 조회 때부터 자신에게 쏟아지는 최찬의 시선을 받아내느라 주은은 개점부터 힘들었다.

행사장에 갈 옷들을 품번별로 정리하고 있는데 끝내 올 것이 왔는지 옆 매장 브랜드의 매니저가 와서 주은을 찾았다.

"점주님!"

"왜?"

"최찬 담당이 사무실로 오시라고 전해달라는데요."

"최찬 담당이?"

"네."

홍 매니저가 자리를 비운 바람에 바로 사무실로 갈 수 없는 상황이 되어버린 주은은 전화기를 들고 사무실 내선번호를 눌렀다.

-감사합니다. 라이프 몰, 캐주얼의류 최찬입니다.

"탐탐이에요. 지금 홍 매니저가 자리를 비워서 사무실로 갈 수가 없어서요."

-그럼, 홍 매니저 오면 다시 연락 주세요.

"그럴게요."

창고에 행사 물건을 꺼내러 갔던 홍 매니저는 생각보다 오랜 시간을 지체하고 돌아왔다.

"행사장에 깔 거는 다 정리했어요. 폐점하고 박스만 올리면 돼요."

"수고했어. 최찬 담당이 찾아서 사무실 다녀와야 해."

"네. 다녀오세요."

주은은 무거운 마음으로 사무실로 향했다. 사무실로 부른 걸 보면 업무적인 문제로 호출한 것 같기도 했지만 텅 빈 사무실에 혼자 앉아서 그녀를 맞이하는 최찬의 표정은 그게 아니었다.

"앉아요. 커피 한 잔 줄까요?"

약간은 퉁명스러운 그의 말투와 표정이 주은에게서 한숨을 만들어냈다.

"괜찮아요."

"어제 나를 무슨 치한 취급해서 경찰에게 떠넘겨놓고도 아무렇지 않아요?"

"술만 마시고 오지 않았더라도 그런 사태까지는 안 갔을 거예요."

"얼마나 힘들고 괴롭고 억울했으면 그 정도로 술을 마셨겠어요? 일방적으로 날 나쁜 놈으로 만들어놓고 그만하자 이별 통보를 받아놓고 멀쩡하면 그게 이상한 거지…… 아무리 생각해도 주은 씨가 나를 가지고 논 것 같아서 화가 나고 억울해요."

주은은 최찬을 물끄러미 바라보았다. 자신의 잘못을 회피하는 방법이 너무도 쩨쩨하고 뻔뻔스러워 그의 말에 대꾸조차 하고 싶지 않아졌다.

"그래서요?"

"이대로 끝날 수는 없단 말이죠. 나도 서주은 씨 당신을 가지고 좀 놀아야겠다는 말입니다."

"뭐라고요?"

주은이 발끈해서 벌떡 일어섰다.

"그렇게 알고 있어요. 당한 만큼 돌려줄 테니까."

"내가 당했지, 당신이 당했어?"

열이 오른 주은이 어제의 일까지 감정을 담아 최찬에게 퍼붓기 시작했다.

"내가 그날 똑똑히 들었는데 무슨 말을 하는 거예요?"

결국 주은은 그날 들은 최찬의 통화 내용을 들려주었지만 그는 오히려 웃음을 흘렸다.

"맞기는 한데…… 내가 서주은을 그냥 못 보내겠다고. 결혼은 못해도 연애는 계속할 수 있는 거잖아. 어차피 우리는 결혼이 안 될 사이인데. 결혼 전에 한 번 즐겨 보지 뭐."

드디어 최찬의 본심이 드러나고 있었다.

"미안하지만 난 그렇게 살고 싶지 않은 사람이에요. 사람 잘 못 봤어요. 다른 데 가서 알아봐요."

"어제 본 남자는…… 뭔데?"

주은은 최찬의 말을 뒤로하고 사무실을 나와 버렸다.

'어쩜 저렇게 똑같을까? 난 또 왜 저런 사람한테 당한 거지? 이 등신.'

남들 보기에 친절하고 따뜻하고 다정한 이면에 숨어 있는 가증스럽고 뻔뻔스러움에 된통 당한 적이 있었다. 바로 지금 그때와 같은 인간적인 실망감에 쓴웃음을 흘리며 사무실에서 나올 때만 하더라도 최찬을 원망하지는 않았다. 오히려 신중하게 생각하지 못하고 그를 만난 자신을 탓했다.

그러나 폐점 후 행사장에 매대를 가져다놓고 물건을 채워 넣을 때 문제가 발생했다.

행사장은 몇 개의 브랜드들이 할인율이 높은 상품만 모아 판매하기 위해 따로 준비된 곳이어서 고객도 많고 매출도 높다. 특히 자리를 어느 곳에 잡느냐에 따라 매출이 달라져서 브랜드별로 돌아가면서 좋은 자리를 차지한다.

이번 행사 주간에는 탐탐이 명당자리라 할 수 있는 엘리베이터와 행사장 출입구가 함께 있는 곳에 자리가 지정되어 있었다. 그 자리에서 물건을 정리하고 있을 때였다.

"탐탐, 연락 못 받았어?"

타 브랜드 점주가 주은에게 물었다.

"무슨 연락이요?"

"자리 바뀌었잖아? 우리가 여기야. 자기네 탐탐은 저쪽이고."

"언제 그런 연락을 받았어요? 우린 변동된 거 받은 거 없는데."

"최찬 담당이 그러던데. 탐탐하고 자리 바꿨으니까 입구에다 매대 깔라고. 저번에 자기네 행사 한 번 더 넣었던 적 있었잖아. 그때 받은 특혜 때문에 내린 조치라고 하던데."

"아니, 그런 게 어디 있어요? 그 행사는 우리가 원한 게 아니라 사무실에서 하라고 해서 남는 거 없이 한 건데. 특혜를 가장한 봉사였다고요! 라이프 몰을 위한."

주은보다 옆에서 듣고 있던 홍 매니저가 더 흥분하며 나섰다.

최찬의 감정이 들어간 조치라는 것에 주은은 할 말을 잃었다.

"남들보다 행사 한 번 더 해서 매출 올린 건 사실이잖아. 최찬이 이제야 정신 차리고 제대로 하는 건데 홍 매니저가 왜 그렇게 흥분해?"

그러더니 시선을 주은에게 옮겨 계속 말을 이어갔다.

"최찬이 자기 포기했나 보다? 아무리 정성을 들여도 꼼짝 안 하니까. 슬쩍 넘어가 주지그래?"

생각 없이 말을 던지는 타 브랜드 점주를 주은은 기분 상한 표정 그대로 하고 바라보았다.

"그렇다고 또 그렇게 쳐다봐? 최찬 담당이 탐탐 좋아하는데 자기가 거들떠보지도 않는 거 아는 사람은 다 아는데."

"매대 옮기자!"

주은은 말을 섞고 싶지 않은 마음에 매대를 거칠게 끌며 그 자리에서 벗어나 제일 좋지 않은 구석 자리로 향했다.

"점주님, 최찬 담당한테 내려가서 따지세요. 이런 게 어디 있어요?"

홍 매니저도 그런 부당한 조치를 받아들일 수 없는지 주은을 부추겼다. 하지만 이게 최찬을 찾아가 말로 한다고 될 일이 아니었다. 오히려 찾아가 반응하면 그걸 즐기면서 그녀를 더 괴롭히지 않을까 하는 생각이 들었다.

'네가 날 찼어? 네가 찬 내가 너한테 어떤 존재인지 잘 봐!'

지금의 상황이 그녀에게 그런 그의 마음을 보여주려는 것 같아 짜증이 났지만 참았다.

'내가 한 번은 참아준다. 한 번은.'

이를 박박 갈며 주은은 옮긴 자리에서 상품 정리를 끝냈다.

옆에서 홍 매니저도 심하게 구시렁거렸고 일을 끝낸 주은은 홍 매니저와 함께 퇴근 후 반주를 곁들인 저녁을 마치고 집으로 향했다.

5. 과거 그리고 현재

지하철역에서 내려 집으로 가는 발걸음이 힘들었다. 민주가 프랑스로 가버리고부터는 공허하고 외로운 마음이 더 커져 하루하루가 힘겹고 벅차다.

'하, 나도 그냥 다 버리고 민주 따라 프랑스로 갈 걸 그랬나?'

되지도 않는 생각을 하며 걷고 있을 때 뒤에서 급한 발소리가 들렸다. 아직 골목에 들어서지 않은 큰길이라 별일 없겠거니 했지만 점점 더 다가오는 그 발소리에 긴장이 되었다.

"주은 씨?"

태운이었다. 주은은 가벼운 묵례로 인사를 했다.

"퇴근이 늦은 것 같네요?"

"네. 일이 늦게 끝난 데다 함께 일하는 직원하고 저녁 먹고 오느라고요."

"오늘 괜찮았어요? 어제 그 남자의 갑질 보복 조치 같은 거 없었냐고요? 어제 걱정했잖아요."

"……아주 없지는 않았지만 ……변호사가 필요할 정도는 아니었어요."

"필요하면 언제든지 말해요."

어느새 편한 이웃, 편한 친구가 된 것 같은 두 사람이 집 앞에 도착했을 때 주은의 가방에서 휴대폰 벨이 울렸다.

"네, 어머니."

민주의 어머니였다.

—애, 주은아! 너 민주 소식 못 들었니? 민주하고 마지막으로 통화한 게 언제니?

다급하게 묻는 목소리와 내용이 주은의 심장을 아래로 떨어뜨렸다. 그 짧은 순간에 그녀의 머릿속에 스치는 끔찍한 상상들이 너무도 많아 소름이 돋을 정도였다. 민주에게 무언가 큰일이 난 것 같아 주은은 그 자리에 멈춰 섰다.

"며칠 전이었어요. 3일 전인가? 아니, 주말인가? 왜요, 어머니? 민주한테 무슨 일 있어요?"

—민주 애가 한국에 들어온 것 같은데 연락이 안 돼.

"들어왔다고요?"

—며칠 전부터 전화가 안 되더라고. 너무 답답해서 유학 알선해 준 유학원에 알아보니까 글쎄 어학 수업 받는 걸 하루만 받고 서울 갈 일 생겨서 가봐야겠다고 했대. 혹시 너는 뭘 알고 있나 해서.

"아니요. 별말 없던데. 그냥 생각보다 많이 힘들다고만 해서 힘내라고 해줬죠."

─애를 어디 가서 찾니? 아직 거기에 있는지, 여기에 있는지도 모르겠고. 알았다. 민주한테 연락 오면 당장 집으로 전화하라고 해주고 너도 연락 좀 줘라.

"네. 너무 걱정하지 마세요. 민주 말대로 생각보다 힘들어서 마음 추스르는 중일 거예요."

─그래. 알았다.

태연하게 민주의 어머니를 달래며 통화를 끊었지만 사실 주은의 마음은 걱정과 불안으로 가득 차 있었다. 가기 전에 많이 불안해했던 민주의 말들이 떠오르며 쉽게 생각하고 보낸 게 마음에 걸렸다. 온갖 좋지 않은 상상이 끊이지 않고 민주가 험한 일을 당한 건 아닌가 하는 두려움에 눈물이 차올랐다.

"왜 그래요? 주은 씨. 민주 씨에게 무슨 사고라도 났습니까?"

하얗게 질린 얼굴로 멍하니 서 있는 주은을 보며 태운이 물었다.

"저기…… 민주가…… 연락이 닿지 않는다고……."

"프랑스에서요? 언제부터요?"

"서울에 가봐야겠다고 했다는데 여기에 왔다는 연락은 없고…… 3일째 연락 두절이래요. 설마 무슨 사고가 생긴 건 아니겠죠?"

"그럼 지금 프랑스에 있는지, 서울에 있는지 소재조차 파악되지 않는다는 겁니까?"

주은이 고개를 끄덕였다.

"일단, 주은 씨 진정부터 해요. 별일 없을 테니까."

태운이 주은을 다독여주었다.

주은은 휴대폰으로 민주에게 전화를 걸었다. 하지만 전원이 꺼져있는 상태다. 다시 한 번 걸어봐도 마찬가지다.

"최민주! 너…… 어디 있는 거야? 제발…… 전화는 켜놓고 좀 받아라!"

덜덜 떨리는 손으로 계속해서 휴대폰을 만지는 그녀의 손을 태운이 잡아주었다.

"주은 씨."

"무슨 일이 있는 건 아니겠죠? 그렇겠죠?"

"네. 아무 일 없을 겁니다. 너무 걱정하지 마요."

주은이 101호 현관에 머리를 대고 넋이 나간 것처럼 서 있었다.

"혼자 있을 수 있겠어요?"

그런 주은이 걱정돼 태운이 조심스럽게 물었다.

"……네."

바로 선 주은이 가방을 뒤지기는 하는데 열쇠를 찾는 것이 아니라 무의식적으로 가방을 뒤지고 있는 것 같았다. 그녀의 의식은 열쇠가 아닌 민주 걱정에 쏠려 있어 아무것도 의식하지 못하는 것처럼 보였다.

"주은 씨, 일단 우리 집으로 가요. 가서 차분하게 마음 가라앉히고 민주 씨 행방을 알아봅시다. 내가 여기저기 연락을 취할 테니까, 일단 우리 집으로 가요. 지금 주은 씨 상태 많이 안 좋아 보여요."

주은은 거절하려 했지만 그의 말대로 하는 게 나을 것 같다는 생각이 들었다. 혼자 있으면 걱정과 불안이 더해져 견딜 수 없을 것 같았다.

태운이 자신의 집 현관문을 열었고 그녀가 들어갈 수 있도록 한쪽으로 비켜서 주었다. 집으로 들어온 주은에게 태운은 따뜻한 허브 차 한 잔을 내주었고 주은은 그저 멍하니 앉아만 있었다.

태운이 휴대폰을 꺼내더니 전화를 걸었다.

"윤 변, 나 강 변인데, 입국자 확인 좀 할 수 있을까?"

허공을 멍하니 응시하던 주은의 시선이 태운을 향했다.

"그래? 그럼 미안한데 내일 아침, 바로 알아봐 줘. 이름은 최민주. 최근 3일 동안의 입국자 중에서 찾으면 될 거야…… 그래, 고마워."

통화를 끝낸 태운이 노트북을 가져다 주은에게 내밀었다.

"휴대폰이 안 되면 메일이라도 써요. 혹시 모르니까. 일단 할 수 있는 건 다 해보자고요."

주은은 그의 말대로 하기 위해 아이디 접속을 시도했다. 그런데 민주의 메일이 와있었다. 적어도 그녀가 생존해 있음을 알려주는 메일에 주은은 안도의 한숨을 내쉬었다. 하지만 메일 내용을 보고서는 그곳이 태운의 집임을 잊고 흥분을 해버리고 말았다.

⟨To. 주은

불륜은 나쁜 거겠지? 이런 질문이 너한테 얼마나 치명적인지 알면서도 묻는 내가 더 나쁜 건가? 서른 해를 고이 살아오던 나의 인생이 흔들린다. 어떡하면 좋지? 너의 이해를 구할 수 없고, 다른 건 두렵지 않은데 네가 나를 버릴 것 같아 제일 두렵다. 내가 너 사랑한 거 알지? 믿었던 사람에게 다시 한 번 뒤통수 맞고 배신당했다고 길길이 뛸 너의 모습이 선하다. 미안해, 주은아.〉

"최민주! 너! 내 손에 잡히면 죽었어! 이 나쁜 계집애!"

순간적으로 올라오는 화를 참지 못하고 주은이 노트북을 들어 올렸다.

"주, 주은 씨. 릴렉스! 릴렉스! 참아요, 참아."

태운이 그녀에게 달려들어 손에 들고 있는 노트북을 잡았다. 주은은 그제야 그곳이 태운의 집이고 옆에 태운이 있었으며 자신이 흥분의 도를 넘어 광분하고 있었음이 느껴졌다.

"미, 미안해요. 나도 모르게 너무 화가 나서……."

"왜요? 뭐가 있었어요? 민주 씨한테."

태운이 노트북을 제자리에 놓고 주은을 자리에 앉혔다.

"얘를 어떻게 죽일까요?"

"네? 죽여요? 아…… 그럼 주은 씨 살인자가 되는 건데…… 난 자문 전문이라…… 송무로 방향을 틀어야 하나요?"

"좋은 변호사 소개해준다면서요?"

"살인은 민사가 아니고 형사인데 그건 다른 변호사에게 넘길 그럴 문제의 것이 아니라 내가 직접 나서야 하는 겁니다."

농담이 오가고 있는데도 주은의 표정은 풀리지 않고 굳어 있었다.

"뭔데요? 민주 씨가 도대체 무슨 잘못을 저질렀길래 살인까지 들먹이는 겁니까?"

"일단 답장부터 쓰고요."

주은은 호흡을 가다듬고 민주에게 답장을 써서 이메일을 보냈다.

〈나가 죽어!〉

"태운 씨, 죄송한데 이거 따뜻한 차 말고 시원한 얼음물 한 잔 주실 수 있어요?"

"물론이죠."

태운이 곧바로 얼음이 들어간 생수를 주은에게 건네주었다.

냉수를 벌컥벌컥 마신 주은의 몸이 축 늘어졌다. 초긴장과 극도의 불안함이 풀어지면서 몸도 가눌 수 없을 만큼 맥이 풀려버렸다. 민주에 대한 걱정은 단순한 걱정이 아니라 심장이 떨어지는 것 같은 두려움이었다. 그런데 그토록 무서울 만큼 걱정을 끼친 친구가 겨우 불륜에 휩싸여 행방을 감추었다니. 화가 나기도 하고 배신감에 서글퍼지기도 하고 허탈하기도 했다. 하지만 민주는 절대 하지 말아야 할 잘못을 저지르고 있다. 민주에게 저주를 퍼붓고 싶어질 만큼 미워졌다. 수많은 감정과 복잡한 마음이 주은의 넋을 빼놓고 있었다.

"어떤 일인지는 모르겠지만 걱정한 사태는 아니어서 다행이라 생각합시다. 화내고 열 내봐야 주은 씨 정신건강에 해로우니까."

"다른 사람은 몰라도 얘는 이러면 안 되는 거거든요. 정말 최민주는 이러면 안 되는 거라고요!"

주은이 씩씩거리는 사이 태운이 그녀 앞으로 스파클링 와인이 담긴 와인 잔을 가져다주었다. 평소라면 남자 혼자 사는 집에 들어와 술을 마시는 일은 있을 수 없지만 지금은 예외다. 가눌 수 없는 자신의 마음을 태운에게라도 위로받거나 털어놓지 않으면 폭발해버릴 것 같다.

제법 많은 양이었음에도 주은은 단숨에 와인 잔을 비웠다.

"제가 지금 일을 시작하기 전에 대한에어에서 승무원으로 있었어요."

태운은 고개를 끄덕였다. 의외의 사실일 수 있는데 그는 놀라지 않는 것 같았다. 주은은 그런 그가 그녀의 이야기를 듣기 위한 준비 태세를 갖추고 있는 거라 여겼다. 그런데 의외의 말이 그에게 나왔다.

"네. 그래서 잘나가는 변호사하고 선을 봤다고 했죠?"

별걸 다 기억하는 남자다 싶었지만 지금 중요한 건 그게 아니다.

"그때 너무 존경하고 좋아하는 사무장이 한 명 있었어요. 완벽한 업무능력은 물론이고 후배들을 많이 아끼고 사랑해주는 좋은 선배였죠. 깐깐하게 휘몰아치는 스타일이 아니라 따뜻하게 감싸주고 다독여주는 진정한 리더라고 생각했고 그 마음이 존경으로 그 사람을 향해 있었어요."

주은은 기억하기 싫은 과거를 꺼내놓기 시작했다.

주은은 한 팀으로 있는 사무장 진희를 무조건 믿고 따랐다. 나중에 자신도 사무장의 위치에 서면 진희와 같은 사무장이 되겠다고 결심할 정도였다.

그러던 어느 날 비행이 없던 오프 기간에 진희가 주은을 불러 점심을 사주며 자신의 사생활, 즉 가족관계와 현재 진행 중인 연애 이야기를 해주었다. 그런 개인적인 진희 이야기를 자신이 들을 수 있어 좋았다. 그녀와 더 친해진 느낌이고 진희의 최측근이 된 것 같아 기뻤다.

"연애하는 사람이 해외출장이 잦아. 그래서 일정이 맞으면 가끔 그의 숙소에서 만나. 몰랐지? 나 숙소 이탈하는 거."

"정말요? 와, 로맨틱해요. 서로의 출장지에서 몰래 만나 데이트하는 거. 나도 그런 연애 하고 싶어요."

"그래? 그런 연애 할 수 있게 해줄까?"

"네?"

"내 동생이 지금 미국에서 공부 중인데 소개해줘? 내 동생이라서가 아니라 정말 원빈하고 현빈에 뒤지지 않는 외모에 키도 180 넘어. 하는 일도 남들이 부러워하는 직업이고. 어때? 생각 있어?"

"아…… 음……."

"좀 부담스럽지? 내 동생이라. 내 동생만 아니면 좋을 텐데, 그렇지?"

"네."

"나중에 우리 팀 바뀌면 그때 소개해줄게 편하게 만나봐. 주은 씨 너무 예쁘고 착해서 남 주기 아깝거든. 내 동생도 남 주기 아깝고."

동생까지 소개해주겠다는 진희의 마음을, 자신을 아끼고 있는 그녀의 진심이라 받아들였다.

"주은 씨, 부탁 하나만 해도 돼. 나 카드 좀 빌려줄 수 있어? 알다시피 난 카드를 안 가지고 다니잖아. 정말 사고 싶은 시계가 있는데 카드 할

부 아니면 감당이 안 될 것 같아. 들어주기 힘들고 곤란하면 거절해도 돼. 부담 갖지 말고."

"아니에요. 빌려드릴게요."

함께 일하고 있는 사무장인 데다 금전적인 문제로 신의를 잃을 것 같은 사람이 아니라 주은은 흔쾌히 빌려주었다. 그게 나중에 무시무시한 증거 자료가 될 줄은 꿈에도 모른 채.

진희는 주은의 카드로 500만 원이나 되는 고가의 시계를 샀다.

그리고 할부 대금을 결제하는 첫 달 진희는 정확하게 입금해주었다. 입금자명이 강진희가 아닌 다른 남자 이름이었지만 진희가 갚은 카드 대금이 맞았다. 그 후로도 진희는 주은의 카드를 몇 번 더 빌려 사용했고 입금은 정확한 날짜에 같은 남자 이름으로 해주었다

그러던 중 미국 뉴욕으로 비행을 가던 기내 안에서 진희가 그녀에게 부탁을 해왔다.

"주은 씨, 내가 도착해서 동생하고 저녁을 먹기로 했어. 그걸 잊어버리고 남자친구하고도 약속을 정했지 뭐야. 동생하고의 약속을 깰 수가 없어서 그러는데 주은 씨가 나 대신 약속장소에 가서 내 사정을 좀 설명해줄래? 전화 통화도 안 되는 상황이라. 미안해. 어려울 것 같으면……."

"아니에요, 해드릴게요. 그런데 제가 얼굴을 몰라서……."

"가서 제일 잘생긴 남자를 찾아. 그 사람이 그 사람이야."

"네?"

"농담이고. 안경 쓰고 의학저널지 읽고 있는 동양인이 있으면 그 사람이 맞을 거야."

"의사세요?"

"응."

"부탁해."

그렇게 진희의 부탁을 받은 주은은 호텔에 도착해 짐을 풀고 진희의 남자친구를 만나기 위해 약속이 되어 있다는 뉴욕의 한 호텔로 갔다.

진희가 말한 대로 그의 남자친구는 쉽게 찾을 수 있었다. 의학저널은 읽고 있지 않았지만 안경을 쓰고 있는 동양인 남자 한 명이 로비에 있는 소파에 앉아 있었다.

"저기…… 강진희 사무장님……"

"아, 네."

남자가 자리에서 일어섰다. 그런데 좀 이상했다. 분명 진희는 전화 통화가 안 되어 그녀에게 가서 나올 수 없는 상황을 설명해달라고 했는데 그 남자는 진희 대신 그녀가 올 거라는 걸 알고 있는 것 같았다. 그녀에게 누구인지를 묻지도 않고 오히려 맞은편 자리에 앉으라고 권하기까지 했다.

"사무장님께서 급한 약속이 잡히셨어요. 그래서 이 자리에 못 오신다는 걸 알려드리러 왔습니다."

맞은편 남자가 웃으며 고개를 끄덕거렸다. 이상하다는 생각을 하는 순간, 그녀의 등 뒤에서 앙칼진 여자의 목소리가 들려왔다.

"얘야? 얘가 서주은이야?"

놀란 주은이 뒤를 돌아보자 그녀를 죽일 듯 노려보는 여자와 눈이 마주쳤다.

"사람들 눈도 있으니까 우리 조용히 얘기하자."

여자가 주은을 마주하고 남자의 옆자리에 앉았다.

"무슨 말씀을……"

"승무원씩이나 돼서 이게 뭐하는 짓이니?"

"네?"

"길게 얘기하는 것도 역겨워서 간단히 얘기하고 끝낼게. 다시는 만나지 마. 내가 이 남자 아까워서 이러는 게 아니라 아이들이 있어서 용서하고 넘어가는 거야. 알았어? 한 번만 더 만났다는 말이 들려오면 너 그때는 비행기 다 탄 줄 알아. 개망신 당하고 회사에서 잘리기 싫으면 이 남자한테 더 이상 달려들지 마."

"뭔가 오해가 있으신 모양인데요…… 저는……."

"미안하다. 난 가정으로 돌아가기로 했으니까 너도 네 자리로 돌아가."

남자의 말에 주은은 눈동자만 굴리는 상황이 되어버렸다. 이게 뭐지, 하는 순간 맞은편 두 사람은 자리에서 일어섰다.

"하늘 무서운 줄 알아. 남의 눈에 눈물 나게 하면 네 눈에서 피눈물 나는 법이야. 그러니까 이런 추한 데에 시간 버리지 말고 정신 똑바로 차리고 살아."

"아니라고요! 뭔가 잘못 아신 거예요. 무슨 말씀 좀 해보세요. 제가 이 자리에 나온 건 사무장님 심부름 온 것뿐이라고요!"

하지만 그녀의 말을 더 이상은 들으려 하지 않고 부부로 보이는 남녀는 그 자리를 벗어나버렸다.

주은은 심각한 혼돈과 충격에서 벗어날 수가 없었다. 진희가 만나고 있던 남자가 유부남이라는 사실도, 또한 그 자리에 계획적으로 자신을 내보냈다는 사실도, 잘못을 하지 않은 자신이 억울한 소리를 듣고 졸지에 유부남을 꼬인 정신 나간 여자가 됐다는 사실도, 모든 게 믿을 수 없는 것들이었다.

어디서부터 어디까지가 진실인지 알지 못한 채 호텔로 돌아왔다. 하지만 그곳에서는 더 충격적인 사태가 그녀를 기다리고 있었다.

"주은 씨, 사직서 내야겠다."

진희가 그녀에게 사직을 권고하고 나왔다.

"사무장님!"

"회사로 탄원서가 들어왔어. 주은 씨가 자신의 남편하고 부적절한 관계를 맺고 있다는 증거자료까지 첨부해서."

"지금 저한테…… 어떻게 그런 말을 하실 수 있어요? 다른 사람도 아닌 사무장님이. 유부남하고 부적절한 관계를 맺은 사람은 사무장님이시잖아요!"

"서주은 씨, 서울 돌아가는 대로 사직서 써서 내요. 그렇지 않으면 징계위원회가 열릴 거고 그럼 많은 사람에게 사직 이유가 알려질 가능성이 클 거야. 결국 유부남과의 스캔들로 회사에서 쫓겨났다는 소문을 들을 텐데…… 그거 감당할 수 있겠어요?"

억울했다. 하지만 결국 주은은 불명예 퇴직으로 회사를 나와야 했다. 그녀의 카드 영수증과 그녀의 통장으로 그가 그 카드 값만큼 입금한 내역이 증거로 되어 있었다.

불륜 관계를 이어가기 위해 두 사람이 만들어낸 올가미에 걸린 것이 주은이었다.

그 뒤로 주은은 사람을 잘 믿지 않는다. 순수하고 좋은 마음으로 빌려준 것들에 대해 돌아오는 결과가 달라져서 주은은 절대 남에게 자신의 물건을 빌려주지도 않는다. 비록 매몰차다는 소리를 들어도 한 번 겪은 트라우마를 벗어나기는 힘들었다.

그런데 민주가 불륜이라니. 그런 부적절한 관계로 인해 상처받은 사람이 몇 사람인데!

그렇게 얘기를 다 풀어내는 동안 주은이 마신 술은 와인 반병이었다.

"고마워요, 내 얘기 들어줘서."

"별말씀을······."

"속이 답답하고 얹힌 기분이었는데 덕분에 기분 좀 밝아졌어요. 나는 고마운데······ 너무 폐를 끼친 것 같네요. 가볼게요."

바로 옆집임에도 불구하고 태운은 현관 밖에까지 나와 그녀가 집으로 들어가는 걸 본 후에 집으로 들어왔다.

"주은 씨, 어떡하죠? 내가 그 강진희의 동생인데."

태운의 마음이 무겁고 답답했다.

태운은 출근과 동시에 이틀 전 민주가 입국했음을 동료 변호사에게 전해 들었다. 그리고 그 사실을 주은에게 알려주었다.

"이틀 전에 입국했습니다. 서울에 있으니 일단 안심하세요."

ー고마워요. 번거롭게 해드려서 죄송하고요.

"아니에요. 뭐든 도움이 필요하면 부담 갖지 말고 말해요."

주은에게 다시 한 번 고맙다는 말을 들으며 간단하게 통화를 끝냈다.

태운은 그날 제대로 일을 할 수가 없었다. 진희와 뉴욕에서 식사하던 날, 그러니까 그가 주은과 인사를 나눈 그날이 진희에 의해 그녀가 억울한 불륜의 누명을 쓴 날이었다는 게 가슴 아프고 화가 났다. 그리고 그 이야기를 풀어낼 때 주은에게서 응어리진 아픔이 보였었다. 자신이 그 자리에서 무릎을 꿇고 용서를 빌고 싶어질 만큼 그녀가 너무도 아파 보였다.

어쩌면 자신이 품었던 희망이 물거품이 될지도 모른다는 생각이 들었다. 그녀를 향한 자신의 마음을 진희 동생이라는 이유로 그녀에게 거절당할 수 있다는 생각. 절대 그녀가 자신을 받아들이지 않을 것 같은 마음에 캄캄해졌다. 그런데도 그녀를 포기할 수 없는 태운은 민주로 인해 심란해할 주은을 걱정해서 간단한 먹거리들을 사 들고 퇴근을 했다.

지하철역에서 내려 집으로 향해 가는 길에 태운은 길가에서 기가 막힌 장면을 목격하고 말았다.

'저, 저…… 전화를 하지.'

주은이 민주를 등에 걸치다시피 하여 질질 끌고 가는 모양새로 걷고 있었다. 지나가는 사람들이 그 모습을 구경거리라도 된 듯 쳐다보았다.

'저러다 허리라도 다치면 어쩌려고…… 최민주 씨가 가벼운 몸무게도 아니구만.'

태운은 주은 곁으로 재빨리 걸어갔다.

"주은 씨! 전화를 하지 그랬어요!"

태운이 손에 들고 있던 가방과 쇼핑백을 길바닥에 내려놓고 민주를 부축하며 주은을 옆으로 밀어내고 자신이 민주를 등에 업었다. 주은은 너무도 순식간에 민주를 업는 태운을 보고 놀라서 어떤 말도 하지 못하고 있었다.

"이러고 집에까지 갈 생각이었어요? 아이고, 진짜. 그거 들고 따라와요!"

주은은 태운의 말대로 길바닥에 놓인 그의 가방과 짐을 들고 태운을 따라갔다.

"내가 데리고 갈 수……."

"갈 수 있다고요? 한 걸음 옮기는 데 1분도 넘게 걸리면서? 지금 주은 씨 얼굴이 어떤지 보고나 말해요."

화를 내는 것 같은 태운이 왜 그러는지 주은은 이해가 가지 않았다.

"그냥 가도 되는데…… 굳이 민주를 업어놓고…… 왜 화를……."

구시렁거리는 주은을 태운은 무섭게 한 번 쳐다보고 집을 향해 걷기만 했다. 빠르게 걷던 그의 걸음이 느려질 때쯤에야 집에 도착했고 민주를 주은의 침대에 눕힌 태운이 허리를 펴며 거친 숨을 몰아쉬었다.

"고마워요."

"주은 씨!"

"네?"

아직도 그는 화가 나 있는 것 같았다.

"왜 이렇게 미련해요?"

"네? 미련이요? 강태운 씨!"

"혼자 친구를 짊어지고 걸으니까 행복하고 좋습니까? 혼자 그렇게 감당하는 게 스스로 대견한 것 같냐고요?"

"지금 무슨 말씀을……."

"혼자 감당하지 말라는 말입니다. 오전에 내가 그랬죠! 도움이 필요하면 부담 갖지 말고 말하라고! 지금 안 느껴져요? 혼자 짊어지고 혼자 감당하는 것보다 나누니까 훨씬 편하다는 거! 내가 옆에 있는 걸 보고 나한테 좀 기대봐요! 내가 옆에 있는 게 안 보입니까? 주은 씨를 마음에 담고 있는! 늘 옆에서 챙겨주고 싶어 하는! 내가…… 안 보이냐고요?"

주은은 헷갈렸다. 지금 화를 내는 태운이 자신에게 고백을 하는 게 맞는지. 지금 이 상황이 고백을 해야 하는 상황인지. 그리고 고백을 하면서 왜 화는 내는지.

"주은 씨 마음 어느 정도 이해는 해요. 믿었던 사람들에게 받은 상처로 인해 누군가를 믿는다는 게 주은 씨에게 얼마나 힘들고 어려운지 이해해요. 하지만 내 마음 한 번만 봐주면 안 됩니까? 내가 그렇게 비겁하거나 남자답지 못한 사람은 아니라고 생각하는데."

"지금……."

"주은 씨에게 고백하는 겁니다. 아니, 애걸하는 겁니다. 날 봐 달라고. 내 마음을 알아달라고. 내 진심을 받아들여 달라고."

대답 없는 주은을 보고 태운은 타이밍을 잘못 잡은 것에 대한 후회가 밀려왔다. 좀 더 로맨틱한 분위기에서 꺼냈어야 할 말을 술 취한 그녀의 친구를 업어다 침대에 눕힌 후 어떤 사전 준비도 없이 말부터 던졌으니 치명적인 실수를 저지르고 만 셈이다. 그것도 감정을 억누르지 못하고 화부터 뿜어내고 말이다.

하지만 태운은 그녀를 향한 시선을 거두지 않은 채 주은을 바라봤다. 자신의 진심을 외면하지 말아달라는 애원을 담은 채.

"혹시…… 내가 쉬운 여자로 보였어요?"

"전혀. 쉬운 여자로 보였으면 그날 주은 씨하고 같이 침대에서 눈을 떴겠죠."

그의 말이 틀리지 않음을 그녀도 인정하는 바이다.

그렇다면 이 남자…….

자신을 보고 있는 그의 눈빛이 무척이나 깊어 보인다. 맑고 촉촉해 보이는 그의 눈동자가 그녀에게 사랑한다는 말을 하고 있는 것처럼 보였다. 주은은 외로움에 지친 마음 탓에 자신이 마음 내키는 대로 해석하고 있는 건 아닌가 싶었다. 하지만 그의 눈빛은 분명 가볍거나 거짓을 말하고 있는 것 같지는 않았다.

"내가 얼마 전 그 치졸한 남자보다 못해 보입니까?"

"아니요."

자신도 모르게 대답이 바로 튀어나왔다. 대답을 해놓고도 당황스러울 만큼.

"대답을 하기 위한 시간이 필요한 건가요?"

"솔직히 모르겠어요. 태운 씨가 좋은 사람인 거 같기는 한데…… 그냥 불안해요. 그리고 또…….."

최찬이나 강진희와 같은 사건이 또 일어나지 말라는 법은 없지 않은가. 좋은 사람으로 보이고 거짓이 없어 보였지만 그녀가 알 수 없는 치명적 단점이나 이중성을 가지고 있을 수 있지 않은가.

쉽게 결정하고 싶지는 않았다. 외롭고 힘들기는 하지만 이제는 신중해져야겠다는 마음이 들었다. 하지만 그런 마음과는 달리 그의 고백에 설레고 있었다. 최찬과 함께 있을 때는 느껴보지 못한 떨림이 그녀를 당황하게 할 정도였다.

"다 알고 시작하는 인연은 없어요. 서로 알아가면서 감정이 더 깊어가는 거지. 하나만 대답해줘요, 그럼. 내가 다가간다면 도망가고 싶어질 것 같습니까?"

그럴 거 같지는 않다. 도망갈 마음이 생길 만큼 다가오는 게 부담이었다면 처음부터 상대를 하지 않았을 테니까. 그리고 그와 술을 마시고 식사를 하고 차를 마시는 시간 자체를 허락하지 않았을 테니까.

그럼, 그의 고백을 허락해야 맞는 건가.

그녀의 마음이 갈피를 잡지 못하고 파도를 타기 시작했다.

"일단 우리, 거리를 좁혀 가봐요. 함께한 시간이 억울하다는 말은 나오지 않게 할 수 있으니까."

태운이 현관을 향해 걸어가다 우뚝 멈춰 섰다.

"아, 그리고 이번에는 파스 따위로 대충 넘길 생각 하지 말라고 꼭 전해줘요."

태운의 말에 주은이 웃음을 보였다.

"그렇게 웃어요. 주은 씨는 그런 웃음이 어울릴 만큼 밝고 귀여우니까."

서른이 된 나이에 귀엽다는 말을 들어서일까. 그녀의 얼굴이 수줍음에 화끈거렸다.

표정과 감정을 숨기기 위해 고개를 숙인 채 현관 밖에까지 나온 주은에게 쐐기를 박듯 태운이 다시 한 번 자신의 마음을 표현했다.

"솔직히요, 주은 씨 처음 봤을 때, 그때 바로 고백하고 싶었어요. 그 정도로 내 마음을 뒤흔든 사람이에요, 주은 씨는. 한 번도 누구한테 흔들린 적이 없었는데…… 그런 경험이 없이 건조하게만 살아온 나를 그렇게 만든 주은 씨를 그냥 보고만 있는 건 고문이라는 거 알아줘요."

잘생기고, 목소리도 좋고, 직업도 좋은 남자의 고백에 심장이 떨리지 않을 여자가 얼마나 있을까. 주은도 그런 평범한 여자였다. 그의 고백에 그녀도 마음이 뒤흔들렸다.

"생각해볼게요."

그래도 한 번 더 신중하고 싶은 생각에 어렵게 대답을 건넸다.

"긍정적인 대답 기다릴게요."

웃으며 들어가는 태운의 뒷모습이 듬직해 보였다.

그녀의 등에 있던 민주로 인해 힘들고 괴로울 때 그가 서슴없이 민주를 데려다 자신의 등에 업었다. 그로 인해 그녀는 편해졌고 홀가분해졌다. 그의 말대로 그녀의 모든 것을 그와 나눈다면 삶이 좀 편해지고 홀가분해질까. 그녀의 가슴이 이상하게 설렌다.

'이게 아닌데.'

집으로 들어온 태운은 이마에 손을 짚었다.

'강태운! 하필 왜 그 순간에! 그런 실수를 하냔 말이다!'

생각할수록 자신이 한심해서 견딜 수가 없다. 꼭 고백이라는 것을 분위기 잡아가면서 할 필요는 없겠지만 그래도 이건 아니지 싶다. 그녀를 향한 진지하고 솔직한 마음을 그렇게 불처럼 뿜어내지 말아야 했다.

하지만 이미 주사위는 던져졌다. 떨리고 설레야 하는 순간에 걱정이 가득하다. 이제는 그녀가 어떤 대답을 해줄지 신경이 쓰여 아무것도 할 수가 없다. 샤워도 해야 하고, 봐야 할 서류도 있는데

도저히 몸을 움직일 수가 없다. 마음이 잔뜩 긴장하고 있으니 몸이 움직여질 리가 없다.

'당장 대답하라고 하고 답을 들을 걸 그랬나.'

결국 태운은 샤워밖에 할 수 없었다. 해결해야 할 서류를 앞에 두고도 눈에 들어오지 않아 결국 모든 걸 접고 침대에 누웠다.

'차라리 일찍 사무실에 가서 해결하자.'

하지만 태운은 주은으로 인해 새벽이 되어서야 잠이 들었고 그로 인해 늦잠을 자고 말았다.

'윽, 오늘 밥 먹을 시간도 없겠네.'

하지만 늦잠으로 인한 행운을 만났다. 현관을 나가자마자 주은을 만난 것이다.

설렘과 복잡한 생각으로 잠을 제대로 이루지 못한 아침은 피폐했다. 부족한 잠으로 인해 눈은 떠지지 않았고 피부는 푸석푸석하고 건조하고 거칠었다. 혼자 침대를 차지하고 누운 민주의 존재를 보자 속이 부글부글 끓어올라 뭔가 상쾌해야 할 아침을 망친 기분이다.

입맛도 없어 간단한 아침 식사조차 거르고 출근 준비를 서둘렀다. 민주에게 쪽지를 남긴 후 주은이 문밖으로 나와 현관을 잠그려는데 옆집에서 태운이 나왔다.

"어?"

놀란 것 같던 태운이 이내 여유로운 미소를 보이며 그녀에게 인사를 건넸다.

"잘 잤어요?"

"……네."

잘 자고 일어난 건 아니었지만 주은은 그렇다는 대답을 해주었다.

"오늘 정말 좋은 아침이죠?"

어떤 의미로 묻는 건지 알 수는 없지만 싱글벙글 웃는 그에게는 오늘 아침이 좋아 보였다.

"네. 태운 씨도 잘 잤죠?"

"아니요. 잘 잤겠습니까? 주은 씨가 어떤 생각을 할지, 오늘 어떤 대답을 해줄지 궁금해 죽겠는데."

하지만 주은의 눈에는 잠을 못 잔 얼굴치고 그의 얼굴은 뽀야니 광이 나고 있었다. 여자가 봐도 질투 날 정도로.

두 사람은 계단을 올라와 골목길을 함께 걸었다.

"민주 씨는 어때요?"

"자요. 세상 편하게."

태운이 대답을 재촉할 것 같았지만 오히려 민주의 안부를 묻고는 어떤 말도 없이 옆에서 함께 걷기만 했다. 사람 많고 복잡해지는 지하철역으로 가기 전에 그가 조용히 그녀의 이름을 불렀다.

"주은 씨."

주은의 귀에 그의 목소리가 결과를 내놓으라는 듯 뭔가 단호하게 들려왔다.

"생각 많이 했죠? 결론도 냈을 거고. 대놓고 말로 하는 게 부담스러우면 문자나 카톡으로 줘요. 음…… 이모티콘 이런 걸로 해줘도 좋고."

"태운 씨, 많이 생각했어요. 정말 많이. 음…… 시간이 더 필요한 것 같아요."

절반의 성공이라고 해야 하나. 일단 거절을 당한 건 아니니 다행이다. 그렇다고 자신의 마음을 받아들이겠다는 대답을 듣지 못했으니 실패이기도 하다. 실망과 안심이 교차하는 순간이었지만 태운은 그녀에게 살며시 웃어주었다.

"이해해요. 내 욕심으로 주은 씨 마음 부담스럽게 하고 싶지 않아요. 천천히 생각하고 대답해줘도 돼요."

그의 마음은 급했지만 말한 대로 그녀를 부담스럽게 하고 싶지는 않다.

"사실, 나 많이 힘들어요. 아니, 힘들다기보다 내 뜻대로 되는 게 없이 삶이 자꾸 어긋나고 있는 것 같아서 나도 막 꼬여가고 있는 것 같아요. 어제 밤새 생각해봤어요. 태운 씨는 꼬여가는 내 마음을 잘 풀어줄 수 있는 사람이라는 느낌이 들지만…… 당장 태운 씨하고 관계를 다르게 가는 건 이른 것 같아요."

태운이 고개를 끄덕여주었다. 이해해주는 것 같은 그의 사소한 행동이 당장 예스, 하고 대답을 해주지 못하는 그녀의 마음을 불편하지 않게 해주었다. 그래서 계속 말을 이어가는 그녀의 표정이 점점 더 밝아져갔다.

"그냥 지금처럼 편하게 지내면서…… 거리를 좁혀가는 건 어때요?"

확실히 절반은 성공이다. 그래, 절반이라도 성공한 게 어디냐, 싶어 태운이 곧바로 대답했다.

"좋아요."

완전한 긍정의 대답을 듣지 못해 아쉬웠지만 희망이 생겼으니 얼마나 다행인가.

"그럼 그 거리를 좁히기 위해 저녁에 식사 같이할까요?"

"바쁘지 않으세요?"

"바쁜 게 문제입니까? 앞으로 숙제가 많을 것 같은데. 퇴근 시간에 맞춰 주은 씨 회사로 데리러 갈게요."

예전 선을 봤던 변호사는 시간이 늘 돈이라고 했다. 그래서 그는 늘 바빴고 그녀를 위해 시간을 내지 못하는 걸 미안해했다. 그러면서도 그는 항상 '시간이 돈이라⋯⋯.'라는 말을 달고 살았다.

비행으로 인해 한국에 없는 시간이 많은 주은도 그보다 더 시간을 낼 수 없는 상태였고 서로 만날 시간을 낼 수 없으니 자연스럽게 멀어지고 끝나는 관계가 되었던 남자가 떠올랐다. 그런 남자를 겪어봐서 그런지 여자를 먼저 챙기려는 태운이 속물근성이 없어 보여 좋았다. 신나고 들뜬 것 같은 표정에서 소년과 같은 순수함이 엿보였다.

"그러면 좋겠지만⋯⋯ 민주하고 얘기를 해야 할 것 같아서."

"생각해보니까 민주 씨가 참 고마운 존재더라고요. 처음엔 주은 씨에게 걱정 끼친 것도 모자라서 주은 씨 연약한 등에 업혀 가는 거 보고 속이 뒤집혔었는데, 민주 씨가 없었으면 고백하기까지 시간이 더 걸렸을 거 아닙니까? 그런데 오늘은 또 민폐형으로 다가오네요."

두 사람의 발걸음이 똑같은 보폭과 속도로 걷기 시작했다.

"참, 아침 식사는 했어요?"

주은은 아침을 먹지 않았지만 먹었다고 대답했다.

"혼자 먹으면 맛없지 않아요?"

"익숙해져서 괜찮아요."

"난 맛없던데."

그래서 같이 먹자고?

"같이 먹을래요?"

주은이 걸음을 멈추고 황당한 시선으로 그를 보았고 태운도 걸음을 멈추고 자신을 보는 그녀에게 잠깐 시선을 보낸 후 다시 걷기 시작했다.

"왜 그렇게 봐요? 주은 씨 방금 표정이 음흉한 인간 늑대를 보는 것 같았어요."

"태운 씨를 음흉한 인간 늑대로 본 건 아니었고요…… 아침을 같이 먹자는 말이…… 좀 음흉하게 들렸어요."

"아이고, 큰일 날 말씀. 거리를 좁히기도 전에 멀어질 그럴 말을 할 것 같습니까? 왜 음흉하게 들렸는지 알 것 같지만 그런 뜻은 전혀 없었고, 그냥 맛없게 혼자 먹는 아침보다는 바로 옆집에 사니까 함께 아침 먹는 거에 어려움이 없을 것 같아 한 말이었어요. 매일 같이 먹을 수는 없더라도 가끔 함께 먹을 수 있으면 먹어요. 혼자 먹는 거 맛없고 외롭잖아요?"

"……그래요."

두 사람이 지하철을 타는 방향은 같았으나 환승역이 다른 이유로 함께 갈 수 있는 거리는 길지 않았다. 서로 좋은 하루 보내라는 인사를 하며 각자 출근을 했다. 하지만 자연스럽게 설레는 맘은 똑같았다.

회사 내 파트너 변호사들의 얼굴은 거의 무표정이다. 업무에 지친 이유도 있지만 협상 테이블에 나가 감정을 드러내지 않기 위한 노력이 일상이 되어 그럴 수도 있다. 그중 특히나 태운은 동료 변호사들은 물론이고 비서진들 사이에서도 웃지 않는 일벌레로 소문난 변호사다. 그런 태운이 오늘 많은 사람에게 각각 반응이 다른 아침 인사를 듣고 있다.

"뭐 좋은 일 있어?"

아니면.

"무슨 안 좋은 일 있어?"

좋은 일이 있느냐 물어보는 사람들 앞에서는 주은과의 미래가 희망적이라는 마음에 슬며시 웃음이 나왔을 때다. 그리고 안 좋은 일을 물어볼 때는, 거리가 좁혀지지 않는 건 아니겠지, 하는 걱정을 하고 있을 때였다.

하지만 어제 못한 일을 식사 시간까지 줄여가면서 해야 함에 태운은 평소처럼 무표정으로 일에 집중하기 시작했다. 하지만.

[민주가 도망갔어요. 저녁에 시간 괜찮을 것 같은데…… 태운 씨 시간은 어떠신지?]

생각지도 못한 주은의 문자에 그의 얼굴이 활짝 폈다. 함께 식사할 수 없음에 아쉬움이 컸던 그에게 주은이 저녁에 시간을 낼 수 있다고 하니 들뜬 마음을 숨겨보려 해도 숨길 수가 없다.

[어디로 모시러 갈까요?]

사실, 그녀가 일하는 곳이 라이프 몰이라는 건 알고 있다. 하지만 그녀는 그 사실을 모른다. 그가 진희의 동생이라는 사실을 모르는 것처럼.

'밝혔다가는…… 시작도 전에 끝이겠지?'

좋았던 얼굴이 굳어진다.

[중간에서 만나는 게 낫지 않겠어요? 아니면 동네 근처에서 만나도 되고.]

그녀에게 답이 들어왔다.

[모시러 가야 점수를 딸 수 있을 것 같은데.]

[눈물겨운 노력이네요. 그럼 라이프 몰 은평점으로 오세요.]

[넵!]

태운이 자리에서 일어나 집무실 밖으로 나갔다.

"김 비서님, 혹시 스테이크 맛있게 하는 집 아십니까?"

"스테이크 맛있게 하는 집이요? ……글쎄요, 삼청동에 한 곳이 있기는 한데……."

갑작스러운 태운의 질문에 당황한 것 같은 비서가 더듬더듬 대답을 해주었다. 업무 외에는 사적으로 대화를 나눠본 적이 없을 만큼 기계 같은 태운이 이상했는지 김 비서의 눈이 놀란 토끼 눈이다.

'칼로 고기 썰어 먹는 모습은 인간미 없어 보여 별로일 것 같은데…….'

한참을 서서 고민하던 태운이 김 비서에게 다시 물었다.

"파스타로 유명한 곳은 어디입니까?"

"그건…… 검색을 해봐야 할 것 같습니다."

"아! 검색이 있었군요. 고마워요."

태운은 집무실로 들어와 인터넷을 검색해서 데이트 코스로 가기 좋은 몇 군데를 물색해놓았다.

그러는 동안 '최고인' 로펌의 비서진들 사이에 소문이 퍼지기 시작했다. 일 기계 강태운 변호사가 조만간 사람으로 태어날 것 같다고.

오피스텔에 들러 차를 가지고 주은이 근무하고 있는 라이프 몰 은평점 정문에서 그녀를 기다렸다. 도착했으니 정문으로 내려오라는 문자를 보낸 지 10분 정도 지나서 주은이 정문이 아닌 건물 뒤쪽에서 나오는 모습이 보였다.

어깨 한쪽에 가방을 걸치며 걸어오는 모습이 반가워 뛰어나가고 싶었지만 태운은 차분히 앉아 그녀를 기다렸다. 하지만 그녀는 태운이 타고 있는 차 쪽으로는 시선도 주지 않은 채 주위를 두리번거리고 있을 뿐이었다. 태운은 주은이 자신의 차를 본 적이 없다는 사실을 알아채고 차에서 내려 그녀에게 다가갔다.

"주은 씨."

"혹시…… 저 차…… 태운 씨 차예요?"

"네."

주은은 태운의 흰색 벤틀리에 놀란 듯 입을 벌리며 혀를 내둘렀다.

"빨리 갑시다. 배고프지 않아요?"

태운은 조수석 문을 열어주는 매너를 보여주었고 주은이 그의 차에 올랐다.

"수고했어요."

운전석에 올라탄 그가 주은에게 말했다.

"퇴근하고 나서 그런 말 듣는 거 생각보다 괜찮은데요? 태운 씨도 수고했어요."

잠깐 말없이 있던 주은이 가벼운 미소를 보여주며 그녀도 그에게 수고했다는 말을 꺼냈다. 태운이 곧 차를 출발시켰고 종일 검색해서 알아낸 파스타 집으로 향했다.

"파스타 먹으러 갈 건데 괜찮아요?"

"네. 좋아요."

"저녁 먹고 집에 가서 한잔하는 건 부담일까요?"

"태운 씨 집으로 가서 한잔하자고요?"

"네. 그런데…… 또 왜 그렇게 봅니까? 그 말도 음흉하게 들렸어요?"

"물론이죠. 그 말은…… 마치 오빠 믿지? 하는 것과 맞먹는 말인데."

주은의 말에 태운이 소리 내어 웃었다. 목소리가 좋은 만큼 웃음소리도 무척이나 청량했다.

"집 근처에서 간단하게 차나 마시죠?"

주은이 제안했다.

성급하지 말자 마음먹었지만 마음과는 다르게 자꾸 앞서 나가는 것 같은 자신을 다스리느라 태운은 고전 중이다. 사실 술을 한잔 마시자는 어떤 의미를 두고 한 말이 아니었다. 그냥 그녀와 편한 마음으로 대화하며 마음을 풀고 싶었던 것뿐이었다.

"결국엔, 이 오빠를 못 믿고 카페로 가겠다는 말이죠?"

자신의 마음에 절대로 음흉한 의도가 없었지만 서운함에 한마디 농담을 던졌다. 주은은 말없이 웃기만 했다.

"할 수 없죠. 그런데 집 근처 카페 말고 좀 좋은 곳으로 가죠? 이것도 설마 오빠 믿지? 하고 맞먹는 멘트인 겁니까?"

이번에는 주은이 소리 내어 웃었다.

"그건 아니고요. 집 근처 있는 그 카페 커피가 맛있어서요. 뭐, 더 맛있고 좋은 커피를 마실 만한 곳이 많겠지만 전 거기가 좋더라고요. 특히 카페 사장님이 재즈를 좋아하시는지 늘 재즈 음악이 나오는데 그 분위기가 너무 좋거든요."

"그래요? 그럼 거기로 가야죠."

오늘 그녀가 자신의 마음을 받아들였으면 어땠을까? 그래도 달라질 건 없었을 것이다. 생각난 대로 파스타집에서 저녁을 먹었을 것이고, 그녀가 원하는 대로 카페에서 차를 마셨을 것이다. 그녀에게 모든 걸 맞춰주었을 것이고 만족해하는 그녀를 보며 더 많은 행복을 느꼈을지 모른다. 지금처럼 그녀와 함께 있는 것이 행복한 것처럼.

"오늘 하루 어땠어요?"

다정하게 묻는 그에게 민주가 미안하다는 문자를 보내놓고 도망쳐서 심란하다는 말과 진상 고객으로 인해 힘들었던 하루를 털어놓았다.

태운도 자신의 하루를 이야기해주었다. 조만간 한국기업과 미국기업의 M&A 거래에 대한 프로젝트가 진행될 것이고 그 프로젝트에 참여하면 많이 바빠질 거라는 이야기와 그렇더라도 주은과의 데이트는 시간 나는 대로 할 것이라 했다. 그리고 오늘 겨우 시간을 내서 점심으로 먹은 불고기 정식은 너무도 형편없어 어머니가 해준 맛이 그리웠다는 이야기까지, 그도 자신의 소소했던 하루를 풀어놓았다.

태운은 누군가와 별것 아닌 일상을 이야기하며 미소를 나누는 시간은 아무나 누릴 수 없는 행복이라는 생각이 들었다. 그 행복을 주은을 만나 알게 되고, 그녀와 함께 나눌 수 있다는 행운에 감사했다.

주은 역시 평소와 다른 퇴근 시간에 눈물이 나려 했다. 오랫동안 잊고 있던 평화와 따뜻한 정과 마음의 여유를 다시 느낄 수 있음에 울컥했다. 다시는 이런 일상을 느끼지 못할 거로 생각했고 겪어보지 못한 빠듯하고 치열한 삶 속에서 자신을 잃어가고 있는 것 같아 우울하기만 했다. 그런데 지금 이 순간은 예전 어느 날로 돌아간 것 같은 기분이다. 신입 승무원 시절, 출장에서 다녀온 그녀를 차에 태워 저녁을 먹이러 데려다주던 남자친구와 웃고 떠들었던 그 어느 날로. 인생도 연애도 핑크빛으로 화사하게 물들어 있던 과거 어느 날처럼 지금 그녀는 태운으로 인해 어두웠던 인생이 밝아지고 암흑이었던 연애 감정도 다시 핑크빛으로 물드는 것만 같았다.

오늘 아침 그에게 시간이 더 필요할 것 같다고 대답해 주었지만 필요한 건 시간이 아닌 것 같다. 지금 필요한 건 자신의 용기가 아닐까 싶다. 다시 또 배신을 당하는 건 아닌지, 성급하게 결정했다가 후회를 하는 건 아닌지 걱정이 앞서 시간을 달라고 했다. 시간을 두고 만나다 보면 그의 단점과 허점이 보일 거로 생각했다. 하지만 문득 그가 그녀의 외로움을 달래주고 평화를 주고 있다는 사실을 깨달았다. 외로움을 달래기 위해 선택했지만 더욱 외롭고 힘들게 했던 최찬과 달리 태운은 어느새 그녀에게 위로와 치유로 다가와 있었다. 힘들고 고단했던 오늘 하루의 기억이 사라지고 기분 좋은 저녁 시간을 맞이한 것처럼 그와 함께라면 기억하고 싶지 않은 것들은 모두 잊고 행복한 시작을 할 수 있을 것 같았다.

태운이 그녀를 데리고 온 파스타집은 유명한 만큼 사람들로 북적였다.

"손님들이 많은 걸 보니까 기대감이 상승되는데요."

"검색의 노력이 헛되지 않았네요."

자리를 잡고 앉은 후 두 사람은 주문을 했다.

"난 해물크림 파스타요."

"그럼 난 토마토소스로 된 걸 주문해서 반반씩 나눠 먹을까요?"

"네, 좋아요."

각자 다른 파스타를 주문하고 앉은 두 사람의 입가에는 미소가 아직도 머물고 있었다.

"왜 파스타에는 반반이 없을까요? 치킨도 반반이 있고, 짜장면집에 짬짜면도 있는데."

"나도 그런 생각 많이 하는데. 주은 씨는 면 종류 좋아해요?"

"네. 먹는 거 별로 안 가려요."

"나중에는 짜장면 맛있게 하는 집을 가봅시다."

두 종류의 파스타가 나오고 두 사람의 대화는 막 시작하는 여느 연인들 같기도 하고 오랜만에 만난 친구 같기도 했다. 그동안 살아온 어려운 이야기보다는 학창시절의 잊지 못할 에피소드, 친구 이야기, 직장 이야기 등. 그렇게 편한 대화를 나누다 보니 태운의 나이가 서른인 주은보다 네 살이 많다는 사실도 자연스럽게 알게 되었다.

"내가 오빠네요?"

"그러네요."

"오빠니까 믿으라는 말을 하고 싶은데……."

태운의 말에 주은이 뒤로 넘어갈 것처럼 웃어댔다. 그녀의 웃음에 태운도 따라 웃었다.

그저 단순한 저녁 식사라기보다는 데이트에 가까운 대화를 나누며 식사를 끝낸 두 사람은 그곳을 나와 집으로 향했다.

동네에 도착해 주은이 좋아하는 근처 카페에서 차를 마셨다. 그녀의 말대로 그곳에서 흘러나오는 음악은 무척이나 분위기 있고 듣기 좋은 곡들이었다. 귀에 익은 곡도 있지만 익숙하지 않은 곡을 들어도 지루하지 않았다.

"민주 씨는 어떻게 된 겁니까? 왜 왔는지 얘기는 들어봤어요?"

"대충 듣기는 들었는데…… 그 얘기는 나중에 해드릴게요."

민주에 대한 말을 아끼는 것 같은 그녀에게 태운은 더 이상의 것을 묻지 않았다.

"그 말은 전했어요. 파스 따위로는 안 된다는 말."

태운이 키득거리며 웃었다.

"고급 스파 마사지 이용권 가지고 올 거예요. 민주 어머니가 럭셔리한 걸 좋아하시거든요. 어머니가 이용하시는 스파 이용권으로 가지고 오라고 했어요. 안 그러면 내가 알고 있는 민주 약점과 비밀은 어머니께 다 일러바친다고 했거든요."

"와, 주은 씨 협박도 할 줄 알아요?"

"살인도 생각했는데 협박쯤이야."

두 사람이 동시에 웃었다. 태운도 주은도 오늘 자신이 다른 날보다 많이 웃었다는 걸 알았다. 그래서 서로에게 고맙고 감사했다. 두 사람 다 표현하지는 않았지만.

카페를 나와서는 산책하듯 천천히 집을 향해 걸었다. 주은은 밤늦은 시간, 이 길을 걸을 때면 무섭기도 했지만 이런 동네에 와서 산다는 사실에 서글픔이 더 컸다. 하지만 태운과 함께 걷는 이 길이 지금은 낭만적인 데이트 코스 같다.

집 앞에 도착해 각자의 현관 앞에 섰을 때였다.

"태운 씨."

주은이 그의 이름을 불렀다. 그저 들어가, 잘 자라는 말을 꺼내기 위해 부른 것은 아닌 느낌이다. 태운이 긴장한 표정으로 그녀를 보았다.

'아무래도 아닌 것 같아요.'

하는 말을 불쑥 던질 것만 같았다. 제발 그 말만은 아니길 바라며 주은에게 물었다.

"네?"

"시간 같은 거 더 필요 없을 것 같아요. 오히려 내가 태운 씨한테 고백해야 할 것 같아요. 태운 씨…… 내 옆에 있어줬으면 좋겠어요."

그녀를 보고만 있던 태운이 그녀의 손을 잡아 자신의 왼쪽 가슴에 가져다 댔다.

"느껴지죠? 지금 내가 어떤 상태인지."

심하게 쿵쾅거리는 그의 심장이 그녀의 손끝에서 느껴졌다.

"이게 내 진심이에요. 주은 씨만 보면 늘 이렇게 심장이 뛰었다고요. 만일 거절했으면 아마 튀어나왔을지 몰라요."

그리고 그가 잠깐 머뭇거린 후 조심스럽게 말했다.

"한번 안아볼게요."

태운이 주은을 품으로 안았다.

"고마워요. 내 마음 알아주고 받아줘서."

주은은 그의 체온과 부드럽게 자신의 등을 감싸며 안고 있는 그의 품에 기대고 의지하고 싶은 마음이 생겨났다. 홀로 강하고 모질게 견뎌왔던 시간을 모두 묻어버리고 그대로 그에게 맡기고 싶어졌다. 그건 나약해지는 마음과는 다른 것이었다. 이제는 홀로 버티는 것이 아니라 나눌 수 있는 누군가가 생긴 것에 대한 기대 감 같은 것이었다.

6. 역사의 시작

오랜만에 단잠을 잔 기분이다. 그래서 그런지 평소보다 늦게 일어났고 서둘러 출근 준비를 마친 주은이 급하게 현관문을 열고 밖으로 나왔다. 밖에는 동시에 집에서 나왔던 어제와 달리 그가 그녀를 기다리고 있었던 것처럼 서 있었다.

"안 늦었어요? 태운 씨."

"태워다줄게요."

"괜찮아요."

"차로 가면 금방인 걸 지하철은 돌아가야 하잖아요."

"태운 씨가 늦을까 봐……."

"지각 한 번 했다고 자르겠어요? 명색이 파트너인데."

주은은 태운의 차를 타고 편안한 출근길에 올랐다. 사람 많은 지하철 대신 승차감이 차 값만큼이나 고급스러운 차에 앉아 가는 길은 일을 하러 가는 길이 아니라 어디 여행을 떠나는 것 같은 기분이었다. 회사가 아니라 그대로 어디론가 내달리기를 바랐지만 바람과 다르게 태운의 차는 라이프 몰 앞에 세워졌다.

"고마워요, 태운 씨."

"고맙긴요, 우리 사이에. 그리고 이거."

태운이 차 뒷좌석에서 작은 쇼핑백을 꺼내 주은에게 건네주었다.

"이게……?"

"쿠키예요. 커피하고 먹으면 맛있어요. 간식으로 꼭 챙겨 먹어요. 남들하고 나눠 먹을 만큼 많지는 않으니까, 혜영 씨나, 매니저하고만 먹어야 할 거예요."

"원래 이런 건 여자가 남자한테 챙겨줘야 하는 건데……."

"연인 사이에 마음을 표현하는 데 남자 여자 구분이 어디 있습니까?"

"고마워요. 잘 먹을게요."

"고마우면…… 뽀뽀나 한 번 해주고 가요."

주은이 피식 웃었다. 아침부터 자신에게 행복과 웃음을 안겨준 남자, 그것도 자신의 마음을 어루만져주고 설레게 하는 남자에게 뽀뽀 정도야 해줄 수 있지만…….

'해도 괜찮은 건가?'

이제 겨우 사귀어보자 말이 오간 사이에 아무렇지 않게 뽀뽀를 해도 되는 건지 살짝 고민이 되었다.

'구시대도 아니고…… 키스도 아닌데…….'

뽀뽀로 고민하는 것이 촌스럽다는 생각이 들었다. 주은이 마음을 먹고 편하면서도 과감하게 그의 뺨을 향해 입술을 대려는 순간 얼굴을 돌린 그와 입술이 마주쳤다. 당황해하는 주은과 달리 목적을 이룬 것같이 만족해하는 태운은 그녀를 보며 짓궂은 미소를 지었다.

주은은 그런 그가 귀엽다는 생각이 들었다. 아직도 소년 감성을 가지고 있는 것 같은 그에게 주은도 짓궂은 한마디를 하고 차에서 내렸다.

"수법이 너무 뻔해서 재미없어요. 차라리 터프하게 밀어붙였으면 멋있었을 텐데. 조심해서 가세요."

그녀의 마지막 말을 들은 태운은 차를 출발시킬 생각도 하지 않고 긴 머리를 흩날리며 가는 주은의 뒷모습을 멍하니 바라만 보고 있었다.

'터프하게 밀어붙였으면, 이라······.'

차를 출발시키는 태운의 입가에 미소가 만개했다.

그날 저녁 태운은 주은의 퇴근도 책임지려는 듯 그녀를 데리러 왔다. 미안해하고 고마워하는 그녀에게 태운은 오히려 서운해했다.

"내가 해준 저녁 먹어볼래요?"

집 근처에 도착할 때쯤 그가 물었다.

"뭐 해줄 건데요?"

"먹고 싶은 거 있어요?"

"딱히."

"그럼 주방장 맘대로 만들어볼게요."

"네."

태운이 저녁을 준비하는 동안 주은은 자신의 집에 들어와 편한 옷으로 갈아입고 간단하게 씻은 후에 그의 집으로 건너갔다. 분명 자신의 집과 같은 구조의 13평짜리 원룸인데 볼수록 그의 집은 반지하 원룸이라기보다는 호텔 룸에 가깝다. 고급스럽고 모던하게 꾸며져 있는 인테리어가 잡지에서나 볼 수 있는 분위기다. 대리석 바닥재와 질감이 특이해 보이는 벽지만으로도 인테리어에 보통 이상의 신경을 썼다는 것이 느껴졌다. 특히나 곳곳에 있는 조명기구들이 이 집 주인의 취향과 재력 그리고 감각을 말해주는 것처럼 일반적이지 않게 독특한 것들이었다.

"앉으십시오."

식탁 주방과 어우러진 홈바로 꾸민 곳을 보며 주은은 돈의 위력을 새삼 느끼고 있었다. 좁지만 고급스러우면서도 실용적인 이 집의 주방이 자신의 집과 제일 많이 다른 곳이었다. 홈바 테이블에는 그가 직접 만든 것으로 보이는 볶음밥이 준비되어 있었다. 각종 채소와 닭고기를 잘게 썰어 굴소스와 함께 볶은 것이라 했다.

"맛있어 보이는데요."

"보이는 게 아니라 맛있습니다."

"근거 없는 자신감."

"근거 있습니다. 맛봤는데, 내가 만들었지만 진짜 맛있더라고요."

그의 말대로 별것 없을 것 같은 볶음밥은 의외로 괜찮았다.

맞벌이 신혼부부가 퇴근 후 저녁 식사를 마친 것 같은 분위기로 식사를 끝낸 후 다정하게 설거지도 함께 했다. 그리고 차를 한 잔 마시며 편한 대화를 나누었다. 무엇보다 승무원 시절 주은이 가보았던 세계 곳곳의 숨은 맛집에 대한 이야기를 할 때는 태운 역시 그곳을 알고 있었고 서로의 기억과 추억을 꺼내어낼 때마다 연인 이상의 오랜만에 만난 친구와 같은 친근함이 느껴졌다.

"그거 알아요?"

웃음기를 머금은 태운이 뜬금없는 질문을 던졌다.

"뭐요?"

"내가 주은 씨한테 첫눈에 반한 거."

주은이 눈을 깜빡거리더니 반대로 그에게 물었다.

"그럼 태운 씨는 그거 알아요?"

"뭐요?"

"나한테 첫눈에 반했다고 했던 남자 중에 태운 씨가 한 스무 번째 된다는 거."

잠깐 얼음이 된 듯 굳어 있던 그가 갑자기 호탕하게 웃음을 터 뜨렸다.

"백 번째 남자가 아니라 다행이네요. 그거 압니까, 그럼?"

"뭐요?"

"첫눈에 반한 여자가 주은 씨밖에 없다는 거."

"그럼, 그거 알아요? ……첫눈에 반했다는 남자 중에 내 마음 을 움직인 남자가 태운 씨밖에 없다는 거."

누가 들으면 '놀고 있네.'라는 말을 던졌을지 모른다. 하지만 태운도, 주은도 이런 식으로 서로의 마음을 알아가고 확인하는 말 놀이가 즐겁기만 했다.

시간 가는 줄 모르고 대화를 나누다 보니 어느새 시간은 자정을 넘기고 있었다.

"너무 늦었네요. 가봐야겠어요."

주은의 말에 태운의 표정이 묘해졌다. 그의 표정을 보며 주은은 그가 가지 말라고 잡으면 어쩌나 고민과 걱정이 동시에 밀려왔다. 지금 그의 표정을 봐서는 흔한 남자들의 멘트가 나올 것 같았다. 함께 더 있고 싶다든가, 꼭 가야 하냐며 잡는다든가. 그리고 최후에는 자고 가면 안 되냐는 그런 말이 그에게서 나올 것 같았다.

꼭 그럴 것같이 아무 말 없이 머뭇거리며 무언가 고민하는 것 같던 그가 웃으며 일어섰다.

"그래도 모르니까 문 앞까지 데려다줄게요."

주은은 자신도 모르게 안도의 한숨을 내쉴 뻔했다. 곤란한 제안을 하지 않아줘서 다행이었고 고마웠다.

태운의 집으로 나와 주은의 현관 앞에서 또다시 태운이 잠시 머뭇거렸다.

"아침에 수법 너무 뻔한 건 재미없다고 했죠?"

피했다고 생각했는데 태운이 자신에게 폭탄을 던지고 있다는 생각이 들었다. 장난스럽게 물어야 하는 질문에 그의 시선에는 장난기가 없었다.

그녀가 그의 말에 어떤 대꾸를 하기 전에 이미 태운은 그녀를 끌어당겨 입술을 포개버렸다. 살며시 벌어진 입술 속살이 촉촉하게 부딪치는가 싶더니 주은의 입술을 비집고 들어온 태운의 혀와 그녀의 혀가 얽혀버렸다. 키스에 굶주린 사람처럼 둘의 입맞춤은 열렬했다.

"집으로 가지 말고…… 계속 여기에서 함께 있고 싶은데……
내가 너무 성급한 거죠?"

입술을 뗀 태운이 방금 나온 자신의 집 B102호를 가리키며 자신의 마음을 솔직하게 표현했다.

주은이 고개를 끄덕였다.

"하, 연인을 집에 들여보내놓고 집으로 혼자 가는 것보다 옆집으로 그냥 들어가야 하는 게 더 고문이네요."

"그런 경험이 있나 보죠? 연인을 집에 들여보내놓고 혼자 집으로 가는 시간이 고문이었던 경험."

"와우! 질투? 기분 좋은데요."

"자, 그럼 고문 같은 소리는 그만하시고 기분 좋게 들어가세요."

주은이 상큼한 미소를 보이고는 101호로 들어가 버렸다.

"내 꿈 꿔요!"

방금 주은이 들어간 101호를 향해 크게 외친 태운도 102호로 들어갔다.

바빠질 것 같다던 그의 말은 그냥 하는 말이 아니었는지 문자두 번이 다였다. 그나마도 통화를 하고 싶지만 시간이 나지 않아 문자를 보낸다는 것과 보고 싶다는 짧은 문자였다.

사랑에 빠지는 시간은 0.2초라고 한다. 그 말을 들으며 말도 안된다고 생각했다. 사랑은 절대 한순간에 느껴지는 것이 아니라 여겼다. 서로의 마음을 나누면서 감정과 추억을 함께 쌓아가며 만들어가는 감정이라 생각했다.

그런데 그게 아니었나 보다. 그가 고백한 지 단 하루 만에 마음을 받아들이고 또다시 하루 만에 그리운 존재가 되어버렸으니 사랑에 빠지는 시간이 0.2초라는 게 맞는 말인 것 같다.

주은의 퇴근 시간까지도 그는 연락이 없었다.

'아무리 바빠도 전화 한 통 할 시간이 없나? 밥은 먹고 화장실은 갈 거 아니야?'

오래된 연인이라면 그깟 전화 한 통 없는 게 뭐 대수냐마는 이제 막 설레는 마음으로 서로를 바라보는 사이에는 그게 아니다. 혹시 마음이 없는 게 아닌가, 혼자만 설레는 게 아닌가, 신경이 쓰이는 문제다.

매일 퇴근하던 길, 겨우 어제 하루 그와 함께 왔을 뿐인데도 늘 그와 함께 퇴근했던 길처럼 오늘은 혼자라는 쓸쓸함으로 걷고 있다.

집에 들어와 샤워를 마치고 머리를 말리기 위해 드라이기를 집어 드는 순간 휴대폰 벨이 울렸다.

"여보세요?"

–뭐 해요?

"자려고요."

–벌써?

"매일 칼퇴근해서 쉬던 몸이 요 며칠 바로 집에 들어오지 않았다고 힘들어서 아우성이네요."

–그래도 그렇지, 내 전화도 안 기다리고 자려고 하다니. 난 아직 퇴근도 못 하고 있는데.

"진짜요?"

전화를 하지 않아 서운했던 마음은 사라지고 그가 안쓰럽기 시작했다.

"무슨 일을 아직까지 해요? 저녁은 먹었어요?"

사실, 그녀가 하고 싶었던 말은 이게 아니었다.

'무슨 일을 전화할 틈도 없이 해요? 저녁은 먹었을 거 아니에요? 먹기 전 잠깐도 전화를 못 하나?'

하지만 서운함보다는 안쓰러운 자신의 마음을 표현해주었다.

-앞으로 한 시간 정도 더 있다가 퇴근할 것 같아요. 저녁은 샌드위치로 때웠어요.

"일도 많이 하는데 샌드위치로 끼니가 돼요?"

진심 어린 마음으로 그를 걱정해주었다. 샌드위치로 끼니를 때워가며 자정을 넘겨서까지 일을 해야 하는 그가 전화를 하지 않았다는 서운함 따위는 마음에 남아 있지 않았다.

-이런 식으로 일을 한 적이 많아서 괜찮아요. 주은 씨 집에 잘 들어갔나 걱정했는데, 무사히 귀가해서 다행이네요.

"내 걱정 말고 건강 챙기면서 일해요."

-그럴게요. 피곤할 텐데, 어서 자요.

"네. 고생하세요, 태운 씨."

그녀가 통화 종료 버튼을 누르려는 순간 그가 급하게 물었다.

-참, 어제 내 꿈 꿨어요?

"……오늘 꿀 수 있게 노력해볼게요."

-노력해줘요.

그의 웃음소리를 들으며 전화를 끊었다. 그녀도 웃음이 난다.

피곤하고 힘들 텐데도 웃으며 그녀를 먼저 챙겨주고 생각해줘서 고맙기도 하다.

괜찮은 남자를 잘 만났다는 생각을 하며 주은은 머리를 말리고 침대 속으로 들어갔지만 쉽게 잠이 오지 않았다. 주은은 침대 옆에 있는 공 여사의 사진을 집어 들었다.

"엄마, 나 행복하다. 좋은 사람 만나서. 엄마가 도와준 거지? 진짜 사랑을 하는 거 같아. 진짜…… 사랑."

공 여사를 원망했던 적이 있다. 남편을 잃고 혼자 살던 공 여사에게 주은은 연애를 해보라고 했었다. 넓은 오지랖으로 다른 사람 일에 신경 쓰고 도와주려 애쓰기보다는 차라리 연애를 하며 외로운 마음을 달래가길 바라는 마음에서였다.

그런 공 여사가 중년의 남자를 만나 연애를 시작했다. 불명예 퇴직으로 공 여사의 일을 돕던 주은이 매장을 맡으면서부터 공 여사의 연애도 불이 붙었다. 중년에도 뜨거운 사랑을 할 수 있다는 걸 알았다. 하지만 두 사람은 얼마 못 가서 여행 도중 사고로 목숨을 잃었다.

세상이 무너지고 뒤집히는 것 같은 슬픔도 잠시. 공 여사가 남기고 간 유산을 상속하는 과정 중에 연인의 사업 자금을 위해 보증을 섰다는 게 밝혀졌다. 생각보다 어마어마한 돈을 집 담보로 보증을 섰고 이자가 연체되어 그대로 집이 경매에까지 넘어가고 말았다. 주은이 모아두었던 돈마저도 이름도 모르는 엄마의 애인에게 건너갔다는 사실에 공 여사에 대한 슬픔이나 그리움이 원망으로 바뀌었었다.

40평대 아파트에서 반지하로 내려온 인생을 슬퍼하거나 비관

할 겨를도 없이 하루하루 전쟁을 치르는 것 같은 삶을 살아왔다. 그렇게 주은은 모든 걸 다 잃었었다. 돈도, 엄마도, 희망도, 행복도, 웃음도.

그러나 지금은 그것들을 다시 찾아가는 중이다. 웃음도, 행복도, 희망도, 돈도. 공 여사만이 찾을 수 없는 곳으로 떠나 눈물이 나려 한다.

한때는 원망으로 미워만 했던 공 여사가 오늘 유난히 보고 싶었다. 그렇게 엄마의 얼굴을 그리며 잠이 든 것 같았다.

철컥. 그녀의 귀로 문이 열리고 닫히는 소리가 들려왔고 그 소리에 눈이 번쩍 뜨였다. 그 소리는 B102호에서 나는 현관문 소리였고 문이 닫히는 소리 후에 그의 집에서 작은 소음들이 들려왔다. 아무 잡음도 들리지 않는 새벽 시간의 고요함 속에 그가 욕실로 들어가는 것 같은 소리가 들렸고 그 후에는 샤워기에서 떨어지는 물줄기 소리가 들려왔다.

시간을 확인하니 새벽 2시.

이 늦은 시간까지 일을 했으니 얼마나 고단할까.

그에 대한 애틋한 마음이 들 때, 갑자기 그의 노랫소리가 벽을 타고 들려오는 것이 아닌가.

'이 새벽에 샤워를 하면서 노래를?'

샤워를 하면서 흔하게 흥얼거리는 콧노래가 아니었다. 정확한 가사에 음정과 박자까지 완벽한 노래를 부르고 있다. 팝송이 어울릴 것 같은데 그는 가요를 부르고 있었다. 머리부터 발끝까지 다 사랑스럽다는 노래를 부르고 있다. 마치 그녀에게 해주는 말 같은 느낌의 노래가 그가 그녀가 자지 않고 그의 노래를 듣고 있는 걸 아는 것 같다.

'음…… 노래 좀 하셨네. 후후.'

비록 벽을 타고 들려오는 작은 소리지만 그의 노래 실력은 꽤 괜찮았다. 훔쳐 듣는 노래가 짜릿한 웃음과 감동을 주고 있었다.

눈을 감고 본격적인 감상에 빠지려는 순간 노랫소리가 그쳤다.

아쉬움의 한숨을 내뱉는 그때, 그의 노랫소리가 다시 들려왔다. 이번에는 다른 곡이었다. 그 곡을 듣는 순간 주은은 몸을 벌떡 일으켰다.

'저 노래는…….'

이승철의 'never ending story'다. 그녀가 제일 좋아하는 노래. 듣고 있으면 왠지 심장이 찌릿해지는 노래. 그가 그 노래를 부르고 있다. 이번에는 그녀가 그 노래를 좋아하는 걸 아는 사람처럼.

샤워 물소리가 그쳤다. 동시에 그의 노랫소리도 그쳤다.

노래가 끝났음에도 아쉬움은 없다. 대신 알 수 없는 묘한 기분이 그녀의 신경을 건드렸다.

'하, 우연이겠지?'

취향과 입맛 등이 그와 비슷함을 떠나 거의 일치하는 것들이 많아진다는 게 이상했다. 서로 똑같이 좋아하는 것들이 많으면 인연이라 여기고 기뻐해야 하는데 왜 이리 기분이 이상한지.

'인연이라 그런 거지.'

자신의 마음을 그렇게 정하며 시트를 덮어썼다. 그도 이제 잠자리에 들 것 같으니 그녀도 편하게 자야겠다는 생각에 눈을 감았다.

이번에는 드라이기 소리가 들려온다. 머리를 말리나 보다. 눈을 감은 주은의 머리에 그의 모습이 그려진다. 상체는 탈의한 채 허리에 흰 타월을 두르고 바람에 머리카락을 휘날리며 머리를 말리는 모습.

'어머! 어머!'

상상 그 이상으로 섹시할 것 같은 그의 모습을 떠올리자 혼자만의 상상인데도 얼굴이 붉어졌다.

'그래도 한번 보고 싶다. 크큭.'

이틀 동안 태운은 바빴고 주은은 혼자였다. 오늘도 태운은 바쁘다는 문자를 했고 아주 간단한 통화만 두 번 했을 뿐이다.

'이 남자도 설마 몰래 선보고 다니는 건 아니겠지?'

한 번 당한 전적이 있으니 괜히 신경 쓰였다. 그가 그럴 사람이 아니라는 것을 알면서도 최찬 때와 마찬가지로 시작하자마자 바쁘다고 하니 자라 보고 놀란 가슴이 솥뚜껑 보고 놀라는 격이다.

강태운은 절대 그럴 사람이 아니라고 자신의 마음을 단속하며 퇴근을 하고 돌아온 주은은 다른 날과 다르지 않게 샤워를 하고 TV를 틀어놓고 냉장고에서 먹을 것을 찾았다. 하지만 냉장고에는 마시고 싶은 술도, 간단한 음료수도 없었다. 있는 거라고는 김치와 썩기 직전의 채소 몇 가지, 그리고 매실액이 다였다.

'냉장고 안이 딱 내 마음과 같구나. 텅 빈 것도 그렇고 있어야 할 건 없고, 쓸데없는 것들만 들어 있는……'

늦은 밤에 소주 한 병을 사기 위해 무서운 밤길을 헤치고 편의점까지 다녀올 마음은 없지만 음주의 유혹을 물리치는 것도 쉬운 일이 아니었다.

'가? 말아?'

고민을 할 때 초인종이 울렸다. 갑작스러운 벨 소리에 놀란 주은은 조용히 현관문 앞으로 다가갔다. 그리고 스코프를 통하여 방문인의 신원을 확인하려는 순간.

"주은 씨! 자요?"

태운의 목소리가 들려왔다. 너무도 반가운 나머지 주은은 바로 문을 열어버릴 뻔했다.

"아, 아니요. 안 자요. 잠깐만요, 태운 씨."

주은은 붙박이장 안에 있는 서랍에서 브래지어부터 꺼내 입었다. 항상 집에 오면 브래지어부터 벗고, 샤워 후에도 브래지어는 하지 않는 버릇이 있어 집에서는 거의 노브라 상태다. 그런 상태로 생각 없이 문을 열려고 했으니 큰일 날 뻔했다. 게다가 목 늘어난 롱티 하나만 입고 있는 모습이라니. 아찔하기만 하다.

"잠깐만요, 잠깐만."

이럴 때 입을 만한 옷을 찾기가 힘들다.

'옷 장사 하는 사람이 어떻게 입을 옷이 없니? 아, 정말!'

그녀가 장을 뒤져 겨우 한 장의 티셔츠를 찾아 입는데 문밖에서 그의 목소리가 들렸다.

"천천히 해요."

무엇을 상상하며 천천히 하라는 말일까. 하지만 지금 문제는 그게 아니라 이번에는 아래 입을 바지가 없다는 거다. 한구석에 처박혀 있던 배기바지는 꼬깃꼬깃한 주름 때문에 입을 수가 없고, 반바지를 입자니 너무 짧고. 무난한 트레이닝 바지 하나를 꺼내

입었다.

현관 앞에서 심호흡을 한 번 하고 문을 열었다. 그가 웃으며 서 있었다. 블랙의 슈트 차림으로 서 있는 그는 며칠 동안 야근을 한 사람이라고 볼 수 없을 만큼 말끔해 보였다. 그런 그의 모습을 보고 있으니 이제 막 퇴근을 하고 온 남편을 맞이하는 기분이다. 하지만 남편이 아닌, 옆집에 살고 있는 연인이기에 주은은 집으로 들이지 않고 그에게 물었다.

"오늘은 야근 없어요?"

"없어요. 오늘은 있어도 안 했을 겁니다."

"많이 피곤하겠어요? 얼른 들어가 좀 쉬어요."

"쉬라고요? 지금 쉬라는 말이 나와요?"

생각해서 해준 말에 태운이 화를 내는 것 같았다.

"그럼 제가 무슨 말을 해야 하는 건데요?"

태운이 한숨을 푹 내쉬었다.

'아, 눈치 없는 여자.'

태운이 당황해서 눈동자만 굴리고 있는 주은의 어깨를 한 팔로 감싸 품에 안았다.

"보고 싶었다거나, 안아달라거나…… 뭐 그런 말을 먼저 해줘야죠."

"나는 태운 씨가 많이 피곤할까 봐……."

"그러니까! 피곤하니까 그렇게 풀어줘야 된다는 말입니다."

태운이 주은을 품에서 떼어내서 얼굴을 마주했다.

"나는 많이 보고 싶었는데."

노골적인 시선과 말에 괜한 부끄러움이 느껴져 주은이 그의 시선을 피했다. 그가 그런 그녀의 얼굴을 들어 올리며 그녀에게 가볍게 키스를 했다.

"주은 씨, 내가 이대로 들어가 쉬길 바라요?"

아니다. 피곤한 그가 안쓰러워 쉬었으면 하는 마음이지만 사실 그와 함께 있고 싶은 마음이 더 크고 간절하다. 그를 보지 못하는 며칠 그에 대한 자신의 마음이 어떤 것인지 확인했으니 이젠 그에 대한 생각이나 마음이 헷갈리지 않는다. 하지만 정말 쉬지 않아도 되는 건지 걱정이다.

"정말 쉬지 않아도 되는 거예요?"

"묻지 말고 대답만 해봐요."

"같이 있으면 좋겠지만……."

"됐어요, 그럼. 같이 들어갑시다."

태운이 그녀의 손을 이끌고 자신의 집 도어록 숫자를 누르기 시작했다.

"잠깐요! 잠깐! ……문을 잠가야죠!"

주은의 현관에는 전자 도어록이 아닌 열쇠로 여는 잠금장치이기에 자동으로 잠기지 않는다.

"그럼, 난 들어가서 샤워하고 있을 테니까 문단속하고 들어와요. 아! 샤워하고 있어서 문을 열어주지 못할 수도 있으니까, 12345678. 해제 번호예요. 문 열고 들어와서 편하게 있어요."

완벽하고 철저한 것 같은 그의 도어록 해제 번호가 12345678이라니. 너무 의외여서 주은의 시선이 태운에게서 떨어지지 않았다.

"문 번호까지 복잡하게 만들고 싶지 않아서 그랬어요."

주은의 마음을 읽은 것 같은 태운이 대수로운 일이 아니라는 듯 말했다.

"단순해서 절대 잊어버릴 일 없겠죠? 그러니까…… 나 없어도 자주 놀러오고, 있어도 그냥 벨 누르지 말고 들어와도 돼요."

"네?"

태운이 짓궂은 미소를 보이며 안으로 들어갔다. 나이 든 남자도 귀여울 수 있다는 생각을 하며 주은은 문단속을 하고 그의 집으로 들어갔다. 샤워를 하고 있는지 욕실에서 물소리가 들렸고 뻘쭘하게 서 있던 주은은 주방 홈바 의자에 앉았다.

'오늘은 노래를 안 하네? ㅎㅎㅎ'

그녀가 듣는지도 모르게 욕실에서 노래를 부르던 그를 생각하며 웃고 있을 때.

"배고파요?"

욕실 문 열리는 소리가 들리더니 그가 큰 소리로 물었다.

"아니, 괜찮아요."

"그럼 혹시 술 고파요?"

그가 오기 전까지 술이 몹시 고팠지만 지금은 술 생각이 없다.

"안 고파요."

"그럼 좀 기다려요. 혹시라도 입이 심심하면 냉장고 안에서 취향껏 꺼내서 먼저 먹고 있어요."

"그럴게요."

다시 문이 닫히는 소리가 들려왔다.

입이 심심한 건 아니었지만 혼자 사는 남자의 냉장고가 궁금했다. 빈곤한 자신의 냉장고와 다름없지 않을까 하는 마음으로 냉장고를 열었던 주은의 입이 딱 벌어졌다. 풍성하게 꽉 채워져 있는 것도 놀랄 일이지만 세균 하나 나오지 않을 만큼 깨끗하게 정리된 모습에 입이 다물어지지 않는다.

실상을 파헤쳐 보면 남자들이 여자들보다 깔끔하다고는 하지만 태운은 그 정도가 심한 것 같다. 질서 정연하게 잘 정리되어 있는 그 안에서 주은의 시선이 칭다오 맥주에 꽂혔다. 병도 있고 캔도 있었다.

'꺼내 먹어도 되겠지?'

자기 것만 달랑 꺼내 먼저 마시고 있는 게 미안할 것 같아 주은은 맥주 캔 2개를 꺼냈다. 그리고 냉장실만큼이나 정리가 잘 되어 있는 냉동실에서 그녀는 자신이 제일 좋아하는 꿀땅콩을 찾아냈다. 아니, 찾아냈다기보다는 바로 보이는 곳에 놓인 그것을 발견했다.

한때 그녀의 회사였던 항공사에서 기내 서비스 되었던 땅콩. 자주 먹고 많이 먹어도 질리지 않았던 그 땅콩은 퇴사와 함께 멀어졌었다. 가끔 그 맛이 반가워 인터넷으로 팔리는 걸 찾아 사 먹으려 했지만 생각보다 고가인 탓에 입맛만 다시던 그 땅콩이 눈앞에 가득 있었다. 맥주와 잘 어울리는 땅콩을 꺼내 접시 가득 담아 놓고 태운이 나오길 기다렸다.

젖은 머리를 털며 그가 욕실에서 나오다 테이블에 놓인 맥주와 땅콩에 미소를 지었다.

"샤워하면서 맥주 마시고 싶다고 생각했는데. 통했네요."

샤워를 끝내고 젖은 머리로 나오는 남자의 모습이 원래 저리 섹시한 것인가. 흰색 면 티에 편한 면바지를 입고 나와 별로 섹시

할 것도 없는 모습인데 젖은 머리 하나가 그녀의 시선을 사로잡았다.

맥주가 마시고 싶다더니 그가 주은의 맞은편에 앉아 캔을 따서 그녀 앞으로 놓아주고 또 하나의 캔을 따서 건배를 하자는 것처럼 그녀 앞으로 내밀었다.

"행복은 가까이 있다는 말이 맞는 말인 것 같아요. 지금 이러고 있는 게 정말 행복이구나, 하는 생각이 들어요."

주은은 살짝 캔을 부딪치고 동의하듯 고개를 끄덕였다.

"나도…… 그래요…… 그런데 머리 말려야 하지 않아요?"

주은의 시선이 자꾸 그의 머리카락으로 쏠리고 그 머리를 만져보고 싶은 마음이 들었다. 그러다 엉겁결에 만지는 실수를 저지를까 겁나 차라리 그가 머리를 말리고 앉아 있기를 바랐다.

"말려줄래요?"

"에?"

"원래 남자가 여자의 긴 머리를 말려줘야 로맨틱한데…… 난 지금 주은 씨가 해줬으면 좋겠거든요."

주은은 잠깐 고민했다. 연인의 젖은 머리를 말려주는 것은 로맨틱할 수도 있지만 은근 농밀한 분위기를 연출하기 쉬운 행동이다. 그의 젖은 머리를 만져보고 싶은 마음은 충족할 수 있지만 그러다 분위기가 진해지고 깊어진다면…….

'어쩔 수 없고…….'

맥주 한 모금에 취하지 않았을 텐데 주은은 괜히 과감해졌다.

"해줄게요. 드라이기 줘요."

"정말 해줄 거예요?"

주은이 거절할 줄 알았는지 해달라고 한 태운이 오히려 당황한 눈치다.

"해달라면서요?"

태운은 주은이 그만두라는 말을 할까 싶어 재빠르게 일어나 드라이기를 대령했다.

침대 끝에 있는 베드벤치에 태운이 앉았다. 주은이 그 옆에 서서 그의 머리카락 사이로 손가락을 집어넣고 살살 털며 드라이기 바람으로 머리를 말리기 시작했다.

"좋다."

따뜻한 바람, 부드러운 그녀의 손길 속에 밀려오는 적당한 나른함에 절로 좋다는 감탄이 터져 나왔다. 분명 처음에는 그대로 잠들 것처럼 포근한, 엄마의 손길과도 같은 느낌이었다. 그런데 그건 잠깐이었다.

엄마의 손길같이 포근하던 그녀의 손길은 야릇하게 그를 자극하며 치명적이게 느껴졌고 그녀의 손에 부드럽게 물결치는 것 같던 머리카락이 단번에 쭈뼛 서는 기분이다. 그녀는 분명 머리카락을 살살 만지고 있을 뿐인데 태운이 느끼기에는 그녀의 손이 온몸을 훑고 지나가는 느낌이다.

"됐어요, 이제."

그녀의 손목을 잡고 일어섰다. 너무도 갑작스러운 그의 행동에 주은이 놀란 듯 그를 바라보았지만 태운은 그녀의 시선을 피해 드라이기를 정리했다.

"이것만 먹기에 심심하지 않아요? 샐러드 해줄까요?"

태운은 차가운 맥주를 들이켜고 주은에게 물었다. 자신의 몸과 마음을 가라앉힐 만큼 집중해야 할 무언가가 필요해 물었다. 간단하지만 그렇게라도 먹을거리를 만들다 보면 안정되지 않을까 싶어서.

"아니요. 이거면 충분해요. 저, 이 땅콩 정말 좋아하거든요."

"많으니까 가져가요. 가서 일할 때 출출해지면 먹어요."

"태운 씨하고 나는…… 취향이나 입맛이 비슷한 게 많은 것 같아요."

"……다행이네요. 잘 맞아서."

"그래서 일은 잘 끝난 거예요? 이제 야근 안 해도 돼요?"

"일단 급하게 내가 해야 할 일들은 정리됐어요. 곧 또다시 바빠지겠지만 며칠은 여유 있어요. 내일 주은 씨 휴무죠?"

"네."

"뭐 할까요?"

"내일 시간 괜찮아요?"

"일부러 뺐어요."

두 사람은 내일 무엇을 하며 시간을 보내야 할지를 고민하기 시작했다. 영화를 볼지, 근처로 드라이브를 갈지, 타이마사지를 받으러 갈지를 고민했다.

서울 근교로 나가 맛있는 점심을 먹자는 결론을 내고 나서도 서울 근교 어디로 갈지, 점심 메뉴로는 무엇이 좋을지, 휴대폰으로 블로그 검색을 해가며 두 사람은 내내 진지했다. 그러는 사이 빈 맥주 캔의 숫자는 늘어갔고 주은과 태운은 취기와 함께 졸음이 몰려왔다.

"가야겠어요. 너무 졸려요."

"그래야겠죠? 잠은 가서 자야겠죠?"

태운이 아쉬운 얼굴로 그녀에게 물었다. 주은이 웃으며 자리에서 일어났다.

"그럼요, 잠은 한 곳에서 자는 거예요."

그녀가 웃으며 대답하고 현관을 향해 발걸음을 떼는데 그가 그녀의 이름을 불렀다.

"주은 씨."

주은이 돌아보니 태운이 그녀 가까이에 와 있었다.

그가 바로 그녀를 껴안고 키스를 했다. 살짝 벌어진 그녀의 윗입술을 머금듯 살며시 빨아들였다가 놓아주더니 다음에는 아랫입술을 부드럽게 물었다가 놓아주었다. 그리고 다음에는 혀를 천천히 밀어 넣으며 입술 속살을 맛보는 것처럼 움직이더니 곧바로 치열을 핥고는 그녀의 입 속으로 쑥 들어갔다.

태운이 주은의 얼굴을 두 손으로 감싸면서 두 사람의 키스는 더욱 깊어졌다. 서로의 입속을 넘나들며 타액과 혀를 마음껏 맛보는 사람들처럼 키스에 열중하는가 싶더니 그녀의 얼굴을 감싸고 있던 태운의 손이 주은의 목선을 훑고 서서히 아래로 내려오기 시작했다. 그리고 그녀의 가슴에 머물러 살며시 움켜쥐었다 놓기를 반복했다.

갑작스러운 태운의 행동에 주은은 놀라서 움찔했다. 입술을 떼고 그에게서 떨어져야 하는데 그게 마음처럼 쉽지 않았다. 그가 그렇게 해주는 게 싫지 않으면서도 마음의 준비 없이 그를 허락하는 것에 두려움이 생겼다.

"가지 마요."

그가 애원하듯 주은의 귓가에 속삭였다.

"원하지 않으면…… 참아볼 테니까…… 가지는 마요."

대답하지 못하고 있는 주은의 입술에 그가 다시 키스를 해왔다. 그녀의 가슴을 만지고 있던 태운의 손이 얇은 티셔츠와 브래지어 속에 있는 정점을 찾아내 손가락으로 지그시 눌렀다가 빙글빙글 돌리자 주은의 입에서 얇고 가느다란 신음이 토해져 나왔다.

"으응……."

그 작은 주은의 신음에 태운은 더 과감해졌다. 그녀의 티셔츠를 위로 올리고 아담하게 솟아오른 그녀의 가슴을 감싸고 있는 브래지어를 옆으로 밀었다. 그러고는 가슴에 입을 맞추고 핑크빛 유두를 입 속에 머금고 혀로 굴렸다. 그로 인해 주은의 허리가 비틀어졌다.

"태운 씨…… 으음…… 으으응."

처음 느껴보는 짜릿하고도 야릇한 감각에 주은의 머릿속이 하얘지기 시작했다.

"하, 미치겠어. 당신을 가지고 싶어서."

태운의 손이 아래로 뻗어왔고 그녀의 다리 사이 은밀한 부분을 손으로 문지르기 시작하자 힘이 풀린 주은의 다리가 꺾였다.

태운이 그런 그녀를 번쩍 안아 침대에 앉혔다. 그리고 자신은 바닥에 한쪽 무릎을 세우고 앉았다. 마치 청혼을 하는 폼 같았다.

"태운 씨……."

"안 되는 거예요?"

자신을 바라보는 애절한 그의 눈빛에 주은은 고개를 가로저었다. 그가 솔직한 만큼 그녀도 솔직해지고 싶었다.

"허락하는 거죠?"

태운이 확인차 물었다. 주은의 고개가 끄덕였다.

그녀의 대답을 확인하는 순간 태운은 티셔츠를 단숨에 벗어버렸다. 남자가 자신 앞에서 옷을 벗는 것이 쑥스러워 시선을 다른 데로 돌리려 하는데 환상적인 태운의 몸이 시선을 사로잡았다. 탄탄한 복부와 잘 빠진 어깨와 팔뚝에 시선을 둔 채 떼지 못하고 있었다. 돈 주고도 감상하기 힘들 것 같은 태운의 몸에 넋을 빼자 그가 웃으며 그녀에게 다가왔다.

"이젠 내 차례에요."

주은의 티셔츠가 그에 의해서 순식간에 벗겨지고 브래지어도 어느새 그녀의 가슴에서 떨어져 나갔다. 그리고 가슴을 다 드러낸 그녀의 몸을 그가 감상하듯 바라보고 있었다. 주은이 얼른 팔을 교차하며 가슴을 가렸지만 소용없었다.

"주은 씨는 볼 것 다 보고 그렇게 가리는 게 어디 있어요? 그러지 마요. 정말 예뻐요."

그녀의 팔을 떼어낸 태운이 침대 위로 올라와 양손에 깍지를 끼우며 그녀를 침대로 쓰러뜨렸다. 그녀를 옴짝달싹 못하게 한 태운은 그대로 그녀의 가슴에 입술을 내려 아이처럼 빨기도 하고 아이스크림을 먹듯 핥아대기고 하고 장난치듯 유두를 이리저리 굴리기도 했다. 그럴 때마다 주은의 허리는 뒤틀렸고 애써 참고 있는 것 같은 신음이 토해져 나오기도 했다.

이제 좀 끝나는가 싶었는데 태운 자신의 바지를 벗고 속옷마저 벗는 것을 보자 얼굴이 달아올랐다. 그녀의 바지가 그에 의해 벗겨지는 것도 상의 때처럼 순식간이었다.

"이번에는 왜 안 쳐다봐요?"

바지를 벗는 자신의 모습을 왜 안 봤냐고 묻는 그를 향해 주은이 살짝 미간을 찌푸렸다.

"안 그럴 것 같은데 태운 씨 은근 짓궂어요?"

"겨우 이거 가지고? 더 짓궂게 굴어봐요?"

주은이 고개를 좌우로 흔들었지만 이미 늦어버렸다. 태운의 머리가 그녀의 다리 사이로 들어왔다.

"아악! 안 돼요!"

주은이 기겁을 하며 몸을 빼자 태운이 아쉬운 얼굴로 고개를 들었다.

"알았어요, 안 할게요. 이리 와요."

짓궂게 보이던 미소를 거두고 다정하게 웃으며 태운이 손을 내밀었다. 쭈뼛거리며 주은이 그의 손을 잡고 옆으로 다가왔다.

"주은 씨 모든 걸 가지고 싶은 욕심 때문에…… 그리고 내 모든 걸 주고 싶고 그 모든 걸 주은 씨가 가졌으면 하는 바람 때문에 자꾸 급하게 구나 봐요. 지금 이렇게 내 옆에 있는 것만으로 행복하고 감사한데, 더 많은 욕심이 나네요."

"그 마음이 어떤 건지 이해는 가는데요…… 너무 야하게 그러지는 마요."

"그런데 어쩝니까?"

"……?"

"자꾸 야하게 굴고 싶고 야하게 하고 싶어지는데."

"네에?"

태운이 주은의 입술을 다시 겹치며 그녀를 침대에 눕혔다. 하지만 그가 뱉은 말과는 다르게 그녀의 입술에, 목선에, 쇄골에, 그리고 가슴에 이르기까지 더없이 소중하고 조심스럽게 입 맞춰주었다. 그가 무척이나 그녀를 아낀다는 마음이 느껴질 정도로 따뜻하고 부드럽고 정성스러운 애무였다.

그가 손을 내려 촉촉하게 젖어 있는 아래를 확인하고 자신의 분신을 그곳에 가져다 댔다. 그리고 자신의 뿌리를 그녀에게 내리듯 그녀의 안으로 서서히 들어가기 시작했다. 충분히 젖은 것 같았는데도 그녀 안으로 들어가기가 쉽지 않았다.

그녀가 혹시라도 아파하고 힘들어할까 싶어 태운은 부드러운 키스로 그녀의 긴장을 풀어주며 팽창되어 있는 자신의 분신을 조금씩 그녀 안으로 삽입시켰다. 마치 서로를 위해 존재했던 것처럼 잘 맞물린 두 사람의 몸이 하나가 되자 두 사람의 입에서 숨길 수 없는 희열의 탄성이 터져 나왔다. 거친 호흡을 내뱉으며 태운이 허리를 움직이기 시작했다. 그가 그녀에게 깊숙하게 들어갈 때마다 그녀가 움찔거렸고 그때마다 그를 놓아주지 않으려는 것처럼 조여왔다. 그녀의 안을 빠져나올 때면 그 잠깐의 허전함도 버티지 못해 곧바로 그녀에게 다시 들어가기를 반복했다.

점점 더 강하고 아득해지는 희열에 태운의 몸이 빠르게 움직였고 그로 인해 두 사람에게서 흘러나오는 신음도 빠르고 격해졌다. 그 절정에 달한 순간 태운은 주은의 몸 밖에 사정을 했고 주은은 까무러치듯 널브러져 버렸다.

태운은 자리에서 일어나 수건을 가져다 주은의 배 위에 뿌려진 자신의 흔적을 깨끗하게 지워주었다.

　"오늘, 역사적인 날이네요."

　태운이 주은의 몸에 시트를 덮어주고 품으로 안아주며 말했다.

　한 번의 섹스를 했다고 역사씩이나 들먹이는 게 우습기도 했지만 주은은 그만큼 태운에게 의미가 깊은 거라 여겼다.

　"고마워요, 내 마음 받아주고 또 사랑을 나눌 수 있는 영광까지 허락해줘서."

　"영광씩이나요? 아니에요, 태운 씨…… 오히려 내가 고마워요."

　"큰일이네요."

　"뭐가요?"

　"내일부터 주은 씨 집으로 안 들여보내고 여기로 데리고 올 것 같아서."

　"그러고 싶지는 않아요. 비록 옆집이 내 집이고 내가 혼자 살기는 하지만 그렇게 외박을 쉽게 하고 싶지는 않아요. 태운 씨 마음이 어떤 마음인지 알겠는데…… 그냥 뭐랄까? 내 생활을 흐트러뜨리기 싫어요. 혼자 살지만 어느 정도 규칙을 지키고 싶어요. 이해해요?"

　태운은 그런 그녀의 말이 서운했지만 그 말뜻을 이해하지 못하는 건 아니었다.

　"이해해요."

　태운은 그녀를 더욱더 세게 끌어안았다.

　"떠나지만 말아요. 그냥 옆에만 있어줘요. 그거면 돼요, 주은 씨."

시작부터 떠남을 걱정하는 것 같은 태운의 말투가 이상했다. 보통 이런 상황에서는 사랑한다는 고백을 하는 게 맞는 것 같은데 그는 그녀에게 옆에만 있어달라는 말을 했다. 그런데 그 말이 이상하게 사랑한다는 흔한 말보다 더 솔직하고 믿음직하게 들려왔다. 절대 그를 떠나서는 안 될 것 같고, 또 그가 그녀를 절대 떠나지 않을 것 같은 그런 말로 다시 들렸다.

"걱정하지 마요. 이미 태운 씨한테 길든 것 같아 못 떠날 것 같으니까."

"고마워요."

서로의 체온과 심장 소리를 들으며 두 사람은 밀려오는 피곤함을 이기지 못해 잠 속으로 빠져들었다.

분명 잠 속에 빠져들기 전에 주은은 새벽에 침대를 빠져나가 집으로 가리라 마음먹었었다. 하지만 잠에서 먼저 깬 사람은 태운이었고 주은이 눈을 떴을 때는 이미 깨어난 그가 그녀를 바라보고 있었다. 창피하고 부끄러워 도망치려는 계획이 무너진 것도 괴로운데 빤히 자신의 얼굴을 바라보는 그의 시선을 받아낼 수 없어 시트를 머리끝까지 덮어썼다.

"왜요?"

그가 묻는다.

"얼굴을 볼 수 없잖아."

"아, 몰라요. 창피하게 그렇게 쳐다보고 있는 게 어디 있어요?"

"꿈 아니죠?"

"차라리 꿈이었으면 좋겠어요. 이 순간은."

"난 이 순간도 꿈이 아니길 바라고 어젯밤도 꿈이 아니길 바라요."

"꿈 아니니까…… 저기 옷 좀 입게…… 욕실이라도 들어가지 그래요."

"어제 다 봤는데…… 이제 와서 새삼……."

퍽! 시트를 뒤집어쓰고 있어 태운이 보이지 않을 텐데도 그녀는 정확하게 그의 가슴팍을 쳤다.

"윽! 어젯밤 이렇게 거칠게 굴었으면 좋았을 텐데……."

퍽! 또 한 대의 주먹질이 그의 가슴을 강타하자 태운이 침대에서 일어나 빠져나갔다.

"알았어요. 욕실에서 옷 입고 나올 테니까, 천천히 입어요. 괜히 서두르다가 넘어져서 침대 모서리에 머리 박지 말고."

그가 욕실로 들어간 것 같은 기척을 느낀 후 주은은 재빠르게 침대에서 빠져나와 옷을 찾아 입었다. 그런데.

'아, 창피해.'

브래지어와 팬티가 짝짝이다. 어젯밤 하도 급하게 챙겨 입고 나온 데다 이런 일이 일어나리라고는 꿈에도 생각 못 했으니 어쩌랴. 이미 지난 일 창피해봐야 소용없는걸.

주은은 빠르게 옷을 꿰입었다.

'혜영이 말을 들을걸.'

얼마 전 혜영이 농담처럼 건넨 말이 있었다.

'연애를 시작했으니 늘 준비하고 기다려라. 언제 어느 순간에 사고는 터질지 모르는 일.'

됐다, 하고 무시했는데 그 사고가 준비도 없이 터지고 말았다.

연애가 처음도 아닌데 너무 초보적인 자세로 임하는 것 같은 자신
에 헛웃음이 새어 나오려 할 때 욕실 문 열리는 소리가 들려왔
다.

"아침 먹읍시다."

아무렇지 않게 행동하는 태운으로 인해 그날 아침 주은은 편한
마음으로 그와 아침을 먹고 드라이브 데이트 준비를 위해 101호,
자신의 집으로 돌아왔다.

옆집에서 하룻밤을 보내고 들어온 것도 외박이라고 자신의 집
이 순간적으로 낯설었다. 비록 하룻밤이었지만 너무도 럭셔리한
분위기에 익숙해졌다가 돌아온 자신의 집이 지극히 평범해 누추
해 보이기 때문일 수도 있다.

물을 마시기 위해 건조대에서 컵을 꺼내려는데 그 옆에 있던
다른 그릇들이 와르르 쏟아져 내렸다. 우당탕탕 설거지통으로 떨
어지는 그릇들이 요란한 소리를 냈다.

"주은 씨! 무슨 일이에요?"

벽 넘어 그의 목소리가 들려왔다. 무척이나 다급하게 묻는 목
소리가 거의 고함에 가까웠다.

"아무 일도 아니에요. 그릇들이 떨어져서……."

주은도 벽 넘어 그에게 대답했다. 벽이 가로막혀 말소리가 들
리지 않을까 싶어 크게 말하다 보니 그녀도 거의 고함에 가까운
소리를 내지르게 됐다.

"안 다쳤어요? 내가 건너갈까요?"

"아니에요. 괜찮아요!"

"조심해요!"

"네!"

건조대 위에서 떨어진 그릇들을 정리하며 주은은 문득 그가 이제는 옆집 아니라 옆방에 사는 것 같은 느낌이 들었다.

이제는 샤워를 하고 언제 초인종을 누를지 모를 그로 인해 브래지어를 꼭 해야 하고, 벽 넘어 새어 나갈 소음도 신경 써야 하니, 함께 사는 것과 무슨 차이가 있을까. 그가 가까이 있어 좋기는 한데 다 좋을 수만은 없나 보다.

어젯밤 태운과 사랑을 나누고 몸을 씻지 않아 샤워부터 하기 위해 욕실로 들어갔다.

"노래는 부르지 말아야지. 다 들릴 테니까. 후훗."

샤워하면서 노래를 부르지 않지만 무의식중에 나올 수 있는 행동을 미리 단속했다.

앞으로 태운과 이웃으로, 연인으로 있는 동안 이런 경우가 많을 것 같아 걱정이다. 하지만 그와 함께할 앞날이 더 기대되고 설레는 중이다. 그녀는 진짜 사랑을 하는 중이었다.

7. 역사가 이루어지다

가을 신상품 품평회 초대장이 왔다. 이번 품평회는 이전과 달리 부산에서 1박 2일로 진행하는 일정이다. 품평회도 품평회지만 저녁으로 준비된 메뉴가 회라는 것과 바다를 볼 수 있다는 기대감에 주은은 그날이 기대됐다.

"가지 마요."

그러나 태운이 태클을 걸어오고 있다.

"나 없이 혼자 바다 보러 가는 거 못 보내겠어요. 바다는 같이 가요. 꼭 참석해야 하는 자리 아니면 가지 말고 있다가 하루 날 잡아서 나하고 가요. 마음도 안 통하는 사람들하고 회 먹으면 맛있을 것 같아요? 내가 부산에 바다 보이는 호텔 스위트룸 예약할 테니까, 이번에는 가지 말아요."

어린아이가 출장 가는 엄마 치맛자락을 붙잡고 놓아주지 않는 것처럼 태운이 그녀를 보내지 않기 위해 아침, 저녁으로 그녀에게 달콤한 유혹으로 말리고 있다. 하지만 주은 그런 유혹에 넘어가고 싶어도 넘어갈 수가 없다. 품평회에 가야 본사에 대한 불평이나 건의 사항이 받아들여지기 때문에 바다와 회가 아니더라도 가야 하는 상황이다.

"배신자. 후회할 겁니다."

그녀가 떠나는 날까지 태운은 입술을 내밀고 있었다.

"다녀올게요."

쭉 나온 그의 입술을 뜨겁고 진한 키스로 달래준 후에야 웃는 얼굴로 배웅을 받으며 부산으로 올 수 있었다.

다른 대리점 점주와 숙소의 방을 배정받고 세미나실에서 진행하는 품평회에 참석했다. 올가을 유행할 컬러와 소재로 다양한 디자인의 상품들이 진열되어 있었고 주력상품은 모델이 직접 착용하고 나와 핏을 보여주기도 했다. 여성에 이어 남성 모델이 바람막이 점퍼와 면바지를 입고 나왔다.

"이 점퍼는 기능성 소재로 제작되어……."

담당자의 말은 귀에 들어오지 않았다.

'괜찮네.'라는 생각과 그 옷이 태운에게 딱 어울릴 것 같은 생각에 그녀의 시선이 그 점퍼에 고정되어 있었다. 그녀는 상품을 판매할 점주 관점이 아니라 남자친구를 위한 구매의사 있는 소비자의 관점에서 바라보고 있었다.

다음에 등장하는 모델의 착용 니트를 보며 주은은 좀 전과 같은 생각을 했다.

'잘 어울릴 것 같은데.'

이제는 아예 어떤 옷이 그에게 어울리는지, 그리고 어떤 제품을 그에게 입힐 건지를 고민하고 있었다.

'태운 씨가 모델 했으면 진짜 잘 어울렸을 건데.'

마지막으로 입고 나온 트렌치코트를 보며 주은은 그 어떤 모델도 태운을 따라갈 수 없음을 알게 되었다.

'안타깝다.'

처음엔 태운에 못 미치는 모델들의 존재감이 안타까웠다. 하지만 시간이 지날수록 그녀를 더욱 안타깝게 만드는 건, 그의 말대로 마음 맞지 않는 사람들 사이에 있다는 것이었다. 무척이나 지루하고 힘겨워졌다.

'같이 왔으면 좋기는 좋았을 텐데.'

점점 그의 말대로 낯선 사람들 틈에 앉아 있는 것이 후회로 다가왔다. 작년에 주은이 참석한 첫 품평회 때 안면을 익히고 친하게 지낸 대리점 점주가 한 명 있었는데 오늘은 오지 않았나 보다. 아니면 폐업을 하고 매장 문을 닫았을지도 모른다.

한 해가 다르게 없어지는 매장도 많고 새로 생기는 매장도 많은 실정에서 현재 점주들이 모두 낯설다는 것은 틀린 게 아니었다.

지루하기도 하고 흥미롭기도 한 품평회가 끝나고 나서 본사 직원이 저녁 식사 장소를 알려주었다. 옆자리에 있었던 강릉점 점주와 함께 세미나실을 나와 숙소인 콘도 로비로 내려왔을 때, 너무도 낯익은 얼굴 하나가 저 멀리서 보였다. 시력 좋은 주은 눈에 의해 그 낯익은 얼굴이 민주라는 걸 알게 되자 주은은 사람들 사이를 헤치며 민주에게 다가갔다.

"최민주!"

주은이 그녀의 이름을 부르자 민주가 그 자리에 우뚝 서서 빚 받으러 온 빚쟁이를 보듯 주은을 쳐다보고 있었다.

"네가 튀어봤자, 부처님 손바닥 안이지. 영원히 나 안 보고 도 망 다니며 살려고 했니?

"주은아, 그게 아니고……."

"아니긴 뭐가 아니야? 너 집에서 사라진 그날 살인 안 난 게 다행인 줄 알아!"

그렇게 민주를 보고 화를 뿜어내고 있는 주은의 눈에 민주 옆 에 있는 남자가 보였다. 안경을 쓴 모습이 교수 같은 이미지를 풍 기는 데다 잘 차려입은 정장으로 점잖아 보이는 남자. 주은도 기 억하는 민주의 첫사랑이었다.

"오랜만이죠, 주은 씨?"

이름도 기억에 남아 있지 않은 민주의 첫사랑이 그녀에게 인사 를 건네왔다. 하지만 주은은 그의 인사를 받지 않았다. 분명 그가 메일에 쓰여 있던 주인공, 그러니까 민주의 불륜 관계 주인공이라 할 수 있었기 때문이다.

주은이 민주의 등짝을 때리기 시작했다. 남자 문제로 속 썩이 는 딸을 패듯 무지막지한 주은의 주먹과 손바닥이 민주의 등짝을 후려쳤다.

"너 정말 나하고 인연 끊고 싶지? 아무리 사랑이 중요하다고 해도 10년도 넘은 우정을 이따위로 깔아뭉개니? 그리고 엄마는? 아무것도 모르시는 네 엄마 돌아가시는 꼴 보려고 그래! 정신 차 려, 이 등신아!"

"주은 씨, 그만해요! 왜 이래요!"

"이거 놔요! 당신도 마찬가지야! 양심이 있는 인간이라면 당신이 그러면 안 되는 거지!"

민주를 때리는 그녀의 손목이 잡혔다. 잡은 남자는 당연히 민주의 첫사랑일 거라 생각했다. 그 자리에 그 남자밖에 없었으니까. 그래서 그 남자를 향해서 쓴소리를 거침없이 내뱉는데……. 아뿔싸, 주은의 손목을 잡은 남자는 민주의 첫사랑이 아닌 태운이었다.

"태…… 태운 씨…… 여기는 어떻게……?

"이럴까 봐 왔습니다. 물가에 내놓은 어린아이보다 더 불안해서 참을 수가 있어야죠. 그런데 이렇게 폭력을 행사하고 있는 줄은 몰랐습니다."

"얘는 맞아야 싸요. 정신 못 차리면 때려서라도 정신 차리게 할 거예요, 내가. 그러니 말리지 말고…… 그런데 태운 씨 여기는 어떻게 알고 왔어요?"

"탐탐 본사에 전화 걸어 알아보고 온 건데…… 주은 씨는 왜 여기서 민주 씨를 괴롭히고 있는 거예요?"

"괴롭혀요? 겨우 이거 가지고? 얘는 나 아니어도 앞으로 맞아야 할 매가 장난 아니게 예약되어 있을걸요."

주은이 민주와 남자를 사납게 노려보았다.

"태운 씨, 내가 이 사람들하고 할 말이 있거든요. 그동안 로비에 있을래요?"

"그럴게요."

태운은 민주의 연애로 주은이 많이 화 나 있다는 것을 알 수 있었다. 지금 상황을 피한다고 해서 될 일은 아닌 것 같아 고개를 끄덕여주었다.

"최민주, 따라와!"

주은이 앞장서서 걷고 민주가 뒤따라오고 있었다. 그 뒤를 남자가 따라왔다.

"주은 씨, 살살 해요. 친한 송무 변호사 요새 바빠서 청탁해도 못 들어주는 상황이니까 적당히 살살 해요."

그의 농담에 반응을 해야 하는데 민주로 인해 화가 난 마음이 태운을 향한 작은 미소조차 못 만들어내고 있었다.

로비에 있는 커피숍에 자리를 잡은 주은의 맞은편으로 민주와 첫사랑이 앉았다.

"둘이 불륜 여행이라도 온 거야? 아니면 가족들 눈 피해서 부산에 살림이라도 차렸어?"

살벌한 표정으로 거침없이 묻는 주은의 질문에 민주도 날을 세우고 대답했다.

"미안하지만 불륜 여행은 아니야. 그냥 여행이지. 살림은 아직 더 있다가 차리려고. 서울에서."

"최민주!"

"경환이 이혼 소송 중이야. 여자 쪽은 이미 예전부터 남자가 있었고 그쪽이야말로 이미 살림 차려 살고 있어. 이혼 사유는 그 때문이고 재산분할 때문에 합의가 안 돼서 소송 중인 거야."

주은은 민주의 예상치 못한 반응에 할 말을 잃었다. 이혼 소송 중이니 불륜이 아니라고 당당하게 말하는 민주가 그녀가 그동안 알아온 친구가 맞는지 의문이다. 한때 세상 불륜 커플은 번개 맞아 죽어야 한다고 함께 흥분해주던 그녀가 이혼 소송 중에 있는 남자와의 연애를 정당화하고 있다.

"주은아, 너 어머니 돌아가시고 나한테 외롭다고 했지? 나도 그랬어."

민주가 주은을 향한 날을 거두고 차분하게 그녀의 마음을 쏟아내기 시작했다. 너무도 평범하게 잘 살아온 그녀가 프랑스행을 결정한 건 즉흥적인 것이었다고 고백했다. 일탈을 꿈꾸었던 그녀가 순간적으로 저지른 일이었지만 프랑스 출국 날이 다가오면서 후회와 불안이 그녀를 괴롭혔다고. 대단하다며 그녀의 선택에 칭찬과 격려를 해주었던 사람들의 실망 어린 시선을 받아내야 하는 게 더 두려웠기 때문에 어쩔 수 없이 출국을 해야 했던 그날 프랑스행 비행기에서 경환을 만났고 긴 비행시간 동안 서로에게 많은 위로를 받았다는 이야기까지 풀어냈다.

"너는 알 거 아니야? 누군가에게 위로를 받고 싶은 마음이 어떤 건지. 그 절실함이 어떤 건지."

민주의 이야기가 끝났음에도 주은은 복잡한 마음에 어떤 말도 할 수가 없었다. 친구였던 자신이 힘들었던 민주의 마음을 알아채지 못한 것이 미안했다. 하지만 그런 아픔을 자신에게 털어놓고 기대지 않은 민주에게 서운하기도 했다. 또한 그녀의 마음을 위로해준 상대가 늘 함께했던 자신이 아니라 수년 만에 만난 첫사랑이었다는 것도 민주와 그녀 자신에게 실망스러운 일이었다. 겨우 그것밖에 안 된 우정이었다니.

"그래서…… 지금 넌…… 행복하니?"

주은의 질문에 민주의 얼굴이 밝아졌다.

"응."

주은이 자리에서 일어섰다.

"부디 그 행복이 즉흥적으로 느껴지는 상황이나 감정이 아니길 바랄게. 지금 해줄 말은 이것밖에 없다."

실망과 서운함이 뒤범벅된 마음으로 일어서서 가려던 주은을 민주가 불렀다.

"주은아."

주은이 멈춰 서서 민주를 보았다.

"너도 지금 나하고 똑같아."

"……?"

"내가 아무리 네 옆에 있었어도 넌 언제나 우울로 가득 차 있었고 얼굴은 그늘져 있었어. 그런데…… 지금은 그런 것들이 안 보여. 로비에 있는 저 남자…… 저 남자 때문이겠지?"

민주의 말에 주은은 크게 한 방 맞은 기분이었다. 너도 나하고 다르지 않다는 말은 민주가 가르치려고 하는 말 같았지만 이기적인 자신을 일깨워주는 말이기도 했다.

"서울에서 보자."

주은은 그 말을 하고 로비에 앉아 통화 중인 태운에게 돌아왔다.

"누나, 알았어. 끊어. 얘기 잘 끝났어요?"

주은이 옆으로 다가오자 통화를 끝낸 태운이 물었다.

"누나가 있었어요?"

"……네."

"그렇구나. 난…… 좀 이기적인가 봐요."

"무슨 이유로?"

"그냥 내 할 말만 하고, 내가 듣고 싶은 이야기만 듣고, 내 감정에만 치우치고…… 그랬던 것 같아요. 지금도 보면 태운 씨에게 누나가 있었다는 사실도 모르고 있었잖아요. 내 말만 들어달라는 마음에서 내 이야기만 했지 태운 씨에게 그 흔한 가족 관계조차 물어보지 않고 듣지 않았다는 거니까……."

"그런 거 아니에요. 내가 누나 이야기를 안 했을 뿐이에요. 배고프지 않아요? 일단 뭐 좀 먹으러 갈까요?"

힘없이 앉아 있는 주은의 어깨를 토닥거려준 태운이 그녀의 손을 잡고 일으켜 세웠다.

"회 먹으러 갑시다. 회 먹고 싶어서 내 말도 안 듣고 온 거잖아요. 가요, 진짜 괜찮은 집 알고 있으니까."

태운은 표정이 어두워진 그녀를 살폈다. 그리고 그녀의 생각이 옆으로 빠지지 않게 끊임없이 말을 걸어주고 부산에 얽힌 자신의 이야기들을 해주었다.

"부산에 오면 먹을 게 많은데. 밀면 먹어봤어요?"

"아니요."

"돼지국밥은?"

"아니요."

"부산에서 순대 먹어봤어요? 여기는 순대를 소금이 아닌 쌈장에 찍어 먹어요."

"진짜요?"

주은의 표정이 풀리는 걸 본 태운도 그제야 마음이 놓였다.

"대학 때 친구들하고 시장에 야식을 먹으러 가서 순대를 먹는

데 부산에서 온 녀석이 왜 막장이 없냐며 성질을 내는 겁니다. 순대를 어떻게 소금에 찍어 먹을 수 있냐며 어이없이 바라보는데 4 대 1로 있었으면서 결국 쌈장을 사다가 그 녀석에게 따로 주는 사태까지 벌어졌다는 거 아닙니까? 그래서 그 녀석에게 모두가 그랬습니다. 사시만 합격하면 변호사든 검사든 성공할 거라고. 판사님들을 상대로 모든 판결을 승소로 이끌어 낼 거라고."

주은의 표정이 더 밝아졌다.

"그래서요? 그래서 그분은 성공하셨나요?"

"안타깝게 사시 패스를 못해서…… 사시 대신 공인회계사 시험에 합격해서 회계사가 되었다죠."

"재미있다."

우울해하던 그녀의 마음이 다 풀린 것 같아서 다행이었다.

태운은 이제 그녀의 얼굴이 조금이라도 안 좋아 보이는 게 싫었다. 그만큼 그의 마음이 아파오기 때문이다. 자신과 함께 있는 순간만큼은 그녀의 마음을 어둡게 하고 싶지 않았다. 그런 마음으로 그녀를 데리고 전망 좋은 횟집으로 데리고 가 그녀가 좋아하는 회를 실컷 먹게 해주었고 1박에 60만 원이나 하는 바다 전망의 스위트룸까지 예약해 놓았다.

하지만 회 먹을 때까지 좋았던 분위기는 호텔 룸에 들어와 깨지고 말았다.

"아니, 1박 하기를 이렇게 비싼 데에서…… 돈이 썩어 나가요?"

눈앞에 펼쳐진 전망에 황홀해하며 감격할 줄 알았던 주은이 잔소리를 해대는 것이다.

"돈 많이 벌고 그런 건 알겠지만 이건 너무 사치예요. 무슨 신혼여행 온 것도 아니고 하룻밤 잠만 자고 가기를…… 아까워."

"밖을 한 번 봐요. 얼마나 기가 막힌 전망입니까?"

태운이 룸의 조명을 끄자 밖으로 보이는 해운대의 아름다운 전경이 통유리를 통해 한눈에 들어왔다. 감탄이 절로 나오는 야경이었다.

"와."

방금 전까지 사치를 운운하며 태운에게 잔소리를 퍼붓던 주은의 입에서도 탄성이 터져 나왔다.

"이런 야경을 볼 수 있는 일반 룸도 있었을 거 아니에요?"

"거참, 그냥 좀 즐깁시다."

"좋은 거 알아요. 그렇지만 이렇게 좋게만 해주는 태운 씨한테 미안하…… 읍."

태운이 조잘거리는 그녀의 입을 키스로 막아버렸다. 그리고 그녀를 들어 안고 침대로 향했다.

"신혼여행 답사 온 거라고 생각해요. 그렇게 아까우면."

그녀를 침대에 눕힌 그가 입술을 떼고 은근한 목소리로 그녀의 귓가에 속삭였다.

"네?"

"언젠가 갈 신혼여행 바다 전망이 좋은지, 불타는 가을 단풍의 전망이 좋은지, 앞으로 답사를 다니면서 알아보는 거라고 여기라고요."

"그게 무슨 말……."

그가 또다시 키스로 그녀의 입술을 막았다.

"함께 영원히 행복하자는 말입니다."

청혼인 듯, 청혼이 아닌, 하지만 청혼 같은 말을 한 태운의 다음 말은 없었다. 그는 말 대신 몸짓으로 그녀에게 사랑을 표현했다. 예정에도 없이 날아온 그로 인해 주은은 우울하고 힘들었을 부산의 밤이 행복했다.

서류가 가지런히 정리된 태운의 책상 위에 블랙벨벳으로 되어 있는 반지 케이스가 놓여 있었다. 그걸 바라보는 태운의 눈빛은 복잡해 보였다.

부산에서의 하룻밤을 보낸 이후 태운은 주은에게 청혼을 해야겠다는 마음을 먹었다. 영원히 함께하자는 말은 진심이었지만 그 말이 결혼을 염두에 두고 한 말은 아니었다. 하지만 영원히 함께하기 위해서는 결혼을 해야 하고 그러기 위해서는 청혼을 해야 한다. 어쩌면 그녀에게 그 말이 청혼으로 들렸을지 모른다는 생각에 태운의 마음은 급해졌다. 무엇보다 반지하 집을 옆에 두고 드나드는 사이가 아닌 이제는 한방, 한 침대에서 눈을 뜨고, 함께 아침을 먹으며 앞으로의 시간을 그녀와 함께 채워가고 싶은 마음이 앞섰다.

하지만 그녀에게 밝히고 이해를 구해야 할 문제가 있으니 바로 진희다.

자신이 진희의 동생임을 알게 된다면 주은의 반응은 어떨까. 그녀의 반응 이전에 그 사실을 주은이 알게 된다는 것만으로도 두렵다. 태운은 자신이 누구인지 그녀가 알기 전에 그의 진심부터 그녀에게 알리기로 했다. 그녀를 너무 많이 사랑하고, 그녀가 그

에게 전부라는 마음을 전해주는 게 우선일 것 같았다. 진희 문제
는 잠시 다음으로 미뤄두기로 했다.

오늘, 주은에게 행복한 시간으로 기억될 청혼을 하자는 마음으
로 태운은 그녀의 퇴근 시간에 맞춰 회사를 나왔다.

"주은 씨? 퇴근 시간 다 돼가죠?"

－네. 지금 폐점 준비 중이에요.

"데리러 갈게요."

－네.

교통체증을 뚫고 도착한 라이프 몰 정문 앞에 주은이 미리 나
와 있었다.

"저녁 먹고 들어가요."

차에 오르는 주은에게 말하자 주은이 고개를 끄덕였다.

"좋아요."

태운의 청혼 계획을 모르는 주은은 그가 또 인터넷으로 검색한
유명한 음식점으로 갈 거라 예상했다. 하지만 태운이 그녀를 데리
고 간 곳은 시내의 호텔에 있는 일식당이었다.

그와 데이트를 하면서 특별했던 부산을 제외하고 이렇게 고급
스러운 곳을 가 본 적이 없다. 기껏해야 태운이 검색한 어느 유명
한 맛집이나 동네의 커피숍 등이 다다. 그런 그가 부산에서 사치
스럽다는 그녀의 잔소리를 듣고도 이곳을 선택했다는 것은 무슨
이유가 있는 게 아닌가 싶었다.

"뭐 좋은 일 있어요?"

주은이 물었다.

"오늘이 월급날이에요."

파트너 변호사씩이나 돼서 월급날이라 좋다며 이런 곳에 데리고 오다니. 이런 곳은 평소에도 데리고 올 수 있을 만한 능력을 가졌으면서.

아무래도 주은의 잔소리를 피하기 위해 월급을 핑계로 이곳으로 온 것 같다. 그런 그의 마음이 귀엽게 느껴져 애인의 월급날 평소와 다른 데이트를 즐기는 평범함을 주은은 즐겁게 받아들였다.

"그럼 월급 턱인 거예요?"

"그렇죠."

"월급은 통장을 스치는 바람이라는데…… 바람같이 사라지기 전, 빵빵하게 통장에 들어 있을 때 비싼 거 먹어야겠다. 그래도 되는 거죠?"

"네. 그럴 줄 알고 비싼 걸로 예약해놨습니다."

"그럼 다음 월급날도 기대하고 있을게요."

미소 지으며 말하는 주은을 보며 그도 살며시 지소를 지었다.

"사실은 첫 월급 타면 주은 씨하고 좀 특별하게 좋은 시간 보내고 싶었어요. 그런데 첫 월급 때는 우리가 이런 사이로까지 가지 못해서 그 꿈을 접어야만 했다는 거 아닙니까? 그래도 이번 월급으로 주은 씨 맛있는 거 사줄 수 있어 다행이에요."

"첫 월급은 속옷 사서 어머님께 드렸어야죠. 어쨌든 첫 월급인데. 그리고 요즘이 옛날처럼 월급 타서 현금으로 쓰는 시대도 아닌데 왜 이렇게 오늘 맛있는 거 사주고 싶어 하는 거예요?"

"우리 어머님은 저보다 더 돈을 많이 버시는 분이라 별생각이 없었는데 다음엔 정말 속옷 사서 보내드려야겠네요."

태운은 자신의 월급을 이제 주은이 관리해주길 바라는 마음에서 월급 이야기를 하는 것이라며 반지를 내놓고 결혼을 하자고 하려고 했다. 하지만 생각만으로도 오글거리고 쑥스러워 엄한 엄마 속옷 얘기만 꺼내놓고 말았다.

그가 미리 예약해놓은 음식들이 차려지기 시작했다.

"술은 사케 괜찮아요?"

"강하지 않고 부드러운 거면 괜찮아요."

"그럼 부드러운 걸로 주문할게요."

사케에 대해 잘 아는지 태운은 긴 이름의 사케를 주문했다.

차려진 음식에 눈이 호강하는 기분으로 건배를 하려 할 때였다.

"어? 강 변."

그들의 테이블을 스쳐 지나던 누군가 태운을 아는 척해왔다.

"여기는 웬일이야?"

태운도 그에게 손을 들어 아는 척을 하며 물었다.

"연수원 동기 모임 있어서. 그런데…… 옆에 계신 분은……?"

남자의 호기심 어린 시선이 주은에게 향했다.

"애인."

태운이 어떤 수식어도 붙이지 않은 채 간단하게 주은의 존재를 소개했다. 너무도 간단명료해서 그런지 남자는 애인이라는 태운의 말을 믿지 못하는 눈치다.

"에이, 한국 나온 지 얼마나 됐다고 벌써 애인이야? 솔직하게 말해봐."

"솔직하게 애인 맞으니까 그런 눈으로 바라보지 말고 동기 모임 자리에나 가보지그래."

"거긴 가도 그만 안 가도 그만인데…… 저기…… 낯이 익습니다."

남자가 주은을 빤히 바라보며 그녀를 기억해내려 애쓰는 것 같았다.

"뻔한 수법 그만하고 빨리 가봐. 그 숙녀분은 뻔한 수법을 싫어하시는 분이니까."

태운의 말을 무시하고 주은을 바라보던 남자가 그녀가 누구인지 생각난 듯 표정이 밝아지며 물었다.

"생각났습니다! 대한에어 승무원으로 일하셨죠?"

"……네."

남자는 분명 그녀를 알고 있는 것 같았다. 그녀가 승무원으로 일했던 걸 알고 있는 걸 보면. 하지만 주은은 그 남자가 누구인지 기억에 없다. 아무리 기억해내려 해도 아는 얼굴이 아니다. 더구나 태운과 같이 일하는 변호사로 보이는데 그녀가 아는 변호사라고는 예전 선본 남자밖에 없는데 앞에 있는 남자는 그때의 맞선남은 아니다.

'그럼 누구지?'

"저 기억 안 나시죠?"

그렇게 묻는 남자의 얼굴은 반가움이 가득했다.

"……네."

"안 날 겁니다. 날 수가 없죠. 하지만 전 서주은 씨 이름도 정확히 기억하고 있습니다."

이름까지 기억하고 있는 남자를 왜 주은은 기억하지 못하는지 답답했다.

"뭐야? 최 변이 우리 주은 씨를 어떻게 아는 거야? 주은 씨는 당신을 모르는데."

혼자 즐거운 사람처럼 웃고 있는 최 변호사와 다르게 태운의 얼굴은 불쾌감이 가득했다.

"제가 명함도 건넸는데."

주은은 자신에게 명함을 건네고 간 이름도 얼굴도 모르는 수많은 남자 중에 한 명일 거라는 생각이 들었다. 그리고 그 생각은 틀리지 않았다.

최 변호사는 막 어소 변호사로 일할 때 파트너 변호사를 따라 미국으로 출장 가던 비행기 안에서 주은을 봤다고 한다. 다른 승무원들과 다르게 후광이 비치고 있었고 첫눈에 반해 명함을 건네고 연락을 기다렸다며 너스레를 떨었다.

"정말 저는 그때 진심이었습니다. 아직도 서주은 씨 이름을 기억하고 있다는 게 그 증거 아니겠습니까? 와, 이렇게 이런 자리에서 만나다니. 우린 인연인가 봅니다."

"서주은 씨의 인연은 나니까, 인연 같은 소리는 집어치우고 빨리 가! 방해하지 말고."

하지만 불쾌하게 반응하는 태운은 무시하고 최 변호사는 주은을 향해 자신의 할 말을 계속 쏟아내고 있었다.

"서주은 씨는 여전히 아름다우십니다. 그런데 퇴사하셨나 봐요? 잊지를 못해서 전화를 한 번 해봤더니 퇴사하셨다고 하더라고요. 정말 안타까웠는데 이렇게 또 만나게 되네요. 하하하."

웃고 있는 최 변호사의 입으로 태운이 고추냉이 한 젓가락을 쏙 집어넣었다.

"퉤퉤."

최 변호사가 인상을 쓰며 입에 들어간 고추냉이를 뱉어냈고 태운은 그런 최 변호사를 무섭게 쏘아보았다.

"안 가고 계속 나불거리면 이번에는 간장을 쏟아부을 거야."

"자주 봐요, 주은 씨. 다시 만나서 정말 반가웠습니다."

최 변호사가 주은에게 아쉬운 얼굴로 인사를 하고는 자리에서 일어났다. 그리고 그냥 갈 수는 없었는지 주은의 손을 덥석 잡고 악수를 했다. 태운이 자리에서 벌떡 일어서자 급하게 사라져버렸다.

주은은 지금의 상황이 재미있어 피식 웃었다. 승무원 시절 명함을 건넸던 남자를 다시 만난 것도, 어린아이 같은 두 남자의 행동도 재미있다고 느꼈다. 하지만 태운은 진심으로 기분이 나쁜지 구겨진 얼굴이 펴지지 않고 있었다.

"장난친 거 가지고 그렇게 꽁해 있는 거 태운 씨하고 안 어울려요."

"장난이요? 최 변호사가 장난으로 명함을 준 거 같습니까? 장난 같지만 주은 씨 보는 최 변호사 시선은 장난이 아니었단 말이에요."

너무 억지라는 생각에 주은은 태운의 말에 대꾸하지 않았다.

"내가 너무 안일하게 생각하고 있었나 봐요. 주은 씨가 이렇게 위험한 존재인 줄 몰랐어요."

"위험한 존재요?"

"누가 채갈까 봐…… 그냥 두기 위험하다는 겁니다."

"누가 채가기 쉬운 존재였으면 벌써 당했겠죠? 저 그렇게 쉽게 넘어가는 여자 아니에요. 말했잖아요. 나한테 첫눈에 반했다고 한 남자가 스무 명은 된다고. 그런데 마음을 받아들인 남자는 태운 씨가 처음이라고. 농담으로 들었어요? 아니면 귓등으로도 안 들은 거예요?"

주은의 말을 듣고서야 태운의 표정이 풀렸다.

"배고프죠? 이거 한번 먹어봐요."

태운이 아무 일도 없었던 것 같은 얼굴로 그녀 앞으로 회 한 점을 놓아주었다.

"못한 건배부터 해야죠."

"그러게요. 빼먹을 뻔했네요."

최 변호사로 인한 짧은 소동이 끝난 후에야 둘은 편안하게 식사를 시작했다. 술 한 병이 비워지고 식사도 거의 끝날 무렵 태운이 그녀에게 물었다.

"내일 휴무죠?"

"네."

"가고 싶은 데 있는데 같이 가줄래요?"

"어딘데요?"

"서울 안에 있어요. 멀지 않아요."

"좋아요."

식사를 마치고 나온 두 사람이 엘리베이터에 올라탔다.

"사실은 호텔 스위트룸을 예약하려고 했어요."

태운의 말에 주은의 날카로운 시선이 그를 향해 꽂혔다.

"그런데 돈이 썩어나느냐는 잔소리 들을까 봐 마음 접었어요."

"잘했어요. 안 그랬으면 잔소리로만 안 끝났을 거예요. 프런트로 가서 환불해달라고 깽판 부렸을지도 몰라요."

"음…… 그럴 줄 알고 접었죠."

태운이 장난스럽게 웃었다. 하지만 주은은 태운이 하나부터 열까지 자신에게 모든 걸 맞춰주고 있다는 고마움에 눈물이 나올 것 같았다.

주은은 고마운 그 마음을 집 앞에 도착해 그에게 표현했다. 바로 헤어지기 싫어 쭈뼛거리는 것 같은 그의 마음을 읽고 과감하게 제안을 했다.

"101호에서 차 한 잔 하고 갈래요?"

태운을 집 안으로 들인다는 것은 그녀에게 많은 의미가 담겨있다. 단순히 그녀의 공간으로 들이는 것이 아니다. 있는 그대로의 그녀가 사는 모습을 보여주는 것이기도 했고 남들에게 보이기 싫은 치부를 드러내놓는 것이기도 했다. 그만큼 그에게 그녀의 모든 걸 내준다는 깊은 의미가 있다.

민주를 업은 채 그녀 집으로 들어왔던 적은 있지만 그건 그녀가 의도하지 않은, 어쩔 수 없는 상황이었다. 그러나 지금은 그게 아니다. 그녀의 마음을 표현하는 정식 초대다.

"그래도 괜찮아요?"

그녀의 느닷없는 초대가 행복해서인지, 아니면 그녀가 생각하고 있는 의미를 알아서 그러는지 태운이 환하게 웃으며 물었다.

"……뭐, 안 될 건 없어요."

어물거리며 대답을 하는 짧은 순간에 주은의 머릿속에는 복잡한 생각들이 스쳐갔다.

'어제 벗어놓은 속옷은 세탁기에 잘 넣어놨나? 욕실 바닥에 떨어진 머리카락은 그대로 있을 텐데…… 침대 시트하고 베개 커버는 언제 빨았지? 냄새 안 날까? 욕실 청소도 언제 했는지 기억도 없는데…… 괜한 말을 꺼냈네. 나중에 할걸.'

복잡하고 심란하게 돌아가는 그녀의 마음과는 다르게 그는 무척이나 느긋해 보였다.

"예전처럼 민주 씨를 업고 가는 것도 아니고 처음으로 정식 초대 받아서 가는 건데 빈손으로 갈 수 없잖아요? 그러니까 내가 손을 무겁게 준비하는 동안 혹시라도 청소를 못 했다거나 집 안을 정리해야 할 것 같으면 얼른 해요. 굳이 그렇게 하지 않아도 난 상관없지만."

선수 같은 태운의 반응에 주은이 새치름하게 물었다.

"어째…… 여자친구의 갑작스러운 초대에 많이 응해본 사람 같아요?"

"응한 적은 없었습니다."

"초대를 받아본 적은 많았고요?"

"없지는 않았습니다. 하지만 그건 내 의지와는 상관없이 이루어진 일이니까 삐치면 안 돼요."

"안 삐쳐요. 겨우 그런 거 가지고. 단! 앞으로는 초대받는 것도 안 돼요. 그건 의지 문제가 아니라 행실 문제니까."

태운의 입가가 웃음을 참느라 삐죽거렸다.

"질투해주니까 좋죠? 청소하고 정리 끝나면 전화할 테니까 양손 무겁게 준비하세요."

"넵!"

아무렇지 않게 집으로 들어오는 뒷모습을 태운에게 보이고 주은은 문을 닫았다. 그리고 문이 닫힘과 동시에 후다닥 안으로 들어가 욕실 앞, 바닥에 널려 있는 브래지어와 팬티를 세탁기에 집어넣었다. 그리고 침대 시트와 베게 커버에서 퀴퀴한 냄새가 나는 건 아닌지 확인부터 했다. 좋은 향기가 나는 건 아니었지만 다행히 걱정했던 냄새는 나지 않았다. 침대 시트를 각 맞춰 깨끗하게 정리하고 베개의 위치도 잘 잡아놓았다.

다음엔 욕실에 있는 머리카락을 치우고 수건은 색이 예쁜 것으로 골라 새로 걸어놓았다.

거실에는 샤워코롱을 살짝 뿌린 후 너무 티 나게 하지 않기 위해 창문을 한 번 열어 환기해주었다.

'아이고, 무슨 범죄자가 현장 은폐하는 것도 아니고……'

집이 워낙 좁아 정리하기까지 별로 많은 시간이 걸리지 않았지만 분주하게 몸을 움직여서인지 이마에 땀이 배어 있었다.

'샤워를 해야 하나?'

샤워를 하면 욕실 바닥이 젖을 테고, 젖은 바닥은 깔끔해 보이지 않으니 고민되기 시작했다.

'아, 몰라. 시어머니 행차도 아니고 이 무슨 시집살이야? 그냥 하던 대로 하자.'

주은은 포기할 건 포기한다는 심정으로 샤워를 하고 나왔다.

준비가 다 되었으니 이젠 건너와도 좋다는 전화를 하려는 순간, 그녀는 휴대폰을 내려놓고 벽을 두어 번 쳤다.

"건너와도 돼요!"

"네."

벽 너머에서 그의 목소리가 들리더니 이내 현관문 두드리는 소리가 들려왔다.

"누추하지만……."

주은이 문을 열어주고 쑥스럽게 웃으며 옆으로 비켜서 주었다.

"아니요. 전혀 누추하지 않아요. 주은 씨 품으로 들어온 것처럼 따뜻하고 포근해요. 주은 씨만의 공간에 온전하게 들어온 것 같아서 기분 좋은데요."

처음은 아니었지만 처음인 것처럼 태운은 양손에 들고 있는 종이봉투를 내려놓으며 천천히 주은의 공간을 둘러보았다.

창틀에 놓인 작은 화분 세 개, 벽에 붙어 있는 에펠탑 스티커와 영문자들, 침대 시트부터 벽지까지 민트색으로 통일된 그녀의 공간에 들어왔음이 기뻤다.

"와, 진짜 양손 무겁게 오셨네요?"

주은은 종이봉투 안에서 상자 하나를 꺼냈다.

"어머, 이건?"

고양이 손 모양의 앙증맞은 전동 안마기다.

"피곤할 때 사용하면 효과가 좋대요. 특히 족욕 후에 발 마사지를 해주면 시원하답니다. 주은 씨 하루 종일 서 있으니까 유용할 거예요."

꼭 준비해놓은 것 같은 선물을 가지고 온 것 같다. 간단하게 차 한 잔 마시려고 했던 의도가 집들이를 하는 것처럼 일이 커진 느낌이다.

그런데 다른 쇼핑백에서 나온 물건을 보고 주은은 입이 벌어지고 말았다.

"……이걸 ……사용하자고 가지고 온 거예요?"

"그럼요."

"이건 꼭 계획하에 사놓았던 물건 같은데요?"

"맞아요. 건네줄 기회만 엿보고 있었어요. 우리한테 딱 맞는 거 아닙니까? 시험해볼까요?"

태운이 상자에서 워키토키를 꺼내 하나를 주은의 손에 쥐여 주고 밖으로 나갔다. 지지직거리는 잡음이 들리더니 이내 깨끗한 상태의 태운 목소리가 들려왔다.

-아아. 서주은 씨, 잘 들립니까?

"잘 들립니다."

-전화하고 또 다른 느낌이라 좋습니다.

"그러네요."

태운이 주은의 집으로 다시 들어왔고 두 사람은 만족스러운 듯 워키토키를 잘 챙겼다.

"이제 우리 벽은 두드리지 맙시다. 울림으로 인해서 위층 사람들한테 우리 연애하는 거 들킬 수 있으니까."

기발하다고 해야 하는 건지, 유치하다고 해야 하는 건지.

"꼭 집들이 초대를 한 것 같아서 차 한 잔만 드리기에 미안한데요?"

"음…… 차 한 잔만 주기 미안하면…… 주은 씨 입술을 줘도 되는데……."

"뭐라고요?"

태운이 주은을 끌어당겨 안으며 그녀의 입술에 키스를 퍼부었다. 밀착된 몸이 농밀하게 움직이며 서로를 갈망하는 몸짓으로 두 사람은 침대로 향했다.

"차보다 주은 씨가 더 절실해요."

그녀의 좁은 침대가 좁지 않을 만큼 꼭 붙은 한 몸이 되어 두 사람은 밤새워 사랑을 나누었다.

새벽이 되어서야 태운은 돌아갔다. 사랑을 나눌 때는 몰랐는데 두 사람이 편하게 잠을 자기에는 침대가 좁았다. 특히나 벽이 아닌 바깥쪽에서 자던 태운이 돌아눕다 침대 아래로 떨어지는 불상사를 당하고 말았다.

"집으로 가서 편하게 자요."

"괜찮아요. 주은 씨 없이 혼자 자는 게 더 불편해요."

하지만 키가 큰 태운이 좁은 침대에서 그녀를 불편하게 하지 않기 위해 움직이다 또 한 번 침대 밖으로 떨어지고 말았다.

"태운 씨 걱정돼서 내가 잠을 못 자겠어요. 집에 가서 잘 거 아니면 자리를 바꿔서 자요."

태운은 집으로 가는 것을 선택했다. 괜히 주은이 침대에서 떨어져 어디 한 군데라도 부러지는 사태가 발생할까 염려돼 새벽 시간에 주은의 집을 빠져나왔다.

태운이 나가고 나서도 한참을 더 잠에 빠져있던 주은의 귀에 무언가 심한 잡음 소리가 들려왔다.

-서주은 씨? 일어났습니까? 서주은 씨, 아직도 꿈나라인 겁니까?

그녀의 침대 옆에 놓인 무전기에서 그의 목소리가 흘러나왔다.

"일어납니다."

주은이 무전기를 들고 대답했다.

-빨리 일어나십시오. 얼른 준비하고 놀러 나갑시다.

"네."

-아침은 102호에 준비되어 있으니 건너오십시오.

"네."

넓은 태운의 침대에서와 달리 자신의 좁은 침대에서 함께 자고 일어난 아침의 몸 상태가 별로 좋지 않았다. 여기저기 뼈마디에서 삐걱거리는 소리가 들리는 것 같다.

아침을 챙겨 먹기보다는 잠을 더 자고 싶었다. 하지만 주은은 자신보다 잠자리가 더 불편했을 텐데도 그녀를 위해 아침을 준비하고 불러준 그의 정성을 무시할 수 없었다.

대충 씻고 건너간 그의 집 식탁에는 간단한 토스트와 따뜻한 커피가 준비되어 있었다.

"자는 데 많이 불편했죠?"

주은이 물었다.

"아니요. 행복했는데요."

"아침부터 너무 오글거리네요. 그만하죠?"

"진짜 행복했는데."

그의 말은 거짓이 아닌 것처럼 얼굴 가득 환한 미소를 머금고 있었다.

"오늘, 데이트하자는 거 잊지 않았죠?"

"네."

태운은 주은이 어디로 갈 것인지 물었지만 대답해주지 않았다.

그녀가 집으로 돌아와 외출 준비를 끝내고 함께 차를 타고 가는 와중에도 태운은 그곳이 어디인지 알려주지 않았다.

결국 남산 타워 주차장에 도착했을 때에야 그가 오고자 했던 곳이 남산임을 알게 되었다.

"남산은 밤에 와야 하는데."

"밤에 와야 하는 거 아는데…… 마음이 급했어요."

"무슨 마음이 급했는데요?"

"그냥…… 빨리 오고 싶은 마음."

마음이 급했다는 그가 그곳에 온 이유는 사랑의 자물쇠 때문이었다.

"예전부터 좋은 인연이 생기면 이곳에서 자물쇠 하나 걸어야겠다는 생각을 했어요."

이곳에 다녀간 연인들이면 누구나 한 번쯤 걸었을 자물쇠를 태운은 일부러 걸기 위해 온 것 같았다.

"그래요, 하나 걸어요, 우리."

두 사람이 함께 자물쇠를 고르고 문구를 써넣으려고 할 때였다.

"주은 씨, 내가 먼저 쓸게요. 그걸 보고 주은 씨가 답을 써줘요. 답은 '네, 아니요.'로만 할 수 있습니다."

"……?"

주은이 무슨 말이냐고 그에게 묻기도 전에 그 작은 자물쇠에 태운이 주은이 보지 못하게 무언가를 쓰기 시작했다. 그리고 다 쓴 다음에는 머뭇거리며 그녀에게 천천히 내밀고는 시선을 다른 곳으로 돌렸다.

〈서주은 씨, 나와 결혼해주시겠습니까?〉

문구를 본 주은이 태운을 보았지만 그는 고개를 돌려 서울 시내 한 곳을 내려다보고 있어 표정을 살필 수가 없었다.

남자가 여자에게 청혼하는 방법은 여러 가지가 있다. 가장 흔한 방법인 무릎을 꿇고 반지를 내밀며 시선을 맞추고 결혼해달라고 하는 프러포즈를 받았더라면, 오히려 창피해서 대답을 하지 못했을지도 모른다. 하지만 주은은 마음의 준비도 없는 상태에서 이런 식으로 청혼을 받을 줄은 몰랐다.

강태운이라는 남자와의 결혼을 떠올리며 주은은 태운의 뒷모습을 바라봤다. 늘 그녀를 다정하게 바라봐주는 모습을 마주할 때와는 다르게 그의 뒷모습은 무척이나 듬직해 보였다. 그의 품이 포근하고 따뜻하다면 그의 등과 어깨는 기댈 수 있는 든든함이 보였다.

결혼을 하지 않겠다는 독신은 아니었다. 따뜻하고 다정하고 든든한 강태운이라면 괜찮지 않을까? 아니, 괜찮은 정도가 아니라 그녀에게 강태운은 행운이다. 그런 고민과 생각을 깊게 하지 않아도 축복의 남자다.

주은은 태운의 뒷모습을 한참 바라본 후 그녀의 대답을 자물쇠에 적었다.

〈네.〉

그리고 그 자물쇠를 태운에게 건네주었다.

태운은 '네'라고 써준 그녀의 대답에 가슴이 벅찼다. 그녀의 웃음을 보며 무언가 말을 해줘야 하는데 말을 꺼낼 수 없을 만큼 심장이 떨렸다. 그녀의 손을 잡고만 있던 그가 입을 열었다.

"태어나서 지금 이 순간이 가장 행복하다고 하면 믿어줄래요?"

"나도 그렇다고 하면 믿겠어요?"

"믿어요, 난…… 서주은 씨…… 늘 이렇게 함께해줄 거라고. 그래서 내 청혼을 받아준 거라는 것도."

그가 주머니에서 반지 케이스를 꺼내 그녀 앞으로 내밀었다.

"주은 씨 이제 영원한 내 거라고 자물쇠를 채우려고 하는 거예요."

주은이 놀란 채 반지만 내려다보고 있었다.

"무릎 꿇고 끼워줄까요?"

태운이 그녀 앞에 무릎을 꿇으려 하자 주은이 화들짝 놀라며 말렸다.

"아니에요, 아니에요."

"나하고 결혼해주십시오."

청혼에 대한 대답을 쓸 때와 다르게 그가 내민 반지를 보자 그녀의 눈가가 붉어졌다. 쑥스러울 것 같았는데 그 흔한 청혼 방식에 오히려 감동이 밀려왔다.

"왜요? 꽃다발이 없어서 허전해요?"

"아니요. 갑자기 난…… 태운 씨한테 많이 모자란데 이렇게 청혼을 받아들여도 되는 건지…… 아무것도…….."

그의 입술이 그녀의 입술에 가볍게 내려앉았다 떨어졌다.

"이미 '네.'라고 대답했어요."

태운이 그녀의 손에 반지를 끼워주었다.

"자, 이제 무르고 싶어도 못 물러요."

"마찬가지예요. 태운 씨도 이제 못 물러요."

주변 사람들이 많은 관계로 두 사람은 가벼운 포옹으로 서로를 안은 후 자물쇠를 어딘가에 채웠다. 열쇠로 열기 전에 절대 열리지 않을 그 자물쇠처럼 절대 서로에게서 떨어지지 않기를 바라고 믿으며.

남산을 내려오며 태운은 그녀에게 축복 같은 존재라고 말했다. 그녀도 그가 축복이라고 느낀 것처럼 그도 같은 생각을 했다는 것에 주은은 많이 놀라고 행복했다.

하지만 한편으로 주은은 그에게 미안했다. 그가 그녀에게 있어 축복 같은 존재라는 것에는 거짓 하나 없는 진심이고 진실이다. 그러나 남산 그곳 어딘가에 그녀가 다른 남자와 달아놓은 자물쇠가 또 있다는 불편한 진실이 숨어 있다.

예전 승무원 시절 사귀었던 남자친구와 놀러 와 사랑을 약속하며 자물쇠를 걸었었다. 그때는 정말 그 남자와의 사랑이 영원할 줄 알았는데…….

하지만 결혼을 약속한 태운과는 영원히 있을 수 있으니 더는 바랄 게 없었다.

결혼을 약속한 운명의 날에 축배를 들자며 태운은 주은을 데리고 집으로 들어왔고 주은이 좋아하는 스파클링 와인으로 자축을 했다. 하지만 와인만으로는 축하의 의미가 모자랐는지 태운은 주은을 집으로 보내지 않았다.

"오늘은…… 뭘 해도 피하지 말아요. 당신 ……것 하나하나 다 내 걸로 만들 거니까."

그냥 하는 말이 아니었다.

그녀를 번쩍 안아 들고는 침대로 곧장 향했다. 주은의 하나하나를 모두 자기 것으로 만들겠다던 태운은 이마에서부터 시작해서 눈, 코, 입, 뺨까지 낙인을 찍듯 입맞춤을 해나갔다. 목선을 따라 내려간 그의 입술은 그녀의 쇄골과 어깨선을 거쳐 가슴 부분에서 멈췄다. 이미 곤두서 있는 그녀의 유두를 머금고는 혀로 굴리며 희롱하다가 깊이 빨아들이기도 했다.

"태운 씨…… 아응."

그의 머리카락을 헤집으며 주은이 몸을 들썩이기 시작했다. 그녀의 그런 반응이 태운을 더욱 흥분시켰고 은밀하게 젖어 있는 그녀의 다리 사이로 그의 입술이 곧바로 내려왔다.

"아악! 안 돼요!"

"오늘은 나도 안 돼."

그전에도 태운은 그녀의 그곳에 애무를 하려고 여러 번 시도를 한 적이 있었지만 주은의 거부로 늘 실패했다. 하지만 오늘은 그런 주은의 거부나 반항이 먹히지 않을 것 같다.

그녀의 허벅지를 자신의 두 손으로 단단히 고정한 태운의 뜨거운 숨결이 이미 그녀의 내부로 쏟아져 들어오고 있었다.

"으으응…… 으읏."

들썩이기만 했던 주은의 허리가 활처럼 휘었다. 이미 젖어 있는 자신의 그곳에 그의 숨결이 와 닿고 입술이 와 닿고 혀가 와 닿았다는 것이 생각만큼 추하지 않았다. 오히려 모든 감각을 마비시키고 전신이 녹아내릴 것 같은 짜릿한 감각에 눈을 뜨지 못하고 있다.

늘 손으로만 자극을 주었던 그녀의 여성을 그가 혀로 굴리기 시작했다.

"아아…… 흐응."

몸을 어떻게 주체할 수가 없다. 자신의 의지와는 상관없이 부르르 떨리기도 하고 배배 꼬이는 몸을 추스르려 해도 쉽지 않았다. 자신의 몸속에서 알 수 없는 어떤 감각의 수위가 점점 올라가고 있음이 느껴졌다. 그가 질 안으로 혀를 찔러 넣으려고 하는 순간에는 그 알 수 없는 감각의 수위가 더 빨라지고 짜릿해지길 원했다.

"태운 씨…… 해줘요. 지금…… 해줘."

자신도 모르게 그에게 해달라는 요구를 하고 있었다. 태운은 그런 주은의 솔직한 반응과 표현이 좋았다.

"아직은 안 되는데……."

짓궂게 말한 그가 손가락으로 그녀의 여성에 자극을 주기 시작했다.

"아응…… 제발…… 나…… 뭔가…… 참을 수가 없을 것…… 으으응."

"참지 말고 느껴봐."

"아으윽…… 태운 씨…… 흐으응…… 제발……."

희열과 흥분이 정점으로 가고 있는 주은이 흐느끼는 것 같은 신음을 흘리며 몸을 뒤틀었다. 그녀의 그런 반응을 보며 태운은 그녀의 여성을 더욱더 세게 자극했다.

"아으응."

성적인 감각의 최고조 수위, 오르가슴에 오른 주은이 온몸을 축 늘어뜨렸다.

"시작도 안 했는데 겨우 이거에 이렇게 맥을 못 추면 안 되지. 이제부터 본 게임인데."

"너무해요."

태운이 오르가슴으로 인해 흥건하게 젖어 있는 그녀 안으로 자신의 분신을 밀어 넣었다. 충분히 젖은 그녀의 속살로 들어가는 건 평소보다 어렵지 않았으나 한 번의 절정을 느낀 그녀의 안이 뜨겁고 좁아 태운은 당장에라도 사정할 거 같은 짙은 흥분을 느꼈다.

"하! 너무 좋다."

태운은 그대로 주은의 몸 위로 엎어지며 그녀의 귓가에 속삭였다.

천천히 하체를 그녀에게 밀어붙이며 움직이던 태운이 그녀의 가슴을 만지며 주은과 눈을 맞췄다. 살짝 벌어진 입술과 몽롱한 눈빛으로 자신을 보고 있는 그녀의 모습을 보며 다시 속삭였다.

"사랑해요."

그의 고백에 주은이 그의 목을 끌어안으며 키스를 해왔다. 그녀에게서도 사랑한다는 고백이 나왔으면 했지만 그의 고백에 키스를 하는 그녀의 반응도 나쁘지는 않았다.

태운이 상체를 들고 허리를 튕겼다. 그에 맞춰 그녀의 허리도 움직였다.

"하핫."

이번에는 주은보다 태운의 반응이 격했다. 강하게 조이며 자극하는 그녀로 인해 온몸의 피가 아래로 쏠리는 기분이었고 당장에라도 몸이 터질 것 같은 흥분이 극에 달하기 시작했다. 허리를 움직이는 태운의 속도가 빨라지고 힘이 강해졌다. 그에 맞춰 두 사람의 신음과 호흡도 빠르고 격해졌다.

"으으윽!"

최절정에 다다른 태운이 주은의 몸 위로 풀썩 쓰러졌다.

"무거워요?"

태운이 물었다.

"네. 하지만 참을 수는 있어요."

"하, 떨어지기 싫은데……."

태운이 아쉬운 듯 그녀의 몸에서 빠져나와 주은 옆으로 누웠다. 그가 그녀에게 팔을 내주었고 그의 팔을 베고 주은이 누웠다. 방금 뜨거운 정사를 마쳤음에도 태운은 아쉬움이 남은 것처럼 그녀의 얼굴과 손에 끊임없이 잔키스를 퍼부었다.

"하, 오늘 이 밤이 지나가지 않았으면 좋겠다."

"왜요?"

"주은 씨, 계속 안고 싶어서."

"안고 싶다는 게…… 이렇게 안고 있는 걸 말하는 거죠?"

"당연히 아니죠! 그런데 왜요? 이렇게만 안는 건 별로예요? 에이, 걱정 말아요. 좀 전보다 더 뜨겁고 강하게 해줄게요."

"그 말 들으니까 빨리 날이 샜으면 좋겠네요."

"왜요?"

"더는 못하겠거든요."

태운이 안심하라는 듯 그녀의 뺨을 자신의 손가락으로 가볍게 튕겼다.

"사실은 청혼을 어제 하려고 했어요."

태운의 말에 주은이 몸을 발딱 일으켰다.

"어제요? 어떻게?"

어제 했다면 자물쇠에 결혼해달라는 문구를 쓸 수 없었을 텐데 그렇다면 어제는 어떤 방법으로 결혼하자는 마음을 전했을까? 궁금해진 주은이 물었다.

"호텔 룸을 예약해서 그곳에서 하려고 했는데 주은 씨한테 잔소리 들을 것 같아서 취소했고, 식사 후에 전망 좋은 바로 데리고 가서 청혼과 관련된 음악을 신청하고 그 음악이 흘러나올 때 반지를 건넬까, 고민했는데 어제 만난 최 변호사 때문에 오늘로 미뤘어요."

"왜요?"

"왜라니요? 내 여자에게 명함을 건넨 적 있는 놈이 왠지 청혼의 신성함을 깨뜨려놓은 것 같아서죠! 그리고 갑자기 자물쇠로 물어보면 어떨까 하는 생각이 스쳐 지나더라고요. 사실 자물쇠에는 당신을 만난 건 축복이라고 쓰고 싶었는데."

"아니요. 내가 태운 씨를 만난 게 축복이죠."

그 말에 태운이 그녀를 더 세게 끌어안았다.

"우리는 정말 천생연분입니다. 안 그래요?"

그런 말을 하며 슬며시 자신의 가슴을 만져오는 태운의 손길이 불길해 주은이 그의 품에서 빠져나와 욕실로 들어갔다. 그녀의 그런 모습을 보던 태운이 음흉하게 웃으며 따라 들어갔다.

"왜, 왜 들어왔어요?"

"왜 들어왔겠습니까?"

"설마……."

샤워기 아래 있는 그녀 곁으로 그가 다가갔다.

"샤워하면서 하는 것도 괜찮을 것 같지 않아요?"

"말도 안 돼! 태운 씨 너무 밝히는 거 아니에요?"

하지만 태운은 그런 주은의 말은 아랑곳하지 않고 샤워기 아래에서, 서서, 앉아서, 뒤로, 체위를 골고루 바꿔가며 마음껏 그녀를 안았다.

그날 밤 주은은 그의 말대로 처음으로 제 모든 걸 그에게 보여주고 내주는 짜릿하고도 부끄러운 경험을 여러 번 해야 했다. 하지만 청혼을 받은 밤, 그와 나눈 사랑이 싫지는 않았다.

청혼 이후 태운은 몹시 바빠졌다. 큰 프로젝트를 앞두고 사전 준비 과정에 있는 상황에서 미국법을 잘 알고 있는 태운의 업무 비중이 커서 쉽게 시간을 내기 어려운 처지가 되어버렸다. 거의 매일을 야근이나 철야로 일을 하느라 주은은 태운의 얼굴조차 보기 힘들었다.

야근을 마치고 돌아온 태운은 현관 앞에서 잠시 갈등했다. 그동안 얼굴을 보지 못한 그녀를 보기 위해 B101호 초인종을 누를까, 아니면 자고 있을 그녀를 생각해 집으로 들어갈까.

태운은 자신의 집 도어록 버튼을 조심스럽게 눌렀다. 아무래도 자고 있을 그녀를 깨우는 건 이기적이라는 생각이 들었기 때문이다.

"태운 씨, 이제 들어왔어요?"

현관 소리를 내지 않고 들어온다고 했는데도 그녀의 잠을 깨웠

나 보다. 침대 옆에 놓인 무전기에서 잠꼬대 같은 그녀의 목소리가 들려왔다.

"깨워서 미안해요."

무전기를 들고 태운이 조용히 속삭였다.

"얼른 자요. 피곤할 텐데. 그리고 냉장고에 홍삼진액 넣어놨어요. 뜨거운 물에 타서 마셔요."

"알았어요. 고마워요."

"잘게요."

"잘 자요."

무전기가 주은의 입술이라도 되는 것처럼 입을 맞췄다. 보드랍고 촉촉한 그녀의 입술과 다르게 딱딱하고 차가운 플라스틱이지만 그렇게라도 자신을 달래지 않으면 당장 옆집 그녀의 침대로 뛰어 들어갈 것만 같다.

샤워하는 물소리에 그녀가 다시 깨어나는 건 아닌지 걱정이 되어 샤워는 생략한 채 잠에 빠져들려고 할 때였다.

띠띠띠띠. 도어록 버튼 소리가 들리더니 이내 주은이 들어왔다. 침대에 엎드려 있던 태운이 튕기듯 일어났다.

"어? 벌써 잠들었어요? 미안해요. 잠들었는데 깨워서. 난……."

"아니에요. 엎드려 있었어요. 아직 옷도 안 갈아입었잖아요."

"그러네?"

슈트도 벗지 못한 채 침대에 쓰러져있던 태운의 피로가 어느 정도인지 느껴지는 것 같았다.

"옷 갈아입고 샤워해요. 아무래도 홍삼 타 먹지 않고 그냥 잘 것 같아서 타주려고 왔어요. 이건 흑마늘즙인데 피로에 이것만큼 좋은 게 없대요. 혜영이 남편이 이거 먹고 효과를 엄청 봤나 봐요. 강력 추천 제품이래요."

주은이 냉장고에 넣어놓은 홍삼진액을 꺼내 뜨거운 물에 타고 있는데 그녀의 허리를 그가 뒤에서 껴안았다. 그리고 그녀의 목에 얼굴을 묻고 입을 맞추며 속삭였다.

"주은 씨, 우리 그냥 같이 살까요? 어차피 결혼할 건데……."

"우리 같이 살잖아요?"

"응?"

"못 느껴요? 태운 씨 집은 안방이고, 내 집은 작은 방이라는 거? 방과 방 사이에 잠금장치가 있어서 그렇지 집에서 집으로 옮겨 다니는 게 아니라 방에서 방으로 건너다니는 것 같지 않아요? 그래서 난 같이 사는 기분으로 지내는데."

"그럼 잠도 안방에서 자야죠!"

"태운 씨 퇴근해 와서도 일하다 자잖아요. 여기 와서 자면 난 태운 씨 일하는 데 방해될 거고, 태운 씨는 자는 나한테 방해될 거고."

"우리 이 벽을 뚫어서 문 하나 만들까요?"

"됐습니다. 이것 드시고 기운이나 차리십시오."

주은이 태운 앞으로 따뜻한 홍삼차를 내밀었다.

"닥치고 마시라는 얘기로 들리는데요."

주은이 그 말이 맞다는 듯 피식 웃기만 했다. 태운은 말 잘 듣는 아이처럼 그녀가 만들어준 홍삼차를 다 마셨다.

"내일 아침에는 이거 마셔요. 이건 아침에 마셔야 좋대요."

주은이 흑마늘즙 파우치를 보여주고 냉장고에 넣어두었다. 그리고 그에게 자신의 집 열쇠를 건네주었다.

"음…… 집에 와서 일을 하지 않아도 되는 날이나 피곤한데 잠이 잘 안 올 것 같은 날…… 뭐 그런 날에는 혼자 쓸쓸하게 쓰러져 자지 말고 101호로 와요. 재워줄게요."

고약한 시어머니한테 곳간 열쇠를 받는 며느리의 마음이 이럴까? 태운은 그동안 쌓였던 피로와 스트레스가 한 방에 날아가는 기분이다.

"가볼 테니까, 샤워하고 일찍 자요."

하지만 집으로 가겠다는 주은의 말에 하늘거리던 태운의 얼굴이 단숨에 가라앉았다.

"가겠다고요?"

"네. 내일 일찍 출근할 거 아니에요? 그러니까 빨리 씻고 빨리 자요. 조금이라도 더 자야 덜 힘들죠?"

"주은 씨, 오늘은 말입니다…… 집에서 일을 하지 않아도 되는 날인 데다가 피곤한데도 잠이 잘 안 올 것 같은 날이란 말입니다. 아무래도 혼자 쓸쓸하게 쓰러져 뒤척이기만 할 것 같으니까…… 가지 마요."

우스갯소리처럼 들리지 않았다. 그도 분명 그저 웃자고 하는 말로 했을 텐데 주은은 그렇게 느껴지지 않았다. 함께하고 싶은 간절한 그의 마음을 그녀가 부담으로 느끼지 않게 하기 위한 그의 배려가 느껴졌다.

"그럼 약속 하나 해요."

"무슨 약속?"

"홍삼액 효과는 침대에서가 아니라 회사에서 보이는 걸로."

태운이 웃음을 터뜨리기까지 그리 길지 않은 시간이 걸렸다.

"그럼 흑마늘즙 효과는 침대에서 보여도 되는 겁니까? 그럼 지금 하나 마시고 자야겠네."

"아니요!"

"알았어요. 샤워하고 나올 테니까, 피곤하면 먼저 자요."

하지만 주은은 먼저 잠을 잘 수가 없었다. 사실 그녀는 청혼을 받은 이후로는 태운이 귀가하는 소리를 듣고 나서야 편히 잘 수 있게 되었다. 그가 들어오기 전에는 선잠을 자거나 잠을 자지 못하고 뒤척이는 경우가 다반사였다. 그녀가 말한 것처럼 그가 귀가해서 옆집이 아닌 옆방에 들어와야 안심이 되는 것처럼 그가 들어오지 않으면 집 전체가 텅 빈 느낌이었다.

어느새 B101호와 B102호는 집주인의 마음과 같이 두 집이 아닌 방 두 개인 하나의 집이 되어 있었다.

8. 시련의 역사

　태운이 며칠 들어오지 못하겠다는 연락을 해왔다. 문단속 잘하고 자신이 없어도 씩씩하게 잘 지내라는 그의 말에 걱정하지 말라고 큰소리를 쳤지만 이틀 만에 사고가 터졌다. 주은의 욕실 하수구가 역류하는 사태가 벌어진 것이다.

　밤늦은 시간이라 사람을 부르기도 무섭고 그렇다고 계속 역류해서 올라오는 냄새나는 오물들을 그대로 놔둘 수는 없었다. 한 번도 겪어보지 않은 일이라 당황해서 아무것도 하지 못하고 있을 때 태운에게서 전화가 걸려왔다.

　―벌써 자는 건 아니죠?

　"……네."

　―뭐 하고 있었어요? 내 생각?

　"……네. 아니, 뭐라고요?"

역류된 현장을 심란하게 바라보느라 태운의 질문을 놓쳐버려 다시 물었다.

-무슨 일 있어요?

대답 대신 주은의 입에서는 한숨이 나왔다.

"욕실 하수구가 역류했어요. 아, 정말 심란해요. 반지하가 햇빛만 안 들어서 안 좋은 게 아니었어요."

-심해요?

"조금······."

-일단 우리의 안방인 102호로 가요. 샤워도 거기에서 하고 잠도 거기에서 자요. 하수구가 역류하면 배관 청소를 해야 하는 경우 같으니까 내일 업체에 알아보고요. 지금 이 시각에 주은 씨가 할 수 있는 건 아무것도 없어요. 그러니까 그렇게 심란해하지 말고.

태운의 말대로 하는 게 현재 할 수 있는 최선이기에 주은은 통화를 끝내고 그의 집으로 건너갔다. 그곳에서 샤워를 하고 잠자리에 눕기까지는 괜찮았지만 그래도 신경은 자신의 욕실 하수구에 가 있었다.

신경 쓰이는 일이 있어서인지 숙면을 하지 못한 채 이른 시간에 잠이 깼다. 그런데 자신의 집에서 이상한 소리가 들려왔다.

"어제 문을 안 잠그고 왔나?"

덜컥 겁이 나서 집으로 가지도 못하고 누가 와있는 게 확실한지 벽에 귀를 대고 서 있었다. 확실하게 사람들의 대화 소리가 들려왔다.

경찰에 신고를 해야 하나 고민하는 중에 주은의 눈에 침대 옆에 있는 무전기가 눈에 들어왔다.

"거기 누구야?"

도둑이면 놀라서 도망가겠지? 하는 마음이었지만 무전기를 잡고 있는 그녀의 손이 덜덜 떨렸다.

"주은 씨 벌써 일어났어요? 여기 누구냐면, 나예요."

태운이었다.

"태운 씨가 왜……?"

"하수구 때문에 업체 분들 모시고 오느라고요."

안심한 주은이 자신의 집으로 들어오니 두 명의 인부와 그가 욕실에 서 있었다.

"어떻게 된 거예요? 퇴근해서 온 거예요?"

"이거 배관 청소만 하면 된대요. 그러니까 신경 쓰지 말고 주은 씨는 출근 준비해요. 아, 이거."

태운은 그녀의 질문에는 대답하지 않고 오히려 그녀의 출근을 챙겨주었다. 그리고 아침으로 먹을 수 있는 따뜻한 죽까지 챙겨주었다.

"같이 먹어요."

주은은 태운을 집으로 데리고 들어와 그가 가져온 죽을 함께 먹었다. 그녀의 집에 있을 때는 몰랐는데 아침을 먹으며 살펴보니 그의 얼굴이 무척이나 피곤하고 까칠해 보였다.

"오랜만에 얼굴 보니까 좋다."

성우만큼이나 좋은 그의 목소리가 많이 잠겨 있었고 그의 그런 컨디션이 신경 쓰였다.

"어디 아픈 거 아니에요?"

"아니에요. 홍삼하고 흑마늘 파워가 있는데."

태운은 걱정하지 말라는 것처럼 웃어보였지만 지쳐 있는 그의 모습이 주은의 눈에 들어왔다.

"밥은 먹어요? 일만 하고 잠도 못 자면서 먹는 것까지 부실하면 안 돼요."

"기분 좋은데요. 벌써부터 집사람 같은 느낌이 나는 게. 끼니는 거르지 않으니까 걱정하지 말고 주은 씨나 환절기에 아프지 않게 조심해요."

아무리 들어도 태운의 목 상태는 정상이 아니었다. 대놓고 걱정해주면 오히려 그녀를 안심시키기 위해 그가 엄한 행동을 할까 싶어 주은은 별말 하지 않았다.

"내가 공사 끝나는 거 보고 정리하고 갈 테니까 주은 씨는 출근해요."

"그래도 돼요? 홍 매니저한테 연락해서 내가 좀 늦게 나가도 되는데."

"남자들만 있어서 주은 씨 두고 못 가니까 얼른 출근해요."

"비용은?"

"어허! 빨리 출근하라니까요!"

태운에게 등 떠밀려 주은은 그대로 출근을 할 수밖에 없었다. 하지만 출근길 내내 그의 컨디션이 신경 쓰였다. 그래서 주은은 얼마 전 생강차를 자신이 직접 담갔다며 뿌듯해하던 혜영에게 그녀가 좋아하는 롤케이크와 와인을 사 들고 매장으로 찾아갔다.

"혜영아, 이거."

"이게 뭐야? 갑자기 왜 이런 걸?"

"부부끼리 와인 한 잔 하면서 분위기 좀 내라고."

"진짜? 진짜 그 이유 하나야?"

의심스러운 눈초리를 보내고 있는 혜영을 보며 주은이 배시시 웃음을 흘렸다.

"뭔가 있구만. 뭐야? 뭔데 이런 뇌물을 주는 거야?"

"생강차."

"생강차?"

"네가 담갔다는 생강차 나 좀 주라. 넌 또 담그고. 생강하고 설탕 값도 줄게."

"아이고, 열녀 나셨어. 내가 그거 얼마나 정성으로 담근 건데 달랑 이 롤케이크하고 와인으로 날로 드시려고 하셔? 아…… 피자가 먹고 싶네."

"알았어, 알았어. 피자? 어디 피자?"

치사하게 구는 혜영의 장난을 다 받아주며 주은은 그날 저녁 혜영의 집에 들러 생강차 한 병을 받아냈다. 그리고 지하 식품부에서 미리 맞춰놓았던 도시락을 싸 들고 태운을 찾아갔다.

국내에서 알아주는 로펌이니만큼 건물 입구부터 위엄이 느껴지는 분위기다.

바쁜 사람한테 괜한 오지랖으로 감동이 아닌 불편함을 주는 건 아닌가 하는 마음으로 건물 정문으로 들어가려는데 그녀의 눈에 긴 머리를 휘날리며 도도하게 걷는 여자의 모습이 눈에 들어왔다. 처음엔 자신이 잘못 본 거라 생각했다. 하지만 그녀도 건물 안으로 들어가 로비에 서 있는 여자를 본 순간 그녀가 진희임을 확인할 수 있었다.

이미 다시 안 볼 사이로 막말을 던지며 싸우고 끝난 선배지만 다시 그 모습을 보니 울화가 치밀어 오른다. 다시는 보고 싶지 않았던 진희의 모습에 설레고 들떴던 기분이 가라앉았다.

'살아는 있었네. 또 어디서 무슨 장난으로 사람 뒤통수를 치며 살고 있을까? 나쁜 인간.'

마주치고 싶지 않은 마음에 주은은 로비 구석으로 가서 태운에게 전화를 걸기 위해 휴대폰을 꺼냈다. 그런데 텔레파시가 통했는지 승강기에서 내려 로비로 나오는 그의 모습이 보였다. 멀리서 봐도 무척이나 지치고 힘든 모습이었다. 안쓰러운 마음으로 그에게 다가가려는 순간, 진희가 먼저 그에게 다가갔고 두 사람은 마주 서서 대화를 나누기 시작했다. 그냥 단순히 아는 사이로 보이지 않았다. 진희가 태운의 어깨에서 무언가를 털어 주는 모습이 자연스러웠다. 태운이 약간 인상을 쓰는 것 같았지만 그녀의 손길을 뿌리치지는 않았다.

주은의 다리에 힘이 풀렸다. 눈앞에 보이는 두 사람의 모습이 환영이거나 꿈이길 바랐다. 하지만 믿을 수 없는 현실이었다. 주은은 끝내 몸을 가누지 못하고 그 자리에 주저앉았다.

'어떻게…… 어떻게…… 이런 일이…… 강태운…… 당신 뭐야?'

집까지 어떻게 왔는지 기억에 없다. 정신을 차려보니 집이었고 무엇을 해야 할지 몰라 그냥 멍하니 바닥에 앉아만 있었다. 시간은 이미 새벽 2시를 넘어가고 있었고 주은의 휴대폰으로 문자와 카톡음이 들리고 있었다.

처음엔 태운과 진희가 예전 사귀던 관계라고 생각했다. 하지만 강 씨라는 성이 같고, 나이를 따져보니 연인이 아닌 남매에 더 가까웠다.

진희가 얘기했었던 미국에서 공부 중인, 남 주기 아까운 남동생, 그리고 얼마 전에 알게 된 태운의 누나.

심각한 혼란과 혼돈 속에 주은은 밤을 꼬박 새웠다. 연락이 없어 걱정된다는 태운의 문자와 카톡을 그대로 지워버리고 주은은 출근을 서둘렀다. 모든 게 다 무너진 것 같은 심정으로 일을 하러 나가야 하는 게 비참하고 힘들었지만 그녀는 습관처럼 화장을 하고 옷을 챙겨 입었다.

마지막으로 가방을 챙겨 나오려는 순간 벨이 울렸다. 아침에 찾아올 사람은 없다. 하지만 누군가 찾아왔다면 그건 단 한 사람. 태운일 것이다.

주은은 대답하지 못한 채 그대로 서 있었다.

"주은 씨! 안에 있어요?"

문을 두드리며 그녀의 이름을 부르는 그의 목소리가 들렸고 이어서 그녀의 휴대폰 벨이 울렸다.

"주은 씨!"

그녀가 안에 있다는 걸 알고 있는 것처럼 그는 끊임없이 문을 두드리고 그녀의 이름을 불렀다. 심호흡을 하고 마음을 가다듬은 주은이 천천히 현관문을 열었다.

"주은 씨, 어떻게 된 거예요? 연락도 안 되고……."

"강태운 씨."

얼음장같이 차가운 목소리로 그의 이름을 불렀다.

"무슨 일…… 있어요?"

"당신 누구예요?"

"……."

주은은 그를 무시하고 현관문을 닫고 잠갔다. 그리고 옆에 그가 없는 것처럼 무시하며 계단을 올라갔다. 태운이 급하게 그녀의 뒤를 따라가 주은의 손목을 잡고 멈춰 세웠다.

"주은 씨, 왜 이러는 겁니까? 나한테 화났어요? 내가 주은 씨한테 무슨 실수나 잘못한 거 있어요? 왜 이래요? 무섭게."

주은이 자신의 손목을 잡고 있는 그의 손을 매몰차게 뿌리쳤다.

"무섭다고요? 난…… 강태운 씨가 더 무서워요."

주은이 또 그에게서 차갑게 몸을 돌렸다. 그녀의 뒷모습을 보는 지금, 계속 그녀의 뒷모습만 보게 될 것 같은 두려움에 태운이 다시 그녀 앞을 막아섰다. 차가운 얼굴로 그를 노려보는 주은이 왜 그러는지 이유를 알 수는 없지만 그래도 얼굴을 보고 있으니 안심이었다.

"주은 씨, 왜 이러는지 말을 해줘야……."

"내가 아니라 당신이 나한테 말을 해줘야 하는 거 아니에요? 왜…… 강진희 동생이면서 말을 안 했는지."

태운은 주은의 말에 자신의 머리 위로 하늘이 무너져 내린 기분이었다. 두렵고 아픈 게 다가 아니라 세상이 끝나버린 것 같다. 늘 마음 쓰이고 염려되는 부분이었지만 주은에게서 이런 식으로 듣게 될 줄은 몰랐다.

"어떻게…… 알았어요?"

"왜요? 몰랐으면 끝까지 속이고 가려고 했어요? 언제까지? 어디까지? 당신…… 강진희하고 똑같아."

주은이 태운을 비켜 앞으로 걸어나갔다.

가서 그녀를 잡아야 하는데 다리가 말을 듣지 않는다. 준비 없이 찾아온 위기의 순간에 태운은 할 수 있는 게 아무것도 없었다.

"주은 씨, 얘기 다 할게요. 내 얘기 좀 들어봐요."

하지만 그녀는 끝까지 그를 무시하고 택시를 타고 가버렸다. 태운의 가슴은 무너져 내렸고 주은의 눈에서는 눈물이 흘러내렸다.

주은이 탄 택시가 멀어지는 것을 망연자실하게 바라보던 태운의 기억이 과거로 거슬러 가고 있었다.

Bar Exam 준비로 정신없이 공부하는 중에 진희가 만나자는 연락을 취해왔다. 그냥 단순히 동생을 만나러 온 거라 여기며 시험 준비로 바쁘니 나중으로 미루자고 했다. 하지만 진희는 심각하게 상의할 게 있다며 울먹였다.

위태롭게 들리는 목소리에 태운은 진희를 만나러 나갔다. 그리고 만삭에 가까워 있는 그녀의 모습에 경악했다. 하지만 임신보다 더한 진희의 이야기에 태운은 누나에 대한 실망으로 망연자실했다.

"유부남이지만 그 사람도 나를 사랑하고 나도 그 사람을 사랑해. 와이프가 그를 놔주지 않아. 사랑도 없으면서 능력 있는 의사 남편의 재력을 잃고 싶지 않아서 잡고 있어. 헤어지려고 했어. 그런데 아이가 생겼어. 그 사람도 아이도 포기할 수가 없었어. 지금도 그렇고. 태운아, 나하

고 아이 좀 지켜줘. 아이를 낳고 내가 자리 잡을 때까지만 신세 좀 질
게."

미혼모가 되어야 하는 상황에서 기댈 수 있는 곳은 태운밖에 없었던
진희가 그렇게 태운 옆에서 출산을 했다. 그리고 진희는 아이가 돌이 지
나면서 한국으로 돌아갈 준비를 했다.

"취직이 됐어. 대한에어 선배인데 스튜어디스 학원을 개원했대. 와서
강사로 일해 달라는 제안이 들어왔어. 가서 일하게."

"누나 이렇게 된 거 그 승무원 선배라는 사람도 알아?"

"아니. 나 이렇게 된 거 아무도 몰라. 아, 네가 그때 소개해달라고 했
던 서주은 안다. 아이 가진 건 모르고 내가 어떤 사람을 만나고 있었
는지는 알지. 그래서…… 너한테 소개해주지 못했어. 유부남하고 만나
다는 사실을 네가 알까 봐. 남자관계가 좀 그렇다는 건 거짓말이었어.
안 그러면 네가 끈질기게 물고 늘어질 것 같아서."

유부남과 사랑을 하고 미혼모가 되는 선택을 한 진희의 인생이 한심
해 보이고 그렇게밖에 할 수 없었던 누나에게 화가 났다. 하지만 이
정도는 아니었다. 미성년자도 아닌 성인이 스스로 선택한 무책임한 삶
에 뭐라 할 수 있는 건 없었으니까.

하지만 첫눈에 자신을 흔들어버린 여자를 만날 기회조차 없애버린
진희는 진심으로 미웠다. 처음으로 진희에게 불같이 화를 냈다. 만삭으
로 찾아왔을 때도 화를 내지 않고 참고 있던 그의 화가 불로 뿜어졌다.

진희에 대한 원망은 사그라지지 않았고 Bar Exam을 통과한 후 로펌
에 들어가 일을 하던 중에 우연히 서울로 출장을 올 기회가 있었다. 서
울로 오는 비행기 안에서 승무원들의 모습을 보며 주은을 그리워했고
그 그리움을 이기지 못하고 태운은 법조계에 있는 인맥들을 이용해 주

은의 행방을 알아냈다.

　모친인 공 여사가 사고로 인해 죽음을 맞이했고 그 모친이 진 빚으로 인해 살던 곳도 처분되었다는 사실도 알게 되었다. 주은 역시 대한에어를 퇴직하고 공 여사가 운영하던 라이프 몰의 탐탐 매장을 그녀가 맡아 운영한다는 것과 그녀가 반지하 집으로 이사했다는 사실까지 알아낼 수 있었다.

　라이프 몰로 찾아간 건 그저 그녀의 얼굴을 한 번 보고 싶다는 마음에서였다. 잘 지내고 있는지, 그녀의 모습이 여전한지. 알 거 다 알아내 놓고 얼굴도 한 번 못 본다는 건 말이 안 되지 않는가. 하지만 라이프 몰에 막상 들어서자 그렇게 얼굴만 보고 갈 수 없다는 생각이 들었다. 그냥 말이라도 한 번 걸어보고 싶다는 생각에 탐탐 매장을 찾아갔다.

　"서주은 점주님을 만나러 왔습니다."

　"점주님이요? 어디서 오셨어요?"

　"아, 개인적으로 볼일이 있습니다."

　"제가 모셔다드리면 좋은데, 지금 매장에 저밖에 없어서요. 바쁜 볼일이시면 오른쪽 끝으로 가서서 비상구 안쪽으로 들어가시면 비상계단이 있거든요. 아마, 거기에 계실 거예요."

　"고맙습니다."

　직원이 알려준 대로 비상구를 찾아 안으로 들어갔다. 그리고 비상계단에는 등을 보이고 통화를 하는 여인이 앉아 있었다.

　"지금? 지금 당장 필요한 게 뭐냐고? 음…… 돈?"

　그러더니 그녀가 키득키득 웃었다. 아직도 기억에 남아 있는 그녀의 목소리가 틀림없었다. 연약해 보이는 가녀린 어깨와 염색되지 않은 까만 머리를 질끈 묶은 작은 머리통이 딱 그녀였다.

"농담이고. 지금 당장…… 외롭지 않았으면 좋겠어. 그냥 누군가 옆에 있었으면 좋겠어. 돈도 있으면 좋지. 빚도 갚고 집도 이사하고. 그런데…… 지금은 그것보다 외로운 게 더 견디기 힘들어서 당장은 돈보다는 내가 의지할 수 있고, 기댈 수 있고 또 말이 잘 통하는 그런 누군가가 필요해. 나 버리고 다 늙어 유학을 가겠다는 배신자는 이해할 수 없겠지만."

그녀의 말에서 짙은 외로움이 묻어났다. 계단에 웅크리고 앉아 있는 그녀의 뒷모습은 그보다 더 외로워 보였다.

"야! 됐어. 나 때문에 그 좋은 직장 그만두고 가겠다고 나선 유학을 포기해? 말도 안 되는 소리 그만하고 유학 준비나 철저히 해. 괜히 가서 고생하지 말고. 외로워도 슬퍼도 잘 살고 있고 앞으로도 잘 살 거니까. 끊어, 끊어. 나 매장 가봐야 해."

씩씩한 목소리로 질러대며 통화를 끝낸 그녀의 어깨가 약하게 떨렸다. 얼굴을 다리 사이로 파묻고 어깨를 떠는 모습이 우는 것 같았다.

그녀를 안아주고 싶었다. 이제는 외롭지 않을 거라고 달래주고 싶었다. 그녀의 외로움과 위태로워 보이는 뒷모습에 가슴이 먹먹해졌다.

태운은 주은이 자신의 존재를 알아채기 전에 비상계단을 벗어났다. 그리고 숙소로 지내고 있던 호텔로 돌아가는 길에 다짐 하나가 세워졌다. 그녀가 의지하고 기댈 수 있는, 말이 잘 통하는 존재. 그녀를 외로움에서 벗어나게 해줄 수 있는 그런 존재가 되겠다고. 그녀의 옆에 있어주겠다는 결심이 섰다.

출장 일정을 끝내고 미국을 돌아간 후 그곳에서 자신의 신변을 정리했고 서울로 돌아왔다.

방범에 취약한 동네, 그것도 반지하에 사는 그녀의 신변을 안전하게 하고 너무도 외로워 보이는 그녀의 눈동자와 처진 어깨를 다독여주기 위해 두 배의 집값을 지불하여 그녀 옆집을 구입했다. 이제 천천히 그녀 옆에서 위로해주고 다독여주면 된다고 생각했다.

그리고 진희를 통해 주은에 대한 정보를 몇 가지 얻었다. 저지른 잘못이 있어서 그런지 진희는 의외로 잘 알려주었다. 물론 태운이 주은을 만나 시작하려는 의도가 있는 줄은 모른 채.

커피는 달콤한 캐러멜 마키아토를 좋아하고, 강남에 있는 유명한 베이커리의 케이크를 좋아하고, 노래는 어떤 곡을 주로 듣고 좋아하는지 알아냈다.

그것들을 내밀며 다가갔다. 그렇지만 그녀에게 바라는 것은 없었다. 자신으로 인해 처음 보았을 때의 따뜻한 미소를 되찾았으면 하는 마음뿐이었다. 외롭고 힘들어 처진 어깨가 가벼워지길 바랄 뿐이었다. 그저 자신이 진희의 동생이라는 사실을 알더라도 그만큼 그녀에게 빠져버린 자신의 순수함만은 알아주길 바라는 마음뿐이었다. 하지만 진희가 주은을 모함하여 불명예퇴직으로까지 몰아내었다는 사실은 전혀 몰랐다. 그걸 알았더라면 미리 그녀에게 용서부터 구했을지 모른다.

진희의 만행을 알고 자신이 동생이라고 밝히며 용서를 구하기에는 주은과의 관계가 너무 깊어 있었다. 그리고 무엇보다 그녀를 놓칠 것 같은 두려움이 생겨버렸다.

우려하고 걱정하던 두려움이 닥친 지금의 현실은 생각했던 것보다 훨씬 더 암담하고 가혹할 만큼 아프기만 하다.

이 모든 사실을 털어놓아야 하는데 그녀는 그를 사람 취급도 하지 않고 출근해버렸다. 그녀의 마음이 어떤지 모르지 않기에 자신의 말을 듣지도 않고 사라져버린 그녀에게 서운하지는 않았다. 오직 그녀를 잃을 것 같은 두려움뿐이었다.

어떡하든 자신의 진심을 보여주고 그녀의 마음을 풀어줘야 한다. 그러나 지금 태운에게는 암흑뿐이었다.

주은과 연락이 되지 않은 지 3일째다. 또한 그녀가 집으로 들어오지 않고 있는 것도 3일째다. 혹시나 싶어 일찍부터 집에서 기다렸지만 그녀의 현관문은 열리지 않았고 벽을 통해 들려오던 작은 소음도 들리지 않고 있다.

첫날, 태운은 그녀가 언제 들어올지 몰라 밤새 한숨도 자지 않은 채 그녀의 귀가만 기다렸다. 하지만 그녀는 집으로 오지 않았고 걱정된 마음에 라이프 몰로 찾아가 먼발치에서 그녀를 찾아보았다. 다행히 그녀는 출근해서 근무를 하고 있었다. 당장 그녀 앞으로 달려가 무릎이라도 꿇고 모든 걸 털어놓으며 용서를 구하고 싶었다. 하지만 아직 배신감으로 들끓고 있을 그녀의 마음을 생각해 시간을 좀 두고 다가가기로 했다. 해서 자신의 마음을 힘들게 눌러 담았다.

그러나 3일이 지나도록 집에 들어오지 않고 있는 주은으로 인해 태운은 이대로 그냥 시간만 버릴 수 없다는 생각이 들었다. 태운은 은평 매장으로 주은을 찾아갔다. 근무 중인 그녀를 보고 그대로 그녀에게 다가갔다.

"주은 씨."

그를 본 그녀는 무척이나 놀랐지만 이내 냉정한 얼굴로 그를 대했다.

"무슨 일이에요. 여기는 내 직장이고 지금은 근무 시간이에요."

"알아요. 잠깐이면 돼요. 얘기 좀 해요."

"아니요. 할 얘기도 없고 시간도 없고…… 강태운 씨 얼굴 보고 싶지 않아요."

"좋아요, 그럼 할 얘기만 하고 갈게요. 내가 그 집에서 나갈 테니까 집으로 들어와요. 어디서 지내는지 모르겠지만 더 이상 밖에서 지내지 말고 집에서 지내고 집에서 출퇴근하라고요. 오늘부터 난 그 집으로 안 갈 테니까."

주은은 그의 말에 대답하지 않았다. 하지만 그를 몰아내거나 말을 끊지 않고 그의 말을 다 듣고 있었다.

"그리고…… 한 번쯤 내 얘기를 들어줄 수 있는 마음이 든다면 그때 만나줘요. 그렇게 한 번쯤 내 얘기를 들어줄 거라고 믿고 기다릴게요. 건강 잃지 않게…… 끼니 거르지 말아요."

태운이 매장을 벗어났다. 그런 태운의 뒷모습을 보며 주은은 자신의 감정을 드러내지 않기 위해 애를 썼다. 당장 눈물이 흘러내릴 것 같았지만 이를 악물고 눈물을 삼켰다. 다리에 힘이 풀려 주저앉을 것 같았지만 그것도 이를 악물고 버티는 중이다.

3일, 그동안 주은은 태운을 몰랐을 때 그가 주었던 호텔 숙식권을 이용해 임페리얼 호텔에서 지냈다.

처음엔 그걸 사용하는 것이 자신의 자존심을 그에게 내주는 것 같아 싫었다. 그 몇 장의 숙식권으로 진희의 잘못을 보상하려는 의도는 없었겠지만 배신으로 마음이 꼬여 있으니 그마저도 그런 술수가 아니었나 싶다. 그래서 그 수에 넘어가지 않겠다고 했지만 그건 자신이 당한 처사에 비하면 아무것도 아니라는 생각이 들었다. 다 써버려도 되돌릴 수 없는 시간과 상처를 그에게 보여줄 수 있으면 보여주고 싶었다. 더한 것을 가져와도 그걸로 모든 걸 되돌릴 수 없다는 걸 알려주고 싶었다. 그 어떤 걸 가져와도 보상할 수 없는 상처와 시간이었음을 알려주려는 마음에서 당당하게 사용 중이었다. 그런데 그의 얼굴을 보는 순간 모든 게 와르르 무너져버리는 느낌이다.

미워서 다시는 보고 싶지 않았는데, 배신감에 죽이고 싶도록 미웠는데 막상 그의 얼굴을 보니 아프기만 했다. 아파야 하는 것은 그녀가 아니고 태운이어야 하는데 자신이 더 아픈 것 같다.

그가 다녀간 뒤로는 일을 할 수가 없었다. 손님을 앞에 두고 넋을 빼고 있었고 계산도 여러 번 다시 해야 하는 실수를 저질렀다. 그녀의 휴식처인 비상계단에 앉아 있어도 답답하고 아픈 가슴은 더욱 미어져 오기만 했다.

결국 퇴근 시간까지 버티지 못한 주은이 일찍 매장을 나오는데 최찬과 맞닥뜨렸다.

"퇴근하는 거예요?"

"네."

한동안 지방 출장으로 인해 보이지 않았지만 매장에 최찬이라는 사람이 있는지도 모를 만큼 그녀의 의식 속에 없는 남자였다. 그런데 다시 보는 그의 모습은 불편한 그녀를 더욱 불편하게 했다.

"연애가 잘 안 풀려요? 얼굴이 안 좋아 보이네요."

"아니요, 너무 잘돼가요."

"아직 기회 있어요."

"기회요?"

"나한테 와요. 지방에 가 있는 동안 생각 많이 했어요. 이젠 서주은 씨 하나만 보고 잘할 수 있을 것 같아요."

최찬의 말에 주은의 표정이 더욱 심하게 구겨졌다.

"됐어요. 더 잘해주는 남자가 옆에 있어서요."

최찬을 지나쳐 주은은 빠른 걸음으로 매장을 벗어났다.

호텔로 바로 온 주은은 있는 짐을 챙겨 집으로 향했다. 3일 만에 들어온 집을 보며 주은은 처음으로 이곳이 자신의 보금자리임을 느꼈다. 늘 벗어나고만 싶었던 곳이었는데 그 좋은 호텔에서 지내고 왔음에도 13평 반지하에 든 정은 호텔 방도 이길 수 없는 끈끈한 것이었나 보다.

하다못해 사람은 어떨까. 그것도 사랑하는 사람이라면.

지금 갈피를 못 잡고 헤매는 그녀의 마음은 자연스러운 현상일지 모른다. 정만 나눈 것이 아니라 마음도 나누고 몸도 나누었는데 감정이 어찌 칼같이 끊어질 수 있단 말인가.

가방을 바닥에 떨어뜨린 주은은 그대로 침대에 누웠다. 믿었던 사람에게 끔찍한 거짓과 배신을 안겨주었던 진희를 아직도 이해할 수 없다. 그렇게까지 해서 지키고 싶은 사랑은 불륜이었는데, 왜 그래야만 했는지. 그런 식으로 사람을 기만하는 건 인간이라면 할 수 없는 짓이었다.

그런데 태운이 그런 진희의 동생이라니.

분명 이건 우연이 아니다. 작정하고 다가온 것이다.

그렇다면 왜 자신에게 태운이 다가온 걸까? 파트너 변호사니 돈이 아쉬워 찾아온 건 아닐 테고. 여자가 궁했나? 현지처럼 데리고 놀 만한 여자가 필요했나?

매일 매 순간 반복되는 생각과 의문들이다. 이제는 지겨워 떨치고 싶어질 만도 한데 의지와는 다르게 자동적으로 떠오른다.

생각이 밑바닥으로 치달아가기 시작하자 주은은 몸을 뒤척이며 태운에 대한 모든 의식을 털어내려 했다. 그때 그녀의 눈에 무전기가 들어왔다. 금방이라도 무전기에서 다정한 그의 목소리가 흘러나올 것 같았다. 자고 있느냐며, 자고 있지 않으면 건너오라고 할 것 같다.

원망으로 애써 갈무리하던 그에 대한 감정이 와르르 무너져 내리며 눈물이 빰을 타고 흘렀다. 그를 향한 원망과 미움보다는 그리움과 끝이라는 아픔이 더 크다는 것을 알게 되자 그 눈물은 멈출 줄 몰랐다.

늘 그녀에게 맞춰주고 존중해주던 그가 없다는 사실이, 포근한 품만큼이나 따뜻하게 바라봐주던 그의 눈빛을 볼 수 없다는 사실이, 곤란한 일을 겪을 때마다 해결사처럼 나타나 문제들을 풀어줄 수 없다는 사실이 아프다. 그가 이제는 자신의 남자가 아닌 타인이라는 사실이 너무도 아프기만 하다. 사랑하면서도 남이어야 하는 현실이 아프기만 하다. 이렇게 끝내야만 하는 그녀의 마음이 찢어질 것처럼 아프기만 하다.

'강태운, 당신…… 미워해야 하는데…… 당장에라도 가서 왜 처음부터 솔직하지 못했는지 왜 나를 기만하고 가지고 놀았는지 따져야 하는데…… 왜 이렇게 보고 싶기만 하지? 왜 편하게 미워할 수도 없게 만들어놨어? 나쁜 인간!'

태운은 주은이 집까지 들어가는 모습을 숨어서 지켜보았다. 집으로 돌아와 다행이라는 마음이 들었지만 그녀의 처진 어깨와 힘든 발걸음이 예전 그녀를 보았을 때보다 더 힘들고 고독해 보였다.

'미워해도 좋아. 용서하지 않아도 좋아. 그런데 당신 얼굴을 안 보고는 살 수가 없어. 어떡해야 하지? 주은 씨…… 나 좀 잡아 줘요.'

태운은 주은을 그리워하며 술을 마시고 있었다. 그는 손에 들린 술잔을 내려놓고 울리지 않은 휴대폰을 잡았다. 한 번쯤 전화를 걸어 화를 내고 욕을 하며 그에게 따져주기를 바랐다. 하지만 주은은 그보다 더 무서운 침묵으로 그의 마음을 산산조각 내고 있었다.

'당신, 궁금하지도 않아? 당신을 만나게 된 게 고의인지, 우연인지? 고의라면 왜 당신에게 마음을 주며 다가갔는지…… 아무것도 궁금한 게 없어? 한 번은 들어봐야 하는 거 아닌가? 한 번은…… 기회를 줘야 하는 거 아니냐고.'

취기가 점점 오르고 있었다. 취기와 함께 눈물도 차올랐다.

'주은 씨, 밥은 잘 먹고 다녀요? 어디 아픈 데는 없고? ……또 어디 구석에 앉아 울고 있는 건 아니죠? 울지는 마요, 아프지도 말고, 끼니도 거르지 말고…… 보고 싶어…… 서주은, 당신이 미치도록 보고 싶어.'

태운은 취기를 이기지 못하고 그대로 쓰러져 잠이 들었다. 그리고 새벽에 눈을 뜨고 샤워를 하며 정신을 차렸다. 동시에 주은을 향한 자신의 마음가짐도 다시 정리했다. 이대로 그냥 그녀를 기다릴 수 없다고. 용서는 그녀의 몫이지만 사랑은 자신의 몫이다. 그녀를 사랑한 이상 끝까지 진심 어린 사랑을 보여주고 싶다.

그녀에게 처음부터 누구인지, 왜 그녀에게 왔는지 털어놓지 못한 것에 대한 사과부터 하기로 했다. 그리고 그가 진희의 동생이기 이전에 그녀를 진심으로 사랑하고 있다는 사실만을 그녀가 받아들일 수 있도록, 자신을 진희와 상관없이 그저 한 남자로 봐줄 수 있도록 그녀를 설득해야겠다는 생각이 들었다.

'서주은, 내가 당신을 쉽게 포기할 것 같았으면 한국에 나오지도 않았어. 그리고 난 누나하고 달라. 당신을 배신하거나 이용하지 않아. 당신을 사랑할 뿐이야.'

출근을 해서 급한 일을 처리한 태운은 점심 식사 전에 탐탐 매장으로 꽃 배달을 시켰다.

〈새로운 프로젝트가 시작되었어요. 새로운 사람들과 팀을 이뤘는데 그 팀원 중에 최 변호사가 있었어요. 당신 안부를 묻는데 대답을 할 수 없어 마음이 아팠습니다. 뭘 바라고 보내는 건 아니에요. 용서나 이해는 주은 씨 몫이지만 난 내 몫의 사랑을 다 주기로 했으니까. 언제나 난 당신을 기다리고 있습니다. 사랑합니다, 서주은 씨.〉

주은은 카드를 읽고 나서 바로 구겨버렸다. 그리고 꽃바구니를 홍 매니저에게 건네며 갖다 버리라고 했다.

"이걸 왜 버려요? 딱 봐도 허접한 꽃집 꽃다발이 아니라 장인

정신으로 이루어진 프로 플로리스트의 꽃다발인데. 이걸 준 남자 성의를 생각하셔야죠! 이 정도 꽃다발을 보내는 남자라면 센스도 좀 있는 남자분인 것 같은데."

"버려!"

주은의 분위기가 평소와 다르게 살벌했다. 홍 매니저는 입을 다물고 그 꽃다발을 버릴 수밖에 없었다.

'당신 몫의 사랑? 어디 한번 계속 줘봐. 언제까지 줄 수 있나, 그건 봐줄 테니까.'

하지만 그건 순간적으로 욱하고 올라온 감정의 소리였다. 주은의 마음 밑바닥 더 깊은 곳에서는 그에 대한 그리움이 꿈틀거렸다. 꽃다발을 신중하게 골랐을 그의 마음, 직접 쓴 손 카드까지 그의 심정이 어땠을지 헤아려진다.

꽃다발을 받은 이후 신경이 또다시 태운에게 쏠렸다. 멍하니 서 있는 모습을 CS팀에 걸리면 교육을 받아야 하기에 주은은 잠시 복잡해진 머리를 비우기 위해 비상계단으로 갔다. 그런데 아래층 쪽에서 도란거리는 대화 소리가 들려왔다. 자신만의 비밀 공간을 누구엔가 들킨 것 같은 기분이 들었다. 비상계단은 이곳 말고도 두 곳이 더 있다. 거의 사람들이 다니지 않는 곳이라 마음이 울적하거나 힘들 때 찾는 그녀의 위안소 같은 곳이었는데 이곳을 다른 누군가도 이용하고 있다는 게 괜히 거슬렸다.

밖으로 나갈까 했지만 어차피 서로 보이지도 않는 위치에 있으니 자신이 피할 이유는 없는 것 같아 그냥 자리에 앉아버렸다. 그런데 그녀의 사색을 방해하는 그들의 대화가 들려왔다.

"한창 바쁜 시간에 왜 불러내요? 다음 주 시즌 고별전 들어가야 해서 정신없는데."

"누군 안 바빠요? 나도 바쁘고 정신없어요."

"그럼 빨리 할 말만 해요."

"후회해요? 어젯밤."

"……어젯밤 일이라면 ……나중에 해요."

"요새 하루 잤다고 해서 책임을 지고 결혼을 해야 하는 그런 시대는 아니지만…… 난 최찬 씨하고 그냥 즐기려고 잔 거 아니에요. 난 찬이 씨 사랑해서 어제 허락한 거였어요."

"이봐요, 곽지윤 씨. 미안하지만 난 당신하고 즐기려고 잤어. 별로 즐겁지 않았지만."

"뭐라고요? 즐기기 위해서 잤다고? 당신 분명 나하고 잘 해보고 싶다고 하면서 호텔 데리고 갔어. 별로 즐겁지 않았다고? 어떡하지, 최찬 씨? 난 즐거웠는데 그래서 놓치고 싶지 않은데. 책임지라고 매달리지 않으려고 했는데 그렇게 하고 싶어지네."

익숙한 이름, 최찬. 비상계단에서 이야기하고 있는 주인공이 누구인지 알 수 있었다.

심각한 그 와중에 주은은 웃음이 나올 뻔했다.

'둘이서 호텔까지……. 최찬 코 꼈네. 곽지윤이라니, 임자 제대로 만났어.'

은밀한 공간에 함께 있는 사람들이 누구인지 안 이상 그곳에 더 있을 수는 없었다.

'에고, 여기도 이젠 다 왔네.'

비상계단을 나와 정신 차리고 일에 집중했다.

그날 늦은 오후, 최찬이 주은을 호출했다. 주은은 사무실에서 그의 얼굴을 보는 순간 비상계단에서 들었던 곽지윤과의 대화가 생각나 웃음이 터져 나올 뻔했다. 겨우 참고 호출 이유를 물으려 할 때였다.

"이거 마셔요."

최찬이 미리 준비한 것 같은 커피를 그녀에게 내밀었다. 자판기 커피나 사무실에서 흔하게 타는 믹스커피가 아닌 지하 커피전문점에서 사 온 아이스 캐러멜 마키아토였다. 거절하고 싶었지만 너무 방어벽이 강한 것도 우스울 것 같아 고맙다는 말을 하고 커피를 마셨다.

"무슨 일 있나요?"

"음…… 계약 기간 다 돼가는 거 알죠?"

최찬의 말에 주은은 그제야 라이프 몰과 재계약 문제가 생각났다.

"네."

"확정된 건 아니고 지금 얘기만 있는 중인데…… 알려드리자면 이번 재계약에는 탐탐뿐 아니라 다른 브랜드도 있어요. 어느 한 쪽이든, 둘 다든 재계약을 하고 싶어도 못할 가능성이 커요. 본사에서 우리 매장에 자사 브랜드 두 개를 입점할 예정이거든요. 아직 재계약하지 않을 브랜드가 정해지지 않았지만…… 주은 씨가 재계약을 원하면 내가 재계약할 수 있게 작업해줄게요."

최찬의 말투와 표정은 '너, 나한테 잘 보이면 내가 너한테 특혜를 줄게' 하고 거들먹거리는 것 같았다.

"내가 말했잖아요. 기회 있다고. 잘 잡아봐요."

최찬의 실체가 적나라하게 드러나는 순간이었다. 주은은 최찬이 원하는 대답을 해주고 싶지 않았다. 해줄 마음도 없었다.

"아니요. 재계약 안 해도 상관없어요. 굳이 이 일만이 내가 먹고살 길은 아니니까요. 본사에서 하라는 대로 할 테니까 결과만 미리 알려줘요."

주은의 말에 여유가 넘치던 최찬의 표정이 심하게 일그러졌다.

"서주은 씨, 뭐 그렇게 당당해? 뭐가 그렇게 잘났어?"

"당당하지 못할 이유가 없으니까요. 못나지도 않았고."

"적당히 하는 게 좋을 텐데. 그러다가 업계에 발도 못 들이는 수가 있으니까."

"상관없어요. 이 업계에서 일하는 거 지긋지긋해요. 고객들 비위 맞추는 것보다 직영들 눈치 보고 비위 맞추는 거, 더럽고 치사해서 정말 일하기 싫은 곳이었으니까. 특히…… 담당님 같은 직영 직원들 때문에."

"이봐, 서주은!"

최찬이 소리를 버럭 지르며 자리에서 일어섰다. 그는 아직도 주은에 대한 앙금이 심하게 남아 있는 모양이었다.

"재계약 문제는 그럼 결과만 기다리면 되는 거죠? 얘기 끝났으면 가볼게요."

주은이 일어서서 가려는데 그녀의 손목을 최찬이 잡았다.

"손버릇 안 좋은 거 알아요? 왜 이렇게 덥석덥석 남의 손목을 잡아요? 당장 놔요."

"솔직하게 말해? 아직도 서주은 생각하면 내가 당한 느낌이 나서 참을 수가 없어."

"그래요? 그럼 한 가지만 물어볼게요. 곽지윤 씨하고 호텔 간 건…… 누가 누구한테 당한 건가요? 곽지윤 씨가 최찬 씨한테? 아니면 최찬 씨가 곽지윤 씨한테?"

주은의 말에 이글거리던 최찬의 눈빛이 얼빠진 사람처럼 멍해지기 시작했다.

"최찬 씨, 적당히 해요. 그렇게 자기 관리를 하니까 안 되는 거라고요. 남의 탓 하지 말고 정신 차려요."

최찬의 손을 뿌리치고 사무실을 나왔다.

주은에게 또 하나의 고민이 생겨났다.

'차라리 매장을 빼고 나오는 보증금으로 이사를 하고…… 취업을 할까?'

그렇게 한다면 옆집에 있는 태운에게서 벗어날 수 있을 것 같고, 그러면 태운에 대한 기억도 잊을 수 있을 것 같아 그 고민은 구체적으로 깊어졌다.

그날 밤, 오지 않는 잠을 청하려 하는데 민주에게서 전화가 왔다. 부산에서 만난 이후 연락 없이 지내다가 처음 받는 민주의 전화였다.

—야! 서주은! 아무리 그래도 그렇지, 너 나하고 인연 끊을 거야? 내가 그년처럼 내 불륜을 너한테 덮어씌운 것도 아니고, 내가 네 애인하고 불륜을 저지른 것도 아닌데 왜 그렇게 나를 미워해? 이젠 좀 알 거 아니야? 너도 사랑을 해서 내 마음 이해할 수 있을 거 아니야? 항상 옆에 있고 싶고, 안 보이면 불안하고. 다 주고 싶고, 더 주고 싶고, 못 줘서 안타깝고. 그리고 이제 그 사람 싱글이

야. 돌싱이지만 싱글이라고. 이제 난 유부남이 아닌 싱글하고 연애를 한다고.

이상했다. 화를 내는 민주에게 같이 화를 내거나 맞받아쳐야 하는데 눈물이 흐르고 있었다.

"잘됐네. 잘 해봐."

—야, 서주은 너 정말…….

자신도 모르게 주은이 훌쩍였다. 그 소리를 들었는지 큰 소리로 고함을 지르던 민주가 조심스럽게 물었다.

—너 울어?

"아니."

하지만 눈물이 가눌 수 없이 쏟아지고 있어 떨리는 목소리와 훌쩍이는 소리는 숨길 수가 없었다.

—왜? 왜 울어? 무슨 일이야?

주은은 휴대폰을 붙잡고 하염없이 울기만 했다. 상대가 태운이 아님에도 마치 그를 향해 아픔을 토해내듯 그렇게 한참을 울기만 했다.

"민주야, 그렇더라. 네 말이 맞아. 사랑은 항상 옆에 있고 싶고, 안 보이면 불안하고. 다 주고 싶고, 더 주고 싶고, 못 줘서 안타깝고 그런 거더라. 다 포기하고 잡은 사랑이니까 잘 해봐. 진심이야."

또다시 민주를 잡고 울 것 같아 주은은 서둘러 통화를 끝냈다. 하지만 그녀의 울음을 그냥 넘길 수 없었던 민주가 그날 밤 주은을 찾아왔다. 통화할 때와 다르게 막상 얼굴을 마주하니 어쩔 수 없는 어색함은 피할 수 없었다. 하지만 10년 우정이 그냥 쌓였던 건 아니었다.

커피 한 잔을 마시는 동안 둘 사이의 어색함이나 서먹함은 없어졌고 주은의 사연이 풀어져 나왔다.

"민주야, 있잖아……."

민주를 잡고 울 생각은 아니었다. 어차피 전화로 한 번 울었기에 그냥 태운과 진희와의 관계를 담백하게 털어내며 자신의 답답한 속마음도 털어낼 작정이었다. 그런데 친구인 민주의 이름을 부르자마자 목부터 메어왔다. 금방이라도 눈물이 흘러내릴 것처럼 눈에는 눈물이 차올랐다.

"왜? 왜 그래? 도대체 뭐야?"

"모르겠어. 그 남자 속도 모르겠고 내 속도 모르겠고. 도대체 뭘 어떻게 해야 하는지 모르겠어."

"주은아, 차근차근 얘기해봐. 그 남자가 왜? 잘 돼가는 거 아니었어? 그날 부산에서 봤을 때 너네 너무 예뻐 보였는데. 그리고 조만간 무슨 소식 날아들겠구나 했는데. 경환이도 너네 너무 잘 어울린다고 했어."

"민주야…… 그 남자가 강진희 동생이었어."

"뭐? 누구 동생?"

주은은 민주에게 모든 걸 풀어냈다. 태운과 진희와의 관계, 그리고 그를 향한 배신감과 아픔. 모순인 것 같지만 주체할 수 없는 그를 향한 그리움.

주은은 흥분으로 인해 앞뒤 없이 마구 쏟아냈다. 그렇게 모든 걸 다 털어내고 쏟아내고 나자 조금씩 흥분이 가라앉았고 마음의 안정을 찾아갔다.

"미안. 넌 한창 좋을 때인데 나 때문에 괜히 우울해졌겠다."

뒤죽박죽 엉망이 되어버린 머릿속이 제자리를 찾아가자 지금의 상황이 이성적으로 인지되었다.

"내가 우울해봐야 너만큼 우울하겠니? 그런데 그 남자, 알고 너한테 온 거야?"

"그랬던 것 같아."

"집값을 두 배로 줘가면서까지 이사 온 거 보면 네가 누구인지, 여기 사는 것까지 알고 온 거 같은데?"

그런 것 같다.

"그런데 왜 그런 거지?"

그러고 보니 알고 있는 게 아무것도 없었다. 그가 강진희 동생이라는 것밖에는.

"만나서 그 사람의 얘기를 들어봐. 그 남자가 작정하고 너한테 온 이유를 물어보라고. 왜 처음부터 동생이라고 말하지 않았는지, ……왜 그 모든 걸 처음부터 털어놓지 않고 들이대기부터 했는지. 널 대한 건 진심이었는지. 넌, 아무것도 아는 게 없잖아. 알아야겠다는 생각, 알고 싶다는 마음 안 들어? 아는 게 없으니까 미워도 그리운 거고, 그리워하면서도 미워하는 거 같아, 너."

주은은 민주가 해준 말에 대해 어떤 대꾸도 하지 않았다. 하지만 진심으로 걱정해준 민주의 말에 주은은 마음이 움직였고 친구의 말이 틀리지 않다는 생각이 들었다.

그날 밤 주은은 쉽게 잠들 수가 없었다. 그녀가 그에게 묻는다면 그가 어떤 말을 해줄지 궁금해서.

탐탐을 라이프 몰에서 뺄지 말지에 관한 고민의 결과는 나오지 않았다. 주은은 애써 태운과 매장에 관한 고민을 머리에서 털어버리려 매대 위에 있는 옷을 하나하나 정리를 해갔다. 이미 그녀의 손에 의해 수십 번 정리가 되어 더는 손댈 것이 없다. 하지만 그녀는 각을 잡아가며 다시 접기 시작했고 그런 불안 증세를 자주 보이는 주은을 홍 매니저가 불안하게 바라볼 뿐이었다.

　몇 번을 접고 또 접었는지 모르게 일을 할 때, 주은은 거침없이 탐탐 매장으로 들어서는 태운을 발견하고 하던 일을 멈춘 채 그를 멍하니 바라보았다.

　처음엔 자신이 헛것을 보고 있다 생각했다. 하지만 그의 목소리를 듣는 순간 헛것이 아니라는 걸 알고 정신을 차렸다

　"탐탐 점주님?"

　그녀에게 물었다. 알면서도 모르는 척 묻는 그에게 주은이 싸늘하게 대답했다.

　"네."

　연예인과 같은 남자가 매장으로 들어와 주은을 아는 척하자 홍 매니저가 놀라서 태운을 쳐다보았다. 어디선가 낯이 익은 것 같아 생각해보니 언젠가도 주은을 찾아왔던 기억이 떠올랐다. 출중한 외모라 잊을 수 없었던 남자가 다시 주은을 찾아왔다. 홍 매니저는 두 사람에게 시선을 고정하고 대화를 엿들었다.

　"제가 평소에 여기 옷을 참 좋아합니다. 그래서 옷 하나 사러 왔습니다. 괜찮은 걸로 추천해주시겠습니까?"

　"그런 거라면 저희 매니저가 더 잘하는데요."

　"아니요! 점주님이 직접 추천해 주시는 걸로 하겠습니다."

인상을 구긴 주은이 마지못해 행거에 있는 옷 중에서 하나를 꺼내 그에게 내밀었다. 그녀의 행동은 누가 봐도 그를 위해 추천하는 것이 아니라 아무거나 손에 잡히는 대로 내미는 행동이었다. 하지만 태운은 빙그레 웃으며 그녀가 건네준 옷을 받아서 이리저리 살펴보았다.

"점주님 센스가 대단하시네요? 딱 제가 좋아하는 스타일로 추천해주시고. 커플룩으로 입을 수 있는 셔츠도 추천해주시겠습니까?"

이번에도 주은은 성의 없이 아무 셔츠나 꺼내 남녀 한 세트를 보여주었다.

"좋습니다. 그럼 이 세 벌 주십시오. 제 사이즈는 알려드리지 않아도 보면 아시겠죠?"

"네. 여성분 사이즈는……?"

"점주님 사이즈면 됩니다."

"네. 알겠습니다."

주은이 매대 아래에 있는 수납장에서 새 상품을 꺼내 쇼핑백에 넣었다.

"14만 원입니다."

"할인 이런 거 없습니까?"

"죄송합니다, 고객님. 이건 신상품이라 할인 적용이 안 됩니다."

"내일은 할인되는 상품 중에서 추천해주십시오."

"네?"

태운이 웃으며 카드를 건넸다. 주은이 그의 카드로 계산을 하고 상품과 카드를 건네주었다.

"고맙습니다, 고객님. 즐거운 쇼핑 시간 되십시오."

주은의 표정이나 말투에는 고마움이 들어 있지 않았다.

"내가 더 고맙습니다, 서주은…… 점주님. 그럼 수고하십시오. 오늘 좋은 하루 보내시고요."

태운이 웃으며 탐탐 매장을 벗어났다.

그가 사라지자 갑자기 여러 브랜드 직원들이 주은에게 달려들었다.

"누구야? 아는 남자야? 뭐 하는 사람이야?"

"탐탐 숨겨놓은 애인이야? 최찬 실망하겠는데?"

"탐탐에 연예인같이 생긴 남자가 와있다고 해서 구경 왔는데 그냥 손님은 아니었나 봐?"

태운에 대한 호기심과 그런 남자를 알고 있다는 것에 대한 부러움의 시선과 말들이 그녀에게 무차별적으로 던져졌다.

주은은 말 많은 여자들 사이를 헤치고 나와 자신만의 휴식처이자 피난처인 비상계단을 찾았다. 혹시 또 그곳에서 최찬과 곽지윤이 밀담을 나누고 있는 건 아닌가 걱정했지만 다행히 아무도 없었다.

주은은 휴대폰을 들고 망설이고 있었다. 태운에게 문자를 보내야 하는데 그게 생각만큼 쉽지 않다. 민주와 이야기를 할 때만 해도 날 밝으면 당장 문자를 보내야겠다고 마음먹었지만 아직도 보내지 못하고 있다. 하지만 시간을 끌면 끌수록 더욱 어려워진다는 걸 알기에 한참을 망설이던 주은이 그에게 문자를 보냈다.

[저녁에 시간 어때요? 봤으면 하는데.]

마치 그녀의 문자를 기다리고 있었던 것처럼 문자를 보내자마자 바로 답이 들어왔다. 지금쯤이면 회사로 돌아가기 위해 운전 중일 텐데도.

　[시간 괜찮아요. 어디서 볼까요?]

　[동네 그 커피숍에서. 8시 30분에.]

　[좋아요.]

　그와의 약속을 정한 후 흘러가는 시간은 더디 가는 것 같기도 하고 빠르게 지나가는 것 같기도 했다. 시간의 흐름이 제멋대로 느껴지는 것처럼 주은의 심정도 그러했다. 그를 빨리 만나 얘기를 하고 싶다가도, 만나지 않고 그냥 피하고 싶기도 했다. 그를 마주한다면 주체할 수 없이 마음이 흔들리고 내려앉을 것 같아 괜한 짓을 했나 싶었다. 아무것도 모른 채 잊어도 되는 건데 굳이 만나 그의 변명을 들을 필요가 있을까.

　하지만 약속을 취소하지 못했고 이미 퇴근 시간은 다가왔다. 더는 고민하지 않고 약속 시간에 맞춰 가야 하는 상황이 되어버렸다.

　퇴근을 하고 집 근처에 도착해 커피숍을 향해 걷는 중에 앞서 걷고 있는 태운의 뒷모습을 발견했다. 그러고 보니 본의 아니게 그의 뒤를 밟는 모양새가 되어버렸다.

　지금 뒤에서 보는 그의 어깨는 보기 좋게 넓은 데 비해 힘없이 처져 있었고 한 걸음씩 앞으로 나아가는 발걸음이 길고 날씬한 다리에 비해 무거워 보였다. 기대도 좋을 만큼 든든해 보였던 그의 뒷모습이 아파 보였다.

　그가 그녀의 뒷모습을 보며 했던 생각을 그녀도 똑같이 하고 있었다.

'왜 당신이 나처럼 아픈지 모르겠어. 왜…… 당신이 아파하는 거야?'

그가 커피숍으로 들어간 후에야 주은이 빠른 걸음으로 뒤이어 들어갔다. 그녀의 얼굴을 본 태운의 입가에 옅은 미소가 번졌다. 모든 게 다 무너져버린 자신과 달리 여유 있어 보이는 그가 얄미워 주은은 그 미소를 외면했다.

"고마워요. 만나줘서."

"들어야 할 말이 있어요. 그게 뭔지 잘 알고 있을 거예요. 짧게 내가 들을 얘기만 해줘요."

태운은 드라마틱한 반전이 일어나기를 바랐지만 그런 반전은 일어나지 않았다. 예상한 대로 주은은 그를 향해 화를 내고 있었다. 하지만 태운은 이렇게라도 그녀의 얼굴을 마주할 수 있어 좋았다. 그리고 그에게 변명의 기회라도 주려는 지금의 상황, 그녀의 마음이 고마울 뿐이었다.

태운은 어디서부터 풀어가야 할지 몰라 잠시 머뭇거렸다. 하지만 이내 기내에서 아이를 향해 마술을 보여주고 웃어주었던 그 날부터 이야기를 꺼내기 시작했다.

"주은 씨를 처음 본 건 3년 전 뉴욕으로 가는 비행기 안에서였어요. 칭얼거리는 아이의 울음소리가 거슬리고 있을 때, 아이 앞에서 마술을 보여주는 주은 씨를 봤어요."

진희에게 소개해달라고 할 만큼 첫 만남부터 그녀를 마음에 담았음을 고백했다. 그리고 그는 그로부터 10개월 정도가 지난 후 승무원 숙소 호텔에서 진희에 의해 인사를 나누었던 이야기도 해주었다. 진희가 일부러 두 사람을 소개해주지 않았던 이유와 그래서 쉽지 않게 그녀에게 올 수밖에 없었던 사연까지도.

주은은 뉴욕의 직원 숙소 호텔이라는 말에 그날이 떠올랐다. 억울하게 자신이 불륜녀가 되어 얼굴도 알지 못하는 남자의 아내에게 수치를 당하고 진희에게 황당한 퇴직 사유를 들은 그날. 그리고 그날 진희의 동생과 인사를 나누었다는 것이 어렴풋하게 떠올랐다.

태운은 그렇게 그녀의 첫 만남부터 마음이 뒤흔들렸다는 사실을 털어놓은 후 왜 한국에 왔는지를 설명했다.

"몰랐어요. 누나가 주은 씨에게 그런 끔찍한 일을 저질렀다는 거. 단순히 누나의 잘못된 사랑을 주은 씨가 알고 있는 정도로만 나는 알고 있었어요. 미안해요. 누나 때문에 당신이 험한 일을 당하게 된 거."

태운의 눈가가 붉어졌다. 주은의 눈에 커피숍에 들어오면서 보았던 그의 미소는 찾아볼 수 없이 온통 슬픔과 아픔으로 얼룩진 그의 깊은 상처만 보일 뿐이었다.

"처음부터 말하지 못한 것도 미안해요. 믿지 않겠지만 처음 주은 씨에게 다가간 이유는 주은 씨 마음을 얻기 위해서라기보다 주은 씨에게 미소를 찾아주고 싶었어요."

그녀의 마음이 울컥해왔다. 그의 말처럼 그녀는 그때 미소뿐 아니라 모든 걸 다 잃었다고 해고 과언이 아니었을 때니까. 그런 그녀에게 그가 미소를 찾아주려 했다니.

그 미소를 그로 인해 되찾기는 했지만 지금 다시 그로 인해 모든 걸 다 잃어가고 있으니 서글프기만 하다.

"시간이 흐르면서는 주은 씨가 나를 강진희의 동생으로 보기 전에 강태운이라는 남자로 먼저 봐주길 바랐어요. 그냥 나 하나만 따로 놓고 내 진심을 봐주길 바랐어요. 강진희의 동생이라는 이유로 거절당하고 싶지는 않았으니까. 그냥 내 진심을 당신에게 보여주고 싶었으니까. 미안해요. 처음부터 내가 누구인지 말하지 않고 숨기고 다가간 것부터 모두 다."

그가 미안하다는 말을 할 때마다 그녀의 가슴이 따끔거렸다. 아프고 쓰라려서 더 이상 그의 말을 들을 수 없을 만큼.

주은이 자리에서 벌떡 일어났다.

"됐어요. 들을 말 다 들었으니까 가볼게요."

더 듣고 있다가는 눈물이 나올 것 같아 주은은 아예 그 자리를 벗어나버렸다. 가슴이 먹먹해져 호흡이 불규칙해졌고 그의 이야기를 들은 걸 후회했다. 태운의 이야기를 들으면 감정이 정리될 줄 알았다. 하지만 착각이었다.

태운은 자신이 미안하다고 했다. 하지만 그가 미안해야 할 이유는 아무것도 없었다. 어찌 보면 그도 피해자일 수 있다. 그의 말대로 누나로 인해 많은 시간을 잃어버린 후에 그녀를 만났으니까. 그리고 그녀와 함께 행복해야 할 이유를 빼앗겨버렸으니까. 그래서 그도 상처로 아파하고 힘들어하고 있는 것인지도 모른다.

'이제 태운 씨, 당신…… 미워할 수도 없게 됐어…… 우리 어떻게 해야 하는 걸까?'

답을 알 수 없는 주은의 마음이 복잡해지기 시작했다.

소주 한 병이 비워졌다. 예전에는 쓰고 독해서 마시지도 못하는 술이었는데 이제는 소주 아니면 다른 술은 마시기 싫었고 한 병을 마셔도 취하지가 않는다. 특히나 오늘같이 술이 쓴 날에는 오히려 취하지 않고 정신만 더 또렷해진다.

취하려고 마시는 술은 아니었지만 우울하고 힘든 기분을 더 깊게 느끼기 위해 마시는 것도 아니었다. 적당한 취기로 인해 긴장이 풀어지고 기분이 좋아지길 바라며 마신 술이었다. 하지만 암울하기만 한 마음 상태에서 마시는 술은 쓰디쓴 독이 아닐까 싶다.

태운을 생각할수록 그녀의 모든 감정은 마비가 된다. 미움도, 그리움도, 아픔도. 그 어떤 것도 느껴지지 않고 오로지 그와 함께 행복했던, 그가 있어 든든했던 지난 시간만 떠오를 뿐이었다.

'그래, 어떻게 생각하면 그 사람은 잘못한 게 없는데. 강진희를 누나로 둔 잘못밖에는.'

단순하게 생각하자니 태운과의 관계나 감정을 복잡하게 만들 필요가 없다. 술기운인지 몰라도 이미 지난 일 가지고 이렇게 아파할 필요가 있을까 싶었다.

'아니야. 강진희한테 난 사과도 못 들었어. 그런 인간의 동생인데…… 강태운을 볼 때마다 강진희가 생각날 거고, 그때마다 내 가슴에서는 이렇게 천불이 일어날 텐데…… 안 되는 거야. 안 되는 거지.'

그녀가 천천히 일어나 콘솔 위에 놓인 반지 케이스를 집어 들었다. 케이스 안에 그가 청혼의 의미로 준 반지가 곱게 들어 있었다. 고가인 데다가 액세서리를 할 수 없는 매장 규칙으로 인해 고이 모셔둔 반지다.

'돌려줘야겠지? 그게 맞는 거지?'

그에게 돌아가 다시 시작하기에는 그녀의 감정이 정리되지 않아 어려울 것 같다. 두 사람이 풀어낼 수 없이 얽힌 인연이라는 생각이 들었다.

'태운 씨, 우리는 그냥 스치는 바람처럼 끝낼 인연인가 봐요.'

주은은 혜영과 민주에게서 걸려오는 전화를 받지 않은 채 소주 한 병을 더 마시고 잠이 들었다. 영원히 깨어나지 않았으면 좋겠다는 생각을 하며.

9. 다시 시작하다

거울 속에 얼굴은 봐줄 수 없을 만큼 엉망이었다. 부은 얼굴과 푸석푸석한 피부에 눈 밑 다크서클까지, 화장으로도 감추어지지 않아 차라리 결근을 하는 게 나을 것 같은 몰골이다. 하지만 오늘은 홍 매니저의 휴무이고 들어온 지 얼마 안 되는 알바 혼자 일할 수 있는 매장이 아니기에 주은은 출근 준비를 서둘렀다.

입술색이라도 화사하게 바르면 생기 있어 보일까 싶어 붉은색이 진하게 들어가 있는 핑크 톤의 립글로스로 입술 화장에 포인트를 주었다. 칙칙하기만 했던 얼굴이 조금 화사해진 느낌이 들었다.

옷도 밝은 톤의 진바지와 셔츠를 챙겨 입고 나오는데 현관 바깥쪽에 걸린 쇼핑백이 보였다.

'뭐지?'

안에 들어 있는 내용물을 확인해 보니 어제 태운이 사간 커플 룩 중 여성 셔츠였다.

잠깐 망설인 주은이 102호의 현관에 쇼핑백을 걸고 초인종을 한 번 눌러준 후 그대로 계단을 올라갔다. 그러나 계단을 올라가는 사이 102호에서 나오는 기척이 느껴지지 않았다.

'요새 집에 안 들어오는 것 같은데…… 어제 왔었나?'

술을 마셔 그가 집으로 들어왔는지 기척을 들을 수 없어서 알 수는 없었으나 왠지 어제도 그는 102호 집으로 들어오지 않은 것 같은 느낌이 들었다.

'왜 그걸 거기다가 걸어놓은 거야? 신경 쓰이게.'

얼마 가지 못한 주은이 다시 집으로 돌아와 102호 현관을 살폈다. 그녀가 걸어둔 그대로 쇼핑백이 손잡이에 걸려 있었다.

주은이 도어록의 버튼을 누르기 시작했다. 12345678.

현관문이 열렸고 주은은 안을 들여다보지도 않은 채 그대로 쇼핑백만 안으로 던져놓고 문을 닫았다.

'그래, 강태운은 이제 옆집 남자일 뿐…… 아무 의미 없다 생각하자. 더는…… 의미 없다…….'

얼굴은 엉망이지만 표정은 평소보다 더 밝고 힘차게 지으며 출근했다. 홍 매니저가 휴무이므로 조회 전부터 그녀는 바쁘게 움직여야 했다.

"어제 온 화보 같은 남자, 옆집 강태운 씨 맞지? 소문 쫙 났어. 탐탐 점주 최찬 차고 기가 막힌 남자하고 연애한다고. 서주은이 자기 남자를 공개하는 거 보면…… 이거, 분명……."

혜영이 출근부에 사인도 하기 전에 주은에게 달려와 수다를 털어놓기 시작했다.

"혜영아, 우리…… 그 사람하고 나 끝났어."

"뭐? 끝나? 강태운 씨하고? 너는 꼭 그러더라. 뭔가 잘 돼가는가 싶으면 끝났다고 하더라."

"맞아. 그러니까 그 사람 얘기는 하지 마."

"끝난 게 아니라…… 그냥 사랑싸움…… 뭐, 이런 거 아니야? 이 언니가 말이야, 연애를 해본 선배로서 하는 말인데 싸울 때는 정말 다 끝났다는 생각이 들기는 하지. 하지만……."

"그건 네 경우고. 바쁘다, 나."

주은이 옆에 서 있는 혜영을 무시하고 하던 일을 계속하자 그런 그녀를 바라보던 혜영이 고개를 절레절레 흔들며 탐탐 매장을 벗어났다.

박스 정리를 모두 마쳤을 때 조회가 시작되었다. 바쁘게 일을 할 때는 몰랐는데 조회를 하는 동안 속이 쓰려왔다. 어제 빈속에 마신 술로 인한 속 쓰림이 그녀를 괴롭히기 시작했다. 개점 직후부터 점심시간 전까지는 바쁘지 않은 시간이라 주은은 개점 후 바로 속을 풀어야겠다는 생각을 했다. 그렇지 않으면 홍 매니저도 없는 오늘을 버틸 수 없을 것 같았다.

'콩나물 해장국을 먹을까? 아니면 뼈다귀 해장국? 아니면 쌀국수?'

어떤 음식으로 속을 풀까 고민하며 개점 행사를 마쳤다.

"정아야, 나 나가서 아침 좀 먹고 올게. 안 그러면 점심때까지 못 버티고 쓰러질 것 같아서 말이야. 혼자 있을 수 있지?"

"네. 다녀오세요."

아르바이트를 시작한 지 일주일밖에 되지 않아 아직 고객을 응대하는 자세나 계산을 하는 일이 어수룩한 정아를 두고 가는 것이 불안했다.

"모르면 코드원 매니저한테 물어보고."

"네."

주은이 지갑을 챙겨 막 매장을 나가려는데 오토바이 헬멧을 쓴 남자 한 명이 손에 무언가를 들고 탐탐 매장 안으로 들어왔다. 주은은 혹시라도 교환이나 환불일지 모른다는 생각에 발걸음을 멈추었다. 첫 개시부터 환불이라니. 좋지 않은 속만큼이나 마음도 좋지 않았다.

"안녕하십니까? 고객님."

하지만 개시부터 환불하는 손님을 향해 인상을 쓰거나 푸대접을 했다 컴플레인이라도 들어오면 그게 더 힘들고 골치 아파진다.

힘들게 웃으며 인사하는데 그런 주은을 지나쳐 계산대 앞에 있는 정아에게 다가간 남자가 손에 든 쇼핑백을 내밀었다.

"여기가 탐탐 맞죠?"

"네."

"퀵 배달 왔어요. 서주은 점주님한테 드리라고……."

정아가 남자에게서 받은 쇼핑백을 옆으로 다가온 주은에게 내밀었다.

"누가 보낸 거죠?"

주은이 남자를 향해 물었다.

"몰라요. 개점 시간에 정확히 맞춰서 5층에 있는 탐탐 매장 서

주은 점주님한테 배달하라는 얘기만 들었으니까요. 여기 사인 하나 해주세요."

주은은 남자가 내미는 용지에 사인을 하지 않고 다시 물었다.

"이게 뭔데요?"

"죽이요. 아, 빨리 사인부터 해주세요. 다음 일 받으러 가야 하니까 빨리 가게 사인부터 해주세요."

주은은 일단 사인을 해주었다. 그러자 남자는 부리나케 떠나버렸고 주은의 손에는 죽이 든 쇼핑백만 덩그러니 들려 있었다.

"이걸로 아침 드시면 되겠네요. 나가시지 않아도 되고, 잘됐네요, 점주님."

아니다. 이건 잘된 일이 아니다. 차라리 불안하더라도 정아를 두고 나가서 먹는 아침이 훨씬 나은 일이다.

"나갔다 올게."

"엥? 이건요?"

"돌려줘야지."

"네?"

"빨리 먹고 올게."

주은은 쇼핑백을 들고 밖으로 나왔다. 가끔 들러 해장을 하던 쌀국숫집에 들어가 쌀국수를 주문하고 평소 매장 일로 이용하던 퀵서비스를 쌀국숫집으로 불렀다. 쌀국수를 다 먹기 전에 퀵서비스가 왔고 그에게 태운이 근무하는 최고인 로펌을 알려주며 그 쇼핑백을 강태운 변호사에게 가져다주라고 했다.

퀵서비스 비용을 내고 주은은 남은 쌀국수를 먹기 시작했다.

분명 자신이 주은에게 보냈던 죽이다. 그걸 다른 퀵서비스가 그에게 가져왔다.

"이걸 어디서 받아온 겁니까?"

"이거요…… 은평구에 있는 라이프 몰 옆 쌀국숫집에서…… 받았는데요."

"그래요?"

"그럼……."

퀵서비스가 인사를 꾸벅하고 밖으로 나갔다. 태운은 책상에 놓인 쇼핑백을 뚫어지게 바라봤다. 주은이 집으로 잘 들어가는지 확인하느라 거리를 두고 그녀 뒤를 따라갔다. 그런데 그녀는 집이 아닌 편의점으로 들어갔다. 혹시나 싶어 유리 안을 바라보니 소주 몇 병을 집는 게 아닌가. 아픈 마음을 술로 달래려는 그녀가 안쓰럽고 미안해서 그의 마음이 더 아파왔다.

저녁이나 먹고 마시는 건지, 과음을 하는 건 아닌지 걱정되어 그녀가 집으로 들어가는 것을 확인하고도 태운은 그 자리를 뜨지 못했다.

'조금 마시다 말면 좋을 텐데…….'

하지만 그런 자신의 걱정과 달리 어제 과음을 했을 것 같은 그녀를 위해 죽을 쒔다. 그리고 식기 전에 그리고 정확히 시간을 맞추기 위해 두 배의 비용을 내고 퀵서비스로 그녀에게 죽을 보냈다. 하지만 그 죽이 자신에게 이런 식으로 다시 돌아올 줄은 몰랐다.

태운은 휴대폰으로 그녀에게 문자를 보냈다.

[이번에는 그냥 받지만 다음에 또 이렇게 다시 보내면 내가 직

접 탐탐 매장으로 배달 갈 겁니다.]

곧이어 그녀의 답이 돌아왔다.

[태운 씨하고 뭘 보내고 받고 할 사이는 아닌 것 같은데요.]

[뭘 보내고 받고 할 사이로 돌아가고 싶어서 그러는 거라면⋯⋯?]

[돌아가고 싶지 않아요. 돌아갈 수도 없고.]

[그래도 난 포기 안 합니다.]

[그래도 결국 포기하게 될 거예요.]

[과연 그렇게 될까요?]

마지막 태운의 문자에 대한 답은 들어오지 않았다. 할 말이 없어서인지, 아니면 하고 싶지 않아서인지 모르겠지만 그녀의 침묵으로 문자로 나누던 짧은 대화도 끝이 났다.

'서주은 씨, 당신은 포기가 됩니까? 나는⋯⋯ 절대 안 될 것 같은데.'

한숨을 내쉬며 책상 위에 놓인 쇼핑백을 치우려는 순간 어젯밤에 그녀의 현관문에 걸어놓았던 옷이 든 쇼핑백이 떠올랐다.

'함께 보내지 않은 걸 보면⋯⋯ 그 옷을 가지고 나오지 않았다는 건데⋯⋯ 그렇다고 지금 한 행동을 보면 그걸 또 쉽게 받았을 리는 없고⋯⋯.'

태운은 그 옷에 대한 행방이 궁금해졌다. 벌써부터 퇴근이 기다려지기 시작했다.

오늘 저녁도 주은이 집으로 잘 들어가는지 확인을 하고 난 후 태운은 조용히 102호의 도어록 숫자를 눌렀다. 잠금 해제된 현관문을 열고 안으로 들어가려는 순간 바닥에 떨어진 쇼핑백이 눈에 들어왔다. 마치 버려진 자신의 모습과 같이 내용물과 쇼핑백이 분리되어 나뒹굴고 있었다.

'주은 씨, 포기 안 한다고 했죠. 누가 포기하나 봅시다. 내가 당신을 포기하는지, 아니면 당신이 나를 밀어내는 걸 포기하는지.'

어젯밤 그가 그의 집으로 온 것 같은 기척을 느꼈다. 하지만 그곳에 잠깐 들렀을 뿐 자고 간 것 같지는 않다. 밤새 그의 집에서 아무 소음도 들려오지 않았기 때문이다.

오늘 아침 출근을 하며 혹시라도 어젯밤 102호에 온 그가 현관문에 또 무언가를 걸어놓은 건 아닌지 신경 쓰였다. 하지만 예상과 다르게 현관문에 걸려 있는 것은 아무것도 없었다. 다행이라는 생각도 잠시, 그가 어디에서 지내는지 궁금해졌다. 아니, 걱정되고 신경 쓰이기 시작했다.

고연봉의 파트너 변호사라고 해도 호텔에서 지내는 것도 하루 이틀일 것이고, 변호사라는 체면에 더욱이 미국에서 지내다 온 그가 고시원이나 찜질방에서 지낼 수도 없을 것이다.

'그 사람처럼 나도 태운 씨에게 들어오라고 해야 하나? 신경 쓰지 않을 테니, 그냥 집으로 들어오라고.'

그 고민으로 인해 출근 후 개점까지 어떻게 시간이 흘러갔는지도 모르게 흘렀다.

"다음 주 행사 품목 정해야죠? 점주님."

"시즌 고별전으로 한다는데 재고 많은 걸로 빼서 털어버려야지."

"그럼 품목 자체가 많지는 않을 텐데요?"

"재고 별로 없는 이월 상품까지 다 넣어버리지, 뭐."

그렇게 홍 매니저와 함께 다음 주에 있을 행사 물건에 대한 이야기를 하고 있을 때였다. 태운이 안으로 들어오고 있었다.

"안녕하세요?"

태운이 먼저 인사를 건넸다.

"어서 오십시오, 고객님."

그를 본 홍 매니저는 태운을 상냥하게 반겨주었지만 주은의 시선에는 그의 손에 들려 있는 탐탐 쇼핑백이 먼저 들어왔다.

"먼젓번에 추천해주신 커플 셔츠 있지 않습니까?"

"네. 기억합니다."

"여성분께 그걸 드렸더니 마음에 안 드셨는지 내팽개쳤더라고요. 저는 진짜 마음에 들었는데 말입니다."

태운의 말에 주은의 미간에 주름이 잡혔다.

"다른 걸로 교환하고자 해서 왔습니다."

"그렇다면 혹시 그 여성분께서 저희 브랜드 스타일을 별로 안 좋아하시는 게 아닐까요?"

"아닙니다. 무척 좋아합니다. 거의 매일 탐탐을 입고 있으니까요. 그러니 이번에는 좀 그분이 좋아할 것 같은 그런 걸로 추천해주시길 바랍니다."

주은은 태운의 말에 터져 나오려는 한숨을 삼키고 일그러질 것 같은 표정도 관리하며 다른 셔츠를 꺼내서 보여주었다.

"그걸 주십시오. 이건 맘에 들었으면 좋겠습니다. 이건 좋아할까요, 점주님?"

"제가 그분이 아니라서……."

그녀의 말에 묘하게 웃던 태운은 차액을 계산하고 매장에서 벗어났다. 이상하게 그의 웃음이 신경 쓰였다.

'설마 저 옷을 또 가져다가 현관에 걸어놓는 건 아니겠지?'

설마가 사람 잡는다더니…….

주은은 다음 날 출근하면서 현관에 걸린 쇼핑백을 발견했다.

'해보자는 거야?'

그걸 다시 102호에 던져버리려는데 문이 열리지 않는다.

'비밀번호를 바꾸면 다야?'

주은은 태운이 번호를 바꿔봐야 단순하게 바꿨을 거라 여기고 간단한 여덟 자리를 생각해서 눌러보았다.

11111111. 아니다.

22222222. 아니다.

45678910. 아니다.

"아, 뭐야? 이번에는 복잡하게 바꿨나?"

출근 시간으로 인해 더 이상 그 번호에 집착을 할 수 없어 주은은 쇼핑백을 들고 출근했다. 그 안에 그가 주었던, 그리고 그에게 다시 돌려주어야 할 반지 케이스까지 담아서.

"홍 매니저, 나 말이야 점심시간 좀 길 거야. 그러니까 먼저 식사하고 와."

"네."

먼저 식사를 보낸 홍 매니저가 돌아온 후 주은은 쇼핑백을 가지고 태운의 로펌으로 찾아갔다.

다시 오고 싶지 않은 곳이다. 로비에 들어서자 진희의 모습이 보이는 것 같았고 태운과 함께 서 있는 모습이 아직도 선하다. 안내 데스크에 있는 여직원에게 주은은 쇼핑백을 내밀었다.

"여기 근무하시는 강태운 변호사님께서 두고 가신 물건인데 좀 전해주시겠어요?"

"어디서 오셨습니까?"

"라이프 몰 탐탐 매장에서 왔어요."

"전해만 드리면 되는 건가요?"

"네!"

"알겠습니다."

여직원이 쇼핑백에 강태운 변호사님이라 표시를 했다.

주은은 홀가분한 마음으로 건물을 나가려고 하는데 그녀의 이름을 부르는 목소리가 들려왔다.

"서주은 씨!"

우뚝 멈춰 선 주은 앞으로 최 변호사가 다가왔다.

"어쩐 일이에요? 강 변 만나러 왔어요?"

최 변호사를 만날 거라고는 상상도 못 했다. 태운과 마주칠까 봐 조마조마했을 뿐. 이런 복병을 만나리라는 건 예상에도 없던 일이었다. 더구나 태운을 만나러 왔냐는 질문에 할 수 있는 대답이 없어 난감하기만 하다.

"지나가는 길에 물건 전해줄 게 있어서…… 맡기고 가는 길이에요."

"그럼 안 만나고 그냥 가는 겁니까? 강 변 지금 위에 있을 텐데. 같이 올라갈까요?"

"아니에요. 일하는 거 방해하고 싶지 않고 저도 점심시간 끝나가서 빨리 들어가봐야 해요."

주은이 서둘러 그 자리를 벗어나려 했지만 최 변호사가 쉽게 그녀를 놓아주지 않았다.

"에이, 그렇게 가면 안 되는 겁니다."

"바빠서요."

"주은 씨, 강 변하고 싸웠습니까? 아니면…… 헤어진 겁니까?"

최 변호사가 뭔가를 알고 묻는 것 같았다.

"뭔지 모르겠지만 강 변 좀 살려주십시오. 그 인간 요새 하고 다니는 꼴을 봐줄 수가 없습니다."

최 변호사의 말에 '요새 하고 다니는 꼴, 봐줄 만한데요.'라는 말이 튀어나올 뻔했다. 분명 그녀 매장을 찾아올 때마다 그답게 슈트발 제대로 날리면서 찾아오는데 봐줄 수가 없다니. 괜히 그녀의 마음을 돌려보려는 최 변호사의 빤한 꿍꿍이로 보였다.

"먹지도 않고 자지도 않고 일만 합니다. 가끔 어디를 다녀오기는 하는데 그건 모르겠고 하여튼 그 잠깐 빼고는 미친 사람처럼 일만 해요. 어소들만 아니라 우리 대표 변호사님까지 눈치 보고 지낼 정도로 무서운 오라를 풍기면서 말입니다. 몇 마디 나눠본 결과, 딱 답이 나오더군요. 주은 씨와의 사이에 문제가 생겼구나, 하고."

그건 그녀와 상관없는 일이라고 돌아서려는데 최 변호사가 그녀보다 먼저 입을 열었다.

"뭔지 몰라도 주은 씨가 잡아주십시오. 강 변, 그러다 골로 갈 것 같으니까."

장난기라고는 전혀 없는 최 변호사에게 그 말을 듣자 주은은 최 변호사만큼이나 심각해졌다.

"아픈 건 아니죠?"

주은이 걱정스러운 마음에 물었다.

"모르죠. 아프면서도 티 내지 않고 있는 건지. 지금 쓰러지지 않고 버티고 있는 게 다행입니다. 아무래도 오늘내일 쓰러지지 싶습니다."

"최 변호사님이 전해주세요. 나를 만났는데 건강 챙기라는 말을 전해 달랬다고."

"에헤, 그런 말은 직접 하십시오. 나는 변호사지 메신저가 아닙니다. 그럼 저는 서주은 씨만 믿고 있겠습니다."

인사를 하고 주은에게서 몸을 돌려 걸어가던 최 변호사가 성큼성큼 주은에게 다시 돌아왔다.

"……왜요?"

"진짜 중요한 말을 안 했습니다."

진짜 중요한 말이라는 소리에 가슴이 철렁했다. 신중하고 중요한 말일수록 기쁘기보다는 복잡하고 무거운 게 많은 법이니까.

"강 변이 주은 씨하고 끝나면…… 내가 주은 씨한테 작업 들어갑니다. 제가 지금은 아니지만 초짜 시절 송무 부분에서 승소하는 걸로 이름을 날리는 사람이었습니다. 승부욕도 많고 끝까지 물고 늘어진다는 뜻인데…… 강 변보다 제가 더 괜찮을 것 같으면 강 변 저대로 죽든지 말든지 내버려 두십시오."

농담으로 하는 말로 들리지 않았다. 태운과의 관계를 회복하라는 경고로 들렸다. 그렇지 않으면 자신이 던진 말대로 할 거라는 확실한 경고 같은 느낌.

"그런 일은 없을 거 같으니까 너무 기대하지 않는 게 좋을 것 같네요. 그럼 이만……."

최 변호사에게 묵례로 인사를 나누고 매장으로 다시 돌아왔다. 생각보다 늦어져 창고 일을 못 한 홍 매니저의 잔소리가 시작되었다.

"이제 오시면 어떡해요? 언제 다 정리하라고!"

"내가 할게, 밤을 새워서라도 내가 할 테니까 걱정하지 마."

매장으로 돌아온 주은은 창고로 들어가 본사에 반품할 물건들을 정리했다. 상자 하나를 거의 채워갈 때 홍 매니저가 그녀를 찾아 창고로 들어왔다.

"점주님."

"왜? 매장 바빠?"

매장이 바빠서 도움을 요청하러 온 줄 알고 주은은 손에 낀 장갑을 빼고 물건을 한쪽으로 밀어 넣었다.

"바쁜 건 아닌데요…… 점주님 찾아오시는 그분이 오셔서…… 어제 사간 셔츠 교환을 해달라고 하는데……."

먹지도 자지도 않고 일을 한다는 사람이 시간 내서 하는 일이 여기까지 와서 옷을 교환하는 일이라니. 한심하기도 하고 마음이 아프기도 했다.

'내가 뭐라고…….'

그의 얼굴을 보면 아픈 자신의 마음이 들킬까 싶어 주은은 홍 매니저에게 지시만 내렸다.

"해줘. 차라리 환불을 해줘버려."

"점주님 오시라고…… 꼭 점주님이 추천해주셨으면 한다고."

자신이 가지 않으면 해결될 것 같지 않아 인상을 잔뜩 찌푸린 주은은 창고를 나와 매장으로 향했다.

"뭐가 문제인가요, 고객님?"

매장 안으로 들어오면서 인사 따위는 생략하고 주은이 태운에게 물었다.

"이거."

그가 쇼핑백을 내밀었다. 최 변호사의 말을 듣기 전에는 몰랐는데 지금 보니 그의 얼굴이 많이 까칠하다. 눈도 충혈되어 있고 피곤에 지쳐 있는 모습이다.

"또 반품인가 봐요? 이번에도 맘에 안 드신다고 하던가요?"

항상 날이 서 있던 주은의 말투가 조금 부드러워졌다.

"그런가 봅니다. 말없이 다시 보내온 거 보면."

"그분께 주지를 마시죠? 이렇게 다시 보내는 거 보면 받으실 생각이 없는 거 같은데."

그의 모습이 안쓰러워 차라리 그냥 받을까 하는 마음이 들었다. 하지만 마음과는 다른 말이 먼저 나갔다.

"자꾸 보내면 받지 않겠습니까?"

"그럼 여자들은 질려서 더 도망갈 수도 있어요."

"도망가면 잡으러 가죠, 뭐."

"너무 이기적이신 거 아니에요? 여자분 생각도 해주셔야죠."

"이기적인 겁니까?"

태운이 느닷없이 질문의 대상을 주은이 아닌 홍 매니저로 바꿨다. 그가 홍 매니저를 보며 물었다. 그의 질문을 받은 홍 매니저는 두 손을 저어가며 부정했다.

"아니요. 절대! 그건 괜히 여자가 간 보며 어장 관리하는 거일 수 있어요. 그러니까 놓치지 마세요, 고객님."

"그렇죠? 끝까지 포기하지 않고 제 마음을 표현하는 게 맞는 거겠죠?"

"그럼요! 당연하죠!"

죽이 척척 잘 맞는 두 사람을 주은이 어이없는 표정으로 바라보고 있었다.

"들으셨죠, 점주님. 자, 그럼 이거 교환해주세요."

태운이 고객용 대기 의자에 놓여 있던 쇼핑백을 들어 주은에게 건넸다.

"저희 매니저하고 잘 맞으시는 것 같은데, 매니저가 추천해주는 상품을 가져가시는 게 어떨까요?"

"아니요. 딱 점주님 취향이 그분 취향하고 같아 보이거든요. 그러니까 점주님이 선택해 주십시오."

공적인 장소에서 그것도 자신의 직원인 홍 매니저가 옆에 있는 자리에서 그에게 대놓고 면박을 줄 수도 없고, 그만하라고 발악을 할 수도 없는 일이었다.

"여기 있습니다."

주은이 또다시 성의 없이 집어 든 셔츠 하나를 건네주었고 태운은 그걸 가지고 매장을 벗어났다. 그가 사라지고 나자 주은의 입에서 한숨이 흘러나왔다.

"두 분 싸우셨어요?"

홍 매니저가 흥미롭다는 듯 물었다.

"내가 저 사람, 아니 고객하고 왜 싸워?"

"에이, 아는 사람 다 알아요. 저분 점주님 남친인 거."

"뭐? 누가 그래? 저분이 내 남친이라고. 혜영이가 그래?"

"누가 말하지 않아도 싸운 남친이 점주님 기분 풀어주러 지극
정성으로 오는 게 보이거든요. 그러니까 웬만하면 좀 봐주세요.
어디서 저런 남친을 만나요? 복 받은 것도 모르고. 저번에 꽃다
발 보낸 것도 저분이시죠? 점주님이 버리라고 난리 쳤던."

주은은 홍 매니저 말에 한숨만 흘렸다. 그녀의 말이 틀린 말이
아니라 뭐라 대꾸할 게 없었다.

"저분이 저 정도의 정성을 들였으면 져주고 넘어가는 맛도 있
어야지. 그러다 땅 치고 후회해요."

홍 매니저의 말을 더 듣고 있으면 주은의 마음이 모두 무너져
내릴 것 같아 다시 창고로 돌아와 하던 일을 마무리하려 할 때 돌
려주었던 반지 케이스는 다시 그녀에게 주지 않았다는 걸 알게 되
었다.

'그 사람도 이젠 우리가 이루어질 수 없다는 걸 깨달아가고
있는 건가?'

일을 해야 하는데 그녀의 의식은 일보다 태운에게 집중되었다.

'최 변호사 말대로 많이 피곤해 보이기는 하던데……..'

다음 날 아침 출근 시간에 그녀의 현관 손잡이에는 역시나 쇼
핑백이 매달려 있었다. 주은은 그걸 집 안으로 들여놓았다. 더 이
상의 의미 없는 실랑이는 끝내야 할 것 같았다. 이런 식으로 계속
이어지는 것도 그녀에게는 피곤한 일이었다.

'이제 더는 올 일 없으니까 얼굴 볼 일도 없겠지.'

하지만 홀가분해지지 않았다. 오히려 허전함이 밀려왔다.

출근을 하고서도 심란함은 쉬이 가시지 않고 있는데 혜영이 지나가던 길에 주은을 보며 탐탐 매장으로 들어왔다.

"왜?"

"들었어?"

"뭘?"

"플레인 언니보고 매장 빼라고 했대. 재계약은 없다면서. 그것 때문에 지금 플레인 언니 열 받아서 난리야. 플레인 말고도 다른 브랜드 하나 더 뺄 거라는데 그게 탐탐 너네 아니면 포시즌이라는 말이 돌아. 너 최찬한테 뭐 들은 소리 없어?"

"없어. 빼라면 빼지, 뭐."

빚을 갚고 나니 돈 벌 의욕이 떨어졌냐며 혜영이 우스개처럼 말하고서는 매장을 벗어났다.

어쩌면 첫 번째 퇴출 대상자가 주은 자신이었을지도 모른다는 생각을 했다. 곽지윤과의 관계를 알고 있지 않았다면 뒤끝 심한 최찬이 그녀부터 내쫓고도 남았을 것이다.

하지만 이곳에 남는 것도, 떠나는 것도 의미가 없다. 이상하게 일에 관해서는 어떤 의욕도 의미도 없다. 머릿속이 뒤죽박죽 엉망이라 의욕상실의 이유도 찾을 수가 없다. 다만 가슴 한구석에서, 그리고 머릿속 한구석에서 태운이 떠다니고 있어 신경 쓰일 뿐이다.

집으로 가는 길에 허전하고 답답한 마음을 달래기 위해 근처 시장에 들러 장을 봤다. 장을 봤다고 해봐야 김치찌개를 끓이고 카레를 해 먹을 돼지고기와 소량의 채소와, 과일이 다였다. 그걸 양손에 들고 집으로 향해 가고 있었다. 아주 간단하게 시장을 봤을 뿐인데 그것도 쇼핑이라고 양손에 무언가 들려 있으니 기분이 나아지는 것 같다.

큰 골목을 지나 작은 골목으로 들어서서 두 번째 원룸 건물을 지나가는데 뒤에서 인기척이 들렸다. 좋지 않은 예감이 날카롭게 곤두서는 순간, 누군가 뒤에서 그녀를 끌어안았다. 그냥 안기만 한 것이 아니라 벌떡 선 것 같은 물건을 그녀의 엉덩이에 문지르면서 가슴을 양손으로 감싸 주무르기 시작했다.

"아악!"

비명을 지르며 양손에 든 비닐봉지들을 떨어뜨리고 몸을 빼내 뒤돌아서려는데 뒤에서 껴안았던 변태가 후다닥 도망가기 시작했다.

처음 당해보는 성추행에 충격을 받은 주은은 그 자리에 주저앉아버렸다. 온몸이 부들부들 떨려 입이 열리지 않았다. 어떤 행동을 취해야 하는지도 모르는 상황에서 달아나는 변태의 뒷모습만 보고 있었다. 그런데 누군가 막 골목을 벗어나려는 그 변태의 목덜미를 잡아채더니 땅으로 메다꽂았다.

"으윽!"

"너 오늘 잘못 걸렸어."

"왜 이래요? 내가 뭘 잘못했다고!"

오히려 변태가 소리를 지르며 고소를 하겠다고 난리를 치는 게 아닌가.

"정신이 아주 쓰레기구만!"

퍽! 퍽! 좁은 골목길에서의 작은 소란은 결국 경찰서까지 가게 되는 일로 커지고 말았다.

"저는 아무 짓도 안 했어요. 그냥 지나가는데 저 아저씨가 저를 때린 거예요."

주은의 가슴을 만지고 달아난 변태는 기가 막히게도 열아홉 고3의 남학생이었고 잘못이 없다고 딱 잡아떼고 있었다.

"우리가 얼마나 가정교육에 신경을 썼는데 그런 말도 안 되는 못된 짓을 했다는 거야? 더구나 수능이 코앞인 애를 이렇게 만들어? 내가 당신 그냥 안 놔둬!"

못된 학생이 그냥 못된 게 아니었다. 그 부모의 인격을 보아하니 그 학생이 왜 그런 짓을 하고도 뻔뻔스럽게 거짓을 말하는지 알 수 있었다.

하지만 지금은 그게 문제가 아니었다. 그 학생을 때린 태운이 고소를 당하게 생겼다. 그런데도 그는 아무 말도 하지 않고 폭행죄로 고소하겠다고 날뛰는 부모와 학생을 조용히 보고만 있었다. 변호사라는 신분을 밝히고 남학생의 잘못을 법률에 의거하여 주르르 읊어내면 끝인데 그는 말없이 앉아 있을 뿐이다. 그의 모습을 보자니 주은의 가슴이 타들어간다. 그냥 넘어갈 것 같지 않은 부모들로 인해 그가 고소를 당하는 건 아닌지 걱정이다.

"강태운 씨?"

형사가 고소를 하겠다는 그들에 맞서 할 말이 없냐는 뜻을 담아 그의 이름을 부르며 쳐다봤다.

태운이 주은을 쳐다봤다. 안타까운 시선을 보내고 있는 주은은 그에게 어서 할 말을 하라는 사인을 보내주었다. 그런 그녀를 보며 그가 결심한 듯 형사에게 입을 열었다.

"내 여자의 가슴을 만지고 더 추한 짓을 한 저 어린놈을 팬 게 죄입니까? 저 어린 녀석의 물건을 확 분질러버리려다 말았습니다."

"아니라고요! 안 했다고요!"

차분한 태운에 비해 학생은 억울하다는 듯 소리를 질러댔다.

"학생은 조용하고. 그럼 저기 성추행을 당했다는 저 여성분이 애인 되십니까?"

"네."

"맞습니까?"

형사가 주은에게 물었다. 맞든, 안 맞든 지금은 그의 편을 들어줘야 하는 상황이다.

"네."

주은의 대답이 끝나자 태운이 조용히 변태의 부모를 향해 말하기 시작했다.

"형법 제298조 강제추행에는 폭행 또는 협박으로 사람에 대하여 추행을 한 자는 10년 이하의 징역 또는 1,500만 원 이하의 벌금에 처한다고 되어 있습니다. 그리고 형법 제299조 준강간, 준강제추행에는 사람의 심신상실 또는 항거불능의 상태를 이용하여 간음 또는 추행을 한 자는 제297조, 제297조의2 및 제298조의 예에 의한다고 되어 있습니다. 두 분의 아들은 위에 해당하는 자로……."

"자, 자, 잠깐! 다, 당신 뭐 하는 사람이야?"

분위기가 심상치 않았는지 변태의 아버지가 태운에게 물었다.
태운은 지갑에서 명함을 하나 꺼내서 그에게 건넸다.

"제가 일하는 곳에 능력 좋은 송무 담당 변호사들이 많습니다. 동료 변호사의 애인을 성추행한 놈을 그냥 두지는 않을 겁니다. 아무리 미성년자라고 하더라도. 그 부모님한테도 치욕적인 불명예를 안겨드릴 겁니다. 저를 폭행죄로 고소하십시오. 우리도 강제추행죄로 고소할 테니."

"즈, 증거 있어? 어? 증거 있냐고! 어디서 앞길 창창한 우리 아들한테 추잡스러운 죄를 덮어씌우는 거야! 변호사면 다야? 내가 명예훼손죄도 추가해서 고소할 줄 알아!"

일부러 목소리를 키우는 건지, 아니면 아들 사랑이 끔찍한 건지 잠깐 당황하는 것 같던 부모들의 추태가 심해졌다.

"형사님, 그 골목에 CCTV가 있습니다. 증거물로 확보해주십시오."

"그럼요. CCTV 영상 확보해야죠."

그러자 학생의 얼굴이 하얗게 질려갔다.

"해! 해봐!"

아들의 표정이 달라졌다는 걸 모르는 부모는 아직도 아들만을 믿고 패악을 부려댔다.

"어이, 이 형사. 5번지 골목길에 있는 CCTV 두 시간 전부터 지금까지 찍힌 영상 확보해와."

"네."

지시를 받은 형사가 자리에서 일어나자 학생이 갑자기 의자에서 일어나 무릎을 꿇었다.

"잘못했어요. 잘못했어요. 다시는 안 그럴게요. 용서해주세요."

형사는 그럴 줄 알았다는 듯 아무렇지 않게 학생을 바라봤고 그 부모만이 놀라서 당황할 뿐이었다.

"얘, 왜 그래? 그걸 봐야 네가 아무 잘못이 없다는 걸 증명할 수 있는 거야. 괜히 저 사람들 저러는 거에 겁먹지 마. 변호사가 아니라 검사라도 네가 잘못이 없으면……."

"제가…… 너무…… 호기심을 주체할 수 없어서……."

수능 스트레스를 야동으로 풀던 학생은 자위로도 안 되는 호기심을 풀기 위해 길 가는 주은의 가슴을 만지고 엉덩이에 이상한 짓을 했다고 자백을 했다. 그 말을 듣고도 부모는 태운을 폭행죄로 고소하겠다고 날뛰었다.

성추행과 폭행을 두고 쌍방 고소를 하는 문제가 쉽게 해결되지 않았지만 긴 시간 후 학생의 눈물 어린 반성으로 고소는 없었던 일로 마무리되었다.

경찰서를 나와 집으로 돌아가는 길에 태운은 주은과 나란히 걸었다.

"그런 놈을 왜 용서해줬어요?"

"아직 어리잖아요. 회개의 기회를 줘야죠."

"기본 인성조차 갖춰지지 않은 쓰레기 같은 놈이 회개를 하겠어요?"

"한 번은 줘야죠. 정말 실수였고 바뀔 수 있는 아이한테 한 번의 용서도 없이 낙인을 찍는 건 너무 잔인한 거 같아서요."

"나한테도 그렇게 관용을 베풀면 안 돼요? 나한테는 왜 이렇게 잔인한 거예요?"

주은이 발걸음을 멈췄고 그녀를 따라 태운도 발걸음을 멈추고 그녀와 나란히 섰다.

"아까 골목에 있었던 거…… 집으로 오던 길이 아니라 거기에 처음부터 있었던 거죠?"

"……맞아요."

"왜 거기에 있었어요?"

"주은 씨…… 집에 잘 들어가는지 확인하려고 했어요."

"오늘만 아니라 계속 그렇게 내가 집에 들어가는 거 확인하고 그랬어요?"

"……네."

주은이 가까이 보이는 카페를 가리켰다.

"저기 들어가서 얘기 좀 할래요?"

"좋아요."

두 사람은 카페로 들어가 마주 앉았다. 하지만 누구 하나 쉽게 말을 꺼내지 않았고 주문한 커피가 반으로 줄어들 때까지 침묵만 지키고 있었다.

"태운 씨."

먼저 침묵을 깨고 말을 꺼낸 건 주은이었다.

"네."

"솔직히 태운 씨는…… 나한테 과분할 정도로 좋은 사람이에요. 그리고 지난 시간 태운 씨 덕분에 행복했어요. 앞으로 그런 시간이 과연 또 올 수 있을까 싶을 정도로. 태운 씨 볼 때마다 힘든 만큼 흔들렸어요. 다시 그때로 돌아가고 싶고, 다시 시작해서 그때처럼 함께이고 싶었어요. 그런데요…… 자신이 없어요. 그렇게 다시 시작을 했다가 강진희를 생각하면 당신을 많이 미워하고 괴롭힐 것 같아요. 정신병자처럼 이랬다가 저랬다가 하면서 태운 씨 힘들게 할 것 같아요."

"상관없어요. 날 미워해도 좋고, 미워하는 만큼 괴롭혀도 괜찮아요. 그러니까 그냥 옆에만 있어줘요. 마음 풀릴 때까지 날 가지고 무슨 짓을 해도 상관없어요. 난 주은 씨 안 보고 살 수가 없어요."

안 보고 살 수가 없다는 태운의 고백에 주은은 눈물을 쏟을 뻔했다. 그녀 역시 그를 안 보고 살 수는 없다. 항상 눈에 보여 몰랐지, 막상 하루 안 본 오늘 그녀의 상실감은 생각 이상으로 컸다. 하루로 끝날 상실감이나 공허감이 아니라는 걸 알기에 그의 고백이 공감되어 가슴으로 느껴졌다.

"태운 씨…… 시간을 좀 줘요. 내가 당신하고 강진희 사무장을 같이 보지 않기 위해서는 시간이 필요할 것 같아요. 태운 씨 잘못이 아니라는 걸 알면서도 자꾸 태운 씨하고 강진희 사무장하고 같이 보게 돼요. 시간이 필요할 것 같아요."

"시간만 주면 되는 겁니까? 그러면 우리 예전처럼 되돌아가는 거예요?"

"그건 나도 몰라요. 그냥 시간을 갖자는 말이에요."

"오래 걸리지 않았으면 좋겠어요."

주은은 자신도 그러길 바란다는 말을 하지 않았다. 그리고 오래 걸리지 않을 것 같다는 말도 하지 않았다. 대신 미소를 보여주었다. 더 많은 의미와 마음을 담아서.

두 사람은 카페를 나와 집 앞까지 걸어왔다.

"들어와요."

태운은 그 말이 그녀의 집으로 초대를 하는 말인 줄 알았다. 하지만 이내 너무 앞서 나간 자신이 부끄러워 얼굴이 붉어졌다.

"계속 밖에서 지낼 수는 없잖아요. 이렇게 좋은 집을 두고서. 그리고 제발…… 쉬면서 일해요. 밥도 먹고…… 잠도 자고…… 쉬면서!"

걱정해주는 주은의 말에 태운의 표정이 무섭게 일그러졌다.

"혹시! 최 변 만났어요? 최 변이 주은 씨 매장으로 찾아갔어요?"

"만나기는…… 했지만…… 다른 건 없었고 태운 씨 좀 챙겨주라고 했어요."

괜히 말을 잘못 꺼냈다가는 두 사람 사이에 큰 싸움이 날 것 같아 좋게 말을 했다.

"정말 그게 답니까? 다른 수작은 안 부리고?"

"네. 그날, 그러니까 태운 씨 회사로 옷을 가지고 간 날, 회사 로비에서 우연하게 마주쳤을 뿐이에요. 다른 말을 나눌 시간도 없었고요."

"최 변이 쇼핑백을 들고 왔더라고요. 그놈 말로는 안내 데스크에서 받아왔다는데 좀 불안했거든요. 그 쇼핑백을 보고 주은 씨 매장을 찾아가는 건 아닌지."

"그런 쓸데없는 걱정은 하지 마시고요, 먼저 좀 쉬세요. 얼굴이 말이 아니에요. 금방이라도 쓰러질 것 같아요."

"그럴게요. 주은 씨 말 들을게요."

"그럼 나 먼저 들어가요."

주은이 현관에 열쇠를 꽂다 말고 뒤돌아 태운을 보며 물었다.

"그런데…… 현관 번호 뭐로 바꿨어요?"

"87654321."

"아…… 쉬세요."

주은이 집으로 들어왔다.

'아, 아깝다. 맞힐 수 있었는데.'

새삼 그 번호를 맞히지 못한 게 아쉽게 느껴졌다.

주은이 들어가고 태운도 곧장 집으로 들어왔다. 그동안 집에 오지 않고 거의 매일을 회사에서 지냈다. 주은에게 자신이 집에서 지내지 않겠다는 말을 지키려는 마음도 있었지만 이 집에 오면 주은과 함께했던 시간들이 떠올라 견딜 수가 없을 것 같았다.

매일을 일에 매달렸다. 미국 현지 회사와 국내 기업 간의 M&A 자문 건으로 팀원들이 모두 바쁘다. 특히나 현지법을 잘 아는 태운이 해야 할 일이 유난히 많기는 하다. 하지만 그 일뿐 아니라 다른 팀에서 이루어지고 있는 섭외 건 중에, 영문 계약서 작성이나 검토도 자원해서 가져다 하고 있다. 그것도 빠르고 완벽하게 처리를 해서 넘긴다.

밤낮 가리지 않고 사무실에 처박혀 끼니도 거른 채 일을 하니 그럴 수밖에.

처음엔 그런 그의 일 처리 방식을 모두가 반가워했지만 시간이 지날수록 그를 걱정해주며 그가 꼭 필요한 업무 외에는 다른 업무를 맡기지 않았다.

일이 줄어들면서 시간이 남기 시작했다. 하지만 그에게 있어 주은과 함께할 수 없는 시간은 무의미했다.

'정신 차려! 사랑도 일도 제정신으로 하지 않으면 다 실패야. 그렇게 망가지려면 보이지 않는 곳에 가서 혼자 찌그러져. 그래야 어소한테 파트너 기회가 가고, 나한테…… 서주은 씨 기회가 오지.'

이죽거리는 최 변호사의 얼굴을 한 대 쳤다.

'농담 아니야. 당신 여기서 이렇게 말라비틀어질 동안 난 서주은 씨한테 작업 들어갈 수 있어. 그러니까 일과 사랑, 균형을 맞추라고! 한쪽이 틀어진다고 다른 한쪽을 찌그러뜨리지 말고!'

그 말을 듣고 정신이 번쩍 났다. 너무 질리게 자신의 방식대로만 한 것 같아 그녀에게 미안했다. 최 변호사의 말대로 균형을 맞추지 않고 너무 몰아붙였다는 생각이 들었기 때문이다.

더 이상 그녀를 찾아가는 일은 하지 않기로 했다. 그저 뒤에서 지켜봐주며 자신이 필요할 것 같을 때 다가가기로 했다. 그렇게 마음먹은 오늘 이 사달이 나고 말았다.

주은을 추행하고 도망가는 그 녀석을 볼 때는 눈에 뵈는 게 없었다. 그녀의 비명을 듣는 순간 정말 꼭지가 돌아버렸으니까. 주은이 달려와 말리지 않았으면 범죄자가 되어 있을지도 모른다.

아직도 생각하면 더 패주지 못한 게 후회된다. 아무리 그 녀석으로 인해 주은과의 사이가 좁혀졌다 해도 더 혼내주지 못해 화가 날 정도다. 그런 놈은 용서해주고 그 자신은 한 번도 봐주지 않는 주은에게 서운했다. 하지만 지금은 그런 서운함 같은 감정은 전혀 없다. 그녀와 행복한 기억들이 스며 있는 이곳이 그대로 인 것처럼 그녀도 이 집 옆에 그대로 있다. 그것만으로 다행이고 행복이다.

그동안의 긴장이 풀어지면서 쌓였던 피로감이 걷잡을 수 없이 몰려들었다. 샤워를 해야겠다는 생각과 다르게 몸은 침대로 향했고 그대로 쓰러져버렸다.

'옷도 벗고…… 샤워도 해야 하고…….'

슈트 재킷을 겨우 벗고 넥타이까지는 풀었지만 나머지는 벗어버릴 힘도 의식도 없었다. 태운은 옷을 입은 채 그대로 기절하듯 잠이 들었다.

잠결에 들리는 알람 소리가 주은의 잠을 방해했다. 아무리 잠결이라지만 알람이 울릴 시간은 아니라는 게 느껴졌다.

그럼 이 알람은 누구의 알람인가.

주은의 눈이 번쩍 떠졌다. 아련하게 울리는 알람은 벽 너머에서 들려오고 있었다. 고로 태운의 알람이 분명한데 꺼지지 않고 계속 울려대는 게 이상하다.

'볼일 보러 욕실에 들어갔나?'

듣다 못한 주은이 벽을 톡톡 쳤다.

"태운 씨!"

하지만 벽 너머에는 반응이 없다. 좀 더 세게 두드려볼까 했지만 혹시라도 그 울림이 윗집까지 타고 가는 건 아닌가 하는 걱정으로 무전기를 집어 들었다. 배터리가 방전되어 사용할 수 있을지 걱정이 되었지만 사용한 기간이나 시간이 얼마 되지 않아 이상 없어 보였다.

"태운 씨! 태운 씨! 자요? 집에 있는 거예요?"

무전기는 제 기능을 하고 있는 것 같은데 그에게서는 어떤 반응도 없다. 불안한 마음에 무전기가 아닌 휴대폰을 들어 전화를 걸었다. 이제는 알람 소리가 아닌 벨 소리가 들리는데도 받지를 않는다.

어제 분명 태운이 집으로 들어갔을 텐데 전화를 받지 않는다면…….

주은은 이런저런 생각 없이 무작정 태운의 집으로 향했다. 간단한 숫자 여덟 자리를 누르고 안으로 들어가는데 현관에 놓인 그의 구두가 먼저 보였다. 분명 집에 있는 게 맞다. 꺼지지 않은 채켜져 있는 거실 조명을 보며 주은은 안으로 들어가 테이블 위에놓은 휴대전화의 알람부터 껐다.

구석에 있는 침대 쪽을 살펴보니 그 끝에 있는 베드벤치에 그가 벗어놓은 것 같은 슈트 재킷과 넥타이가 떨어지기 직전으로 걸려 있었다. 그리고 침대 끝으로 그의 발목과 발이 보였다.

주은은 갑자기 두려움이 몰려왔다. 알람 소리도 전화 벨 소리도 그를 부르는 그녀의 목소리도 듣지 못한 채 누워있는 그에게문제가 생긴 게 분명했다.

밥도 안 먹고 잠도 안 자고 일만 했다는 그가 쓰러져 잘못된 것같아 주은은 그를 흔들어 깨어봤다.

"태운 씨, 괜찮아요? 태운 씨, 내 말 들려요?"

반응이 없다.

"태운 씨! 정신 좀 차려봐요!"

눈물이 차오른다. 잘못되면 안 된다고, 내가 잘못했으니 제발 깨어나라고 속으로 외치면서 주은은 태운을 마구 흔들었다.

"으음."

태운이 몸을 뒤척이며 반응을 보였다.

"태운 씨! 내 말 들려요?"

힘들게 그가 눈을 깜빡이며 그녀를 보았다. 하지만 정신이 돌아온 것 같지는 않다. 떠지지 않는 눈을 겨우 뜬 것처럼 그녀를 보던 태운이 미소를 지었다.

"괜찮은 거예요? 정신이 좀 들어요?"

그가 고개를 끄덕거린다.

"어디가 안 좋아요? 119 부를까요?"

태운이 고개를 젓는다. 그리고 눈을 감은 채 그녀를 잡아끌어 품에 안았다.

"난 괜찮아요. 이렇게 옆에 있어줘요."

잠꼬대를 하는 것 같은 목소리로 말하고 그는 잠에 빠진 것처럼 고른 숨소리만 내고 있었다.

후두두, 그녀의 눈물이 떨어졌다. 그에게 모질게 굴었던 자신이 미워서이기도 하고 그가 어떻게 될까 하는 두려움이 아직도 가시지 않아서이기도 하다.

잠깐이지만 너무도 두렵고 무서운 순간이었다. 그가 어떻게 될 것 같은 그 순간에도 세상이 끝난 것처럼 앞이 캄캄한데 실제로 그가 그녀 곁에서 사라진다면 어떨까? 생각만으로도 가슴이 미어진다.

이토록 소중한 사람인 줄 모르고 화만 내고 있었다니. 자신 때문에 이토록 아파하고 힘들어하는 사람을 사랑으로 받아들이지 못하고 거부하고 있었다니. 결국은 그녀 자신이 더 많이 사랑하고 더 많이 원했으면서.

왜 그런 마음이 태운을 이 지경으로 만든 지금에서야 느껴지는지, 후회의 눈물은 그칠 줄 몰랐다.

"태운 씨."

대답이 없다. 편한 표정에 숨소리마저 편하게 느껴지고 있는 것이 자는 모양이다.

"미안해요. 당신 너무 아프게 해서."

그의 얼굴을 살며시 어루만지며 그녀가 속삭였다.

"사랑해요."

그의 품에서 빠져나와 자신의 집으로 돌아가야 하는데 이상하게 그에게서 떨어지기 싫다. 늘 그의 품에 있었던 것처럼 익숙하고 편안하고 포근해서 벗어나고 싶지 않다. 그의 소중함과 사랑을 알아버렸으니 이젠 한시도 그와 떨어지고 싶지 않다.

그래서 잠깐 누워 있다가 갈 마음이었다. 그런데 눈을 떠보니 그의 침대를 차지하고 자고 있었다. 더구나 그가 모로 누워 그녀를 감상하듯 쳐다보고 있어 주은은 버둥거리며 일어나려 애를 썼다. 하지만 그런 그녀를 태운이 다시 눕혔다.

"더 자요. 아직 새벽이에요."

"아니요…… 가야죠. 내가 왜…… 저기, 태운 씨 상태가 괜찮은 것만 보고 가려고 했는데……."

쪽. 그가 그녀의 입술에 입을 맞췄다.

"자는 거, 아이같이 예쁜 거 알아요?"

"괜찮은 거예요? 어젯밤 어떻게 된 건지 기억나요? 어떻게 전화 벨 소리도 못 듣고, 누가 집에 들어오는지도 모르게 잘 수가 있어요? 그동안 얼마나…… 잠을 안 잤으면……."

"이렇게 주은 씨가 내 침대로 들어오는 행운이 일어났는데 잠안 잔 게 대수입니까?"

"지금 그런 말이 나와요? 누구는 무서울 정도로 걱정돼서 심장 떨어지는 줄 알았는데. 정말 괜찮은 거죠? 어디 건강에 이상있는 건 아니죠?"

"보다시피, 멀쩡해요. 주은 씨 말대로 며칠 잠을 못 자서 그런거였어요. 그런데 기분 좋다. 주은 씨가 걱정해주는 거."

"한 번만 더 이런 일 있으면 그때는 걱정이고, 뭐고…… 읍."

태운이 그녀의 입술을 키스로 막으며 몸 위로 올라왔다.

"하고 싶어."

쿵. 그녀의 심장이 내려앉는다. 그의 뜨거운 눈빛과 반말에 내려앉은 심장이 이번에는 세차게 뛴다.

그의 품이 자신의 안식처였다는 생각이 들었다. 그의 품을 떠나 이제는 살 수 없을 것 같다. 예전보다 더 포근한 그의 품 안에 영원히 머물고 싶어졌다.

안식처 안에서 이젠 더 이상 그에게 이런 자신의 사랑과 감정을 숨길 필요가 없다. 앞으로는 거짓 없이 오직 자신의 감정과 마음에 충실하기로 했다.

"나도."

주은이 떨리는 목소리로 대답했다.

주은이 그가 입고 있는 셔츠의 단추를 풀기 시작했다. 거절당할 줄 알고 있었던 태운은 자신의 셔츠를 벗기고 있는 그녀의 손을 끌어다가 손바닥에 입을 맞췄다.

주은은 그의 그런 행동에서 깊은 느낌을 전해 받았다. 그가 그녀를 소중하게 아낀다는 것, 지금 그가 그녀에게 고마워한다는 것.

손바닥에서 시작된 입맞춤이 그녀의 팔목으로 이어졌고 팔목에서 목으로 옮겨갔다. 그녀를 그리워했던 만큼 깊은 키스를 하며 목에서 쇄골을 거쳐 가슴으로 내려가는 동안 그의 입술이 닿았던 그녀의 흰 피부에는 붉은 자욱이 선명하게 찍혔다.

"그리웠어. 미치도록."

그녀가 아닌 그녀의 몸이 그리웠던 것처럼 그녀의 몸을 탐하는 손길은 이미 그녀의 여성을 집요하게 지분거리고 있었다.

그녀도 마찬가지였다. 강태운 그 남자가 그리웠을 뿐인데 지금 이 순간은 그의 손길과 그의 남성을 그리워했던 것처럼 그를 원하고 있다. 얼른 그가 몸 안으로 들어와 몸 구석 어디인지 모를 곳에서 일어나고 있는 갈증을 해갈해주길 바라고 있었다.

그녀의 그런 마음이 몸으로 전달되었는지 젖을 대로 젖은 그녀의 여성에 입을 맞춘 태운이 그대로 삽입을 했다. 그녀의 양쪽 다리를 자신의 팔뚝에 걸고 허리를 움직이기 시작하자 주은에게서 고양이 소리와도 비슷한 여린 신음이 새어 나왔다.

"아으응."

태운의 고개가 뒤로 젖혀지고 허리 역시 뒤로 휘었다. 그의 남성을 빨아들이고 조이는 주은으로 인해 앞에 안 보일 만큼 황홀하다.

"하아…… 하아아."

뜨겁고 거친 호흡과 숨결을 토해내던 태운은 사정을 미루기 위해 그녀에게서 남성을 빼냈다. 그리고 자세를 바꾸기 위해 그녀를 자신의 허벅지 위에 앉혔다.

주은이 그의 남성을 손으로 살살 쓸어주다가 자신의 몸 안으로 들여보내고 이번에는 그녀가 허리를 움직였다. 천천히 돌리기도 하고 허리를 앞뒤로 튕기기도 하다가 엉덩이를 들썩이기도 했다.

"으으읏…… 하아……."

"흐으응…… 아응."

주은의 허리를 단단히 붙잡은 그가 그녀의 가슴에 머리를 묻고 배고프고 굶주린 어린아이처럼 세차게 빨았다. 유두에서 느껴지는 찌릿찌릿한 감각에 그녀의 허리가 더 빠르게 들썩였다.

태운은 주은의 빠른 허리짓에 더는 참을 수 없는 단계에 와있음을 느끼고 그녀를 침대로 빠르게 눕히고 그 마지막 절정을 향해 거칠고 빠르게 허리를 튕겼다.

"아아훗…… 으으윽…… 하!"

동시에 느낀 절정의 그 마지막까지 함께하려는지 두 사람은 떨어지지 않고 그대로 서로를 보듬어 안은 채 숨만 고르고 있었다.

"우린…… 떨어져 있으면 안 돼. 이렇게 완벽하게 잘 맞는데…… 이렇게 원하는데. 주은 씨, 우리 절대 떨어지지 맙시다. 나 더 이상 미친 사람처럼 살고 싶지 않아요."

주은은 태운의 목을 끌어안았다.

"이제 당신 안 떠나요…… 아니, 태운 씨 당신이 나를 못 떠나게 꽉 잡고 있을 거예요. 나도 더 이상 당신 없이 외롭게 살고 싶지 않아요."

태운이 상체를 들어 주은의 눈을 바라보았다. 거짓 없이 온전히 사랑하는 눈빛이 서로를 향해 있었다.

"하, 이런 게 미친 사랑이라고 하는 건가 봐요? 내가 당신 안에 있는데도 또 갖고 싶고, 보고 있어도 또 보고 싶고."

"그 맘…… 변하지 않았으면 좋겠네요."

"절대! 안 변해…… 절대."

맹세의 낙인을 찍듯 태운이 주은의 입술에 자신의 입술을 누르며 키스를 해왔다.

주은은 그의 마음이 어떤 것인지 알 수 있다. 그녀도 그처럼 태운이 옆에 있음에도 더 따뜻하게 안아주고 늘 자신과 같은 시선으로 계속 바라봐주길 바라고 있다.

"사랑해요."

입술을 뗀 주은이 그의 귓가에 속삭였다.

"아!"

태운의 탄성과 함께 아직 그녀 몸 안에 있는 그의 남성이 단숨에 반응을 하며 그녀의 몸을 채웠다.

"느껴지죠? 사랑한다는 말에 내가 어떻게 되는지…… 사랑하니까 책임져야지. 당신도, 나도."

또 한 번 뜨거운 열기가 13평 반지하를 가득 채웠다.

10. 이웃 아닌 연인

5층 캐주얼 매장의 전 브랜드 회식이 잡혔다. 즐거운 회식이 아니라 본의 아니게 나가는 두 개의 브랜드의 송별식이었다.

한 개 브랜드는 계약기간 만료로 어쩔 수 없이 나가게 되는 거지만 '포시즌'이라는 브랜드는 계약 기간과 상관없는 퇴출이라 회식하는 날이면서도 매장 전체의 분위기는 별로 좋지 않다.

더구나 흉흉하게 도는 소문으로 주은의 처지가 난처해 회식에 참여해야 하는지 고민 중이다.

처음 돌았던 소문은 두 개의 퇴출 브랜드는 '플레인'과 '탐탐'이라는 말이었다. 왜냐하면 그 두 개의 브랜드가 모두 계약 기간 만료이기 때문에 퇴출일 것도 없이 라이프 몰에서 재계약 거절 의사만 보이면 그냥 나가야 하는 상황이었다.

첫 번째로 플레인이 재계약 거부 의사를 듣고 매장을 빼야 하는 상황이 되었다. 이렇다 저렇다 해도 기본 고객이 확보된 아울렛 백화점은 브랜드 본사가 허접하지 않으면 기본적인 매출은 보장된 곳이다. 아무리 계약 기간이 다 되었다고 해도 특별한 게 없으면 거의 함께 갔었는데 자사 브랜드를 넣기 위해 내보내는 상황이 불만이 되어버렸다.

플레인에 이어 두 번째 퇴출 대상이었던 주은도 마음의 준비를 하고 있었다. 최찬과의 감정적 문제도 있었기에 당연히 탐탐일 거라 여겼는데 의외로 다른 브랜드에게 퇴출 명령이 떨어졌다. 이유는 매출 부진과 잦은 컴플레인이었다.

그런데 모두가 그렇게 생각하고 있지 않았다.

'탐탐이 최찬 구워삶은 거 아니야? 지 좋아하는 거 이용해서 탐탐은 남아 있고 포시즌이 빠지는 거 아니냐고?'

'거들떠보지도 않더니? 그리고 탐탐 애인 있다던데? 끝내주게 잘생긴 애인 있대.'

'그러니까, 탐탐이 승무원 출신이라고 내세우면서 남자를 잘 후리고 다녔나 보더라고. 그러다 급하게 생겼으니까 최찬 한 번 후렸겠지.'

'아무리 매출이 우선이라지만 탐탐하고 포시즌하고 차이가 나면 얼마나 차이가 나겠니? 그리고 그 차이가 라이프 몰 경영에 얼마나 영향을 주겠니? 그런데 다른 입점업체들한테 욕을 들어가면서 골치 아프게 계약 기간도 안 된 브랜드를 내보내는 이유가 뭐가 있겠냐고? 빤한 거야. 탐탐이 최찬한테 로비 들어가고 최찬이 총괄 매니저한테 아부 좀 하고, 총괄은 제 권위로 결정하고 위에서는 실무자들의 의견을 받아들인 거고.'

돌고 도는 말의 결론은 주은이 최찬을 유혹해 위기를 벗어났다는 거고, 심지어 같이 호텔에 갔다는 말까지 돌았다.

주은은 대응을 할까 싶었지만 말 많은 여자들이 그녀의 그런 대응을 가지고 또 다른 말을 만들어낼 것이라는 걸 안다. 그리고 그들과 섞여 그게 아니다, 하는 말을 하고 싶지 않았다. 마치 그들을 위해 구차한 변명을 하는 것 같아 싫었다.

최찬에게 가서 왜 계약 기간이 끝나가는 자신이 아니고 다른 브랜드가 되었는지 이유를 묻고 싶기도 했다. 하지만 그 모든 것이 소문을 키울 것 같아 말았다.

이런 결과가 나올 때까지 아무것도 하지 않은 것처럼 주은은 계속 아무것도 하지 않기로 했다. 자신이 떳떳하지 못할 이유가 없으니 나설 필요도 없다는 생각이 들었지만 가끔 욱하고 올라올 때는 참을 수가 없어 신경이 예민해지곤 했다.

하지만 오늘 회식 자리에 가는 건 신경이 쓰였다. 그 자리에서 분명히 좋지 않은 시선들이 자신에게 쏟아질 테고 또 몇몇 이상한 성격의 소유자들은 그녀를 앞에 두고 보란 듯이 씹어댈 게 뻔하다. 그걸 앞에서 그냥 보고만 있을 수는 없을 것 같다. 참다 참다 자신이 폭발해버리면 일이 더 커질 수도 있다.

여러 가지로 심란해 있는 주은은 일이 손에 잡히지 않았다. 그나마 자신의 직원으로 뭐가 진실인지 알고 있고 다른 직원들에게 주은을 적극적으로 보호해주고 있는 홍 매니저와 함께 소소한 수다를 떨고 있을 때였다. 매장 안으로 손님이 들어오고 있었다.

"안녕하십니까? 어서 오십시오, 고객님."

홍 매니저가 매장 안으로 들어오는 손님을 먼저 발견하고 응대

멘트를 날리며 앞으로 나갔다. 그러나 주은은 매장으로 들어오는 진희를 보며 자신의 눈을 의심하고 있었다.

'저, 저 여자가…… 여기가 어디라고?'

홍 매니저에게 미소를 보인 진희가 주은에게 다가왔다.

"주은 씨, 오랜만이지?"

"여기는 왜 왔어요?"

날카로운 주은의 표정과 말투가 진희에게 향했다.

"잠깐 시간 내줄 수 있어?"

"아니요."

"태운이는 내가 여기 온 줄 몰라. 주은 씨한테 할 얘기가 있어서 온 거야. 잠깐 시간 좀 내줘."

"있어도 내주고 싶지 않아요. 그냥 돌아가세요."

"사과하러 왔어."

진희를 만나면 머리채를 휘어잡고 흔들려고 했다. 남편의 내연녀에게 조강지처들이 하듯 그렇게 머리채를 잡고 질질 끌고 다니며 유부남을 만나 가정을 파괴한 범죄자라고 창피를 주고 얼굴 들고 다니지 못하게 만들고 싶었다. 그러나 막상 얼굴을 보니 속만 부글거릴 뿐 아무것도 할 수가 없었다. 어쩌면 그녀가 태운의 누나여서인지도 모르겠다.

서 있는 진희를 무시하고 제품을 정리하는 주은에게 진희의 말이 들려왔다.

"그때는 내가 너무 절박했어. 내 사랑만 중요했고 그 사람을 잃는다는 게 너무 두려웠어. 그래서 주은 씨한테 못된 짓을 했어. 그게 벌 받을 무서운 죄라는 것도 모르고."

홍 매니저가 흥미로운 표정으로 진희의 말에 귀를 기울이고 있는 모습이 보였다. 직원에게 자신의 지난 과거를 보이고 싶지 않아 주은은 비상계단으로 진희를 데리고 왔다.

"혹시 태운 씨가 사과하라고 시켰어요?"

"맞아. 태운이가 가서 주은 씨한테 사과하라고 했어. 하지만 태운이하고 상관없이 내가 온 거야. 얼마 전에 태운이가 무섭게 화를 냈어. 그 애가 화를 내는 모습은 두 번째였는데 그게 다 주은 씨 때문이었고 너무 무서워서 다시 보고 싶지 않을 정도야. 태운이가 그러더라고. 네 사랑이 절실하고 소중해서 지키고 싶었다면 남의 사랑도 소중한 걸 알라고. 그 말이 가슴을 때렸어."

"사과하기에 너무 늦었다는 생각 안 들어요?"

"늦었지만 더 늦지 않아 다행이라고 생각해. 주은 씨…… 미안해."

진희가 주은 앞에서 무릎을 꿇었다. 생각지도 못한 진희의 행동이 당황스러웠지만 주은은 그녀를 그대로 두었다.

"태운이는 잘못 없어. 다 내 죄고 내 잘못이야. 나를 용서하지 않아도 좋아. 하지만 태운이는 받아줘. 제발……."

주은은 그런 진희를 가만 바라보았다.

"솔직히 용서할 마음 없어요. 하지만…… 태운 씨는 잡을 거예요. 하지만 내가 강진희 씨의 사과를 받아들일 마음이 들 때까지는 그쪽 얼굴 안 보고 싶어요. 돌아가세요."

주은은 진희에게 매몰차게 말하고 매장으로 돌아왔다. 이상하게 태운이 무척이나 보고 싶었다.

삼겹살집 하나를 빌려 이루어진 회식은 와자지껄 시끄럽기만 했다. 고기 굽는 소리, 건배를 하며 잔을 부딪치는 소리, 일 이야기를 하는 수다로 회식 장소는 시장만큼이나 소란스러웠다.

혜영의 손에 이끌려 어쩔 수 없이 자리를 차지하고 앉았지만 그 마음은 편치 않다.

처음엔 별 탈 없이 무사하게 흘러가는 것 같던 분위기가 포시즌 점주의 주사로 인해 흐트러지기 시작했다.

"어이, 최찬! 말 좀 해봐. 왜 하필 우리야? 계약 기간이 남은 우리가 나가고 계약기간 끝나는 탐탐은 왜 남는 거냐고! 너 탐탐하고 뭐 있지?"

포시즌 점주의 말은 취기로 인해 나오는 실수가 아닌, 이젠 봐도 아쉬울 것 없는 사이가 되었으니 막 나가보자는 심사로 보였다. 당사자인 최찬은 물론이고 멀리 떨어져 앉은 주은까지 얼굴이 심하게 일그러졌다.

"그만하시죠? 포시즌 점주님."

최찬이 인상을 쓰며 불쾌한 티를 냈고 순식간에 분위기가 가라앉았다.

"뭘 그만해? 아는 사람은 다 아는데. 당신이 탐탐 좋아하다 차였는데 탐탐이 아쉬우니까 너 잡았다는 거, 아는 사람 다 알아!"

"그만하라고 할 때 그만하라고요! 경곱니다. 그만하세요!"

하지만 이미 꼬일 대로 꼬이고 마음이 상한 포시즌은 그런 최찬의 경고 따위는 들리지 않았다.

"왜? 찔리나?"

그녀의 주사가 심해지자 주위에서도 말리기 시작했다.

"포시즌 언니 취했나 보다? 그만해, 언니."

하지만 라이프 몰에서 나가야 하는 그녀로서는 무서울 것도, 눈치 봐야 할 것도 없으니 더 막 나가려는 듯했다.

"내가 틀린 말 했어? 야, 당신들도 그렇게 알고 있고 그렇게 말했잖아? 그래놓고 왜 아닌 척 나를 말려?"

주은은 자신과 최찬을 한 번 더 입에 올리면 그녀의 얼굴에 물이나 술을 끼얹어주고 그 자리를 박차고 나오려 했다. 그런데 최찬이 먼저 자리에서 벌떡 일어났다.

"포시즌 점주님, 지금부터 하는 얘기 잘 새겨들으세요. 포시즌 점주님뿐 아니라 여기 계신 모든 분들도 들으십시오. 저는 탐탐 점주님과 아무 사이 아닙니다. 두 달 후에 결혼할 여자가 있습니다. 그리고 탐탐 점주님도 만나는 분이 계시고요."

"웃기시네!"

포시즌 점주의 말에 최찬이 눈을 부라리며 그녀에게 가까이 다가가 하던 말을 계속했다.

"탐탐 점주님 애인이 변호사입니다. 우리나라 다섯 손가락 안에 드는 로펌 변호사. 이틀 전 그분을 만났는데 그러시더군요. 형법 제307조에 의하면…… 음……."

생각이 안 나는지 말을 잇지 못하던 최찬이 휴대폰을 꺼내 무언가 찾아내어 읽기 시작했다.

"그러니까 형법 제307조에 공연히 사실 또는 허위의 사실을 적시하여 사람의 명예를 훼손함으로써 성립하는 게 명예훼손죄라고. 본죄에 있어서 그 적시방법은 구두로 나타내는 것도 포함한답니다. 명예훼손죄의 형은 2년 이하의 징역이나 금고 또는

500만 원 이하의 벌금이랍니다. 강 변호사님, 즉 탐탐 점주님의 애인 되시는 분이 허위사실로 서주은 씨의 사회적 가치와 평가를 저하시킨 사람들은 모두 고소하겠다는데…… 감당되시겠습니까, 포시즌 점주님? 그 소문을 들은 그분의 흥분 상태에서는 절대 합의란 없을 것 같던데 말입니다."

포시즌 점주만 입을 다물고 멍하니 최찬을 바라보고 있었고, 다른 사람들은 자기들끼리 수군덕거렸다.

"얼마나 그 소문에 기가 막혔으면 나를 다 찾아왔겠습니까? 그 자리에서 다 고소해버리겠다는 거 겨우 말렸는데, 이런 식으로 나오면 나도 가만 안 있습니다."

"지, 지금…… 나, 나를 협박하는 거야? 고소하겠다고? 이, 이건 협박죄 아닌가?"

"마음대로 하십시오, 그럼. 점주님은 협박죄로 고소하시면 되겠네요."

얼굴이 붉어진 포시즌 점주는 냉수만 마셔댔고 아무도 그녀의 상태를 살피거나 챙겨주지 않으니 먼저 일어나 나가버렸다.

그렇게 뭔가 터질 것처럼 아슬아슬하던 분위기가 가라앉고 다시 끼리끼리 담소를 나누는 분위기가 이어졌다.

"탐탐 애인이 변호사였어?"

"어떻게 변호사를 잡았어? 능력 좋아."

"하여튼 여자는 예쁘고 봐야 돼."

하지만 그 말들이 주은에게는 들리지 않았다.

'최찬을 만났다고? 태운 씨가? 어떻게? 그 소문은 어떻게 알고?

풀리지 않는 수수께끼 같은 문제를 안고 끙끙거리던 주은에게 혜영이 조용히 말을 걸어왔다.

"너 진짜 남자 하나 잘 만났어."

주은은 혜영의 말을 태운이 변호사라는 직업을 가지고 있기에 하는 말이라 생각했다. 하지만 기가 막힌 말이 혜영에게서 흘러나왔다.

"이틀 전에 태운 씨가 찾아왔었어."

"태운 씨가 너를?"

그가 혜영을 찾아간 이유와 두 사람이 나눈 대화를 듣기 위해 주은은 혜영을 데리고 밖으로 나왔다.

"어떻게 된 거야? 태운 씨가 널 왜 찾아왔대?"

"그게……."

누구는 계약이 만료되어 나가고, 누구는 계약 기간과 관계없이 나가야 하고. 그 사이에 주은은 안 좋은 소문에 시달리고. 그로 인해 혜영의 속도 뒤숭숭하고 심란했다.

최찬과 주은의 관계, 태운과 주은의 연애 사실을 알고 있기에 나서서 진실을 말해도 혜영은 주은 편이라 생각하며 그녀의 말을 들어주는 이는 없었다.

'내 맘이 이 정도인데 주은이 쟤 속은 어떨까? 겉으로야 멀쩡한 척하지만…… 속 꽤나 시끄러울 텐데…….'

손님도 없는 매장에 멍하니 서서 주은 생각을 하고 있을 때, 전화벨이 울렸다.

"감사합니다. 라이프 몰 코드원입니다."

-수고하십니다. 매니저님과 통화를 하고 싶은데요.

"제가 숍매니저입니다. 말씀하세요.

-안녕하십니까? 서주은 씨 옆집 남자, 강태운입니다.

"어머! 강태운 씨가 어쩐 일로……?"

-잠깐 만나 뵐까 하는데, 시간 어떠세요?

"저를요?"

강태운이라는 남자가 전화해온 사실도 놀라고 당황스러운 일인데 만나자고 하니 괜히 겁이 났다.

-네. 지금 지하 커피숍에 와있습니다. 기다리고 있을 테니, 부담 갖지 말고 편하실 때 내려와서 만나주셨으면 합니다.

"무슨 일인지 대충이라도……."

-무슨 일이겠습니까? 주은 씨 일이죠.

그때까지만 해도 혜영은 즐거운 상상을 하고 있었다. 청혼을 하기 위해 도움을 받으러 왔을 거라는 확신에 차 있었다. 그래서 들뜨고 기쁜 마음에 당장 내려가겠다며 그를 만나러 갔었다. 하지만.

"매장에 무슨 일 있습니까?"

혜영에게 묻는 그의 표정에는 주은에 대한 걱정이 가득 들어차 있었다. 그럴 리 없겠지만 그가 매장에 돌고 있는 소문을 들은 건 아닌지 가슴이 철렁했다.

"왜요? 주은이가 뭐라고 해요?"

"뭐라고 했으면 찾아오지 않았겠죠? 단도직입적으로 묻겠습니다."

이 남자, 잘생긴 데다가 목소리도 좋고 자상하고 따뜻한 남자인 줄 알았다. 그런데 냉정한 눈빛으로 사람을 뚫어지게 바라보는 시선에서 섬뜩함이 느껴질 정도다. 변호사가 아니라 취조 전문 검사가 아닌가 싶다. 주은에게 다시 생각해보라는 말을 하고 싶을 만큼이나 화가 난 것 같은 그가 무서워 보였다.

"라이프 지라시가 뭡니까?"

혜영은 심장이 멎는 기분이었다. 라이프 지라시라는 말을 꺼낼 정도면 태운이 주은의 소문에 대해 어느 정도 안다는 말일까?

혜영의 머리가 복잡해졌다.

"증권가 지라시처럼 이곳, 라이프 몰에 떠도는 스캔들 같은 걸 말하는 겁니까?"

"……네."

강태운이라는 남자는 속인다고 해서 속아줄 남자가 아니다. 그걸 느낀 혜영은 그가 묻는 대로 솔직하게 대답해주기로 했다.

"그 안에 도는 주은 씨 소문은 뭡니까?"

혜영은 망설였다. 솔직하게 말하기에는 도가 지나쳐 그에게 알려주기도 민망한 것이다. 혹여 그가 그 소문에 대해 주은의 행실을 의심할 수도 있는 일이 아닌가.

"라이프 지라시는 어떻게 아셨어요?"

대답을 하기 전 혜영이 조심스럽게 물었다.

"주은 씨가 민주 씨하고 통화하는 걸 우연히 들었습니다. 증권가 지라시보다 더한 라이프 지라시에 자기 얘기가 돈다고. 꿀릴 게 없어 본인은 신경도 안 쓰는데 그게 기정사실화 되어가는 게 짜증 난다는 말을 들었는데 도저히 그냥 넘길 수가 없어서요. 확인되지 않은 악성 루머를 퍼뜨리는 건 범죄입니다. 더구나 그 당사자가 주은 씨인데 제가 그냥 있을 것 같습니까? 도대체 누가 어떤 의도로 무슨 루머를 퍼뜨리고 다닌 건지 말씀해주십시오."

혜영은 주은을 사랑하는 태운의 마음에 믿음이 갔다. 저 정도의 마음과 의지를 가진 남자라면 주은을 진흙탕에서 구해줄 수 있다는 생각에 혜영은 모든 걸 그에게 알려주었다.

"알겠습니다. 우리 주은 씨 혜영 씨가 잘 챙겨주십시오."

그렇게 말하고 태운은 돌아갔다.

회식이 끝나갈 즈음 태운에게서 문자가 들어왔다.

[데리러 갈 테니까 끝날 때 전화해요.]

늦은 밤 혼자 귀가할 그녀가 걱정되어 보내온 문자라는 걸 안 주은이 바로 태운에게 전화를 했다.

"어디예요?"

―음…… 주은 씨 회사 근처.

"응? 진짜?"

―2분 대기조로 있어야 할 것 같아서.

"언제부터 이 근처에 있었어요?"

―얼마 안 됐어요. 끝나가요?

"네. 일어나려고요. 정문으로 갈게요."

―빨리 와요.

사람들과 헤어지고 정문 앞으로 오자 그의 차가 대기하고 있었다. 주은이 그의 차에 올라탔다.

"음주 측정하겠습니다."

뜬금없는 말을 던진 태운이 그녀의 입술을 겹쳐왔다. 그녀의 입술부터 시작해 타액마저 모두 마셔버릴 듯 깊은 키스를 끝낸 후에 입술을 뗐다.

"혈중 알코올 농도 수치가 위험 수위를 넘은 것 같은데요. 한 달 음주 정지 수준입니다."

주은이 살며시 찡그리며 말하는 그를 보며 까르르 웃었다.

"뭐 하는 거예요? 그러다 벌금도 때리시겠어요?"

"당연하죠. 벌금 들어가야죠."

"예?"

"매일 밤 두 번씩."

"……아니, 이 아저씨가!"

"어허, 거부하면 할증 들어갑니다. 세 번!"

장난기 넘치는 태운의 얼굴을 보며 주은이 피식 웃고 말았다.

택시를 잡아야 하는 번거로움, 집까지 안전하게 갈 수 있는지에 대한 불안감 없이 그와 함께 집으로 가는 길은 너무도 편안하고 행복했다.

"태운 씨."

의자 깊숙이 몸을 묻고 머리를 기대어 있는 주은이 눈을 뜨지 않은 채 태운의 이름을 불렀다.

"네?"

"고마워요."

태운은 그녀가 고마워하는 이유를 묻지 않았다. 그녀 곁에 있는 자신의 존재를 알아주는 것만으로 그가 고마웠기 때문이다.

"혜영이까지만 가지…… 왜 최찬까지 만났어요?"

"만나려고 만난 게 아니었어요. 우연히 만났는데…… 나한테 딱 걸린 거지."

갑자기 태운이 웃기 시작했다. 그의 웃음소리에 주은이 눈을 뜨고 몸을 세워 그를 쳐다보았다.

"그 남자…… 제대로 코 꿰게 만들었습니다."

"네?"

혜영과 만나고 돌아가기 위해 주차장에 내려갔을 때였다. 자신의 차가 세워진 곳으로 가는 길 한 곳에 주차되어 있던 차 조수석에서 여자한 명이 내렸다. 별로 신경 쓸 일 아니라 태운은 자신의 차에 올랐다. 그리고 시동을 걸려고 하는 순간.

"그래서 아이를 낳겠다는 거야?"

주차장을 울리는 남자의 커다란 목소리에 소리 나는 곳으로 시선을 돌리니, 낯익은 남자가 차에서 내린 여자를 향해 화난 얼굴로 소리를 지르는 게 아닌가.

"아이를 낳는 걸로 나를 잡을 수 있다고 생각해? 네 인생이 끝나는 일이야. 난 절대 아이 때문에 너를 선택하지 않을 거니까, 잘 생각해!"

"걱정하지 마! 너 없이도 이 아이 잘 키울 수 있으니까! 네 인생 안 건드릴 테니까 걱정하지 말고 네 갈 길 가!"

여자가 울먹였다. 그러나 최찬은 그녀 가까이 다가와 그녀의 손목을 잡아챘다.

"병원 가! 당장 가자고!"

"싫어!"

태운의 인상이 구겨졌다. 이미 다른 여자와의 사이에서 아이까지 생겨버린 저런 놈이 주은의 루머에 당사자라니. 피가 거꾸로 솟고 있는 기분이다. 그런데.

"소문 못 들었어? 나는 이미 서주은하고 그렇고 그런 사이라고 소문

난 거. 소문 때문이라도 서주은은 나한테 오게 되어 있어. 안 오면 소문을 더 부풀려서 나한테 오게 만들 거야. 그러니 너는 그만 떨어져."

"서주은이 소문 무서워서 널 거들떠 볼 여자로 보이니?"

"그렇게 만들 거라고. 소문 무서워서 나한테 오지 않으면 안 되게. 서주은만 바라보던 내가 널 임신시켰다고 하면 누가 믿을 것 같아. 정신 차려! 너만 손해야. 네 인생만 끝나. 나야, 여기 나가도 갈 곳 있고 할 것 많지만 넌? 넌 그냥 미혼모 딱지 달고 사는 거야."

"이봐!"

소리를 지르며 흥분한 최찬의 목소리보다 더 조용한 목소리임에도 불구하고 움찔하게 만드는 힘이 있었다.

"다, 당신은……."

"다시 한 번 말해봐."

"뭘…… 다시 말하라는 거야?"

태운이 그에게 바짝 다가서 그의 멱살을 잡았다.

"잘 들어. 형법 제307조에 공연히 사실 또는 허위의 사실을 적시하여 사람의 명예를 훼손함으로써 성립하는 게 명예훼손죄야. 본죄에 있어서 그 적시방법은 구두로 나타내는 것도 포함하고 있지. 명예훼손죄의 형은 2년 이하의 징역이나 금고 또는 500만 원 이하의 벌금이고. 라이프 지라시에 돌고 있는 루머로 인해 서주은의 사회적 가치와 평가를 저하시킨 사람들은 내가 모두 고소하려고 하거든. 절대 합의란 없어. 그 첫 상대가 당신인 것 같은데…… 준비하고 있어."

아주 낮은 목소리로 무서운 경고를 날린 태운이 그에게서 손을 뗐다. 겁에 질려 멍하니 서 있던 최찬이 차에 오르려는 태운을 잡아 세웠다.

"나도 피해자예요. 나도 그 루머하고는 상관없이 깨끗한데, 서주은 점주님하고 아무 사이 아닌데…… 직원들이 그렇게 소문을 낸 거라고요."

"피해자? 소문을 더 부풀려서 서주은을 어떻게 해보려는 가해자 아니었나? 내가 분명 그렇게 들었는데…… 저기 저분, 당신의 아이를 가진 저분한테 네가 한 말을 내가 들었거든. 물론, 투철한 직업 정신에 의해 여기 녹취도 했고."

녹취는 하지 않았지만 태운은 자신의 휴대폰을 최찬 앞에서 흔들었다. 최찬의 얼굴이 하얗게 질려갔다.

태운은 명함을 하나 꺼내 여자에게 건넸다.

"저도 고소를 하겠지만 아이와 관련하여 저 남자에 대한 처벌을 원하시면 저한테 연락 주십시오. 낙태는 엄연한 불법이고 처벌 대상입니다. 그리고 법적인 처벌 이전에 자신의 핏줄을 거부하는 저런 인간은 이 사회에서 매장되어야 한다고 생각하는바!"

태운의 시선이 최찬을 향했다.

"당신은 내가 무슨 수를 써서라도 매장할 거니까, 준비하고 있어!"

차에 오르려는 태운을 그가 다시 잡았다.

"얘기, 얘기 좀 해요."

그렇게 태운을 잡고 자신의 잘못을 인정하고 사정하는 최찬에게 회식 자리에서 서주은이 아닌 곽지윤과의 관계를 밝히고 라이프 지라시의 악성 루머에 대한 태운의 생각과 말을 전하라고 했다.

그런 사연을 들은 주은이 피식 웃었다.

"곽지윤한테 코 뀐 게 아니라 내가 보기에는 태운 씨한테 코 뀐 거 같은데요."

"누가 중요합니까? 정신 차리고 사는 게 중요하지. 생긴 건 멀쩡해가지고."

그러는 사이 두 사람은 집에 도착했다.

"벌금은 언제부터 정산할까요?"

짓궂게 웃으며 말하는 태운의 말뜻을 주은은 처음엔 알아듣지 못했다.

"하루 두 번."

"아, 정말!"

주은이 얼굴을 붉히며 진저리를 쳤다.

"오늘은 주은 씨 피곤한 것 같으니까, 그냥 넘어갑니다. 내일부터는 봐주는 거 없어요."

태운은 아쉽지만 현관 앞에서 그녀를 먼저 들여보냈다.

'문 앞에서 각자 집으로 들어가야 하는 이 상황이 얼마나 고문인 줄 압니까? 이런 고문을 수시로 하는데 그런 핑계를 대서라도 이 집이 아닌 이 집으로 데리고 가려는 거 이해해야 합니다, 주은 씨.'

주은을 들여보내고 자신의 집으로 힘없이 들어가는 그의 모습은 고문당한 사람과 흡사하게 겨우 몸을 가누는 것처럼 보였다. 그 모습이 너무도 애처로워 보일 만큼이나.

회식 이후 태운이 내린 벌금형은 일말의 여지없이 진행 중이었다. 하루 이틀이야 견딘다 하지만 3일 내리 태운의 몸을 받아들이는 일은 힘들었다.

'저 남자 도대체 뭘 먹고 사는 거야. 몰래 산삼이라도 캐먹나?

아니면 그때 준 홍삼과 흑마늘의 효과가 이제 나타나는 건가? 아씨, 이런 데 힘쓰라고 준 게 아닌데.'

딱 5일째 되는 날, 그의 벌금형을 면할 기회가 생겼다.

"주은 씨, 오늘 회식 있어요. 늦을 것 같으니까, 먼저 자요."

"알았어요."

아침 출근 때는 그렇게 대답했다. 하지만 생각해보니 그렇게 하면 내일부터 또다시 시달려야 한다. 비록 3일 뒤에는 생리가 예정되어 있어 일주일 정도 휴식기가 있겠지만 근본적인 해결책이 세워지지 않으면 안 될 것 같다.

주은은 잘 돌아가지도 않는 잔머리를 굴리고 굴려 나름 기발하다 할 만한 계획을 세워 시도했다. 오후, 그와의 통화를 하면서 궁금한 것처럼 물었다.

"태운 씨네는 보통 어디서 회식해요? 돈 많이 버는 로펌의 변호사들이라 좋은 곳에서 하겠네요? 룸살롱 같은 데서 하나?"

─글쎄요, 제가 한국에서 근무를 했던 게 아니라 오늘 가봐야 알 것 같네요.

"아, 맞다. 그렇죠? 태운 씨는…… 오늘 처음 회식하는 거겠네요."

─오늘은 전체 회식이 아니라 근처 어디 고깃집이라는 것 같던데요?

"고기 맛있겠다."

─고기 사줘요?

"아니요. 그냥 맛있겠다고요."

그렇게 통화를 끝낸 주은은 퇴근 후 태운의 로펌 근처 커피숍에서 시간을 보냈다.

[매장 친한 언니하고 태운 씨 회사 근처에서 저녁 먹고 있어요. 같이 갈 수 있으면 같이 가게 끝날 때쯤 문자 줘요.]

라는 문자를 보내자 바로 그가 전화를 걸어왔다.

－주은 씨, 이 근처에 있다고요? 아까 그런 말 없었잖아요?

"친한 언니 아시는 분이 식당을 오픈했는데 축하 삼아 팔아줘야 한다고 해서 따라왔어요. 예정에도 없이, 매장에 있는 몇 명하고."

준비한 거짓을 의심하지 않도록 침착하게 말했다.

－아, 그래요? 우리는 쉽게 끝날 것 같지 않아요. 그래도 최대한 빠져나가보도록 할게요.

"아니요. 일부러 일찍 나올 필요는 없고요. 그냥 편하게 있다가 전화해요."

－알았어요.

1차 작전은 성공이라는 생각이 들었다. 이제 남은 시간 동안 그가 술을 좀 많이 마셔주면 2차 작전 성공. 그리고 그가 그녀에게 했던 것처럼 음주 측정을 해주고 벌금으로 한 달 금욕이나 일주일에 한 번으로 횟수를 줄이면 된다.

별걸 가지고 잔머리 굴리고 1, 2, 3차 거창하게 작전을 세웠다고 생각하니 괜히 민망한 미소가 새어 나왔다.

생각보다 훨씬 길고 지루한 시간을 보내고 있을 때, 태운에게서 전화가 걸려왔다.

"여보세요?"

－안녕하십니까? 서주은 씨.

태운인 줄 알았지만 태운이 아닌 최 변호사였다.

-근처에 계시다고요?

"……네."

-이리 오세요. 오셔서 지금 강 변이 어떤 꼴로 있는지 한번 보십시오.

"네?"

갑자기 최 변이 나지막이 속삭이기 시작했다.

-여기…… 강 변 여성 팬들이 어마어마하게 많습니다. 여변호사들이 강 변을 끼고 앉아서 놓아주질 않고 있단 말입니다. 주은 씨에게 주도권을 잡을 수 있는 기회를 주는 겁니다. 그러니까 앞뒤 재지 말고 뛰어오십시오.

최 변호사의 말이 사실인지, 아니면 자신을 끌어들이기 위한 미끼인지 알 수는 없었다. 하지만 여자 변호사들이 있다면 분명 그에게 마음을 준 여자도 있을 것이다. 같은 여자 입장에서 태운은 그냥 바라만 보기에도 아까운 남자니까.

그런 생각을 하니 그 자리에 안 갈 수도 없다. 그 자리에 가서 태운은 임자 있는 남자임을 밝혀야 하는데 그렇다고 덥석 가는 것도 별로 좋아 보이지는 않는다. 주은은 고민에 고민을 거듭했고 결국 그들의 회식 장소를 찾아가는 사태가 발생하고 말았다.

가는 내내 괜히 가는 건 아닌가 후회가 밀려들었지만 회식 장소에 도착해서 주은은 입이 벌어지는 장면을 목격하고 말았다.

"아잉, 강 변호사니임~~ 우리 이거 먹고 2차로 노래방 가욧. 강 변호사님은 노래 어엄청 잘하실 것 같아. 호호호."

"죄송합니다, 제가 2차는 나가지 않습니다."

"어머! 농담도 센스 있게 잘하셔. 호호호."

태운의 팔뚝을 애교 있게 두드리며 호호호 하는데도 불쾌한 티를 내지 않고 있다. 최 변호사의 말대로 태운의 양쪽에는 여변호사로 보이는 여자들이 앉아 있었고, 그의 앞에도 그 앞에 옆에도 모두가 여자들뿐이었다.

"아이고, 어서 오십시오, 주은 씨."

최 변호사가 버선발로 뛰어나오듯 자리에서 문 앞까지 달려 나와 그녀를 맞이해주었다. 주은의 등장에 모두의 시선이 그녀에게 쏠렸다. 그 시선 중에 태운의 시선이 따갑게 와서 박히는 것이 느껴졌지만 주은은 일부러 태운에게 시선을 주지 않았다.

"자, 여기 이 아리따운 숙녀분은 제가 모신 특별 손님입니다."

"최 변, 애인 있었어?

최 변호사의 말에 누군가 물었다.

"제 여자입니다."

태운이 딱딱하게 대답했다. 모두가 지금의 상황을 이해할 수 없다는 눈으로 태운과 주은, 그리고 최 변호사를 번갈아 보고 있었다. 특히나 태운 옆으로 둘러앉은 여자들의 무시무시한 시선이 주은을 향하고 있었다.

"자, 자. 이리 오십시오. 강 변은 보다시피 신입 파트너라 사내 친목에 바쁩니다. 제가 접대해드릴게요."

최 변호사가 자신의 옆자리에 주은을 앉혔다. 그러고는 수저 세트와 소주잔을 세팅해주고 앞 접시에 잘 구워진 삼겹살을 놓아주는 최 변호사가 주은에게 소주를 따라주었다.

"소주 괜찮으십니까?"

주은이 최 변호사가 따라주는 소주를 받았다. 하지만 마시지는 않고 받아만 놓았다.

태운과 주은이 앉은 자리는 대각선으로 거리가 좀 있었지만 태운 자리에서 하는 대화에 귀를 기울이자면 들을 수 있는 거리였다.

"뭐 하시는 분이에요?"

주은에 대해 옆자리 여자가 물었다. 하지만 태운은 그녀의 질문에 대답하지 않았다.

"언제부터 사귀셨어요?"

역시나 태운은 대답을 하지 않았다. 대답을 하지 않고 있는 태운의 시선이 자신에게 박혀 있나 보다. 옆통수가 어마어마하게 따갑다.

주은이 태운 쪽의 대화에 신경을 쓰고 있다는 걸 느꼈는지 최 변호사가 그녀에게 말을 걸어왔다.

"원래 너무 잘난 애인을 두면 피곤한 겁니다."

"아잉, 어딜 가세요? 저분은 최 변호사님 특별 게스트라고 하시잖아요. 말리면 지는 거예요, 강 변호사님."

"어머, 강 변호사님 나쁜 남자! 나쁜 남자 코스프레 좀 하세요. 너무 맞춰주고 우쭈쭈만 해주면 그건 불공정거래에 해당하는 거예요. 그것도 모르셔."

듣다 못한 주은이 태운 쪽으로 시선을 돌려 그를 바라봤다. 태운과 눈이 마주쳤다. 회식 자리에 느닷없이 나타난 자신 때문에 화가 난 건지, 아니면 주위 여자들 때문에 짜증이 난 건지, 그의 표정은 심하게 구겨져 있었다.

태운이 그녀에게 올 것처럼 다시 한 번 자리에서 일어서는데 옆에서 다시 그의 팔을 잡아 자리에 앉혔다. 주은은 그 모습만 보고 최 변호사가 따라준 소주를 마셨다.

"정말, 강 변호사님 애인이십니까?"

"네."

"그런데 왜 강 변호사님이 아니라 최 변호사님 손님으로 오신 겁니까?"

최 변호사 옆에 있는 누군가 그녀에게 물었다.

"내가 이분을 짝사랑하고 있었거든!"

"오호! 뭡니까, 이거. 치정으로 얽히는 겁니까?"

이번에는 최 변호사가 아닌 다른 누군가 따라주는 술을 마셨고 태운 쪽에서 들려오는 호호호 하는 여자들의 웃음소리가 들려올 때마다 주은은 소주를 한 잔씩 단숨에 털어버렸다.

"나 같으면 강 변호사님 뺏고 본다."

웅성거리는 소음 속에 그 말이 주은의 귀에 또렷이 들려왔다.

"호호호, 사랑은 움직이는 거거든요."

말을 입이 아닌 코로 하는 사람처럼 앵앵거리는 목소리에 참다 못한 주은이 벌떡 일어났다. 연거푸 마신 술로 빠른 취기가 올라왔으니 지금 누구의 눈치를 볼 겨를도 마음도 없었다. 자신의 가슴에 불을 지핀 강태운과 코로 말을 하는 여자들이 맘에 들지 않을 뿐.

"강태운 변호사님!"

태운 앞으로 다가가 싸울 듯 그의 이름을 부르자 모두의 시선이 태운과 주은에게 쏠렸다. 모두가 흥미롭게 두 사람을 바라보았지만 일을 벌인 최 변호사만이 불안하고 초조했다.

'일 났네, 일 났어. 이러려고 부른 건 아닌데.'

최 변호사의 생각대로 주은이 일을 내려는지 주위 시선을 아랑곳하지 않고 태운에게 쏘아대기 시작했다.

"그 자리 전세 내셨어요?"

"네?"

"사내 친목은 여자 변호사님들하고만 다지나 봐요?"

"어머, 어머. 은근 성질 있으시네?"

옆에서 눈치 없이 끼어드는 여자를 향해 주은이 한마디를 날렸다.

"저는 성질이 있는데 그쪽 분은 색기 충만하신가 봐요? 남의 남자한테까지 집적거리는 거 보면."

"뭐라고요?"

이제껏 코로 말을 하던 여자가 드디어 입으로 말을 하며 자리에서 벌떡 일어났다.

"자, 자. 주은 씨, 미안해요. 우리 나가요, 나가."

그냥 두면 술 취한 두 여자의 싸움판이 될 것 같아 태운이 주은을 데리고 회식 장소를 벗어났다.

"왜요? 내가 틀린 말 했어요? 그 여자가 잘못한 거잖아요? 왜 남의 남자한테 집적거리냐고요?"

"그러게요. 왜 그랬을까요?"

태운은 그녀가 회식 자리에 왔다는 사실보다 최 변호사의 말을 듣고 그 자리에 왔다는 것에 화가 나 있었다. 그리고 최 변호사가 따라주는 술을 마셨다는 것도, 자신에게 눈길을 주기보다는 최 변호사의 맞은편으로 가서 앉았다는 것도 화가 났었다. 하지만 지금 자신의 화를 접고 주은을 달래주었다.

주은이 자신을 향해 보여준 질투가 그의 화를 즐거움으로 바꿔버렸다. 그러니 이제는 그녀의 화만 가라앉혀주면 끝이었다.

"강태운 씨! 혀 짧은 소리로 앵앵거리며 애교 떠는 걸 좋아하십니까? 코로 말하는 거 좋아하냐고요?"

"좋아하면 주은 씨가 애교라도 떨어줄 겁니까?"

혹시 그녀가 질투에 눈이 멀어 애교라도 떨어줄까 하는 기대감으로 물었다.

"아니요. 안타깝게 저는 그런 게 없어서 못 보여드리네요. 그런데요…… 태운 씨가 저한테 애교를 부린다면 봐줄 용의는 있습니다. 여기서 봐준다는 건 말이에요, 눈으로 본다는 뜻은 아닙니다. 어…… 누군가 잘못을 했을 때, 응, 봐줄게 하잖아요. 음…… 그런 뜻이라고 할까? 뭐, 그렇다는 겁니다."

"내가 뭘 잘못했어요? 아, 뭐 원초적으로 주은 씨에게 잘못한건 있지만…… 그거 말고 또 다른 게 있는 것 같아 묻는 거예요."

"지금 몰라서 묻는 거예요?"

"자, 일단 집으로 가면서 얘기해요."

태운이 대리기사를 불렀고 집으로 향해 가는 길에 뭔가 화가 단단히 난 것 같은 주은을 달래주었다.

"내가…… 위치는 파트너지만 어떻게 보면 신입이잖습니까? 최 변호사 말대로 친목을 위해서…… 그 자리를 벗어나지 못했어요. 미안해요. 다음 회식에는 절대 여자 변호사들 사이에 앉지 않을게요. 앵앵거리는 목소리 듣지도 않을게요. 그러니까 화 풀어요."

그러나 주은의 화는 쉽게 풀리지 않을 것처럼 보였다.

"애교를 부려야 봐줄 겁니까?"

'그래, 당연하지'라는 표정으로 주은이 태운을 한 번 힐끗 쳐다보았다. 태운은 '그래, 그럼 그러지.'라는 표현으로 고개를 끄덕였다. 태운의 야릇한 미소가 주은을 향했다.

태운의 침대에서 새벽에 눈을 뜬 주은은 어젯밤 있었던 태운의 회식 자리 습격 사건이 떠올랐다. 얼굴이 화끈거리고 머리가 지끈거린다. 옆에서 고이 자고 있는 그의 얼굴을 보자 그 증상은 더욱 심해졌고 쥐구멍이 있으면 숨고 싶은 심정이다.

숨도 쉬지 않고 조용히 침대에서 빠져나와 태운의 집을 탈출해야만 하는 상황이다.

"미쳤어. 미쳤어. 도대체 내가 어제 왜 그랬지? 왜 최 변호사한테 말려들어서…… 태운 씨는 또 나 때문에 회사에서 얼마나 창피할 거야. 진짜 사라지고 싶다."

후회에 후회를 거듭해봐도 이미 지난 시간을 되돌릴 수는 없는 일이다.

숨을 죽이고 침대에서 빠져나오는 데까지 성공했다. 까치발을 하며 살금살금 그의 집을 벗어나 자신의 집으로 들어오고 나서야 참았던 숨을 뱉어냈다.

"후후후. 내가 정말…… 인생 최대 굴욕이야. 아악! ……읍."

벽 너머에서 자신의 비명을 듣고 태운이 깨어날까 싶어 얼른 자신의 입을 틀어막았다.

출근길에 얼굴 마주치는 불상사를 피하려고 주은은 출근을 서둘렀다. 벽 너머 태운이 깨어나 그녀가 빠져나가는 모습을 실눈으로 지켜보며 터져 나오는 웃음을 참고 있었다는 사실도 모른 채.

빈 생수병을 들고 멍하니 앉아 있는 주은의 모습을 본 혜영이 자신의 매장으로 가려던 발걸음을 멈추고 주은에게 다가왔다.

"요새 골치 아픈 일도 임이 해결해줘서 살맛 나실 텐데 왜 이러고 계세요? 임하고 싸우셨나 봐요? 그런데 좀 과하셨나? 축 처져 있는 모습이 아주 보기가 거시기하시네요."

주은이 자신을 보며 놀리는 혜영을 당장 울 것 같은 얼굴로 쳐다보았다.

"혜영아……."

"왜 그래? 진짜로 안 좋은 일 있는 거야?"

"나 어떡하지? ……정말 미쳐버릴 것 같아. 아!"

발을 동동 구르며 괴로워하는 주은 옆으로 혜영이 자리를 잡고 앉았다.

"왜 이래? 사람 간 떨어지게. 왜? 무슨 일인데? ……너 사고 쳤니?"

주은이 고개를 끄덕거렸다.

"태운 씨 얼굴을 어떻게 보지? 창피해서 죽겠어."

"어머! 어머! 이 계집애! 얌전한 고양이 부뚜막에 먼저 올라간다더니! 그새 사고를 쳐?"

"너무 흥분해서 참을 수가 없었어. 정말 보는 순간 속에서 그냥 불이 확 올라오는데……."

"야! 아무리 그래도 그렇지! 조심했어야지!"

"술이 웬수지, 뭐. 그 자리에 간 것부터 실수고, 술을 너무 급하게 많이 마신 것도 실수고."

깊은 한숨을 내쉬는 주은의 어깨를 혜영이 다독였다.

"이렇게 된 거…… 별수 있니? 날 잡아야지."

혜영의 말에 주은이 고개를 갸웃거리며 물었다.

"날? 날을 잡아서까지…… 거창하게…… 그 사람한테 사과를 해야 하나?"

"뭐야? 아무리 그래도 그렇지…… 아무리 네가 흥분해서 먼저 달려들었다고 해도 결국 조치를 취하지 못한 태운 씨도 실수한 거고 잘못한 거지. 왜 네가 사과를 하려고 해? 임신에 있어서 절대 일방적인 실수나 잘못은 없다고 봐, 나는. 그러니까 미안해하지 말고 당당하게 말해. 같이 책임져야 할 일이니까, 잘 헤쳐 나가 보자고."

"응? 너 지금 무슨 말 하는 거야?"

주은이 어이없는 얼굴로 혜영을 쳐다보았다.

"왜? 내 말이 틀려? 야, 강태운 씨가 아무리 잘나고 너보다 조건이 좋다고 해도 이 문제는 사랑으로 해결하고……."

"정혜영! 너 설마…… 내가 임신했다고…… 그렇게 생각하고 말하는 거야?"

이번에는 혜영이 어이없는 표정으로 변해갔다.

"아…… 아니야?"

가뜩이나 머리가 복잡하고 속이 답답한데 친구랍시고 하는 상상이 겨우 임신이라니.

"나하고 태운 씨가 그렇게 무책임한 사람들이니? 그럴 리도 없지만 만에 하나 임신을 했다고 하자. 그걸 기쁘게 받아들이지 고민하고 걱정하지는 않는다고."

"아니면 말고. 세상 다 산 사람처럼 앉아 있어서 걱정돼서 위로 좀 해줄까 했더니…… 그럼 뭘 가지고 그렇게 고민인데? 뭐에 그렇게 흥분해서 달려들었어? 난 네가 태운 씨 나체에 흥분해서 앞뒤 안 가리고 네가 덮친 줄 알았지."

"차라리 그런 문제라면 쉽겠어."

주은은 어제 있었던 자신의 실수와 흥분 이유를 알려주었다. 심각한 주은과 달리 혜영은 깔깔거리며 웃기 시작했다.

"서주은이 그 많은 사람 앞에서 투기를 부렸단 말이야? 아, 그 모습을 봤으면 재미있었을 텐데."

"가봐라, 정혜영. 넌 내 친구가 아닌 것 같다."

혜영이 자리에서 일어섰다.

"간단한 걸 가지고 뭘 고민해? 너도 앵앵거리고 코로 말하면 되겠네. 그럼 강태운 씨 좋아 죽을걸. 남자들은 되게 단순하다, 너. 그러니까 미안해용, 태운 띠. 이 한마디면 끝이야."

말도 안 되는 해결책을 내놓고 혜영이 자리에서 일어섰다.

듣기만 해도 소름 돋는 발음으로 애교를 떨어보라고?

자신의 매장으로 가려던 것 같던 혜영이 걸음을 멈추더니 갑자기 주은에게 다가왔다.

"그런데 내가 보기에는 네가 아니라 태운 씨가 지금 고민하고 있어야 할 것 같은데? 어쨌든 네가 그 자리에 갔는데 발딱 일어나 맞이해주지 않고 계속 여자들한테 둘러싸여 있었다며? 주사는 주사고 열 받는 건 열 받는 거지. 너는 주사를 부렸을 뿐이지 잘못한 건 없거든. 애초 잘못은 태운 씨가 했으니까 태운 씨가 네 화를 어떻게 풀어줘야 하나 고민해야 하는 게 정상인 거 아니야?"

듣고 보니 혜영의 말이 맞다. 주사로 창피한 건 창피한 거고 잘못은 태운에게 있다.

혜영으로 인해 마음이 훨씬 가벼워졌다. 그렇다고 하루 종일 신경 쓰이지 않은 건 아니었다. 더구나 오늘 태운에게서는 전화도, 문자도 없다. 전화나 문자가 와도 뭐라고 먼저 사과를 해야 할지, 그의 사과를 먼저 받아야 할지 고민인데 아예 반응이 없으니 그것도 은근 거슬리고 신경 쓰인다.

먼저 문자라도 보내볼까 했다.

'아니야. 혹시…… 이 남자도…… 혜영의 말대로 지금 엄청 고민과 후회를 하고 있을지 몰라. 그래서 태운 씨도 일단 피하고 있는 상황일 수도 있어.'

그래도 퇴근 시간까지 연락이 없는 건 괜히 불안했다. 태운의 마음이 어떤 것일까 궁금해하며 주은은 퇴근을 했다.

'일단 집에 가서 태운 씨가 어떻게 나오는지 보는 거야. 내가 먼저 반응을 보이는 건 위험한 것 같아.'

과음으로 인한 숙취와 그의 회식 자리에서 부린 주사로 만신창이가 된 것 같은 몸을 이끌고 겨우 집 앞에 도착했다.

빨리 들어가 씻고 자고 싶은 생각밖에 없는 상태에서 가방 안에서 열쇠를 꺼내는데 102호 문이 벌컥 열렸다.

"엄마야!"

너무 놀란 주은은 열쇠를 떨어뜨리며 한 걸음 뒤로 물러났고 102호에서 나온 태운이 땅에 떨어뜨린 열쇠를 줍고는 그녀의 손목을 잡고 자신의 집 안으로 데리고 들어왔다.

"태, 태운 씨······."

주은을 데리고 온 태운은 그녀를 침대 끝에 있는 베드벤치에 앉힌 후 그녀를 의미심장하게 바라봤다.

"태운 씨····· 저기····· 오늘 출근 안 했어요? 그리고····· 나 되게 피곤한데····· 할 말 있으면······."

당황한 주은은 자신이 무슨 말을 하는지도 모르게 생각나는 대로 말을 내뱉었다.

"움직이지 말고 여기 가만 앉아 있어요."

하지만 그런 주은의 상태는 아랑곳하지 않고 무언가 강한 결심을 한 듯한 그가 욕실로 들어갔다.

'뭐지? 뭘 어떻게 하려는 거지?'

호기심으로 목을 빼서 욕실을 바라보았지만 아무 소리도 들려오지 않았다. 호기심에서 괜한 두려움으로 바뀌려는 순간 욕실 문이 열리고 그가 나왔다. 그런데.

"자, 1탄 들어갑니다. 흠흠."

목을 한 번 다듬은 그가 움직이기 시작했다. 일명 '귀요미' 송을 부르며 양손 검지를 양 볼에 가져다 대기도 하고, V로 만든 손가락을 머리 위로 올려 까딱거리는 것이 아닌가. 주은은 입이 딱 벌어졌다. 머리에 사과 탈을 쓰고서는 5살짜리 어린아이들이 할 것 같은 애교를 부리고 있었다.

여섯 손가락 각각에 쪽쪽거리는 걸로 마무리되었음에도 멍해진 주은의 표정은 아무 변화 없이 거의 굳어 있는 상태였다. 갑작스러운 그의 그런 행동이 너무도 당황스러워서 재미있고 웃긴데 웃음이 나오지 않았다. 커다란 사과 탈을 머리에 쓰고 있어 그의 표정이 보이지 않았지만 그의 표정도 그리 좋지만은 않을 것 같았다.

"별롭니까? 자, 그럼 2탄 들어갑니다. 흠흠."

이번에는 '고백송'이다. 노래를 부르며 양손으로 하트 만들기, 양 검지로 하트 그리기, 머리 위로 양팔을 올려 만든 대형 하트까지. 하트 퍼레이드의 율동까지 넣어서 하는 태운의 노래를 듣고 나서야 주은의 표정이 풀어지더니 피식 웃었다.

"태운 씨……."

"이것도 맘에 안 듭니까? ……그럼 이제 3탄 되겠습니다."

주은은 그가 준비한 3탄이 뭔지 궁금했다. 호기심 가득한 표정으로 그를 보고 있는데 태운이 사과 탈을 획 벗어버렸다. 탈 때문에 더워서인지 아니면 부끄러운 애교 때문인지 그의 얼굴이 붉게 물들어 있었다.

이제는 애교 부릴 때 저 남자의 얼굴을 볼 수 있겠구나 하고 잔뜩 기대한 채 그를 보는데, 태운이 느닷없이 그녀에게 달려들어 입술을 덮쳤다.

"으읍."

숨 쉴 틈조차 없이 두 사람은 목마른 사람처럼 서로의 입술을, 타액을, 혀를 탐하며 깊은 키스를 나누었다. 입술을 뗀 태운이 그대로 그녀를 안아 침대에 눕혔다.

"뭐예요? 3탄 보여줘야죠!"

"이게 3탄이에요. 1탄, 2탄에도 녹아내리지 않았으니 이젠 몸으로 녹게 하려고요."

"이런 게 어디 있어요?"

주은이 옷을 벗기려는 태운에게 반항하듯 몸을 뒤틀며 그에게서 벗어나려 했다.

"서주은!"

그녀의 이름을 낮게 부르는 그의 목소리에 주은의 몸부림이 멈췄다.

"사랑해."

그를 빤히 보던 주은이 그의 목을 끌어안고 키스를 했다. 그리고 몸을 돌려 그를 아래로 보내고 그의 허벅지 위에 올라앉았다.

"태운 씨 반말…… 은근 섹시한데요."

주은의 손이 태운의 가슴부터 허리까지 살며시 훑어 내렸다.

"으음."

그녀의 손길에 태운이 움찔하며 신음을 흘렸다.

"지금 내는 신음도 그렇고."

그녀가 그의 바지 벨트를 풀었다. 태운은 그녀의 과감한 도발과 유혹에 정신을 차릴 수가 없었다.

"지금……."

"강태운 씨를 나도 사랑한다는 걸 행동으로 보여주려는 거예요."

"주은 씨…… 흡."

태운의 버클마저 푼 그녀의 손이 그의 바지 속으로 들어와 그의 중심을 살며시 터치하자 태운은 숨이 멎는 것 같은 흥분이 느껴졌다.

"1, 2탄은 성공했어요. 그런데 3탄은…… 실패예요……. 왜냐면, 내가 강태운을…… 녹일 거니까."

주은의 입술이 그의 허리에서부터 시작해 목선으로 타고 올라갔다.

"하아."

태운의 입에서 숨길 수 없는 탄성이 터져 나왔다. 그녀의 입술이 그의 입술에서 멈췄다. 그녀에게 목이 말라 있는 그의 입술이 벌어지며 그녀의 입술을 물려 했지만 그녀가 고개를 들고 미소를 지었다.

평소에 보던 미소와 뭔가 분위기가 다르다. 순수하고 맑아 보이던 그녀의 미소가 오늘따라 요염하다.

자신의 티셔츠를 위로 벗는 과감한 그녀의 행동에 태운의 목울대가 움직였다. 브래지어마저도 벗겨져 그녀의 새하얀 둔덕 위에 있는 핑크빛 유두가 그를 유혹했다. 그의 손이 핑크빛 유두를 손으로 건드리며 그녀의 가슴을 움켜쥐었다.

주은이 그의 손을 가슴에서 떼어내 깍지를 끼며 머리와 허리를 내려 그의 가슴에 작게 솟아 있는 유두에 입술을 가져다 댔다. 그동안 태운이 그녀에게 했던 것처럼 그의 유두를 혀로 핥았다.

"하아…… 서주은…… 하아."

그의 허리가 튕겨져 올라 활처럼 휜다. 주은은 그를 녹이기 위해 좀 더 과감하게 입술을 아래로 내려 배꼽에 입을 맞추고 버클이 풀려 있는 바지를 손으로 내리고 팬티를 내렸다. 해방된 것처럼 튕겨져 나온 그의 분신을 입으로 물었다.

"으윽."

천천히 위아래로 입술을 움직이며 그의 분신을 적셔갔다.

"하아."

그에게서는 신음인지 호흡인지 알 수 없는 탄성들이 끊임없이
흘러나왔다.

"좋아…… 미칠 것 같아……. 서주은…… 하아."

태운은 그녀의 말대로 3탄은 실패라고 인정하고 말았다. 이미
그의 모든 건 그녀에 의해 녹아내리고 있었다. 이 상태로라면 곧
바로 사정할 것 같은 느낌에 태운이 허리를 세우고 일어나 주은을
자신의 몸 아래에 가두었다.

"이젠 내 차례."

촉촉이 젖어 있는 그녀의 속살로 자신의 남성을 곧바로 찔러
넣었다.

"아으읏."

젖어 있는 상태와 관계없이 그녀의 속은 여전히 좁고 뜨겁다.

"하아."

빠르게 허리를 튕기며 그녀를 향해 깊이 들어갈수록 주은의 신
음은 비명이 되어가고 있었다. 곧 절정으로 치달아갈 것 같은 태
운이 그녀의 몸에서 남성을 뺐냈다. 허전하고 아쉬운 느낌이 스치
는 주은의 그곳에 그의 입술이 닿았다.

"태운 씨!"

"내 차례라고 했잖아요. 당신도 느껴봐."

"아응……."

주은이 허리를 뒤틀며 벗어나려 했지만 그럴수록 태운은 더욱 집요하게 속으로 파고들었다.

"으응…… 태운 씨, 제발…… 그만…… 아앙."

주은의 몸부림이 서서히 잦아들기 시작했다. 하지만 입으로 내 뱉는 신음은 커져 갔다.

"여기? 여기?"

"아훗!"

손으로 문지르고 혀로 간질이며 그녀가 느끼는 곳이 어느 곳인 지를 묻던 태운의 혀가 정확히 그녀의 여성에 닿았을 때였다. 주 은의 몸이 움찔하며 경련을 일으키듯 반응이 일어났다. 태운은 그 곳을 집중 공략하며 주은을 절정으로 가게 만들었다.

"안 돼…… 더는…… 태운 씨……."

"괜찮아, 참지 마요."

"아웅…… 아…… 아앗!"

혼자 느꼈다는 사실이 창피하기도 했지만 눈앞이 새하얘지는 그 쾌감의 여운이 그녀를 만족감에 젖게 했다.

"자, 이제 본격적인 3차 들어갑니다."

축 늘어져있는 그녀의 다리를 들어 자신의 어깨 위로 올린 그 가 그녀의 몸속으로 들어왔다. 깊게 찌르고 들어오며 몸속을 가 득 채운 그의 남성은 그녀를 태울 것같이 거칠고 뜨겁게 몰아붙였 다. 다시 느낄 수 없을 만큼 모든 걸 내놓았던 그녀의 감각이 되살 아나기 시작했다. 온몸이 짜릿해지고 정신이 다시 아찔해졌다.

"하아."

태운 역시 희열이 느껴지는지 그녀를 향해 움직이는 속도와 힘이 거칠고 빨라지고 거세졌다.

"으으윽."

"하아응."

태운의 허리가 뒤로 넘어갈 것처럼 휘었다. 드디어 한 지점에서 두 사람이 만난 것처럼 동시에 몸을 떨었다.

"하아."

태운의 몸이 주은에게로 무너져 내렸다.

"설마 4탄까지 있는 건 아니죠?"

겨우 숨만 쉬고 있는 것같이 온몸을 늘어뜨린 주은이 물었다.

"……글쎄요."

태운 역시 같은 상태에서 모호하게 대답했다.

"오늘은 여기까지."

잠꼬대하는 것같이 주은의 목소리가 작아졌다.

"으음……."

태운도 잠결에 대답을 하는 건지 작게 속삭였다. 하지만 그런 고요한 평화와 안정은 오래가지 못했다. 그녀의 몸속에서 빠져나오지 않은 태운이 꿈틀거리기 시작하면서 그녀의 몸이 채워지기 시작했다.

"태, 태운 씨."

"한 번은 아무래도 서운하고 부족하죠."

"네? 아니…… 읍."

아니라고! 절대 부족하지 않다고! 한 번도 매일은 넘치는 거라고!

하지만 그녀의 입을 막아버린 태운으로 인해 주은은 터져 나오려는 비명을 삼켜야 했다.

두 번의 사랑을 연달아 나눈 두 사람은 녹초가 되었음에도 갈증이 풀리지 않은 사람처럼 부둥켜안고 가벼운 키스를 나누고 있었다.

"오늘 하루 종일 연락도 안 하더니 혹시 저 탈 쓰고 연습하느라 그런 거였어요?"

주은이 태운의 품에서 천장을 보고 누우며 물었다.

"그 얘긴 하지 맙시다. 숨고 싶어지니까."

"왜요? 귀여웠는데. 얼굴을 보지 못해서 너무 아쉽지만. 탈 벗고 한 번 더 해주면……."

"노! 노! 노! 싫어요. 제발 잊어줘요."

"동영상으로 찍어 놓을걸."

"주은 씨, 제발."

"태운 씨, 제발. 한 번만! 응? 탈 벗고 한 번만!"

주은이 상체를 일으켜 애원하는 눈빛으로 태운을 졸랐다. 태운이 그런 주은의 눈빛에 흔들렸다.

"아잉, 태운 씨."

그러자 태운이 씨익 웃으며 함께 상체를 일으켰다.

"좋아요, 그럼. 난 탈 벗고 한 번 더 해줄 테니, 주은 씨는 섹시 댄스 한 번 보여줘요."

"네? 그런 게 어디 있어요?"

"여기 있잖습니까. 섹시 댄스를 4탄까지 보여주면 내가 표정까지 리얼하게 귀요미로 가줄게요."

"됐습니다, 안 보고 말아요. 한 번 봤는데, 뭐."

주은이 미련 없다는 듯 시트를 덮으며 침대에 누웠다. 하지만 이제는 태운이 아쉬운 눈치다.

"창피해서 그러면 저 사과 탈 쓰고 춰도 되는데…… 저 사과 탈 빌려줄게요."

어이없어하는 주은에게서 헛웃음이 새어 나왔다.

"그만해요. 나 너무 피곤해요."

"언제든 말해요. 저 탈 돈 주고 산 거라 언제든 필요할 때 빌려줄 수 있으니까. 아니다, 샤론 스톤 탈로 하나 맞춰줄까요? 아님 메릴린 먼로로?"

"됐거든요! 자꾸 그러면 나 집에 가서 잘 거예요."

"알았어요, 알았어. 재워줄게, 이리 와요."

태운이 주은에게 팔베개를 해주며 다독거려주었다.

"태운 씨."

자는 것 같았던 주은이 그의 이름을 불렀다.

"네."

"음…… 말하지 말라고 했지만…… 그래도 태운 씨가 알아야 할 것 같아서요. 며칠 전에 매장으로…… 강진희 씨가 왔다 갔어요."

"누나가요?"

"네. 미안하다고 하면서 무릎까지 꿇었는데 내가…… 용서한다는 말을 끝내 해주지 않았어요. 내가 너무 냉정했나요?"

"아니요. 누나 마음은 좀 안 좋았겠지만 용서는 주은 씨 마음에서 나오는 거니까."

"시간이 흐르고 나서 내가 정말 강진희 씨를 용서하고 싶어질 때, 태운 씨와 상관없이 인간적으로 그 마음이 이해가 되고 용서가 될 때 사과를 받아들이고 용서하려고요. 그래도 되는 거죠?"

"물론이죠."

태운이 계속 다독거려주어서인지 주은은 밀려드는 잠을 이길 수가 없었다. 그의 품 안에서 주은은 편안하게 잠들었고 그녀를 안고 있는 태운도 그 순간은 천국이었고 더할 수 없는 행복의 순간이었다.

11. 반지하에서 펜트하우스로

주은에게 새로운 고민이 생겼다. 더 정확하게는 고민이 아닌 걱정이다. 행복한 걱정이라면 행복하고 쓸데없는 것이고 심란하다고 하면 한없이 심란한.

태운의 생일이 2주 후임을 우연히 알게 된 주은이 그에게 어떤 선물을 받고 싶냐고 물었던 게 화근이었다.

'섹시 댄스.'

라고 태운이 대답했고 그것 외에 태운은 원하는 게 없는 사람처럼 다시 물어봐도 기계처럼 그 대답만 할뿐이었다.

'섹시'도 안 되고 '댄스'도 안 되는 주은의 처지에서는 절대해줄 수 없는 선물이다. '차라리 현금을 줄게요.'라고 했다가 얼굴을 일그러뜨리며 삐친 그를 달래느라 진땀을 뺐다.

"하아."

깊은 한숨을 내쉰 주은은 결심을 한 듯 휴대폰 연락처 목록에서 누군가를 찾아 전화를 걸었다.

"주원아, 나 주은이."

ㅡ주은이구나! 잘 지냈어?

이름이 비슷해서 친해진 두 사람은 중학교 시절 내내 붙어 다녔지만 각자 다른 고등학교에 진학하게 되었다. 학교도 떨어져 있고 각자 다른 친구를 사귀면서 예전만큼 붙어 있지는 못했지만 마음만은 아직도 절친이라 할 수 있는 친구다.

중학교 동창들끼리의 반가운 안부인사가 오갔고 주은이 주원의 매장으로 찾아가겠다는 약속을 하고 통화를 끝냈다.

주원은 현재 강남에서 란제리 숍을 운영하고 있고 워낙 디자인 감각이 좋아 인기몰이 중이다. 오랜만에 만나는 친구에게 창피하고 부끄러운 일이기는 하지만 주원의 도움이 필요하기 때문에 주은은 주원이 운영하는 '민트러브' 매장으로 찾아갔다.

여자가 봐도 눈이 반짝거릴 만큼 예쁘고 화려하고 섹시한 속옷들이 진열되어 있었다. 그 모두가 주원이 디자인한 것이다. 친구인 주원이 잘나가고 있는 것 같아 주은은 기분이 좋았다.

"이 지지배. 엄마 돌아가시고 통 연락도 안 하고. 너, 서운해."

"알잖아? 엄마 빚 갚느라 정신없이 살아야 했던 거."

"야, 그래도 너희 엄마는 우리 엄마보다 나은 편인 거 알잖아."

"엄마 아직도……?"

"응. 요즘엔 젊은 새 애인한테 빠져서…… 엄마 얘기는 그만하자."

흔한 일상의 이야기를 나누던 중 주원이 먼저 물었다.

"너…… 연애하지?"

"……응."

"그럴 줄 알았어. 얼굴이 확 핀 게…… 광이 난다. 그래서 너…… 첫날밤에 입을 속옷이 필요한 거야?"

"첫날밤은 아니고……."

주은은 그곳에 온 이유를 설명했다.

'댄스'는 절대 되지 않을 것 같으니 '섹시'만으로 어떻게 넘겨볼까 하는 마음에 생각난 게 속옷이었다. 야하고 예쁜 속옷을 입고 유혹을 하면 되지 않을까 하는 마음에 인터넷을 뒤져봤지만 섹시한 속옷이라는 게 주은의 눈에는 저속하고 싼티 나서 차마 돈 주고 살 수가 없었다.

"그래서 널 찾아온 거지. 고품격의 섹시 란제리 디자이너인 내 친구 한주원을. 야하고 예쁘고 귀엽고 섹시하면서 우아한 그런 란제리를 좀 만들어달라고."

"야!"

듣고 있던 주원이 버럭 소리를 질렀다.

"하나만 해! 하나만. 야하고 예쁘고 귀엽고 섹시하고 우아한 것 중에 하나만 하라고! 네가 친구로 왔으니 다행이지, 손님으로 왔으면 너 우리 제작실 언니한테 욕을 바가지로 먹었다."

"알지, 나도. 나도 매장에서 옷 파는데 그걸 모르겠니? 그만큼…… 그 속옷에 걸어야 할 것들이 많아서 절실해서 그래."

"혹시…… 그 남자…… 변태기질 있는 거 아니야?"

"야!"

이번에는 주은이 소리를 버럭 질렀다.

"우리 태운 씨를 뭐로 보고…… 뭐 약간…… 정력이 과하긴 하지만…… 그래도 세상에 이런 남자 없거든!"

"알았어. 그럼 최대한 섹시하게 하지만 싼티 나지 않고 우아하게 만들어주면 되는 거지?"

주은이 고개를 끄덕였다. 주원도 파티홀 사장과 연애 중에 있어서 그런지 주은의 마음이 어떤 것인지 잘 아는 것 같았다. 그래서 며칠 후 친구가 만들어준 란제리가 도착한 날, 주은은 자신의 선택이 탁월했음을 느꼈다.

오묘하게 투톤으로 빛나는 컬러가 고급스러우면서 우아했고 예쁘게만 보이는 브래지어는 가터벨트와 세트를 이루어 보면 무척이나 섹시해 보였다. 게다가 생각지도 못한 태운의 팬티까지 커플로 제작해서 보내준 것이 아닌가.

문제는 정력이 과하다는 말을 들은 주은이 입체적으로 만든 그곳의 사이즈를 좀 크게 해서 보냈다는 것과 그 부분에 글 자수를 놓았다는 게 문제였지만.

'댄스'가 없어도 '섹시'로 커버할 만큼의 란제리를 챙긴 주은은 그제야 안심이 되었다.

태운의 생일 당일은 주은이 직접 끓인 미역국과 직접 만든 반찬으로 저녁을 먹었다. 갓 지은 새 밥으로 아침상을 차려주고 싶었지만 저녁 시간을 비워두기 위해 태운이 새벽에 출근을 하느라 본의 아니게 늦은 생일상을 차리게 되었다. 하지만 그것만으로도 감동한 태운은 주은에게 여러 번 고맙다는 말을 건넸다.

함께 설거지를 끝내고 차를 마시려는데 태운이 벌써부터 그녀를 보채기 시작했다.

"선물은 언제 줄 거예요? 나 그것 때문에 오늘 일도 제대로 못 했어요."

"아, 그거…… 기다려봐요."

"더 이상 못 기다려요. 자, 어디에 자리를 잡고 앉으면 될까요? 여기? 여기?"

태운이 베드벤치와 홈바 테이블 의자를 가리키며 성급하게 굴었다.

"그전에 먼저…… 이거."

주은이 태운에게 예쁘게 포장된 상자 하나를 내밀었다.

"설마 내가 원했던 거는 없던 걸로 하고 이걸로 끝내려고 하는 건 아니죠?"

눈치도 빠르셔.

하지만 주은은 고개를 저었다.

"그게 끝은 아니에요."

태운이 안심한 듯 씩 웃고는 선물 상자의 포장을 풀었다.

"어? ……이건?"

태운이 상자에 있는 드로즈 팬티를 꺼내보고는 커다랗게 웃기 시작했다.

"아니, 주은 씨…… 어떻게 이런 생각을……?"

"솔직히 내 생각은 아니었구요…… 친구 아이디어예요. 그거 내 친구가 만든 거거든요."

태운은 팬티 중심부에 실로 수놓은 글자를 읽었다.

"주은이 꺼. 와우! 이거 당장 입어야 하나요?"

태운이 물었다.

"입고 싶으시면……."

태운은 주은의 앞에서 바로 갈아입었다. 불룩한 그의 중심부에 세로로 써 있는 〈주은이 꺼〉에 두 사람은 동시에 웃음을 터뜨렸다.

"주은 씨, 다음 선물이요."

태운이 주문하듯 말하자 주은이 그의 손을 이끌어 침대에 앉혔다.

"잘 봐요."

그녀의 말에 그의 목울대가 움직였다.

주은이 그의 허벅지에 올라앉아 천천히 자신이 입고 있는 셔츠의 단추를 풀기 시작했다. 그녀의 쇄골이 보이고 가슴골이 보이자 태운이 숨을 몰아쉬었다. 당장이라도 셔츠를 벗기고 그녀를 침대에 눕히고 싶지만 최대한의 인내심을 발휘하며 그녀가 보일 섹시 댄스에 기대를 하고 있었다.

단추가 모두 풀린 셔츠를 벗는 주은의 행동은 무척이나 느렸지만 그만큼 요염해 보였다. 더구나 셔츠 안에는 그녀가 입던 밋밋한 브래지어들과 전혀 다른 디자인의 섹시한 브래지어를 하고 있었다. 이제는 가슴과 배가 들썩일 정도로 그녀의 벗은 모습에 흥분지수가 상승하고 있었다.

자신의 허벅지에 앉아 있던 그녀가 일어섰다. 그리고 스커트의 허리 여밈을 풀자 사르르 그녀의 스커트가 그의 허벅지로 떨어져 내렸다.

"헉, 주은 씨……."

가터벨트. 영화에서나 보아오던 그 가터벨트가 그의 눈앞에서 아른거렸다.

주은이 무릎을 세워 그의 앞에 앉았다. 그리고 그의 얼굴 가까이 가슴을 내밀며 속삭였다.

"이건 앞으로 푸는 거래요."

그녀가 앞에서 브래지어의 후크를 풀자 홍해가 갈라지듯 레이스 달린 브래지어가 양쪽으로 갈라졌다. 그 사이로 나타나는 뽀얀 그녀의 속살과 아직은 수줍은 듯 숨어 있는 핑크빛 유두가 그를 유혹해왔다. 〈주은이 꺼〉라는 글자가 튀어나올 것같이 팽창되어 있었다.

"태운 씨, 더는 못 견딜 것같이 보이는데…… 계속 이렇게 보고만 있을 수 있겠어요?"

자신의 중심부로 향한 그녀의 시선을 의식하는 순간 태운은 그대로 그녀를 침대에 눕히고는 가슴을 빨아들였다.

"아직 더 남았는데…… 으응…… 이렇게 하면…… 아응…… 기회는 없어져요."

"더 없어도 돼. 더 기다렸다가는 아무것도 못 보고 죽을 것 같으니까."

태운이 급하게 팬티를 벗어버리고 그녀의 팬티도 벗기려는데.

"태운 씨를 배려해서 만든 거래요."

가터벨트 안에 입고 있는 팬티의 아랫부분이 갈라져 있었다.

"내 친구가 자기 첫날밤에 입으려고 디자인해놓은 건데……

우리한테 먼저 주는 거라고…… 하윽."

태운이 그대로 그녀의 속살로 자신의 분신을 넣었다.

"그 친구한테 성공할 거라고 전해줘요. 남자들 미치게 하려고 만든 거라면."

나체가 아닌 팬티를 입고 가터벨트를 한 그녀의 하체에 자신의 분신이 들락날락하는 모습은 흥분을 뛰어넘어 형언할 수 없는 짜릿한 감각을 만들어내고 있었다.

몸뿐 아니라 머리와 마음까지도 감전이 된 것 같은 느낌. 태운은 결국 참지 못하고 그대로 사정을 해버렸다.

"하으윽."

숨을 헐떡이며 주은의 가슴 위에 무너진 태운의 호흡은 쉽게 정상으로 돌아오지 않았다.

"하, 속은 것 같아."

겨우 정상의 호흡을 찾은 태운이 주은의 가슴을 만지며 말했다.

"속은 것 같다고요?"

"주은 씨한테 받아야 할 생일선물을 주은 씨 친구한테 받은 느낌이에요."

그의 말에 주은의 가슴이 뜨끔했다.

"주은 씨는 옷 벗은 것밖에 한 게 없잖아요. 섹시댄스는커녕 키스도 안 해줬는데……."

주은이 상체를 들어 그를 바라봤다. 태운이 기대감에 찬 시선으로 그녀를 마주 보고 있었다.

"사랑해요, 태운 씨.……당신 생일 날 꼭 해주고 싶은 말이었어요. 태어나줘서 고맙고 나한테 와줘서 고맙다는 말도."

그 말에 태운의 눈가가 뜨거워졌다.

"그동안 받았던 선물 중에 제일 좋은 선물이네요. 주은 씨, 그
말 고마워요."

뜨거운 키스가 아직도 식지 않은 두 사람을 다시 달구었다.

주은은 라이프 몰과 재계약을 하지 않았다. 탐탐 본사에서는
로드숍이라도 오픈하라며 그녀가 계속 탐탐 매장을 운영하기 바
랐지만 주은은 탐탐과의 계약도 끝을 냈다.

판매는 그녀의 적성에 맞지 않았지만 옷을 직접 디자인하거나
코디를 하는 일에 대한 흥미가 생겨나 앞으로는 어떤 일을 해야
하나 고민 중이다.

태운은 그녀에게 모든 일을 접고 결혼 후 집에서 쉬는 걸로 권
유 중이다. 자신이 벌어다 주는 돈으로 하고 싶은 공부를 하거나
취미 생활을 즐기며 편하고 우아한 삶을 즐기라 한다. 하지만 주
은은 단호하게 그의 그런 제안을 거절하고 있는 중이다.

"싫어요. 집에서 그냥 놀고먹는 거."

"놀고먹는 게 아니라 살림을 하고 남편 내조를 하면서 주은
씨 하고 싶은 거 하라는 말입니다. 명색이 남편이 변호사인데 그
정도는 해도 괜찮은 거예요. 또 많은 변호사 부인들이 그렇게 살
고 있고."

주은은 태운이 이사 오기 전에 살던 젊은 신혼부부를 떠올렸
다.

"싸움의 원인은 그때그때 달랐지만 중간 과정은 똑같았어요.

남자가 여자보고 할 일 없으면 나가서 돈이나 벌어오라고. 여자 입장에서 어떻게 보면 참 더럽고 치사한 말인데 남자 입장이 아닌 제삼자인 내가 봤을 때도 할 일 없이 빈둥거리는 것만큼 한심한 게 없어 보이더라고요. 그래서 그들 싸움을 들으면서 결심했죠. 난 결혼해도 일을 해서 돈을 벌어야지. 절대 저렇게 더럽고 치사한 말은 듣지 말아야지, 하고."

"아니, 지금 나를 그 어리고 철딱서니 없는 색골하고 비교하는 겁니까?"

태운이 불쾌한 듯 인상을 쓰며 물었다.

"어? 그 집 부부들이 색골이었던 걸 어떻게 알아요?"

"어떻게 알긴요? 처음에 민주 씨하고 혜영 씨가 나를 봤을 때 옆집 색골이냐고 해서 알았죠. 도대체 어땠길래 주은 씨 친구들이 모두 색골이라고 하는 겁니까? 주은 씨 지금 말 들어보면 싸움을 많이 한 것 같은데."

"싸움도 많이 하죠. 하지만 싸움보다…… 뜨거운 사랑을 더 많이 나누는 편이었죠. 기본 일주일에 네 번? 그리고 한번 시작하면 두 번은 기본으로."

"아! 그래서 주 4회라고 했구나! 그런데 나보다 훨씬 어리면서 겨우? 야, 내가 그 나이 같으면 매일이다, 매일. 하루에 세 번씩. 그거 가지고 색골이라니?"

주은이 얼빠진 얼굴로 태운을 바라봤다. 그가 한 말이 황당하기는 하지만 어쩌면 틀린 말이 아니기 때문일지도 모른다. 서른넷에도 지치지 않고 매일을 괴롭히는 그가 혈기 충만, 혈기왕성한 20대였다면 아마 그의 말대로 일주일에 21번을 했을지 모른다.

"주은 씨, 그럼 생라이브로 다 들었겠네요?"

"어디 들었다 뿐입니까? 가끔 벽이 무너지지 않을까 걱정으로 잠도 못 잘 때도 있었고, 무슨 체위로 하는지도 다 알 정도였는데. 정말 걔네들 때문에 매일이 지옥이었다니까요."

"외로워서?"

태운의 표정이 짓궂게 변해갔다.

"차라리 외로웠으면 부러워하기라도 했겠죠. 그냥 걔네들은…… 섹스였어요. 부부가 나누는 사랑의 행위가 아니라 남녀가 그냥 본능에 의해 하는 섹스. 걔네들이 이사 간다고 했을 때 그 자리에서 만세를 부르고 싶었다니까요."

태운이 은근슬쩍 그녀 곁으로 다가왔다.

"그럼 내가 이사 와서 처음 인사 왔을 때 어땠어요? 그때도 만세를 부르고 싶지 않던가요?"

그녀의 얼굴선을 그가 손가락으로 쓸어내리며 그녀의 입술을 엄지손가락으로 만지는데 그녀가 갑자기 웃음을 터뜨렸다.

"……왜요?"

분위기를 잡으며 슬슬 그녀를 안을 발동을 걸려는데 그녀가 갑자기 파안대소를 하니 영문을 모르는 태운이 적잖이 당황하며 물었다.

"솔직하게 말해요?"

솔직하게. 가끔은 그 말이 무서울 때가 있다. 지금 태운은 그녀가 무엇을 솔직하게 털어놓을지 모르지만 그에게 좋은 이야기는 아닌 것 같다. 그녀의 웃음이 무척이나 음흉하게 느껴졌기 때문이다. 그렇다고 알아야 할 것을 모른 체 넘기기는 싫었다.

"네. 솔직하게 말해요. 날 처음 보고 무슨 생각을 했는지?"

"음…… 성우인 줄 알았어요. 밖에서 들리는 목소리가 너무 좋아서. 그리고 얼굴을 본 다음에는 모델이나 배우인 줄 알았고."

굳어져 있던 태운의 표정이 서서히 풀리기 시작했다.

"그리고요?"

"그리고…… 빌었어요."

"빌어요?"

"먼저 살던 애들이 빨리 이사 가길 하늘에 계신 신께 빌 듯, 당신에 대해 빌었어요. 음…… 성 기능 장애자이기를."

"뭐요!"

눈에서 불이 뿜어져 나올 것 같은 그가 자리에서 벌떡 일어났다.

"아무리 그래도 그렇지, 그렇게 무서운 기도를 하다니."

"그러게요. 지금 생각하니 진짜 무서운 기도였네요."

어디 그뿐이랴. 민주와 함께 돈 많은 사모님의 애인일 수도 있다는 뒷담화까지 했었는데. 하지만 지금 그 말을 꺼냈다가는 태운이 정말 화를 많이 낼 것 같아 주은은 자신의 입을 단속했다. 대신 아이같이 화를 내는 태운을 달래기 위해 주은이 그의 손을 끌어당겨 옆에 앉혔다. 그리고 그의 허벅지를 살며시 쓸어내렸다.

"만일 그때 기도대로 당신이 성 기능 장애가 있었다면 지금 이렇게 내가 당신을 유혹할 수도 없었을 테죠? 그리고 주은이 꺼인 애도 이렇게 화를 내지 않을 거고."

허벅지에 스친 한 번의 손길로 그의 분신이 부풀어 올랐고 주은이 이번에는 바지춤으로 불룩하게 솟아 있는 남성을 살며시 잡았다.

"병 주고 약 줘요?"

"옆집이 내 집이고 지금 비어 있다는 게 참 다행이에요."

주은이 그의 벨트 버클을 풀러 바지를 벗기며 그를 일으켜 세웠다.

그를 처음 봤을 때 멋있다거나, 반했다거나 하는 말을 해주지 않은 것만으로 서운한데 성 기능 장애를 빌었다니. 괜한 심술로 인해 절대 그녀의 유혹에 넘어가지 않으리라 마음먹었지만 태운은 최면에 걸린 듯 그녀가 일으키는 대로 일어섰다.

"사실…… 궁금한 게 있었어요."

"……."

"벽에 서서 하는 건 어떨까?"

툭. 그녀에 의해 바지가 벗겨져 바닥에 떨어졌다. 주은이 그의 티셔츠도 위로 벗겨버렸다. 그리고 그를 벽에 세워놓고 키스를 하기 시작했다. 태운이 몸을 돌려 그녀를 벽에 세웠다.

"이 위치가 맞는 거예요. 벽에서 하려면."

그녀의 옷이 이번에는 그에 의해 벗겨져 나갔다.

"옆집에 당신 같은 남자가 이사 와서 좋았어요. 잘생기고, 목소리도 좋고, 따뜻해 보이는 당신 같은 남자. 그리고 지금은 그런 당신이 내 남자라는 게 너무 행복해요."

시작도 하지 않았는데 벌써부터 그녀의 목소리가 아득하게 들린다.

주은이 앞으로 무엇을 하느냐를 이야기하던 두 사람은 이야기의 끝을 내지 못하고 벽에 기대어 사랑을 나누었다. 그리고 그녀가 그냥 집에 있기를 바랐던 태운이 벽에서 침대로 옮겨온 후 그녀에게 말했다.

"우리는 더럽고 치사한 걸로 싸우지 맙시다. 결혼해서도 주은씨 하고 싶은 대로 다 해요. 우린 사랑만 하고 삽시다."

주은이 태운의 말에 웃는다.

"그래요. 우리 사랑만 하고 살아요."

오늘도 태운은 그녀에게 맞춰주고 져주었다. 그런 마음이 고마워 주은이 그의 목에 팔을 두른다.

"고마워요."

세일을 끝으로 주은의 매장도 라이프 몰에서 빠진다. 그 세일의 마지막 날, 허전하기도 하고 시원하기도 한 마음을 달래지 못해 주은은 매장을 서성였다. 그렇게 할 일 없이 서성이다 주은은 지하 매장에서 아이스 캐러멜 마키아토를 사 왔다.

한 잔은 홍 매니저를 주고 자신의 것을 가지고 비상계단에 앉아 마음을 정리하며 커피를 마시고 있을 때 그녀의 휴대폰이 울렸다. 혜영이었다. 그녀도 내일이면 보지 못할 자신을 찾는 것이라여기고 전화를 받았다.

"왜?"

─주은아, 나 좀 빼줘.

뜬금없이 빼달라니. 하지만 다급해 보이는 혜영의 목소리에 놀란 주은이 자라에서 벌떡 일어나며 물었다.

"어디야? 무슨 일인데?"

─어떡해? 나 갇혔어. 와서 문 좀 열어줘.

"뭐? 어디 갇혔는데? 창고?"

─10층에 있는 라이프홀에 갇혔어. 너무 한가해서 여기 숨어서 잠이라도 잘까 하고 올라와서 들어왔는데…… 한숨 자고 일어나 보니까 문이 잠겨서 나갈 수가 없어. 문이 안 열려. 무서워 죽겠어. 얼른 와서 열어줘.

어이없는 혜영의 상황에 웃음이 나오려 했다. 하지만 뭐하러 그런 곳에 들어가 낮잠을 잤느냐는 잔소리가 나왔다.

─타박은 나가서 들을 테니까, 일단 빨리 올라오기나 해!

"기다려봐."

주은은 남은 커피를 한 번에 쭉 빨아 마시고 10층으로 향했다.

혜영이 갇혀 있는 라이프홀은 10층에 있다. 제법 규모가 있는 문화공연장이다. 콘서트나, 연극, 강연 등의 문화행사를 할 수 있는 곳으로 분위기가 수준 있는 공연장 못지않은 시설을 갖춘 곳이다.

주기적으로 백화점의 VIP 고객들을 위한 공연이나 아이들을 위한 공연, 그리고 가끔 직원들을 위한 행사가 이루어지고 있다.

거의 매일 공연이 이루어진다고 해도 과언이 아닌 그곳은 근무 중인 직원들은 갈 수 없는 공간이기도 하다. 휴무에 공연을 보러 오지 않는 한 10층에는 갈 일이 거의 없다.

공연이 없다는 건 어떻게 알고 그곳으로 낮잠을 자러 갔는지. 공연이 없다면 어둡고 사람도 없었을 텐데, 무섭지도 않은 모양이었다. 잘 때는 조용하고 어둡고 해서 꿀잠이 왔겠지만 그런 공간에 갇혀 있는 지금은 두렵고 답답할 것이다. 그 마음에 10층으로 올라가는 혜영의 발걸음이 빨라졌다.

10층에 올라와 보니 백화점이라기보다는 시설 좋은 콘서트홀에 온 것 같은 느낌이다.

자신의 발소리를 메아리로 들을 수 있을 만큼 고요한 그곳을 살펴보니 홀로 들어가는 출입문이 여러 개였다. 그중 하나의 문에 가까이 다가가 보니 잠금장치 같은 건 보이지 않고 손잡이만 있을 뿐이었다.

'밖에서는 그냥 열리는 건가?'

주은이 손잡이를 돌려 문을 밀자 쉽게 문이 열렸다.

"어?"

안으로 들어가자 캄캄하기만 하고 혜영의 모습은 보이지 않았다.

"혜영아!"

혜영의 이름을 불렀다. 그러자 무대 위에 조명이 들어오고 피아노 앞에 앉아 있는 누군가의 모습이 보였다. 너무 멀리 있어 잘 보이지 않았지만 주은은 그가 태운이라는 걸 느낌으로 알 수 있었다. 피아노 앞에 앉은 그가 피아노를 치기 시작했다.

'저런 재주도 있었네.'

그녀도 피아노는 칠 줄 안다. 하지만 태운의 연주 솜씨는 그녀보다 나은 것 같다.

'그런데 지금 이건 무슨 상황이지?'

혜영의 전화를 받고 달려온 이곳에서 태운이 피아노를 치고 있으니.

'설마…….'

하는 순간 무대 위의 스크린에서는 아름다운 초록 초원의 배경 위로 그의 손글씨로 보이는 편지가 비춰졌다.

〈당신을 처음 본 그 순간을 기억합니다. 그 환하고 따뜻한 미소를 기억합니다. 처음 본 그 순간부터 지금까지 한 번도 사랑하지 않은 적이 없습니다. 당신을 보면 더 많이 사랑하고 싶어집니다. 더 많이 아껴주고 싶어집니다. 어떤 외로움도 느끼지 않게 해주고 싶습니다. 항상 웃게 해주고 싶습니다. 당신은 내 곁에서 떨어뜨려 놓고 싶지 않을 만큼 소중한 사람입니다.

주은 씨, 나의 사랑을 당신이 믿어주길 바라며…… 다시 한 번 감히 청혼해봅니다.

'결혼해주십시오.'〉

이루마의 'kiss the rain'을 연주하던 그가 피아노에서 일어섰다. 그리고 무대에서 내려와 그녀를 향해 성큼성큼 걸어왔다.

그가 그녀를 향해 한 걸음씩 다가올 때마다 그녀의 심장이 1cm씩 아래로 떨어지는 기분이다. 떨리고 설레고 눈물이 날 만큼 감동적이고.

드디어 그가 그녀 앞까지 다가왔다. 다리에 힘이 풀려 그 자리에 주저앉을 것 같은 몸을 겨우 지탱하고 있는 그녀의 손을 잡으며 그가 그녀의 이름을 불렀다.

"주은 씨……."

"뭐예요? 심장마비 걸릴 거 같아."

그의 눈을 바라보는 순간 주은의 눈에 눈물이 고였다.

그녀의 얼굴을 다정하게 쓸어준 그가 주머니에서 작은 케이스 하나를 꺼냈다. 그에게 받았다가 다시 돌려주었던 그 케이스다.

그가 그녀의 눈을 한 번 바라본 후 손가락에 반지를 가져다 댔다. 그녀의 손가락이 미세하게 떨렸고 그걸 끼워주는 태운의 손도 떨렸다.

"도망갈 수 있는 마지막 기회예요. 이게 끼워지면 이번에는 주은 씨 나한테서 절대 도망 못 가요."

주은의 손가락 끝으로 반지가 천천히 들어가기 시작했다. 길고 가느다란 그녀의 손가락에 딱 맞는 반지가 다 끼워졌다. 태운이 주은을 껴안고 키스를 했다.

"고마워요, 주은 씨."

"나도요, 태운 씨."

주은의 눈에서 눈물이 흐르고 있었고 그녀의 눈물을 그가 닦아 주었다.

"우리 오늘 진짜 역사를 이룬 날인데 바로 퇴근하면 안 되는 건가요?"

"설마 호텔 예약해놨어요?"

"……아니요. 혹시나…… 거절당할 수 있다는 생각에…… 안 했는데, 지금 바로 하죠."

태운이 주머니에서 휴대폰을 꺼내자 주은이 그걸 빼앗았다.

"아니요. 그냥 집으로 가요."

"집이요?"

"네. 우리의 역사는 반지하에서 시작했으니까 그 정점도 반지하에서 찍어야죠. 집이 제일 편하고 좋아요."

"집 얘기하니까 생각이 난 건데 우리 결혼해서 함께 살 집을 계약했어요."

"뭐예요? 프러포즈 거절당할까 봐 호텔 룸도 예약하지 않았다면서 집을 계약했다고요?"

"오늘 거절당했다고 포기할 건 아니었으니까요. 언젠가 꼭 결혼해서 살 거라는 생각이 있어서……."

"설마 반지하는 아닌 거죠?"

주은은 농담으로 웃으며 물었다. 그런데 그에게서 돌아온 대답에 웃음기가 가셨다.

"지하에서 살았으니 이젠 지상 끝으로 올라가서 살아봐야죠. 펜트하우스로 계약했어요."

"네? 펜트하우스요? 아니, 무슨 돈으로…… 그건 너무……."

"어머니께서 주은 씨하고 결혼하면 살라고 해주신 거예요. 노총각 구제해준 주은 씨한테 어머니가 해주는 선물."

얼굴을 보지 못한 태운의 어머니께 감사하고 죄송했다. 그분의 딸을 용서하지 못하고, 아들의 마음을 잠깐이나마 아프게 한 것에 무척이나 죄송했다.

"자, 이제부터 우리의 역사를 펜트하우스에서 다시 이뤄가는 겁니다."

태운이 주은을 품으로 안았다.

"잘할게요. 주은 씨가 늘 행복하다고 느낄 수 있게."

"지금도 충분히 행복해요. 나도 잘할게요. 태운 씨가 늘 웃을 수 있게."

둘이 아닌 하나인 것처럼 꼭 붙은 두 사람의 가슴이 같은 박자로 뛰었다. 늘 영원히 하나일 것같이.

에필로그

"아이는 어떻게 할까?"

신혼여행의 마지막 날, 앞으로의 많은 계획을 세우고 대화를 나누던 중 나온 태운의 질문이었다.

"난 혼자 커서 많이 낳고 싶어요. 셋은 기본으로…… 다섯까지도 낳아줄 수 있는데…… 태운 씨는요?"

"다섯까지도?"

태운이 놀라며 되물었다.

"응."

"음…… 셋은 기본인 거에 나도 찬성. 그런데 다섯은 좀 무리일 것 같고…… 넷 정도에서 끝내자."

"그럼 비율 좋게 아들 둘, 딸 둘."

"오케이. 노력해볼게. 자, 그럼 일단 살림 밑천이라는 딸부터 만들어볼까?"

방금 끝낸 사랑으로도 모자랐는지 태운이 아이를 핑계로 또다시 그녀를 품에 안았다. 모름지기 신혼여행의 매일 밤은 뜨거워야 한다지만 이건 너무 뜨거워 타죽을 지경이다.

"오늘은 그냥 자고…… 아이는 집에 가서 만들어도 될 것 같은데…… 아아응."

그런데 또 타죽을 것 같으면서도 그가 만져주고 키스해주고 보듬어주는 것이 싫지 않아 주은의 입에서는 앙탈과 동시에 신음이 토해져 나왔다.

신혼여행의 마지막 밤은 다른 어떤 날보다 뜨거웠다.

4년 후.

뜨거운 신혼의 마지막 날 그 밤에 입으로 내뱉은 말이 씨가 되었는지 두 사람에게는 허니문 베이비가 생겼고 10개월의 시간이 흐른 후 태어난 아이는 딸이었다. 그로부터 2년 후 둘째로 아들이 태어났다.

남들은 능력 있는 애처가 남편과 예쁘고 잘생긴 딸과 아들을 모두 두고 있는 서주은을 부러워한다. 변호사의 부인으로 우아하게 살 것이라는 상상을 하며.

하지만 실상은 그렇지 못하다. 그녀의 알람은 새벽마다 울어대는 아이들의 울음소리가 되었고 아침은 운이 좋아야 커피를 곁들인 토스트 한쪽이었고 운이 없으면 찬 우유 한 잔이나 물 한 컵이 다인 때가 다반사다. 자고 일어난 옷차림으로 하루를 보내고 그 차림 그대로 잠자리에 들 때도 있었다.

그야말로 육아와의 전쟁으로 그녀의 생활은 어느 구석 우아함
이라고는 찾아볼 수 없을 만큼 피폐해져 있다. 애 볼래? 밭 맬래?
하면 밭을 매겠다는 것처럼 주은 역시 육아에 지쳐 차라리 밖에
나가 일을 하는 게 낫지 싶다.

아이들이 예쁘지 않은 건 아니다. 눈에 넣어도 아프지 않을 만
큼 예쁘고 귀하다. 하지만 육아라는 것이 예쁜 것과는 또 다른 차
원의 것이기에 오늘도 주은은 아이들을 바라보며 미소와 동시에
한숨을 토해내고 있었다.

오늘은 결혼기념일이라 태운과 함께 저녁 시간을 밖에서 보내
기로 약속이 되어 있었다. 아이는 민주가 봐주기로 했다. 아이를
간절하게 원하지만 아직 소식이 없는 민주는 평소 주은의 아이들
을 제 아이들처럼 끔찍하게 예뻐해, 주은이 부탁하기도 전에 자청
해서 아이들을 맡아주겠다고 했다. 그나마 멀쩡한 정신으로 육아
와 살림을 해나갈 수 있는 건 옆에 있는 민주의 도움이 있어서였
다. 아니었으면 어림도 없는 일이었다.

"어서 준비해."

민주가 도착하고 나서 주은은 외출 준비를 서둘렀다. 메이크업
을 하고 원피스를 차려입으니 마치 싱글이던 때로 돌아간 것 같아
설레기 시작했다.

"어쩜, 너는 아이를 그것도 둘이나 낳았어도 똥배가 하나 없
니?"

민주가 핸드백을 들고 나오는 주은을 보며 부러운 듯 말했다.

"그래도 여기저기 군살이 좀 붙었어."

"군살은 무슨? 누가 보면 처녀인 줄 알겠다. 어딜 봐서 애 엄

마야?"

"빈말이라도 듣기 좋다."

"빈말 아니야."

"고마워. 될 수 있으면 일찍 올게."

"내일 새벽에 들어와도 돼. 어차피 경환이 오늘 철야근무라 내일 아침에나 들어올 거야. 좋은 시간 보내고 와."

"그래, 부탁해. 엄마 아빠하고 나가서 저녁 먹고 올게. 우리 지남매님은 이모 말씀 잘 듣고, 잘 먹고, 잘 자고 있어요."

"네."

아이의 대답을 대신하는 민주의 목소리를 들으며 주은은 태운과 약속이 되어 있는 강남의 고급 레스토랑으로 향했다.

TV에 나오는 유명한 셰프가 하는 곳이니만큼 예약이 필수인 그곳은 이미 빈 테이블이 없을 정도로 사람들이 많이 있었다. 1층은 일반 레스토랑이고 2층은 술을 취급하는 바로 되어 있어 1층에서 식사를 하고 2층으로 올라가 술을 마시는 사람들이 많다. 두 곳 모두 인테리어는 물론이고 오는 손님들의 퀄리티가 높아 소위 '핫플레이스'라고 하는 곳이다.

"예약이 되어 있을 거예요. 강태운 씨 이름으로."

먼저 도착한 주은이 자리를 잡기 위해 예약자인 태운의 이름을 댔으나 돌아오는 대답은 예약이 되어 있지 않다는 것이었다.

"그럴 리가요? 그런 실수를 하는 사람이 아닌데……."

여러 차례 확인했지만 예약자 명단에는 태운의 이름이 없었다. 직원과 계속 실랑이를 벌일 수 없어 태운에게 전화를 걸었다.

"태운 씨, 예약이 안 되어 있대요? 어떻게 된 거예요?"

-내가 지배인하고 통화해볼게.

태운과 통화를 끝내고 한참 후에 지배인이 나타나 주은에게 고개를 숙이며 사과를 했다.

"착오가 있었던 것 같습니다. 룸을 예약하셨는데 이중 예약을 받은 데다 다른 쪽 고객분들이 먼저 오셔서 룸이 차버렸습니다. 정말 죄송합니다. 10분 후에 다른 룸이 빠지는데 기다리실 수 있으면 그 룸으로 안내해드리겠습니다."

태운 역시 주은에게 전화를 걸어 상황을 설명해주었다.

-당신이 하고 싶은 대로 결정해. 기다릴 수 있으면 2층 바에서 기다렸다가 룸으로 들어가 식사를 하고. 내키지 않으면 다른 곳으로 가고. 나도 한 10분 후면 도착할 것 같은데 어떻게 할까?

"기다릴게요. 이 시간에 다른 곳으로 옮기면 또 시간 걸릴 텐데."

-미안해, 혼자 기다리게 해서.

"괜찮으니까 조심해서 와요."

통화를 끝낸 주은은 지배인이 안내해준 2층 바에 앉아 태운이 오기를 기다리고 동시에 룸이 빠지기를 기다렸다. 바텐더가 아래층 지배인이 드리라고 했다며 서비스 음료 한 잔을 그녀에게 내밀었다.

"알코올이 약하게 들어가서 식전주로 마시기 좋은 칵테일입니다."

"아, 네. 고맙습니다."

바텐더가 건네주는 칵테일 한 모금을 마신 주은은 딸이 칭얼거리지 않고 잘 놀고 있는지 민주에게 확인하기 위해 휴대폰을 백에서 꺼내들었다.

"혼자 오셨나 봐요?"

"아니에요. 남편 기다리고 있어요."

"아, 그, 그러세요? 실례했습니다."

유부녀에게 작업을 걸려고 했던 자신이 부끄러웠는지 남자가 부리나케 사라졌다. 그런데 문제는 그 남자뿐 아니라 다른 남자도 그녀에게 또다시 작업을 걸어왔다는 것이다.

"어울릴 만한 칵테일 추천해 드릴까요?"

바텐더도 아니면서 그녀에게 그런 식으로 말을 걸어오며 은근슬쩍 남자가 주은의 옆자리에 앉았다.

"아니요, 저는 술을 마시러 온 게 아니라 남편을 기다리고 있는 거라서 괜찮아요."

"처음엔 보통 그렇게들 핑계를 대더라고요."

남자가 바텐더에게 처음 들어보는 칵테일을 주문했다.

"저 그렇게 나쁜 사람 아닙니다. 신원 확실한 사람이니까 그런 눈으로 보지 마세요."

남자가 지갑에서 명함을 꺼내 주은 앞으로 내밀었다. 하지만 주은은 그 명함을 받지 않고 쳐다만 보고 있었다.

"회계법인 창조, 김수형 이사…… 님이시라……?"

언제 왔는지 태운이 남자의 명함을 받아들고 살피기 시작했다.

"남의 명함을 가로채서 뭐 하는 짓입니까?"

"뭐 하는 짓이냐면 말입니다. 남의 와이프에게 작업을 거는 인간의 명함을 보고 있습니다. 그리고 동시에 그쪽을 어떻게 해야 다시는 남의 와이프를 넘보지 못하게 할 수 있을까, 고민도 하고 있습니다. 내가 지금 무슨 짓을 하고 있는지 이해가 가십니까?"

냉소를 머금고 있는 태운의 표정에 남자는 사색이 되어갔다.

"죄송합니다. 결혼하신 분이라는 걸 모르고 제가 실례를 했습니다. 죄송합니다."

남자가 부리나케 일어나 바를 빠져나갔다.

"남편 기다린다고 했구만."

"안 믿었겠지. 나 같아도 안 믿었을 거야."

"응?"

"어딜 봐서 유부녀야? 얼굴은 동안에다 군살 하나 없는 몸매인 당신을 유부녀로 보는 게 이상한 거지. 아무리 오늘이 결혼기념일이라지만 너무 거하게 아름다운데."

"됐어요. 그래 봐야 난 애 딸린 유부녀인걸."

"어? 당신 그 말……."

"오래 기다리셨습니다. 룸으로 안내해드리겠습니다."

태운의 말이 다 끝나기 전에 지배인의 안내를 받아 룸에 자리를 잡고 앉았다. 음식까지도 이미 태운이 예약해놓은 상태라 따로 주문 없이 음식이 바로 나오기 시작했다.

와인까지 세팅되자 태운이 잔을 들었다.

"고마워. 나하고 결혼해주고 아이들도 낳아주고 4년을 살아줘서. 앞으로도 잘 부탁할게."

"나도요."

가볍게 건배를 하고 두 사람은 와인을 곁들인 식사를 시작했다.

일상적인 대화가 오가는 평범한 식사를 끝내고 두 사람은 위에 있는 바로 올라갔다.

"이거."

결혼기념일 때마다 늘 선물을 내밀었던 태운이 이번에는 주은에게 서류봉투 하나를 내밀었다.

"이게 뭐예요?"

"봐봐."

"결혼기념일에 이혼서류 받는 것 같은 이 기분은 뭐지?"

"어허! 농담이라도 이혼이라는 단어는 올리지도 마."

궁금증으로 인해 눈이 반짝이는 주은은 천천히 봉투 안에 있는 내용물을 꺼냈다.

"이건……."

내용물은 전원주택이나 타운하우스로 보이는 고급 주택의 팸플릿이었다.

"음…… 당신이 선택해. 무엇을 선택하든 난 고맙고 행복하게 받아들일 거니까."

"뭐를요?"

"우리 가족이, 당신과 내게 진정한 행복이 뭘까 생각해봤어."

바쁘게 일하느라 해외 체류 기간이 많아 두 아이의 출산마저 지켜보지 못한 아쉬움, 육아로 지쳐가는 주은을 지켜보기만 해야 하는 안타까움을 태운이 털어놓았다.

"당신에게 그리고 아이들에게 내가 사회적인 지위와 명성이 높은 변호사 남편이고 아빠인 게 자랑스러울 것 같으면 계속 이 생활을 유지하는 거고…… 내세울 것 없는 동네 변호사에 프리랜

서 번역가 남편이고 아빠이지만 늘 함께 어울려 지낼 수 있기를 바란다면 다 접고 그 집으로 들어가서 새롭게 시작하는 거고."

갑작스러운 태운의 제안에 주은이 놀라 즉시 말을 하지 못하고 손안에 있는 팸플릿과 태운을 번갈아 보기만 했다.

"지금 당장 답을 하라는 건 아니야. 당신 대답은 내일 들려줘도 좋고, 일주일 후에 해줘도 상관없어. 1년 후에 해줘도, 10년 후에 해줘도 괜찮아. 난 언제든 준비가 되어 있으니까."

"사표 낼 각오까지도 되어 있는 거예요?"

"물론. 하나만 부탁하자. 내 생각, 내 걱정 하지 말고, 오로지 당신하고 아이들만 생각해서 결정해. 난 당신하고 아이가 내 전부라 뭘 해도 행복하니까."

"오늘 4주년 기념 선물을 줘야지! 이런 폭탄을 안겨주면 어떡해요?"

"그럼, 이거. 진짜 선물."

태운이 주은의 말에 주머니에서 주얼리 박스를 꺼내어 내밀었다. 주은은 그 안에 무엇이 들어 있는지 짐작할 수 있었다. 매년 기념일마다 다이아몬드가 박혀 있는 숫자의 펜던트가 달린 목걸이일 것이다. 올해는 4주년이니 분명 '4'라는 숫자 어느 곳에 다이아몬드를 박아 목걸이를 해왔을 것이다.

"……어?"

주은의 예상은 빗나갔다. 케이스 안에는 작은 금돼지 5마리가 눕혀 있었다. 돼지마다 가족의 이름이 새겨 있었다. 태운, 주은, 지혁, 지은. 나머지 한 마리에만 물음표 표시가 되어 있었다.

"기본이 셋이었잖아. 그 녀석은 언제가 될지 몰라서. 오늘 만들면 어떨까?"

"이건…… 폭탄보다 더한 안전핀 제거된 수류탄인데? 셋째를 만들자고? 차라리 밭을 매라고 해요!"

하지만 절규에 가까웠던 그녀의 목소리는 그날 밤 뜨거운 신음으로 바뀌어 셋째를 품고 말았으니.

10년 후.

잔디가 곱게 깔린 정원에서 여자 꼬마 두 명이 소꿉놀이를 하고 있고 남자 꼬마 두 명은 축구를 하고 있다. 테이블에 앉아 일일학습지를 풀고 있는 초등생만이 진지하다.

"자, 손 씻고 간식들 먹자!"

태운이 정원으로 과일과 우유를 가지고 나왔다. 다섯 명의 아이들이 일제히 일어나 정원 구석에 있는 수돗가로 몰려가 손을 씻으며 별것도 없는데 까르르 웃어댔다.

"엄마는 오늘도 늦으시나요?"

"오늘은 일찍 오신대. 휴가 갔던 매니저 이모가 오늘부터 출근을 해서. 엄마가 고기 사 오신다니까 우리 이따 고기 구워 먹자."

"신난다!"

꼬물거리는 다섯 아이의 간식을 챙긴 태운이 휴대폰을 집어 들었다.

"애들 간식 먹이고 있어. 이거 먹고 나서 텃밭에 데리고 가서 상추 따려고. 아, 쌈장이 떨어졌으니까 올 때 쌈장도 사와야 해."

통화를 끝낸 태운이 오물거리며 과일을 먹고 있는 아이들을 바라본다. 그와 주은이 만들어낸 사랑의 결실이자 행복의 결정체라고 할 수 있다.

지금의 행복을 위해 태운은 사직서를 내고 서울 근교에 전원주택을 지어 내려왔다. 다섯 아이를 낳은 주은은 혜영과 동업으로 편집 숍을 오픈해서 운영 중이다.

태운은 다섯 아이를 안겨준 주은이 고마워 막내인 지환이가 태어나고 나서는 하고 싶은 일을 할 수 있게 해주었다. 이제 육아는 온전히 태운의 몫이 되었고 틈틈이 번역 일을 하며 일상의 전쟁과 평화를 맛보며 살고 있다.

하늘에서 만난 인연이 반지하에서 이루어졌다. 푸른 초원의 그림 같은 집에서 그 역사를 계속 이어가고 있는 지금 그는 누구보다 행복하다.

−마침−

작가 후기

글 쓰는 작업은 정말 쉽지 않습니다. 겁도 없이 덤빈 것에 후회를 하고 있는 중입니다.

두 번째인 만큼 처음과 다르게 뭔가 성숙되고 나아진 글이 나와야 하는데 그렇지 못해 속상합니다.

그런 글을 출간까지 해주신 와이엠북스 관계자님들께 죄송하고 고마울 따름입니다.

머리에 그려지는 이야기들은 많은데 그걸 글로 써내려가는 건 쉽지 않다는 걸 다시 한 번 느꼈습니다.

그럼에도 불구하고 늘 응원해주시는 정 여사님 감사해요. 내가 믿고 의지할 수 있는 정 여사님이 옆에 있어 힘이 난다는 거 아시죠?

그리고 연재 때 많은 힘을 주신 독자님들 너무 감사합니다. 덕분에 연재하는 내내 힘이 나고 행복했습니다.

좀 더 많이 공부하고 노력해서 다음에는 동화같이 아름다운 글로 인사드리고 싶습니다.

감사합니다.

−나린(NaRin) 올림